中国传记文学百年回顾
与
展望学术论文集

王丽 主编

中国书籍出版社
China Book Press

图书在版编目（CIP）数据

中国传记文学百年回顾与展望学术论文集 / 王丽主编 . -- 北京 : 中国书籍出版社 , 2023.7

ISBN 978-7-5068-9476-0

Ⅰ . ①中… Ⅱ . ①王… Ⅲ . ①传记文学评论—中国—文集 Ⅳ . ① I207.5-53

中国国家版本馆 CIP 数据核字 (2023) 第 124520 号

中国传记文学百年回顾与展望学术论文集

王丽　主编

图书策划	崔付建　成晓春
责任编辑	李　新
封面设计	鸿儒文轩·末末美书
责任印制	孙马飞　马　芝
出版发行	中国书籍出版社
地　　址	北京市丰台区三路居路 97 号（邮编：100073）
电　　话	（010）52257143（总编室）（010）52257140（发行部）
电子邮箱	eo@chinabp.com.cn
经　　销	全国新华书店
印　　刷	三河市华东印刷有限公司
开　　本	710 毫米 × 1000 毫米　1/16
字　　数	300 千字
印　　张	22
版　　次	2023 年 7 月第 1 版
印　　次	2023 年 7 月第 1 次印刷
书　　号	ISBN 978-7-5068-9476-0
定　　价	78.00 元

主旨报告

群星璀璨耀中华

——中国传记文学百年回顾与展望

文／中国传记文学学会 [1]

摘要： 回顾总结中国传记文学百年发展历程以及中国传记文学学会引领传记文学事业的发展繁荣，在党的领导下开创新时代传记文学事业新局面，认准历史方位和时代坐标，书写新时代传记文学服务中华民族复兴大业新篇章。

关键词： 传记文学、百年发展历程、新时代传记文学、中国传记文学学会

2021 年是中国共产党诞辰 100 周年。100 年来，党领导人民浴血奋战、

---

[1]　国家社科基金社科学术社团主题学术活动资助项目"建党百年传记创作发展与总结"（项目批准号：21STB070），项目负责人：王丽，中国传记文学学会会长。

本文执笔人：王丽、唐得阳（中国传记文学学会副会长）、李一鸣（中国传记文学学会副会长）。项目资料提供者为全展（中国传记文学学会副会长）等。

百折不挠，自力更生、发愤图强，解放思想、锐意进取，自信自强、守正创新，创造了新民主主义革命、社会主义革命和建设、改革开放和社会主义现代化建设、中国特色社会主义新时代的伟大成就，书写了中华民族几千年历史上最恢宏的史诗。

100 年来，在党的领导下，广大文艺工作者包括传记文学工作者，按照毛泽东同志《在延安文艺座谈会上的讲话》中提出的我们党的文艺、革命的文艺"为无产阶级和人民大众服务"的思想，从党领导人民进行的伟大牺牲、伟大奋斗、伟大创造中获取精神力量，坚持与时代同步伐，与人民同呼吸、共命运、心连心，高擎民族精神火炬，吹响时代前进号角，矢志不渝投身革命、建设和改革事业，以文学的形式参与党和人民的伟大事业，为增强人民力量、振奋民族精神，为人民革命事业的胜利和新中国建设事业的繁荣发展做出杰出贡献。

习近平总书记在中国文联十一大和作协十大开幕式上的讲话中指出：中国共产党是具有高度文化自觉的党，党的百年奋斗凝结着我国文化奋进的历史。100 年来，在党的指引和领导下，广大文艺工作者投身中国的革命、建设和改革事业，用丰富的文艺形式，激励受剥削受压迫的劳苦大众浴血奋战、百折不挠，激励站起来的中国人民自力更生、发愤图强，激励改革开放大潮中的亿万人民解放思想、锐意进取，激励新时代的中国人民自信自强、守正创新，为增强人民力量、振奋民族精神发挥了重要作用。

100 年来，在中国共产党的指引和领导下，中国传记文学事业历经百年奋进，忠实记录了中国人民英勇不屈的百年奋斗英雄谱系，倾心镌刻出中华民族波澜壮阔的改天换地壮丽画卷。中国传记文学作家为时代立传、为人民立传，书写出群星璀璨的优秀中华儿女，铸起民族复兴的伟大英雄丰碑。

回顾中国传记文学 100 年的发展历程，从近代传记文学的催生到现代传记文学的革新和进步，为当代中国文学的发展夯下坚实的基础。从新民主主义革命到社会主义革命、建设和改革开放，尤其是进入中国特色社会主义新时代，中国传记文学获得前所未有的发展繁荣。百年奋进，筚路蓝缕，展望未来，使命在肩，中国共产党的领导为当代中国传记文学事业的发展开辟了道路，指明了方向。在习近平新时代中国特色社会主义思想的指引下，在实现中华民族伟大复兴的奋斗路上，中国传记文学将为中华英雄儿女书写新时代的新篇章。

一、新民主主义革命时期的中国传记文学

（一）现代中国传记文学的萌发

在中国古代文学宏大宝库中，传记文学占有一定比重，司马迁的《史记》便是典型代表。《史记》有着作者独到的写实笔法，但描写的人物形象有限，表达的或是奉旨而作，或是个人一己之意。古代传记作品既要"文以载道"，就难免缺乏对社会现实的深刻揭示和深入批判，也难以自由抒写个体本真。终结数千年中国封建王朝的"戊戌变法"与"辛亥革命"，带来了传记文学从古代向近现代的改变。

1."戊戌变法"与"辛亥革命"催生了近代传记文学创作

清末光绪年间，中国封建王朝统治腐朽腐败，遭受帝国主义野蛮蹂躏。日本侵略者逼迫清廷签订丧权辱国的《马关条约》，致使群情激奋。1898年，康有为、梁启超等维新派"戊戌变法"遭到残酷镇压，谭嗣同等"戊戌六君子"惨遭杀害。梁启超（1873—1929）逃亡日本期间，写下了大量传记文学作品，成为近代传记文学的开山大家。梁启超压住满腔怒火，大量书写中外爱国英杰和历史伟人，如《张博望班定远合传》《黄帝以后第一伟人赵武灵王传》《明季第一重要人物袁崇焕传》《中国殖民八大伟人传》《祖国大航海家郑和传》《王安石传》《管子传》和《李鸿章传》《殉难六烈士传》

和《匈加利爱国者噶苏氏传》《意大利建国三杰传》《近世第一女杰罗兰夫人传》《新英国巨人克林威尔传》等。梁启超力图通过对英雄人物品格的宣扬，达致改造愚昧、冷漠、涣散等根深蒂固的"国民性"的目的。

1911 年，辛亥革命推翻了几千年的封建统治，给中国人民带来了政治上、思想上的解放。在这期间以白话文为标志的传记文学开始兴起，传记写作出现了第一次小高峰。蔡元培、章炳麟、蒋梦麟、胡适等一大批文化学人成为传记大家，写作出版了门类广泛、特色鲜明的传记作品。章炳麟的《徐锡麟、陈伯平、马宗汉合传》《邹容传》，陈去病的《王逸姚勇忱合传》等，在当时都产生了较大影响。近代传记文学的探索发展，为中国现当代传记文学发展奠定了思想和文体基础。

2. "五四"新文化运动开启中国现代传记文学的先河

"五四"新文化运动促进了中国知识分子思想和个性的大解放，最便于表现自我、张扬自我的传记写作获得了发展。

中国现代文学史上传记文学写作的鸣锣开道者胡适（1891—1962）于1914 年 9 月 23 日首先提出"传记文学"一词[1]。他认为现代传记文学是"给史家做材料，给文学开生路"[2]。胡适长于动笔，在中国公学校刊《竞业旬报》发表《姚烈士传略》《中国第一伟人杨斯盛传》《世界第一女杰贞德传》《中国爱国女杰王昭君传》等。他还用白话文写成《李超传》《吴敬梓传》《荷泽大师神会和尚传》，以及老子、陆贾、戴东原、顾炎武、李汝珍、吴敬梓、孙中山、林森、齐白石、辜鸿铭、陈独秀、张伯苓等不同类型的传记，开传记文学创作风气之先。

鲁迅（1881—1936）是著名文学家、思想家和革命家，中国现代文学的

---

[1] 卞兆明 . 胡适最早使用"传记文学"名称的时间定位 [J]. 苏州大学学报（哲学社会科学版），2002（4）：140.

[2] 胡适 . 四十自述 [M]. 北京：中国言实出版社，2014（1）:10.

奠基人之一。1928 年，鲁迅出版自传体《朝花夕拾》，完整记录了其从幼年到任职北京的成长过程和心路历程。《朝花夕拾》对中国现代传记文学的特殊启示在于，它不是传主生平资料和个人日常生活记录的堆砌，而是突破传统传人的"何人、何方人士、其祖为谁"的老套写作，通过生动场景和形象刻画，以主观意绪的文笔以及不无根据的文学虚构，完成对一个独立人格形成的过程再现。

新文化运动开启了中国文化名人自传写作风潮，主要有郭沫若的《沫若自传》、郁达夫的《自传》、沈从文的《从文自传》、谢冰莹的《一个女兵的自传》《巴金自传》《庐隐自传》、张资平的《资平自传》、许钦文的《钦文自传》、林语堂的《林语堂自传》、白薇的《悲剧生涯》、邹韬奋的《经历》、陈独秀的《实庵自传》、梁漱溟的《我的自学小史》、柳亚子的《八年回忆》、马叙伦的《我在六十岁以前》等。上海文艺书局 1934 年出版由新绿社选编的宋庆龄、汪精卫、蔡元培、柳亚子、胡适、鲁迅、茅盾、冰心等人的自传选集《名家传记》。

据《民国时期总书目·传记》统计，1912 年至 1949 年之间出版的传记作品大约 1641 种，涉及政治、法律、军事、财政、经济、文化、教育、体育、文学、艺术、历史、地理、科学技术、医学卫生、农业水利等各个领域的代表人物。就妇女而言，政治界、军警界、教育界、实业界、工商界、美术界、生活界、交际界、运动界、武侠界、慈善界、释道界、巫医界、优伶界、江湖界、杂流界等各行各业的妇女都有人物被立传，涉及面之广前所未有。[1]

---

[1] 陈含英，俞樟华. 现代传记文学的基本成就概论 [J]. 浙江师范大学学报（社会科学版），2019，44（1）：47.

（二）中国共产党人开创中国人民传记文学事业

1921 年，中国诞生了共产党，这是开天辟地的大事变，深刻改变了近代以后中华民族发展的方向和进程，深刻改变了中国人民和中华民族的前途和命运，深刻改变了世界发展的趋势和格局。中国传记文学事业在中国共产党团结带领中国人民进行的一切奋斗、一切牺牲、一切创造中，在实现中华民族伟大复兴中不断发展起来。中国共产党人成为中华民族复兴的奋斗者，中华文化发展的引领者，中国传记文学的主人公，无数优秀共产党人用鲜血和生命写出了中华民族的伟大史诗。

陈独秀（1879—1942）是中国现代史上伟大的革命家，中国共产党的主要创始人和早期领导者之一；李大钊（1889—1927）是伟大的马克思主义者和无产阶级革命家，是中国共产主义的先驱，中国共产党的主要创始人之一。他们早年在北京大学联合一群有志者创办《新青年》杂志，倡导科学民主，提倡新文学，高举反帝反封建的大旗。1923 年，《新青年》正式成为中共中央机关刊物。《新青年》面向工人、农民、青年知识分子和学生等，介绍马克思主义的代表人物和他们的思想、著作。这说明中国共产党对革命先驱的人物传记工作的重视由来已久。

作为党的创始人，李大钊和陈独秀都曾被捕入狱，他们在狱中与反动军阀和国民党反动派进行了不屈的斗争。在敌人的酷刑与枪口下，他们大义凛然，毫不屈服，挥笔写下追求共产主义信仰的人生"自白""自传"。共产党人在这种特殊环境下，以坚定的信仰和钢铁般的意志所写就的自传，成为红色传记创作的典范之作。1927 年 4 月，李大钊在反动军阀的监狱里，在视死如归的心境下撰写了《狱中自述》，充分表现了他以天下为己任的情怀，其"壮烈的牺牲足以延长生命的音响和光华"。王森然 1934 年所著《近代二十家评传》中载有李大钊的评传，这是迄今发现的最早关于李大钊的传记著作。

瞿秋白（1899—1935）是伟大的马克思主义者、卓越的无产阶级革命家、理论家和宣传家，中国革命文学事业的重要奠基者之一，也是中国共产党早期的主要领导人之一。他于 1922 年入党，曾任中央政治局委员，继陈独秀之后担任中国共产党第二任最高领导人，后因"立三路线"受到批评并被解除中央领导职务。1935 年 2 月，瞿秋白被国民党反动派逮捕，关押在福建长汀。他遭受敌人百般威逼利诱，始终信仰如初，不为所动。1935 年 5 月，瞿秋白在从容就义前写下了《多余的话》。这份看似"消沉"的绝命之作，身后曾引起颇多误解和争议。后人重温党史，再读《多余的话》，却发现这份自传透视出一个坚定的共产党人以超人的勇气和自省，剖析传主自己信仰马克思主义的心路历程，反思中国革命的诸多问题，成就了它在中国共产党人传记史上的经典地位。《多余的话》在看似悲情的语境下，却掩藏着深刻而积极的内涵——慷慨的悲歌，灵魂的释放，光明的向往。"它是视死如归的秋白向着'自己的家园'咏唱的一阕《归去来》，真实生动地再现了他作为诗性革命家返回精神家园的心路历程。"[1]

（三）辗转发表的《毛泽东自传》引起全国轰动

抗日战争期间，美国记者埃德加·斯诺到延安采访中国共产党的主要领导人毛泽东，写出《Red Star Over China》（中文译文名称《红星照耀中国》或《西行漫记》）著名纪实传记。1937 年，《红星照耀中国》在《Asia》（《亚西亚》）杂志连载刊出。这本书有 12 章，分别是：探寻红色中国、去红都的道路、在保安、一个共产党员的由来、长征、红星在西北、去前线的路上、同红军在一起（续）、战争与和平、回到保安、又是白色世界。

---

[1] 刘岸挺.《多余的话》："回家"之歌——论瞿秋白的诗性生命形式 [J]. 中国现代文学研究丛刊，2007（5）：164–182.

《红星照耀中国》的第四章"一个共产党员的由来"是毛泽东的自传，由毛泽东口述并亲自修改。1937年8月1日，复旦大学文摘社编辑的《文摘》月刊第2卷第2期在"人物种种"栏目，开始从《亚细亚》（ASIA）杂志上转载由上海复旦大学教授孙寒冰与其学生汪衡从《红星照耀中国》英文版翻译成中文的《毛泽东自传》。1937年7月7日，震惊中外的"卢沟桥事变"发生后，激起全国民众抗日救亡运动不断高涨。《毛泽东自传》在上海首先发表后，立即引起全国轰动，解放区、国统区、沦陷区的读者纷纷抢购，连载杂志每期的印数多达五六万份。

1937年11月1日，上海文摘社出版了《毛泽东自传》单行本，由黎明书局向全国发行。随后，在中国各地出版了不同译者翻译的多种《红星照耀中国》和《毛泽东自传》单行本。远在陕北延安的中共领袖的传记引起全国人民的关注，成为充满传奇的红色畅销书。《毛泽东自传》在上海、北平、天津、南京、开封、安庆、广州、成都、济南、重庆等迅速销售六七十万册。"一本介绍中国共产党领袖的书，能在短短19天内再版并有如此多的印数和销量，不仅创造了中国现代出版史上的奇迹，也足以说明该书的影响之大。"[1]

《毛泽东自传》扉页上印着毛泽东手书题词："保卫平津、保卫华北、保卫全国，同日本帝国主义坚决打到底，这是今日对日作战的总方针。各方面的动员努力，这是达到此总方针的方法。一切动摇、游移和消极不努力都是要不得的。毛泽东 一九三七年七月十三日"。题词页末，盖有毛泽东印章。《毛泽东自传》中有毛泽东本人及与夫人贺子珍的照片。时任中共中央和八路军驻上海办事处主任潘汉年为《毛泽东自传》封面题名，并出资支持《毛泽东自传》顺利出版。

---

[1] 《毛泽东自传》：中国台湾网，http://www.taiwan.cn/tsh/shtshzl/lsh/201107/t20110715_1924608. htm，查询时间：2022年3月24日。

《毛泽东自传》全书共分四章：一颗红星的幼年、在动乱中成长起来、揭开红史的第一页、英勇忠诚和超人的忍耐力。《毛泽东自传》是由斯诺记录的毛泽东口述并审定的自己生平经历。毛泽东在自传中讲述了自己从1893出生至1936年间的童年、少年和青年时代成长与战斗的经历。《毛泽东自传》是中国革命史极其珍贵的重要文献，又是以自传形式出版的第一部中共领袖传记。《毛泽东自传》自20世纪30年代出版以来，影响了一代又一代共产党人投身中国革命事业，成为经典人物传记和励志读物，堪称"中国第一自传"。

（四）延安文艺座谈会促进以人民为传主的传记文学创作

抗日战争爆发后，中国共产党围绕着中华民族抗日战争的历史任务，坚持英勇抗战，吸引了大量知识青年从大城市来到延安。尤其是通过《红星照耀中国》《毛泽东自传》中文版的发行，青年知识界对中国共产党及其领袖人物，对中国工农红军二万五千里长征、首战平型关大捷等充满着好奇、敬仰和憧憬。中国共产党领导的延安抗日根据地成为进步青年向往的地方。党中央抓住这一历史节点，在延安相继办起了抗日军政大学、陕北公学、青训班、鲁迅艺术学院、马列学院、党校等，对知识青年敞开大门教育培训，到1938年底学员总共已达二万多人。这些青年知识分子成为共产党队伍里的文艺宣传创作骨干，创作出很多真实动人的传记作品。

刘白羽、王余杞1938年合著的《八路军七将领》，是第一部集中描写八路军高级将领的群体传记，涉及的传主包括朱德、任弼时、林彪、彭德怀、彭雪枫、贺龙、萧克7人。沙汀1940年出版的《随军散记》（后改名《记贺龙》），作者"以自己的亲身感受，通过贺龙的言谈举止、生活细节，表现了他豪爽直率、自信谦逊的独特个性，展示了英武飒爽、洒脱风趣的贺龙形象"[1]。

1942 年 5 月，毛泽东发表《在延安文艺座谈会上的讲话》，从根本上解决了文艺"为什么人"和"如何去服务"的问题，解决了文艺家的"立场问题，态度问题，工作对象问题，工作问题和学习问题"。在讲话关于"文艺为人民大众服务，为工农兵服务"的精神指引下，一批又一批作家文艺家奔赴前线和敌后，追寻共产党人的足迹，雕塑出抗日战争和解放战争中的英雄群像，揭示了中国共产党的浴血奋斗史，为中国传记文学留下了光辉的篇章。

在这期间，著名的共产党人作家创作了大批真实感人的传记作品。其中，典型的作品如周而复的《诺尔曼·白求恩断片》，极其生动地描写了白求恩医生对工作极端负责，对病员极端热诚，对技术精益求精的精神，歌颂了他的国际主义精神和高贵品格。何其芳的《记贺龙将军》《记王震将军》《吴玉章同志革命故事》，周立波的《聂荣臻同志》《徐海东将军》，陈荒煤的《一个农民的道路》，羽山的《劳动英雄胡顺义》，刘白羽的《井冈山上》，萧三的《毛泽东同志的青少年时代》《朱总司令的故事》，郭沫若的《革命春秋》以及《人民音乐家冼星海》等。这些作品都是记述革命队伍中的模范英雄人物，激发斗志，鼓舞人心，成为广为传诵的传记佳作。

李仕亮、冰如、弓金的《边区基干兵团一等英雄李仕亮》，野鲁的《边区地方营兵一等英雄——暴文生》，李冰等《女英雄的故事》，袁大勋的《战斗模范袁大勋自传》等传记文学作品，以革命英雄人物为原型，塑造了英雄群像，讴歌了英雄事迹，引起较大反响。

以晋绥边区吕梁地区 124 位抗日民兵的英雄事迹为基础，马烽、西戎

---

[1] 俞樟华等编撰. 中国现代传记文学编年史 [M]. 杭州：浙江大学出版社，2019：427–428.

合著了反映中国共产党领导的全民族抵御日本侵略者的长篇传记小说《吕梁英雄传》。作者在"开台锣鼓"提到的这些人物当中,有的是爆炸大王;有的是神枪能手;有的是破击英雄;有的是锄奸模范;有的是智勇双全的领导人;有的是天才卓越的指挥员……各有各的长处,各有各的本领。真是花开万朵,朵朵鲜红。

抗日战争时期,这些作品的出现不仅表明人物短篇传记的空前繁荣,而且表明中长篇传记也进入了一个新的发展阶段。

(五)抗日爱国的传记文学创作

1931 年"9·18"事变日本发动侵华战争,中华民族陷入危机。1936 年,中国共产党与国民党形成以国共合作为基础的抗日民族统一战线。1937 年"卢沟桥事变",由共产党领导的八路军、新四军与国民党正面战场爱国将士,同广大农民、工人、城市小资产阶级和民族资产阶级,还包括除了汉奸、大地主大资产阶级投降派以外的一切政治力量联合起来,共同抗击日本帝国主义的全国抗日战争爆发。

抗日战争期间,大批具有爱国情怀的作家,纷纷拿起笔做刀枪,创作了大量历史和当代中华民族英烈人物以及当代抗日将领传记。当代著名传记文学家朱东润(1896—1988)在 1941 年至 1943 年间,创作并出版了长篇历史传记《张居正大传》[1] 和《陆游传》《梅尧臣传》《杜甫叙论》《元好问传》等 8 部作品。陶菊隐撰写出版了《吴佩孚将军传》(1941)、《六君子传》(1946)、《督军团传》(1948)、《蒋百里先生传》(1948)[2];吴晗出版了《明太祖传》[3],张默生出版了《异行传》《义丐武训传》[4],骆宾基出版

---

[1]　朱东润.张居正大传 [M].上海:开明书店,1945.

[2]　陶菊隐.蒋百里先生传 [M].北京:中华书局,1948:40.

[3]　吴晗.明太祖 [M].重庆:重庆胜利出版社,1944.

[4]　张默生.异行传 [M].重庆:重庆东方书社,1944.

了《萧红小传》[1]。罗尔纲、许寿裳、李长之、邓广铭、顾颉刚、钱穆等著名学者投身传记写作，其中比较著名的有《李宗仁将军传》（1938）、《中外女杰传》（1942）、《近代名人传记选》（1943）、《鲁迅正传》（1943）、《明太祖》（1944）、《洪秀全》（1944）、《徐光启》（1944）、《章炳麟》（1945）、《郑和》（1945）、《管仲》（1945）、《韩愈》（1946）、《岳飞》（1946）、《秦始皇帝》（1946）、《文天祥》（1946）、《班昭》（1946）等。

这些传记传主既有古代的抗击外敌入侵的帝王将相，也有当代抗日名将等政治、军事、科学和文化艺术各界人物。阳刚风格传记作品增多，自传、评传、年谱、别传等传记样式多样。上面历数的这些传记作家，除许寿裳之外，后来都成为中国共产党领导下的革命文艺工作者，著名的思想家、哲学家、文学家、政治家、教育家，历史学家、国学大师等。

（六）抗日战争时期的传记电影创作

中国的传记式故事片创作始于 1921 年拍摄的纪实传记电影《阎瑞生》。抗日战争爆发后，上海陷入"孤岛"时期，电影创作者们选取那些反抗黑暗统治、跟邪恶势力斗争和保家卫国的历史人物事迹，拍成电影，表达对中华民族精神的建构与坚守。其中，《貂蝉》（1938）、《木兰从军》（1939）、《武则天》（1939）、《葛嫩娘》（1939）、《西施》（1940）、《岳飞尽忠报国》（1940）、《苏武牧羊》（1940）、《梁红玉》（1940）、《李香君》（1940）、《香妃》（1940）、《孔夫子》（1940）、《洪宣娇》（1941）等影片的创作，颂扬这些传统人物可贵的民族气节和高尚的情操，抒发了壮烈的爱国主义情怀。

抗日战争时期，中国共产党领导人民军队深入敌后，放手发动群众，建立抗日根据地，广泛开展了地道战、破袭战、反扫荡等各种形式的抗日

---

[1]　骆宾基. 萧红小传 [M]. 上海：建文书店，1947：121.

游击战争。国民党军队与日本侵略军进行了数十次会战，并派遣远征军入缅作战。经过战略防御、战略相持阶段，1945 年 4 月，中国共产党召开了"七大"，无论在组织上还是在思想上，全党都得到空前的统一。1945 年 8 月 9 日，毛泽东发出"对日寇的最后一战"伟大号召，抗日战争进入大反攻。8 月 15 日，日本政府宣布无条件投降，9 月 2 日签订投降书。经过八年艰苦奋战，中国人民以 3500 万人的鲜血和生命代价战胜了日本侵略者，取得了抗日战争的伟大胜利。

（七）解放战争时期的传记文学

抗日战争胜利后，全国人民强烈反对内战，反对国民党一党专政，热切希望实现和平、民主，建设新中国。中国共产党反映人民的要求，为争取和平民主进行了种种努力。1945 年 8 月 28 日，毛泽东、周恩来、王若飞赴重庆与国民党蒋介石进行了 43 天谈判。美国驻华大使赫尔利参与了谈判。10 月 10 日，双方代表签订《双十协定》。同时，蒋介石部署国民党军队向解放区发动大举进攻，引发从 1945 年 8 月至 1949 年 9 月的共产党与国民党的大决战。

这一大决战史称第三次国内革命战争，即解放战争。由八路军、新四军和地方抗日游击队组成的中国人民解放军，历经战略防御、战略进攻，辽沈、淮海、平津三大战役，横渡长江解放南京，推翻国民党反动统治，解放全中国。在广大的解放区建立革命政权，实行土地改革，农民翻身得解放，分得土地，推翻剥削制度。

毛泽东在重庆谈判时携带的延安电报披露了中国共产党和八路军、新四军的力量。"全军已扩大到一百二十七万人（东北发展的三万在内），民兵发展到二百六十八万余人，地区扩大到一百零四万八千余平方公里，人口扩大到一万（亿）二千五百五十万，行署二十三个，专署九十个，县（市）政权五百九十个，县城二百八十五座（反攻前八十九座）……"国民党蒋介石表面邀请共产党毛泽东谈判，实际上自恃有 430 万军队和接收 100 多万侵华日军的装备与美国大量财政军事援助，控制着全国 3 亿多人口和所有大城市、工业、交通线，决意进占华北、抢占东北，在北平、天津、唐山建立战略基地，在 3 到 6 个月内消灭共产党军队。

1945 年 9 月 14 日，中共中央决定成立以彭真为书记的东北中央局，奔赴东北开辟根据地。王波写作的纪实传记《毛泽东的艰难决策 2：中共中央发起解放战争的决策过程》，披露了解放战争的缘起过程。毛泽东考虑，你要在 6 个月内消灭我，我要在 6 个月内粉碎你的进攻。这就叫针锋相对，寸土必争。10 月 28 日，他给东北局彭真电：蒋已展开 80 万军队向我华北、华中进攻及准备进攻东北，我党我军决心动员全力，控制东北，保卫华北、华中，6 个月内粉碎其进攻，然后同蒋开谈判，迫他承认华北、东北的自治地位，才有可能过渡到和平局面，否则和平是不可能的。

党领导的人民军队统一改编为中国人民解放军。中国人民解放军第四野战军（东北野战军）率先行动。朱宏启编著的《东北解放战争将领传记丛书》分 21 卷 1000 万字，即《东北解放战争十大将领》（上、下卷）、《东北解放战争将领传》（上、中、下卷）、《东北解放战争烈士传》（上、下卷）、《东北解放战争大事记》、《东北解放战争回忆录》、《东北剿匪纪实》（上、下卷）、《四战四平》、《四保临江》、《解放长春》、《辽沈战役》（上、下卷）、《塔山阻击战》、《黑山阻击战》、《辽西会战》、《解放沈阳》、《解放天津》，反映了东北解放战争全景人物纪实概貌。

解放战争的战略防御阶段，1947 年 3 月，国民党军队数十万重兵进攻延安，毛泽东以高超智慧和过人胆识，带领军民撤出延安，与敌周旋，歼灭敌人，再回延安。杜鹏程的《保卫延安》是延安保卫战的真实记录。我人民解放军和陕甘宁边区人民在毛主席亲自领导下，从防御转入进攻，并在沙家店等几个著名战役中歼灭数倍于我的敌人，取得了西北战场具有决定性意义的辉煌胜利。《保卫延安》发表于 1954 年，它站在时代和历史的高度，以宏大的规模、磅礴的气势，描绘出一幅真实、壮丽的人民战争的历史画卷。《保卫延安》以彭德怀和战争一线指战员为传主，被誉为当代文学史上第一部大规模正面描写解放战争的优秀长篇"英雄史诗"。

在解放战争战略进攻阶段，从1948年到1949年1月在142天内，人民解放军同国民党军队进行了辽沈、淮海、平津三大战役，接受起义改编与歼灭国民党主力军队154万余人。英雄的解放军指战员英勇作战，广大人民群众奋勇支前、救护伤员等动人故事层出不穷。这一时期的英模事迹、动人故事和传记文学创作以解放区文艺工作者为主力。在1947年的莱芜战役、孟良崮战役期间，"沂蒙六姐妹"不分昼夜，发动全村为部队当向导、送弹药、送粮草、烙煎饼、洗军衣、做军鞋、护理伤病员，沂蒙精神影响深远。刘知侠知名三部作品《铁道游击队》《红嫂》《一支神勇的侦察队》讲述了这些真实人物原型的真实事迹，这三部作品后来都被拍成了电影。

陈毅元帅不止一次地说：我进了棺材也忘不了沂蒙山人，他们用小米供养了革命，用小车把革命推过了长江。淮海战役的胜利，是人民群众用小车推出来的！我军60万参战部队，有225万支前民工支援。这支队伍推车挑担、赶牲口拉大车，抬担架，划小船把粮食、弹药送到决战的最前线，把近10万名伤员不分昼夜地运回了后方。他们没有在战场上打出一枪一弹，却对决战胜利作出重要贡献。

在人民解放军取得解放战争节节胜利，国民党节节溃败之际，国民党蒋介石的反动军队、特务和地方反动武装疯狂对共产党员、革命战士、爱国人士、人民群众大开杀戒。2009年9月入选100位为新中国成立作出突出贡献的英雄模范人物的《红岩》主人公共产党员江竹筠；伟大的爱国主义者，坚定的民主战士，中国民主同盟早期领导人，爱国"七君子之一"李公朴；在悼念李公朴的大会上斥责国民党暗杀李公朴的罪行，发表了《最后一次讲演》，当天被特务暗杀的闻一多；"生的伟大，死的光荣"未满15岁的刘胡兰；手托炸药包与敌人碉堡同归于尽壮烈牺牲，未满19岁的董存瑞；为掩护干部和群众转移被国民党骑兵团抓走杀害的年仅16岁的辽中东部茨榆坨村儿童团团长谢荣策；为掩护乡干部转移被敌人狼犬撕咬后被枪杀时高喊着"乡亲们，解放军一定会打败反动派！"的14岁烈士周银海。这些倒在黎明前黑暗之中的英烈，在后世的传记作品里牢牢铭记着他们的英名。

解放战争时期，解放区文学发展呈现出革命文艺的新趋势。经过延安整风，学习贯彻"延安文艺座谈会讲话"，党的"七大"召开，广大文艺工作者的思想发生了巨大变化。他们放下架子，转变自我中心创作自由理念，以人民群众为主体，创作出大量革命性、乡村化的作品。豫皖苏新华书店1948年出版了李方力编的《人民解放军将领印象记》。东北书店1948年出版了周立波的《暴风骤雨》，通过东北松花江畔元茂屯贫苦农民搞土改，斗恶霸地主，展示出新民主主义革命时期中国农村暴风骤雨般的阶级斗争。丁玲的《太阳照在桑干河上》（1948年9月）描写了1946年华北解放区贫苦农民翻身解放，通过土地改革尖锐斗争获得土地，在中国共产党领导下踏上光明大道的全过程。赵树理的《李家庄的变迁》（1946年1月华北新华书店）通过木匠张铁锁的遭遇，反映出李家庄抗日战争前后的变化。欧阳山《高干大》（1947）、孔厥、袁静《新儿女英雄传》（1949）表现了翻身农民对新社会新生活的渴望追求。

随着解放战争的节节胜利，革命文艺工作也步步推进。1945年8月23日，我军从日军手里解放张家口，延安文艺工作者沙可夫、丁玲、艾青、吕骥、萧三、张庚等成立中华全国文艺协会张家口分会，创刊《长城》。东北解放区建立后，从1946年6月开始，大批延安文艺工作者来到哈尔滨，创刊《东北文化》，成立中国文艺协会东北分会筹委会，创办《东北文艺》。从1946到1947年，东北书店、大连光华书店第一次大规模出版解放区的作品，其中《荷花淀》《李有才板话》《我在霞村的时候》《一颗未出膛的枪弹》《王贵与李香香》《吕梁英雄传》《种谷记》《暴风骤雨》《桑干河上》，周扬编《解放区短篇创作选》、舒群编《解放区独幕剧选》等影响远播。1947 年 11 月 12 日，经过中国人民解放军 6 天 6 夜的浴血奋战，石家庄解放。1948 年 8 月，晋察冀边区与晋冀鲁豫边区文联联合成立华北文艺界协会。周扬主持编选解放区文学大型文学丛书《中国人民文艺丛书》，收集戏剧 27 种、小说 16 种、通讯报告 7 种、曲艺 2 种，1949 年 5 月陆续出版。1949 年 7 月 2—19 日，全国中华文艺工作者代表大会召开。

王树增的非虚构文学作品《解放战争》以宏大的规模叙事，以真实史料证据，呈现人民解放军闯关东、战四平，中原突围、打胡宗南，打孟良崮、攻清风店、烽烟洛阳，打龙亭，决战序幕济南战役、辽沈战役、战锦州、塔山阻击，淮海战役，抓战犯，平津战役，关中决战，大迂回大包围，大陆的最后一战。作品视角宏阔，体察入微，将惊心动魄的传主沉浮和变幻莫测的战场胜负尽收卷中，奉献出解放战争四年演绎出的人类战史传奇。

解放战争从 1946 年 6 月到 1950 年 5 月舟山群岛解放，中国人民解放军在中国共产党的领导下，在全国人民的支援下，经过艰苦奋战，共歼灭国民党军 807 万人，中国人民解放军由战争初期的 120 万人，发展到 530 万人。解放战争的胜利，在中国大陆结束了极少数剥削者统治广大劳动人民的历史，结束了帝国主义、殖民主义奴役中国各族人民的历史。

1949 年 10 月 1 日，中国共产党中央委员会主席、中华人民共和国中央人民政府主席毛泽东向全世界庄严宣告中华人民共和国诞生。中国人民从此站起来了。

二、社会主义革命和建设时期传记文学的发展成就

中华人民共和国的成立开辟中国历史新纪元。中国共产党带领中国人民推翻了帝国主义、封建主义、官僚资本主义，建立起社会主义制度，大规模开展社会主义建设。传记文学创作伴随着国家的发展，步入新的历程。

（一）新中国成立后 17 年间传记文学作品出版概览

新中国成立后，党和国家对出版业进行社会主义改造和整合。国营出版单位从无到有，从 1950 年的 24 家发展到 1978 年的 105 家。传记文学作品从文学类出版社出版扩展到各种专业出版社都在出版发行。这些发展变化为传记图书出版创造了前所未有的发展条件。据不完全统计，1949—1978 年近 30 年间，全国出版图书共 329178 种，其中传记图书达到 2960 种。

新中国成立初期，文艺作品出版较少，传记文学作品也不例外。1949 年，全国出版传记作品只有 20 种。随着新中国社会主义制度的建立和各项事业的发展，传记文学事业得到迅速恢复发展。尤其在土地改革、抗美援朝期间，涌现出许许多多模范、英雄人物，传记文学领域出现了创作热潮。1955 年，年内出版传记作品超过 200 种。1958 年受"反右派"等政治运动影响，传记文学作家创作遇冷，传记作品出版回落到 20 种。1964 年，传记文学作品出版又达到 200 多种。传记作品出版的这种变化，反映出当时国家经济发展出现良好势头，社会秩序和政治生态趋于稳定。

1966 年到 1976 年"文化大革命"期间，文艺创作成为"阶级斗争"工具，出版社大部分停业，传记文学事业的发展陷入停顿。1967 年，全国出版传记作品仅为 17 种，跌到了历年的谷底。1976 年，粉碎"四人帮"以后，传记图书创作与出版开始复苏，仅 1977 年当年，传记作品出版就接近 300 种，约是 1976 年的 2.4 倍。这一时期，传记文学创作的主基调是红色主旋律。

（二）新中国传记文学的新特点

中国共产党领导英雄的人民军队，经过 28 年的浴血奋战，团结带领全国人民历经 10 年土地革命战争、14 年艰苦卓绝的抗日战争和 3 年摧枯拉朽的解放战争，推倒三座大山，打败国民党反动派，建立了新中国。1950 年 10 月至 1953 年 7 月，中国人民为保家卫国进行了英勇的抗美援朝战争，粉碎了帝国主义的侵略阴谋。新中国永远铭记那些载入史册的英雄烈士，永远牢记党和人民为社会主义革命和建设历经的苦难辉煌。中国共产党领导的波澜壮阔的中国新民主主义革命和新中国建设的历史，为传记文学创作提供了丰厚的土壤和创作源泉。传记文学作者们焕发出高昂的创作热情，在新中国前 17 年间，创作了大量思想性和艺术性都比较强的传记作品，表现出与旧时代完全不同的新特点，其中有较大影响的传记主要有两类：一是逝者的革命英烈传记；二是生者的革命回忆录。

1. 描写革命先烈的传记文学作品大量涌现

新中国成立后一个时期，传记文学创作主要是为现代和当代的英雄人物立传。一些新中国成立前参加革命的老红军、八路军、新四军和在国民党统治区的党的地下工作者，以自传或回忆录的形式撰写出描述自己或革命领袖与战友的革命经历和成绩风采的传记。在这些传记中，出现了不少优秀的作品，如吴运铎的《把一切献给党》，梁星的《刘胡兰小传》，黄纲的《革命母亲夏娘娘》，雷加的《海员朱宝庭》，陶承的《我的一家》，缪敏的《方志敏战斗的一生》，植霖的《王若飞在狱中》，朱道南的《在大革命的洪流中》，陈昌奉的《跟随毛主席长征》，石英的《吉鸿昌》，张麟、舒扬的《赵一曼》，柯蓝、赵自的《不死的王孝和》，丁洪、赵寰的《真正的战士——董存瑞的故事》，韩希梁的《黄继光》，百友、童介眉的《邱少云》，沈西蒙的《杨根思》，肖琦的《罗盛教》等。这些作品或描写初心长留天地间不畏牺牲的老一辈革命家，或描写抗日战争、解放战争中慷慨就义的巾帼英雄、出生入死的战斗英雄，或描写抗美援朝战争中英勇奋斗奋不顾身的志愿军特级战斗英雄、一级英雄。表现了共产党人顽强坚韧、机智勇敢、视死如归的革命精神，具有较高的艺术性，因而受到广大读者的欢迎。

20 世纪 50 年代，新中国的传记文学出版机构开始编辑出版规模宏大的传记文学合集。其中，较有代表性的有多卷集的《星火燎原》《红旗飘飘》和《志愿军英雄传》等传记丛书。

《星火燎原》是我国目前出版规模最大的一套战争回忆录，也是中国共产党历史上规格最高的一套丛书。1956 年，经中央军委批准，总政治部向全军和全国人民发起"中国人民解放军建军 30 年征文"活动。彭德怀、贺龙等军委领导同志亲自组织征文工作。征文活动收到应征稿件 3 万余篇，总政治部专门成立编辑部编辑整理征文。周恩来、刘少奇、邓小平等中央领导同志亲自阅改征文稿件。建军 30 年征文第一阶段出版了 10 集：第 1、2、3、4 集，反映工农红军自 1927 年至 1937 年进行土地革命战争，反抗国民党军事围攻的历史；第 5、6、7 集，反映八路军、新四军自 1937 年至 1945 年奋起抵抗日军侵略及反对国民党军事摩擦的历史；第 8、9、10 集，反映解放战争的历史。1960 年，征文正式出版发行。1982 年，解放军出版社出齐《星火燎原》丛书 10 卷，共收入征文文稿 637 篇。在 2007 年纪念中国人民解放军建军 80 周年前夕，出版社又将半个世纪前编辑《星火燎原》丛书时，由于种种原因未刊用的大批珍贵文稿精心整理，辅以现代设计风格和多种信息元素，结集出版了《星火燎原·未刊稿》丛书，共 10 卷、收入文稿 685 篇。2009 年，《星火燎原全集》共 20 卷出版。该全集丛书征集初稿 3 万多篇，刊用文稿 1705 篇，图片 2117 幅，作者 1338 人。作者当中有 9 位元帅、437 位将军、84 位省部级以上领导。目前，这套丛书发行的数量已经超过 1000 万册。

《红旗飘飘》是中国青年出版社于 1957 年 5 月开始不定期公开出版发行的丛刊，包括回忆录、传记、小说、诗歌和日记等不同体裁。作品内容包括描写革命领袖、记录革命先烈、回忆著名英雄人物和重大历史事件、描写无名英雄和革命斗争生活等。该丛书 1—6 辑总发行量 213 万册。由于以历史亲身经历者的采访回忆为主，其中一些成为许多著名文学作品的创作原型。根据丛刊第 6 辑中由罗广斌、刘德彬、杨益言合写的回忆录《在烈火中永生》（小说《红岩》的原型）印成单行本，累计印数达 328 万册。1962 年，中国青年出版社出版的第 17 辑，因记录打入胡宗南集团的中共西安情报处事迹的《古城斗"胡骑"》"有严重历史与政治问题"，已印刷的 30 万册全部销毁，《红旗飘飘》停刊。1978 年，《红旗飘飘》获批复刊，在中国青年出版社内设立《红旗飘飘》编辑部，1979 年开始出版第 18 辑，至 1993 年第 32 辑终刊。

由中国人民解放军总政治部组成编辑委员会，集中编写的《志愿军英雄传》，分上、中、下三卷，由人民文学出版社于 1956 年 6 月出版。该书的作者都是亲身参加过抗美援朝战争的指战员、政治工作干部、文艺工作者，还有巴金等著名作家。该书选收了 60 篇文章，以通讯和特写的形式真实地记述了 64 位英雄、模范、功臣的事迹，如用胸膛堵住敌军机枪射孔、为部队开辟通路的特级战斗英雄黄继光，抱起炸药包冲入敌群的特级战斗英雄杨根思，跳入冰窟救出朝鲜落水儿童而壮烈牺牲的国际主义战士罗盛教等。通过这些英雄传主的事迹，可以看到千千万万志愿军优秀战士的英雄形象和高尚品质。

2. 英雄模范传记引领社会主义建设时代风貌

1949 年 10 月 1 日，中华人民共和国成立开创了中国历史新纪元。中国人民从此站立起来，成为国家的主人，迅速掀起了社会主义建设高潮。1950 年 9 月，中央人民政府政务院在北京召开了全国战斗英雄代表会议和全国工农兵劳动模范代表会议，评选出了许许多多的英雄和劳模。毛泽东代表中共中央致贺词，称赞英雄模范是"全中华民族的模范人物，是推动各方面人民事业胜利前进的骨干，是人民政府的可靠支柱和人民政府联系广大群众的桥梁"[1]。榜样的力量是无穷的，工农兵英模人物成为新中国革命叙事的主角。共产党人英模传记鼓舞士气、振奋精神、引领时代，展现出让人热血沸腾的社会主义建设时代主峰上的群英荟萃。

20 世纪 50—60 年代，一批优秀的以基层人民群众优秀代表为传主的作品登上传记文学榜。这个时期出版的传记，塑造和宣传了许多优秀的党员领导干部，如穆青、冯健、周原的《县委书记的榜样——焦裕禄》，殷云岭的《焦裕禄传》等；记录解放军模范人物的光辉事迹，如陈广生、崔家骏的《雷锋的故事》《毛主席的好战士——雷锋》，韩希梁的《黄继光》，金敬迈的《欧阳海之歌》，陈跃的《忆张思德同志》《人民的好儿子刘英俊》等；谱写工业农业和商业先进人物的英模故事，如房树民的《向秀丽》，修来荣的《王进喜》，马自天的《时传祥》，映泉的《陈永贵传》，吴宝山、曹锋的《马永顺传》以及以优秀工人为传主的《郝建秀传》《张秉贵传》等。

3. 以自传为特征的传记文学写作在特殊环境下得到延续

1966 年至 1976 年的"文化大革命"时期，以非虚构为特点的传记文学被扼杀，"四人帮"疯狂推行文化专制主义，不准以任何形式表现真人真事，《刘胡兰传》也不准出版。许多传记作家受到批判和迫害，如刘白羽、马可、吴运铎、张默生、朱东润等，吴晗更是被迫害致死。"文化大革命"期间，也出现了几部根据所谓政治斗争的需要篡改史实，制造出颠倒是非、歪曲史实的人物传记，如《孔丘反动的一生》《孔家店的二老板孟轲》和

---

[1] 《新中国档案：全国战斗英雄代表会议和全国工农兵劳动模范代表会议》，中央政府门户网站 www.gov.cn，2009 年 8 月 20 日。

《鲁迅传》等。

在"文化大革命"时期，传记文学创作出版受到摧残，但仍然出现了一些不为公开发表而写作的纪实传记。其作者往往是被审查、关押、批斗，要求交代反省错误"罪行"的蒙冤者，其作品多是在其被审查、关押、反省期间所写的"交代材料"。其中，最突出的是彭德怀所写的《彭德怀自述》和陈白尘所写的《牛棚日记》。

彭德怀（1898—1974），湖南湘潭人，中华人民共和国开国元帅，无产阶级革命家、军事家、政治家，中国人民解放军创建人和领导人之一。彭德怀早年参加国民革命军，1928 年，在大革命失败后的革命低潮时期加入共产党，在长期的土地革命、抗日战争、解放战争和抗美援朝战争中，在新中国的军队和国防建设，以及国家的社会主义建设事业中，作出了卓越的贡献。"文化大革命"期间，彭德怀遭到残酷迫害。《彭德怀自述》是他在遭受反复错误批判后，为了回答专案组提出的问题所写的自传材料。彭德怀在自述中以大无畏的气概和实事求是的精神，愤然写下了自己的革命经历和战斗功勋，对自己人生功过作了深刻剖析，对"四人帮"一伙对自己和革命军队的诬蔑诽谤进行了义正词严的驳斥。《彭德怀自述》显示出一个伟大的无产阶级革命家，面对魑魅魍魉的围攻迫害时坚定不移的信念、光明磊落的气概和光风霁月的胸怀。

陈白尘（1908—1994）著名作家、编剧、第六届全国政协委员。自 20 世纪 30 年代开始，陈白尘参加左翼戏剧家联盟，开展革命活动，坚持进步戏剧创作。其代表作有《乱世男女》《结婚进行曲》《岁寒图》《升官图》等。解放后，他参加创作了以历史人物为主角的宏大叙事历史剧本《大风歌》《宋景诗》和《鲁迅传》等。陈白尘在"文革"中受到中央专案组审查，《牛棚日记》则是他以真实笔触记录下那段噩梦般永难忘却的悲惨日子，亦成就了一本特殊的传记。他后来写出《寂寞的童年》《少年行》《云梦断忆》等回忆录，建立了戏剧影视研究所，为国家培养了大批戏剧人才。

一些著名的文化学者也对自己的一生进行总结反思，写下自述。柳鸣九主编的"思想者自述文丛"包括《在非有非无之间：汤一介自述》《两度人生：刘再复自述》《往事和反思：汝信自述》《梦与真：许渊冲自述》《一路走来：钱理群自述》《文学的乡愁：钱中文自述》《回顾自省录：柳鸣九自述》《花落无声：谢冕自述》8种。这些，全面展示了中国当代文化名家的学术历程与内心独白，艺术再现出思想者的绚丽人生和人格风范，堪称中国版的《忏悔录》或《文字生涯》。

在社会主义革命和建设时期，为英雄和模范人物立传的红色传记文学，以传记形式阐释了中国共产党在艰苦卓绝的革命斗争年代形成的精神谱系，表现了贯穿于党史、新中国史，闪现在英雄模范人物身上的红船精神、井冈山精神、长征精神、延安精神、抗战精神、抗美援朝精神。红色传记文学为激励人民在党的领导下建设社会主义国家而奋斗发挥了重要作用。

4. 新中国的传记人物电影事业面貌一新

新中国成立后，传记电影进入崭新的发展时期，成为承载历史题材和革命历史题材的重要样式，出现了第二次创作风潮。影片《中华女儿》（1949）根据"八女投江"的史实改编，开启了缅怀革命英烈、弘扬爱国精神的新篇章。此后有《刘胡兰》（1950）、《赵一曼》（1950）、《上饶集中营》（1950）等传记性影片陆续问世。

1953年10月1日，文化部发布《1954—1957年电影故事片主题、题材提示草案》，对传记题材的表现对象和描写内容提出要求。在此精神指导下，《董存瑞》（1955）、《狼牙山五壮士》（1958）、《聂耳》（1959）、《雷锋》（1964）、《白求恩大夫》（1965）等纪念英雄模范人物的传记影片陆续创作上映。这些影片以政治性和艺术性相统一，号召全国各族人民要以革命英雄和英雄模范人物为效仿的榜样，全身心地投入轰轰烈烈的社会主义建设中去。

在此指导和规范化之下，创作出为数不多的几部反映古代和近代历史先进人物的影片，如《宋景诗》（1955）、《李时珍》（1956）、《林则徐》（1958）等。

"文化大革命"期间因为绝大多数传记与电影创作人员受到冲击与批判，有的被迫离开工作岗位，电影创作基本停顿。为数不多的几部人物电影基本上缺乏非虚构的基础，真实感人的传记电影难觅踪影。

三、改革开放和社会主义现代化建设促进传记文学繁荣发展

1978年12月18日，中国共产党十一届三中全会召开，实现新中国成立以来党的历史上具有深远意义的伟大转折，开启了改革开放和社会主义现代化的伟大征程。改革开放开启了从计划经济向社会主义市场经济的转变，经济体制改革极大地推动了生产力的发展，社会物质文明与精神文明程度不断提高，人们的物质文化需求不断增长，对美好生活的向往日益增加，文化创新能量被大大地激发出来，传记文学的创作出版呈爆发式增长。

（一）改革开放时期传记文学作品出版概览

2018年12月18日，习近平总书记在庆祝改革开放40周年大会上发表重要讲话，对中国改革开放作出高度评价：改革开放是我们党的一次伟大觉醒，正是这个伟大觉醒孕育了我们党从理论到实践的伟大创造。改革开放是中国人民和中华民族发展史上一次伟大革命，正是这个伟大革命推动了中国特色社会主义事业的伟大飞跃！习近平总书记对改革开放以来的文艺工作做出高度评价：40年来，我们始终坚持发展社会主义先进文化，加强社会主义精神文明建设，培育和践行社会主义核心价值观，传承和弘扬中华优秀传统文化，坚持以科学理论引路指向，以正确舆论凝心聚力，以

先进文化塑造灵魂，以优秀作品鼓舞斗志，爱国主义、集体主义、社会主义精神广为弘扬，时代楷模、英雄模范不断涌现，文化艺术日益繁荣，网信事业快速发展，全民族理想信念和文化自信不断增强，国家文化软实力和中华文化影响力大幅提升。改革开放铸就的伟大改革开放精神，极大丰富了民族精神内涵，成为当代中国人民最鲜明的精神标识！

改革开放 40 周年庆祝大会表彰了 100 位先锋人物。他们和成千上万的中国人民，在各自平凡的岗位上为中国的改革开放做出了巨大的贡献，书写了国家和民族发展的壮丽篇章。从他们身上映射出从国家与民族的整体面貌，到人民群众的日常生活，都发生了前所未有的巨变。这一历史性的巨变，推动了中华民族复兴的伟大进程，也为中国传记文学的发展提供了强大的动力。他们当中的很多人物都是我们优秀传记文学作品中的主人公。作为改革开放的亲历者、见证人，传主和传手们，共同创造了改革开放以来传记文学创作的繁荣景象。

改革开放之初的 1980 年，全国出版图书 21621 种，1985 年出版图书45603 种，到 1990 年，达到 80224 种，10 年间差不多增长了 4 倍。2000 年，全国出版图书 143376 种，与 1990 年相比，增长了约 1.8 倍，比 1980 年增长了 6.6 倍，翻了三番之多。2012 年，全国出版图书数量达 414005 种。

在这期间，传记文学作品创作出版与图书出版总量同步激增。1977 年，积压 10 年的传记文学创作能量得到释放，很多作品得以出版，当年出版数量接近 300 种。这种态势一直保持到 1982 年。1996 年，传记文学作品年出版数量超过 1000 种。在这之后，出版传记数量基本上处于逐年上升趋势。2012 年，传记文学作品出版数量达 5744 种，反映出我国传记文学蓬勃发展的态势。

（二）改革开放时期传记文学的出版特色

随着改革开放的不断深化，文化界出现了繁荣昌盛的局面，传记写作也出现了蓬勃发展的新气象，传记的内容和形式以及数量、规模、质量都得到了极大发展，呈现出大发展大繁荣时期新的出版特色。

1.领袖和党史人物传记写作出版风起云涌

这一时期创作出版的《中共党史人物传》《中共军事人物传记》《不屈的共产党人》等传记丛书有较强的思想性和文学性。

特别是从 20 世纪 80 年代初开始，由中国中共党史人物研究会组织编写（胡华主编）的《中共党史人物传》大型传记丛书闪亮登场。该丛书历经 30 余年，陆续出版 100 卷。这部皇皇大卷包括 1000 多位党史人物传记，收录 1200 多篇文章，总共 2800 万字。该丛书严格按照党的历史决议和历史人物传记体例要求撰写，尊重史实、重点突出，人物经历完善、评价公允、特点鲜明、文字流畅、可读性强。从各个党史人物的传记，具体生动地反映出许多重大历史事件中党的活动，勾画出许多地区党的发展史。丛书用前人的共产主义精神教育后人，激发和调动人们的爱国主义热忱和社会主义劳动积极性，为建设社会主义精神文明积极贡献力量。2011 年，中共党史出版社在《中共党史人物传》100 卷图书的基础上，选编出版《中共党史人物传（精选本）》。这套精选本丛书共 16 册，包括领袖卷、先驱卷、英烈卷、模范卷、军事卷（上）、军事卷（中）、军事卷（下）、民运卷、隐蔽战线卷、政治经济建设卷（上）、政治经济建设卷（中）、政治经济建设卷（下）、科教卷、文化卷、统战卷、国际友人卷等，包含 1400 万字的容量。精选本丛书人物既有毛泽东、周恩来等领袖人物，也有革命先烈、科学巨匠等著名人士。此次增订又收录了王首道、宋任穷、周光召、黎强等 14 位党史人物，涵盖了中共党史方方面面的著名人物。精选本以人物串联起历史，为读者全面深刻地了解中共党史、中国近现代史，展示了一条主脉清晰、人物鲜活的立体脉络。这套丛书作为不可多得的史料丛书，既是一套完整的爱国主义教育教材，还是建设马克思主义学习型政党的必备书、党员干部的案头书、工具书。

许多领袖人物的传记由著名的作家、学者撰写，如权延赤的《走下神坛的毛泽东》《走下圣坛的周恩来》，叶永烈的《国共风云——毛泽东与蒋介石》，刘白羽的《大海——记朱德同志》，纪学的《朱德和康克清》，邓小平女儿毛毛的《我的父亲邓小平》《我的父亲邓小平——"文革"岁月》，王朝柱的《李大钊》《开国领袖毛泽东》，陈晋的领袖传记《文人毛泽东》《独领风骚》，刘汉民的《诗人毛泽东》等都有较高的信史互鉴的历史与人文价值。

中共历史上的重要人物也都陆续出版了传记或回忆录。如张俊彪描写刘志丹、谢子长、习仲勋等革命家领导西北军民创建陕甘宁根据地战斗历程的《血与火》，朱仲丽的《黎明和晚霞——王稼祥文学传记》，聂荣臻的《聂荣臻回忆录》，戴煌的《胡耀邦与平反冤假错案》，铁竹伟的《霜重色愈浓》，柯岩的《永恒的魅力——一个诗人眼中的宋庆龄》，陈廷一的《许世友传奇》，成仿吾的《长征回忆录》，杨成武的《敌后抗战》，李瑞芝的《回忆父亲吉鸿昌》，陶斯亮的《一封终于发出的信》，点点的《非凡的年代》，景希珍的《在彭总身边》，白仲元的《跟着志丹闹革命》，以及《方志敏传》《邓颖超传》《张爱萍传》《贺龙的脚印》《任弼时传》《董必武传》《林伯渠传》等，都是较有影响的作品。曾志的《一个革命的幸存者》，写得真诚大气，生动感人，在写我们党组织的功勋时，也揭示出了缺点和失误，时代感很强。陈廷一的政治人物传记表现了中国现代史上的重要人物及其家庭、家族的历史和风采。叶永烈勇涉敏感题材，写出了"四人帮"江青、张春桥、姚文元、王洪文及陈伯达等反面人物的长篇传记，在题材的开拓上有所建树。

在出版领袖和将帅以及其他老一辈革命家等传记作品的热潮中，毛泽东和周恩来的传记作品都出现热销。销售量比较大的如周世钊的《毛主席青年时期的故事》，中国少年儿童出版社1977年出版，销量达到106万册。关于周恩来的传记成为畅销书，由中国少年儿童出版社出版的邵年豹的《周总理的故事》（1977 年版）销量 100 万册；胡华的《青少年时期的周恩来同志》（中国青年出版社，1978 年版）销量 110 万册；魏国禄《随周恩来副主席长征》（中国青年出版社，1978 年版）销量达 260 万册。中国少年儿童出版社出版的苏叔阳《大地的儿子——周恩来的故事》（1982 年版）销量达 119 万册。这些传记作品的热销说明，如果用传记这样的写作样式来讲领袖和老一辈无产阶级革命家的故事是深受青少年喜爱的。

2. 人民军队的英雄人物传记作品弘扬了革命英雄主义

这一时期出版的战争题材传记具有较强的思想性和文学性。长征出版社出版的《解放军烈士传》《革命英雄人物文学传记丛书》和敦煌文艺出版社出版的《中国人民解放军六位英模丛书》，以生动、丰富、翔实的资料，真实记录了张思德、董存瑞、黄继光、邱少云、雷锋、苏宁等英模光辉的一生。

《东北抗日英杰传记文学丛书》分别为赵一曼、李兆麟、赵尚志、杨靖宇、关向应等 12 位英杰立传，中国青年出版社先后出版《解放战争回忆录》《青年英雄的故事》《青年英雄的故事（续编）》《祖国忠贞儿女》，中国少年儿童出版社的《列宁的故事》（松群编），对广大青少年的健康成长起到了很大的作用。

3. 理性回归文化学人传记创作出版

这个时期对近 100 年来较早出现，且较有价值的传记作品又进行重新审视和出版。以康有为、梁启超、严复、梁漱溟、熊十力、冯友兰、辜鸿铭、蔡元培、赵元任、胡适、鲁迅、郭沫若、闻一多、朱自清、周扬、吴宓等为代表的近现代的著名学者，以及张恨水、萧红、老舍、丁玲、残雪、王小波等为代表的众多现当代作家、学人的自传、回忆录和他传又被重新出版，也促进了人们对 100 年来，中国文化达人、传记作家的生平与贡献的重新认识与研究。

学人、作家的自传、回忆录逐渐繁荣，其中影响较大的有茅盾的《我走过的道路》。这部作品除记述作者前半生的经历和创作活动外，还记述了现代史上的不少重要事件。夏衍的《懒寻旧梦录》，重点记录文化领域左翼阵营内部的斗争，提供了中国现代文化史和文学史的重要而翔实可靠的资料。巴金的《随想录》，陈白尘的《云梦断忆》，丁玲的《狱中回忆》《我所认识的瞿秋白——回忆与随想》，刘白羽的《心灵的历程》，都具有广博的思想容量，高度的历史价值和深厚的文学魅力。特别是杨绛的《干校六记》《我们仨》，季羡林的《牛棚杂忆》，韦君宜的《思痛录》，曾彦修的《平生六记》，王火的《在"忠字旗"下跳舞》，团结出版社出版的"作家自白系列"，包括《我是王蒙》《我是从维熙》《我是冯骥才》《我是蒋子龙》《我是刘绍棠》《我是刘心武》等学者、作家的回忆录，录入了传主的心灵历程与个人反思，保存了其忧国忧民的政治风骨与文化人格，表现了知识分子对人生意义和社会价值的探究追寻。

关于鲁迅的传记林林总总出现了很多种。王士菁的《鲁迅传》于1981年重印后受到广泛关注。另外，曾庆瑞的《鲁迅评传》，吴中杰的《鲁迅传略》，林非、刘再复的《鲁迅传》，林贤治的《人间鲁迅》，林志浩的《鲁迅传》，彭定安的《鲁迅评传》，陈漱渝的《民族魂》等，各有风格，各具特色，这反映了新时期传记文学界对于鲁迅这位思想先驱的铭记、推崇和反思，更加回归到鲁迅的本真。

这一时期，闻黎明的《闻一多传》，韩石山的《徐志摩传》《徐志摩与陆小曼》，凌宇的《沈从文传》，肖凤的《肖红传》，桑逢康的《感伤的行旅——郁达夫传》，孙见喜的《贾平凹之谜》，郑恩波的《刘绍棠传》《周作人传》，张冠生的《费孝通传》，张紫葛的《心香泪洒祭吴宓》，陆键东的《陈寅恪的最后二十年》，王晓明的《无法直面的人生——鲁迅传》，程伟礼的《信念旅程——冯友兰传》，高建国《顾准全传》，李辉的《萧乾传》，俞健萌的《曹禺传》，戴光中的《胡风传》以及《李苦禅传》《弘一法师传》《丁玲传》《田汉传》《苏曼殊评传》《巴金评传》《冰心评传》等，深入挖掘人物事迹，还原人物的历史面目，具有深刻的反思与领悟，闪耀着崇德向善的精神光辉。

4. 科学家成为传记创作的新型传主

在科教兴国的国策带动下，新时期科学家传记得到了蓬勃发展。1986年6月，中国科学技术协会第三次全国代表大会做出编纂"中国科学技术专家传略丛书"的决议。该丛书共有32卷，分理学、工程技术、农学、医学四大编。80年代后期，中国科学院、科学出版社相继出版《中国古代科学家传记》两册，收录240位古代科学家，《中国现代科学家传记》六册，收录679位现代科学家。20世纪90年代出版了《科学巨匠丛书》《中国国防科技科学家传记丛书》《中国科学家传记文学丛书》和《当代中华科学英才丛书》等科学家传记。

21世纪初，《两弹一星功勋科学家丛书》与《国家最高科学技术奖获奖人丛书》出版。这两部传记丛书为世界公认的华人科学家钱学森、杨振宁、丁肇中、邓稼先、王淦昌、华罗庚、苏步青、吴健雄、李远哲等树碑立传，以浓墨重彩展示了中国当代科学家和科学技术专家的伟大功勋和卓越风采。大批科学家得到传记文学作家的青睐，大量科学家传记作品得到出版发行。在科学家传记中，陈群等的《李四光传》，吴崇其、邓加荣的《林巧稚》，顾迈南的《华罗庚传》，魏根发、祁淑英的《钱学森》，林沫的《困惑的大匠梁思成》，张维的《熊庆来传》，聂冷的《吴有训传》，聂冷、庄志霞的《杂交水稻之父袁隆平传》，余德庄的《世纪情结》，王元的《华罗庚》等都是优秀的科学家传记。科学家传记作品的异军突起，充分体现了科学技术是第一生产力的定位，彰显了新时代我国科技发展的自信，人民强国意识的复苏与重构。

5. 市场经济弄潮人跻身传记传主

经济界人物如商人、企业家，是改革开放以来中国社会涌现出来的新的社会阶层。新的社会阶层和中介服务等新的社会组织代表人物的传记文学作品受到社会热捧，成为非常"吸睛"和"吸金"的畅销书。人民群众对美好生活的向往，激发了大批敢于"下海"弄潮的改革先锋走上创业之路。随着中国特色社会主义市场经济体制逐步建立、完善，从国企改制到民营企业家创新创业，中国经济领域涌现出一批又一批改革人物。他们当中有率先打破企业"铁饭碗"的步鑫生，有邓小平点名的具有风向标意义的"傻子瓜子大王"年广九，承包全国100家亏损造纸厂而组建"中国马胜利纸业集团"的马胜利，农民企业家传奇鲁冠球，"健力宝之父"李经纬，"中国IT企业教父"柳传志，引领中国品牌"海尔"崛起的张瑞敏，"中国饲料大王"刘永好、刘永行兄弟，"中关村村长"段永基以及香港富翁陈嘉庚、包玉刚、李嘉诚，大陆企业家荣毅仁、胡子昂等。他们之中有的人经历了人生的潮起潮落，但是他们那种敢为人先、锐意进取、艰苦奋斗、拼搏向上的精神激励并带动了成千上万的中国人走上创业之路。他们当之无愧地成为改革开放的风云人物，也因此成为人物报道、传记书写的对象。

首先进入传记文学作品榜的是老一代民族资本家和蜚声海内外的企业家。具有典型代表的作品有桑逢康的《荣氏家族》（中国青年出版社，1995年版），汪卫兴、倪冽然的《船王包玉刚》（湖南文艺出版社，1987年版），傅子玖的《陈嘉庚》，杨国桢的《陈嘉庚传》，夏萍的《李嘉诚传》《曾宪梓传》（作家出版社，1993年版）等。还有企业家合传，如《中国大资本家传》、《十大富豪传奇》（黄书泉主编，黄山书社1993年版）、《世界华人精英传略》丛书（丛书编委会编，百花洲文艺出版社1994年版）、《中国红色资本家》（辛茹等著，解放军出版社1995年版）等。同时，也出现了改革开放初期的企业家传记，如新华社华工主编的《步鑫生》（轻工业出版社，

1984 年版），朱新月、伊乐等著《中国当代青年企业家丛书》（人民出版社，2012 年版）等。

进入 21 世纪，大批新型创业者进入传记文学作品的传主行列。其中的典型代表有以"蒙牛速度"创造企业发展奇迹的牛根生、创造国美家电王国的产业巨子黄光裕、以搜索引擎让网络更便捷的百度创始人李彦宏、创造中国电子商务传奇阿里巴巴的马云等为代表的新经济人物被传记作家所关注。具有代表性的新一代企业家传记作品有《鲁冠球管理日志》《国药冯：冯根生国药生涯五十年》《我是著名的失败者：从脑黄金到脑白金》《希望永行：中国首富刘永行自述》《联想风云》《王石这个人》《沉浮史玉柱》《搜索百度李彦宏》《汽车"疯子"李书福》《李宁：冠军的心》《军人总裁任正非：从普通士兵到通信霸主》《马云传：永不放弃》《商界铁娘子董明珠：格力女总裁的商道人生》《追梦人陈天桥》《网易掌门人丁磊》《娃哈哈教父宗庆后》《常青法则：鲁冠球和万向集团长盛不衰的密码》《做强做大做久：鲁冠球和万向集团基因大解析》等。这些新型企业家，很多是恢复高考后考入大学的优秀学子，他们在改革开放初期就"下海"创业，对改革从理论研究到亲身实践，体会深刻。他们之中很多人自己主笔写下了自己的创业经历和刻骨铭心的感受，从而形成优秀的传记文学作品。其中，如冯仑的《野蛮生长》，唐骏、胡腾的《我的成功可以复制》等都有较大的社会影响。这些传主与传记成为青年创业者的创业指南和跨入商海的人生教科书。

6. 人民大众登上传记文学殿堂

新时期普通百姓开始更多地登上传记文学的殿堂。社会普通大众不仅仅是主流文化的接受者，逐渐成为社会文化的创造者与传播者。时代楷模张海迪的传记出版畅销，反映了社会学习榜样、弘扬正气的时代新风。中国青年出版社 1983 年出版的《闪光的生活道路——张海迪事迹》《坐轮椅的姑娘——

优秀共青团员张海迪》《闪光的生活道路续集——张海迪书信日记选》。

刘心武的《树与林同在》，朱东润的《李方舟传》，徐光荣的《烹饪大师》，赵定军的《妈妈的心有多高》，冯骥才的《一百个人的十年》，喻明达的《一个平民百姓的回忆录》等等，都是些普通人传记的优秀作品，产生了较大的社会影响。

2000年以后，普通人物传记出版数量大增。如中国社会科学出版社2000年出版了遇罗文著的《我家》，北京出版社2004年启动"给普通百姓立传"项目，策划"人生中国丛书"，其主要对象就是专写草根的人生。另外还有陈丹燕的《上海的红颜遗事》（作家出版社2009年版），中国社会科学出版社出版的《凡人画传》、河北大学出版社策划翻译出版外国平民传记的"平民传记丛书"等。2012年人民出版社出版《中华自强励志书系：轮椅上的飞翔》一书，讲述了18岁突然患上沉疴导致高位截瘫的山东省日照市的农村青年周飞顽强不屈，写出数百封"求书"信，在家乡创建"周飞农家书屋"的故事。该书系还包括《请叫我"许三多"》《永不放弃》《当幸福逆袭》《梦想在110厘米之上》等都讲述了身残志坚，仍过上美好生活的平凡的人物。

冯骥才在《一百个人的十年》中说："我有意记录普通人的经历，因为只有底层小百姓的真实才是生活本质的真实。""我关心的只是普通百姓的心灵历程。因为只有人民的经历才是时代的真正经历。"这是对普通人物传记的高度评价。普通人物的传记记载了普通人物的不普通，表现出普罗大众的喜怒哀乐。这些著名传记大家对普通人传记的写作，反映出新时期传记写作的人民性和大众化。其传记作品的热销恰恰反映出广大人民群众对中国人的文化自信，对真实的人生真善美的追求。

7. 文艺体育明星释放自我传记人生

文艺体育明星的自传、回忆录和他传也大量涌现。徐悲鸿夫人廖静文的《徐悲鸿的一生》，以至死不渝的感情写出了徐悲鸿奋斗的一生及其独特的性格；著名传记文学作家石楠写了《张玉良传》《刘海粟传》《舒绣文传》等；刘彦君的《梅兰芳传》，翟墨的《圆了彩虹——吴冠中传》，纪宇的《雕塑大师刘开渠传》，倪振良的《赵丹传》，史中兴的《贺绿汀传》等，都有自己的特色。

艺术家的自传也很多，著名艺术家新凤霞的《我叫新凤霞》，著名舞蹈家吴晓娜的《我的舞蹈艺术生涯》，邓在军的《屏前幕后》写出了她们数十年的艺术生涯。著名电影演员刘晓庆的《我的路》出版，开启了影视明星写作自传、回忆录的热潮。大批电视节目主持人都将自己的职业生涯写成自传，其中有文笔散淡、平和风趣，有一定思想内涵的赵忠祥的《岁月随想》（1995年），倪萍以散文笔法写作的有抒情色彩的《日子》（1997年），杨澜的《凭海临风》（1997年）《一问一世界》（2011年），宋世雄的《宋世雄自述——我的体育世界与荧屏春秋》（1997年），水均益的《前沿故事》（1998年）、《益往直前》（2014年），敬一丹的《声音：一个电视人和观众的对话》（1998年）、《一丹随笔》（1999年），白岩松的《痛并快乐着》（2001年）、《幸福了吗》（2010年），崔永元的《不过如此》（2001年），朱军的《时刻准备着》（2004年）、《我的零点时刻》（2011年），黄健翔的《像男人一样去战斗》（2006年）、《不是一个人在战斗》（2007年）），李咏的《咏远有李》（2009年），徐莉的《女人是一种态度》（2012年）等，也体现了传主的个人经历与职业特色。

改革开放极大地促进了中国体育文化的发展。体育明星们在2008年北京奥运会后的自传、回忆录开始受到社会追捧。第一个在中国击败日本九段棋手杉内雅男，打破"日本九段不可战胜"神话的陈祖德的自传《超越自我》，被日本人称为"聂旋风"，被中国围棋协会授予"棋圣"称号，创造了中国围棋界"聂卫平时代"的聂卫平自传《围棋人生》，畅销美国、风靡欧洲的中国和NBA篮球运动员姚明的中英文版自传《我的世界我的梦》，在雅典奥运会上以 12 秒 91 的成绩夺得 110 米栏奥运金牌的刘翔自传《我是刘翔》，24 年执拍收获奥运会、世锦赛、世界杯、汤姆斯杯、苏迪曼杯、全英、亚锦赛、亚运会冠军于一身的超级全满贯林丹的《直到世界尽头》，征战 15 年拿下了 9 个国际女子职业网联单打冠军，19 个国际网联单打冠军，两度捧起大满贯奖杯，创造中国网球奇迹的李娜的自传《独自上场》等，激励着无数青少年热读传记，又跟随传主的脚步不断走上赛场。

8. 中外历史人物的传记评论再获发展

史学工作者和文化学者的许多学术性、研究性人物传记著作是传记文学的重要组成部分。朱东润连续写出了《陆游传》《梅尧臣传》《杜甫叙论》《陈子龙及其时代》等学术传记。匡亚明的《孔子评传》和邓广铭的《岳飞传》均有很高学术性。陈贻焮的 3 卷本《杜甫评传》108 万字，是中国有史以来最长的学术传记。该传记对杜甫一生的创作及其思想性格的发展作了深入评述。

冯尔康的《雍正传》，章开源的《开拓者的遗迹》，杨国桢的《林则徐传》，苑书义的《李鸿章传》，以及将传记评论融入人物传记写作的作品，如董蔡时的《左宗棠评传》，刘恒的《王国维评传》《司马迁评传》等以严肃的史学风范和亲和的传记叙事，将传主的历史地位与贡献再现出来。

由外国人创作的传记，如成吉思汗、林肯、丘吉尔、拿破仑、朱可夫、肯尼迪、尼采、海德格尔、胡塞尔、克林顿、李昌镐、奥巴马、小布什、切·格瓦拉、可可·香奈儿、海伦·凯勒、曼德拉、撒切尔夫人、C 罗、奥普拉、梵高、赖斯、居里夫人、爱因斯坦、奥黛丽·赫本等历史名人与当代人物传记也被翻译成中文在国内出版社出版。

历史上许多中外知名人物的传记，往往涉及传主在历史上的地位和作用的评价，以及对相关人物和事件的考证。这类作品的写作、翻译、出版，不但有益于历史学、科学、文化的研究，也有利于在学者和普通读者之间，在中国人和外国人之间，在古人和今人之间架起沟通的桥梁，让历史人物学术研究大众化、普及化，使具有研究性的人物传记赢得了广大普通读者，尤其受到青少年读者的欢迎。

9. 传记影视创作与传播异军突起

随着改革开放以来电子工业科技的发展，数字技术的进步，手机的多功能迭代，支撑起传记影视作品呈现出爆发式增长。新时代随着互联网、数字经济发展和网络自媒体的普及，大众个人和他人的自传、小传、微传记、微声像作品等通过抖音、快手、微信等媒介广泛传播，如春潮涌动，如春风化雨，浸润人心。各个年龄段的传记作家作品"忽如一夜春风来，千树万树梨花开"，如百舸争流，如百花争艳，美不胜收。

1979 年之后，文艺界拨乱反正、正本清源、改革创新，电影创作越来越关注人文精神，越来越重视人的个性张扬，中国传记电影出现第三次创作风潮。描写影响中国历史进程，对推动历史进步起到一定作用的历史名人进入传记电影创作视野。一些革命历史人物的传记电影上映后引起了较大的社会反响，如《拔哥的故事》（1979）、《吉鸿昌》（1979）、《刑场上的婚礼》（1980）、《贺龙军长》（1983）、《陈赓蒙难》（1984）、《少年彭德怀》（1985）、《叱咤香洲叶剑英》（1990）、《青年刘伯承》（1996）、《周恩来》（1991）、《毛泽东的故事》（1992）、《刘少奇的四十四天》（1992）等。这些影片扭转了"脸谱化"的人物表现，以较为细腻的帧幅，展现了日常生活化、平民化的革命英烈和中共领袖人物为挽救国家危亡，为中国人民的解放事业，为新型社会主义建设和发展做出的重大贡献。

这一时期创作的英雄模范人物的传记电影，如《焦裕禄》（1990）、《蒋筑英》（1993）、《孔繁森》（1995）、《离开雷锋的日子》（1997）等，更加注重培养人民大众的社会责任、道德修养和业务素质，提高全民热爱祖国和勤恳工作的主动性和自觉性。

进入 21 世纪，传记电影出品大幅增加，传主的身份更加丰富多彩。根据传主身份归类，可以将传记电影分为三大类型：

第一类是革命先驱、领袖和将帅人物的纪念性传记影片。该类型影片的作用在于让观众不忘初心，对共产党人革命先烈、人民领袖产生缅怀和崇敬之情。其中的代表作有《相伴永远》（2000）、《毛泽东与斯诺》（2000）、《毛泽东在 1925》（2001）、《邓小平》（2002）、《毛泽东去安源》（2003）、《我的法兰西岁月》（2004）、《风起云涌》（2004）、《邓小平·1928》（2004）、《和平将军陶峙岳》（2009）、《竞雄女侠秋瑾》（2011）、《百年情书》（2011）、《秋之白华》（2011）、《第一大总统》（2011）、《刘伯承市长》（2012）、《周恩来的四个昼夜》（2013）、《出山》（2018）、《周恩来回延安》（2019）、《革命者》（2021）。

第二类是文学家、艺术家、教育家、科学家、医学家、民族英雄等历史名人传记影片。这些影片更加专注于人物命运的刻画，如《英雄郑成功》（2000）、《刘天华》（2000）、《詹天佑》（2001）、《鲁迅》（2005）、《吴清源》（2006）、《梅兰芳》（2008）、《邓稼先》（2009）、《袁隆平》（2009）、《孔子》（2010）、《吴大观》（2011）、《画圣》（2012）、《钱学森》（2012）、《萧红》（2012）、《黄金时代》（2014）、《大唐玄奘》（2016）、《皇甫谧》（2018）。

第三类是革命英雄、劳动模范、优秀党员、各行各业先进典型人物传记影片。这些影片专注彰表为国为民艰苦奋斗、埋头苦干、默默奉献的英雄模范人物的事迹，如《郑培民》（2004）、《张思德》（2004）、《任长霞》（2005）、《大爱如天》（2007）、《吴运铎》（2011）、《杨善洲》（2011）、《郭明义》（2011）、《吴仁宝》（2012）、《神探亨特张》（2012）、《仁医胡佩兰》（2016）、《南哥》（2017）、《苏庆亮》（2018）、《李保国》（2018）、《文朝荣》（2018）、《黄大年》（2018）、《李学生》（2018）、《天慕》（2018）。

中国的传记电影与欧美传记电影不同，注重正面人物形象创作。传记人物故事的呈现多以"主旋律"为基调。传记人物的塑造也多以其正面的形象和性格特征为主。西方电影，尤以英美为例，因其社会文化环境使然，多以宣扬个人英雄主义为主基调，展现出浓厚的个人主义至上倾向。中国传记电影创作则相对比较"低调""内敛"，即便是某个领域值得人们尊敬、被历史铭记的人，也很少会给自己"著书立传"，也少见与片方合作创作自己先人或与自己有关的传记电影。随着中国传记文学的不断发展，传记电影必然会随之发展，要借鉴其他类型的电影作品的创作经验，处理好真实性和艺术性的关系，给广大观众、给社会主义文化市场贡献出兼备艺术价值和市场价值的佳作。

四、中国特色社会主义新时代传记文学助力中华民族伟大复兴

进入中国特色社会主义新时代以来，中国传记文学事业得到迅猛发展。传记文学作家牢记初心使命，作品写作主题鲜明、创作样式百花齐放，作品出版数量激增，传记文学研究走向深入，以国际视野讲好中国好故事推陈出新，传记文学事业成为新时代中国特色社会主义文化重要组成部分，彰显了中华民族的道路自信和文化自信。在中国特色社会主义新时代的伟大事业中，传记文学创作聚焦新时代英雄模范人物，许许多多的具有时代特色的传记读物出版，英雄楷模的传记文学创作成为新时代受到关注的重点领域。

2021 年 7 月 1 日，习近平总书记在庆祝中国共产党成立 100 周年大会上发出了新时代的最强音：为了实现中华民族伟大复兴，中国共产党团结带领中国人民，浴血奋战、百折不挠，创造了新民主主义革命的伟大成就；自力更生、发愤图强，创造了社会主义革命和建设的伟大成就；解放思想、锐意进取，创造了改革开放和社会主义现代化建设的伟大成就；自信自强、守正创新，统揽伟大斗争、伟大工程、伟大事业、伟大梦想，创造了新时代中国特色社会主义的伟大成就。

致敬建党百年，出版精品荟萃。百年波澜壮阔奋斗中的无数共产党人英雄模范人物，成为传记作品主角，形成新的出版热潮。

（一）新时代传记文学创作出版概览

2012 年 11 月，党的十八大召开以来，以习近平总书记为核心的党中央高举中国特色社会主义旗帜，进一步解放思想，改革开放，凝聚力量，攻坚克难，坚定不移沿着中国特色社会主义道路，为全面建成小康社会而奋斗。党的十九大报告以"新时代""新格局""新形势""新理念""新征程"，宣告中国特色社会主义新时代的到来。面对极其艰困的形势和任务，我们的党领导全国人民取得抗击新冠肺炎疫情斗争战略性胜利的重大成果；如期打赢脱贫攻坚战，实现全国近 1 亿人口完全脱贫；如期全面建成小康社会、实现第一个百年奋斗目标，开启全面建设社会主义现代化国家、向第二个百年奋斗目标进军的新征程。新时代推动中国传记文学发展勇攀新高峰。

1. 文化出版事业得到前所未有的发展

进入新时代以来，随着我国经济社会全面高质量发展，我国文化出版事业也得到前所未有的发展。根据历年新闻出版产业分析报告统计，2013 年到 2020 年间，全国全品类图书出版种类总量为 389.51 万种，新版图书出版品种总量为 197.53 万种，重印图书出版品种总量为 191.97 万种。其中 2013 年，全品类出版图书种类总量为 44.44 万种，总印数为 83.10 亿册，此后的总量逐年保持稳定增长，2017 年，全年出版种类突破 50 万种，2018 年为 51.92 万种。

受新冠病毒疫情的影响，2019 年和 2020 年较 2018 年的出版总量有所回落。2019 年，全国共出版新版图书 22.5 万种，较 2018 年降低 9.0%，重印图书 28.1 万种，增长 3.3%。2020 年，全国出版新版图书 21.4 万种，较 2019 年降低 5.0%，重印图书 27.5 万种，降低 2.1%。（详见表 1）

表 1　2013-2020 年全国图书出版总量规模（单位：万种）

	2013	2014	2015	2016	2017	2018	2019	2020	合计
全品类图书出版品种数（新版+重印）	44.44	44.84	47.58	49.99	51.24	51.93	50.6	48.9	389.51
新版图书出版品种数	25.60	25.59	26.04	26.24	25.51	24.71	22.48	21.36	197.53
重印图书出版品种数	18.84	19.25	21.54	23.75	25.71	27.22	28.12	27.54	191.97

（数据来源：国家新闻出版署发布的 2013—2020 年当年新闻出版产业分析报告）

2. 传记文学作品再版数量达九成

根据北京开卷信息技术有限公司提供的零售市场数据显示，2013 年以来，传记类图书出版种类数量基本与全品类图书出版总量趋势一致。2013 年到 2021 年间，传记类图书动销品种总量为 291117 种，2013 年，传记类新书出版品种数为 3226 种，2014 年到 2017 年基本保持种类 3000 种以上，2018 年开始出现下降，为 2604 种，2020 年为 2328 种，2021 年为 2784 种。（详见表 2）

表 2　传记类图书动销品种数及新书出版品种数（单位：种）

传记及细分类	2013	2014	2015	2016	2017	2018	2019	2020	2021	合计
传记类图书动销品种数	23465	27140	28733	30100	32757	33798	36909	38144	40071	291117
传记类新书出版品种数	3226	3080	3051	3259	3066	2977	2604	2328	2784	26375

（数据来源：北京开卷信息技术有限公司根据其在全国建立的"全国图书零售市场监测系统"作出的《中国传记类图书零售市场数据分析报告（2013—2021）》）

从以上数据可以看到，2013—2020 年，全国图书市场上在售品种为

389.51 万种，其中新版为 197.53 万种，再版为 191.97 万种，新版图书占总品种的 50,7%，再版图书占总品种的 49.3%；传记类图书在售 25.1046 万种，其中新版 2.3591 万种，再版达 22.5555 万种，新版传记图书占传记图书总数的 9.4%，而再版传记图书占传记图书总数的 90.06%。2021 年传记图书在售品种为 40071 种，其中新版 2784 种，只占当年传记图书总量的 7%，而再版达到 37287 种，占当年传记图书总量的 93%。尽管传记图书只占市场图书总出版量的 6.5% 左右，但其 90% 以上的再版率与全部市场在售图书不到 50% 的再版率相比，可见传记图书有较好的市场效益和社会价值。

3. 行业领军人物传记占据出版榜首

2013—2021 年期间，在传记类图书出版细分类中，占比较高的传记种类分为行业名人、中国历史人物和政治军事类人物。行业名人类共计出版 9350 种，占整个传记出版总量的 35%；中国历史人物类共计出版 5729 种，占整个传记出版总量的 22%；政治军事人物类共计出版 5072 种，占整个传记出版总量的 19%（详见表 3、图 1）。

表 3　传记及各细分类年度新书品种数（单位：种）

传记及细分类	2013	2014	2015	2016	2017	2018	2019	2020	2021	合计
传记类新书出版品种数	3226	3080	3051	3259	3066	2977	2604	2328	2784	26375
财经人物	214	194	204	221	193	152	174	149	149	1650
家族研究/谱系	58	70	67	63	79	52	63	39	47	538
人物合集	249	206	211	209	202	166	243	186	251	1923
社会各界人物	127	52	93	95	131	108	159	164	264	1193

传记及细分类	2013	2014	2015	2016	2017	2018	2019	2020	2021	合计
文娱体育明星	129	137	134	135	111	91	69	62	52	920
行业名人	995	1047	1057	1233	1093	1134	920	882	989	9350
政治军事人物	785	654	645	621	567	584	430	342	444	5072
中国历史人物	669	720	640	682	690	690	546	504	588	5729

（数据来源：北京开卷信息技术有限公司根据其在全国建立的"全国图书零售市场监测系统"作出的《中国传记类图书零售市场数据分析报告（2013—2021）》）

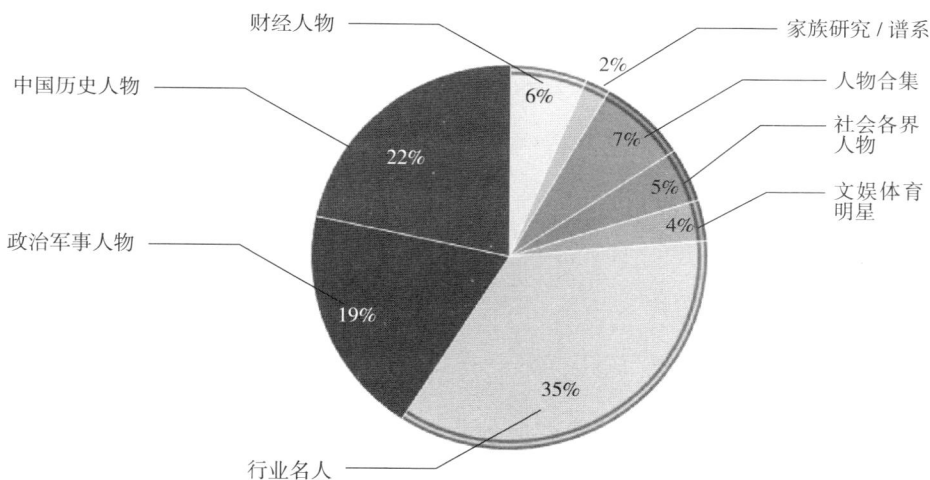

图 1　传记类图书市场构成

（数据来源：北京开卷信息技术有限公司根据其在全国建立的"全国图书零售市场监测系统"作出的《中国传记类图书零售市场数据分析报告（2013—2021）》）

这一时期，为纪念改革开放 40 周年、中华人民共和国成立 70 周年、中国共产党诞辰 100 周年的评选中获得"改革先锋"称号和"最美奋斗者"

称号的个人、"共和国勋章"获得者和"七一功勋"获得者，以及在全国抗疫斗争中、全国脱贫攻坚战中和"大国工匠"的竞赛中涌现出来的大量新时代英模人物成为传主。它也反映出这一时期的行业名人类、中国历史人物和政治军事类人物传记出版成为重点的原因，也揭示出中国人物传记出版的主流方向。

（二）新时代传记文学创作出版特色

1. 中共党史人物传记出版再成热点

中央文献出版社、中共党史出版社将中共领袖人物和革命先烈的传记出版作为自己的使命担当。中央文献出版社陆续出版了毛泽东、周恩来、刘少奇、朱德、邓小平、陈云等领袖人物传记。中共党史出版社出版了由中共党史人物研究会编撰的《中共党史人物传》（1—100卷），从1983年出版，到2015年出齐。这部集成1012位党史人物传记，共2800万字，收录1200多篇文稿的大型传记丛书的影响持续扩大。进入中国特色社会主义新时代以来，尤其为迎接建党100周年，相关中央部委和地方的出版单位也出版了大量各具特色的党史人物传记图书。这些党史人物传记深化了在全国各地党史和党史人物史料与事迹的广泛挖掘与深度研究。

2020年12月吉林省委党史研究室组织编撰，穆占一主编的《吉林党史人物》（第17卷），由中共党史出版社出版发行。该书收录了穆木天、陈洪、匡亚明、陈静波、金景芳、任抟九、贺云卿、林志纯、唐敖庆、董申保、郝水、康克、陈炎、刘居英、张笑天共15位分布在吉林省各条战线上的著名党史人物传记，共计26万字。

中共海口市委党史研究室编，海口市委党史研究室主任符中和海南省作家协会会员、海口市中共党史学会副会长王锡鹏合著的长篇人物传记《王海萍传》一书由中共党史出版社出版。王海萍是海口地方党史上非常重要的一位人物。他是大革命时期的中共党员，曾任中共闽西特委书记、福建省委军委书记，福建省委书记等职。他参加过五卅运动、北伐战争、八一南昌起义，并配合毛泽东同志率领中央红军攻克漳州。年仅 28 岁的王海萍，1932 年 6 月被叛徒出卖被捕，7 月被国民党反动派残忍杀害。《王海萍传》填补了海口在党史人物传记方面的空白，王海萍英烈的事迹对青少年一代是巨大的教育和激励。

2018 年 7 月，由重庆市江津区委党史研究室和双福新区管委会共同编撰的《冉钧传》正式出版发行，这是继《聂荣臻传》后的第二部江津籍重要党史人物长篇传记。冉钧是江津籍革命先驱，曾和邓小平、聂荣臻等旅欧赴俄留学，回国后先后担任中共重庆党支部第一任书记、中共重庆地方执行委员会第一任组织部部长，长期从事党的地下活动和革命斗争。他曾立誓"为革命不结婚"，牺牲时年仅 28 岁，他饱满的革命热情、舍身救国的无畏精神都值得后辈缅怀和学习。

为庆祝中国共产党成立 100 周年，"出版湘军"聚焦百年党史，发挥专业优势，狠抓主题出版，推出了一批主题鲜明、内涵丰富、角度多样的精品力作。热土潇湘，走出了毛泽东、刘少奇、任弼时等老一辈无产阶级革命家，大批共产党人在这片热土上谱写了感天动地的英雄壮歌。中南传媒集团结合党史学习，精心策划了《谁主沉浮》等 50 余种主题出版物。《湖湘英烈故事丛书》以近百位湘籍英烈为叙事对象，着力讲述英烈故事，传颂英烈精神。湖南电子音像出版社的《我志愿——入党申请书的故事》一书，收录不同时期优秀共产党人的 100 份《入党申请书》原件图片。省内各高校出版社结合自身特点、优势开展选题策划。湖南大学出版社出版图书《党史上的湖大人》《初心从这里萌发——湖南一师学人与湖南建党》，讲述湖南高校里的红色故事。《湖南党史人物传记资料选编》是中共湖南省委党史资料征集研究委员会编辑出版的不定期内部丛书。该"选编"主要汇集湖南籍和长期在湖南从事革命活动的外省籍的重要党史人物的资料（包括传记、自传、年表、日记、诗文、书信等）。"选编"第二辑收入了李达、罗亦农、朱少连、陈佑魁、田波扬、陈昌甫、张子清、贺锦斋、杨开慧、陈毅安、毛简青、刘东轩、罗纳川、胡筠、陈莆章、雷晋乾等。

四川人民出版社积极谋划，延续"领袖画传""读懂领袖"系列，策划出版了《领袖风范丛书》（6 册）等重点作品。还有以小角度切入讲述红色往事，是用生动的故事讲述共产党人筚路蓝缕奠基立业的党史人物通俗读本，如《流逝的岁月：李新回忆录》《一个革命的幸存者：曾志回忆录》等备受读者欢迎。

贵州人民出版社出版了《开刃之秋：中共贵州省工委英烈传》《一切要为人民打算：王若飞传》等。广西出版传媒集团深挖广西的红色资源，出版《血染的红木棉——韦拔群的传奇故事》等反映广西地方革命英烈的普及读物，出版了《红色传奇》成人版图书，打造了《红色传奇》学生版读本。2020 年一年该书在广西发行量就达到 600 多万册。

山东出版集团与驻鲁各出版单位围绕建党 100 年，集中推出了一批思想性、艺术性、可读性俱佳的"鲁版"图书。重点策划与党的知识、历史、成就与经验相关的选题，出版了《新时代：马克思主义在中国》《写给青少年的党史》（全 6 册）、《中国共产党历史读本》（小学版、中学版、大学版）、《为了新中国——革命烈士纪念碑碑文敬读》《开国领袖与调查研究》《国家记忆 永恒的火与血——沂蒙精神的底色》《百年沂蒙》《沂蒙精神》（小学版、中学版、大学版）、《山东红色基因图谱》《乳娘》《胶东红色故事》等接地气的红色传记。这些具有山东文化特色标识的红色读物，将齐鲁文化的红色基因根植于中国共产党历史的大视野中，为广大党员和群众提供学习党史、坚定党性、弘扬党风的生动教材和精神食粮。山东红色读物既有知名专家权威评述党史的高端学术专著，又有向广大党员和群众普及党史知识的通俗理论读物，也有专为小读者们打造的红色文化普及读物。

2. 当代优秀共产党人的传记出版汇成主流

自 2014 年开始，中共中央宣传部宣传教育局推出《时代楷模》系列专题片，同时将其编写成同书名的多人（集体）合传由学习出版社出版。该系列图书先后记录了山东港口集团青岛港"连钢创新团队"，张富清、张桂梅、黄诗燕、毛相林、孙景坤、徐振明、朱有勇、李夏、余元君以及国家援鄂抗疫医疗队等 10 个抗疫一线医务人员英雄群体，江西省九江市消防救援支队陆军第 74 集团军某旅"硬骨头六连"，闽宁对口扶贫协作援宁群体，敦煌研究院文物保护利用群体，海军"和平方舟"号医院船等全国重大先进典型，事迹厚重感人、道德情操高尚、影响广泛深远。

2019 年 9 月，《本色英雄张富清》（谭元斌著）由江西高校出版社、新华出版社出版发行。老英雄张玉清在革命战争年代立下无数战功，曾被所在部队多次授予"战斗英雄"称号和"人民功臣"奖章。1955 年 1 月转业地方，然后默默无闻地在粮油、纺织、外贸、银行等单位工作，1984 年 12 月离休。2019 年，中宣部授予其"时代楷模"称号，中共中央授予其"全国优秀共产党员"称号，获得第七届"全国道德模范"和"全国敬业奉献模范"奖。全国人大常委会授予其"共和国勋章"，被授予"最美奋斗者"荣誉称号，并获得中央电视台"感动中国 2019 年度人物"荣誉。张富清坚守共产党人的初心，居功不傲，在平凡的工作岗位上做着无私的奉献，一时间成为最热门的传主。除了谭元斌的《本色英雄张富清》外，还有钟法权的《张富清传》（2020 年陕西人民出版社出版），唐卫彬的《初心》（2019 年新华出版社出版），《初心》编写组编写的《初心：向共产党员张富清学习》（2021 年新华出版社出版），中国人民解放军新闻传播中心 2021 年的《坚守初心好榜样：张富清》等先后出版，客观真实地讲述榜样的力量。

2020 年 12 月 3 日，党中央决定授予周永开、张桂梅同志和追授于海俊、李夏、卢永根、张小娟、加思来提·麻合苏提同志"全国优秀共产党员"称号。这7名同志怀着对人民对国家的赤子之情，不忘初心、牢记使命，勇于担当、砥砺奋进，在各自岗位上做出杰出贡献。新华出版社2021年出版的《新时代共产党员的楷模》记录这7名同志的先进典型事迹，生动展现新时代共产党人把理想信念化为行动力量的政治品格和先锋形象。

还有许多如2008年汶川抗震救灾英模人物，2009年评选"双百人物"，2018年个人"改革先锋"称号，2019年"最美奋斗者"个人、"共和国勋章"获得者，2021年'全国脱贫攻坚楷模""七一功勋"获得者均成为新时代英模人物传主。其中，屡获"全国脱贫攻坚楷模""全国优秀共产党员""全国先进工作者"等荣誉称号并荣获"七一勋章"的张桂梅，扎根云南省丽江市华坪县贫困山区40余年，创办全国第一所全免费女子高中，拖着病体忘我工作，帮助1800多名贫困山区女孩圆梦大学，义务兼任华坪县儿童福利院（华坪儿童之家）院长，抚育130多名孤儿成长成才，是为教育事业奉献一切的"张妈妈"。2021年2月，为帮助广大党员干部学习张桂梅先进事迹，中共云南省委组织部组织编写的《我有一个梦想——全国优秀共产党员张桂梅的故事》一书由党建读物出版社出版。2021年7月，云南卫视特别奉献人物传记纪录片《教师妈妈张桂梅》，讲述了张桂梅同志扎根云南省丽江市华坪县，克服万难，帮助贫困孩子和孤儿成长成才的故事。

3. 脱贫攻坚英模传记彰显时代奇迹，传递榜样力量

2015年11月27日至28日，中央扶贫开发工作会议在北京召开。29日《中共中央国务院关于打赢脱贫攻坚战的决定》成为指导当前和今后一个时期脱贫攻坚的纲要性文件。党的十九大报告提出，坚决打赢脱贫攻坚战。让贫困人口和贫困地区同全国一道进入全面小康社会是我们党的庄严承诺。

在脱贫攻坚战的冲锋号吹响的时刻，商务印书馆出版的《习近平扶贫故事》（《人民日报》海外版编著），以习近平总书记的扶贫思想的发展为线索，遴选了一系列既脍炙人口又发人深思的故事。这些故事从1969年到

2020 年，时间跨度长达半个世纪。从陕西的梁家河、河北的正定，到福建、浙江、上海，再到调任中央，几乎涵盖了习近平总书记全部从政履历；从 15 岁插队初识农村艰苦生活，到走遍全国集中连片特困地区，记录了习近平总书记与困难群众交往、带领困难群众脱贫攻坚的点点滴滴。该书的出版为广大党员干部深入基层，深入脱贫攻坚第一线，坚决打赢脱贫攻坚战指明了方向，鼓舞了斗志，坚定了信心。

几年来，在党中央的坚强领导下，全国上下咬定目标、苦干实干，为确保到 2020 年所有贫困地区和贫困人口一道迈入全面小康社会而团结奋斗。2021 年 2 月 25 日，全国脱贫攻坚总结表彰大会召开，习近平总书记在大会上发表讲话宣告，在迎来中国共产党成立 100 周年的重要时刻，我国脱贫攻坚战取得了全面胜利，现行标准下 9899 万农村贫困人口全部脱贫，832 个贫困县全部摘帽，12.8 万个贫困村全部出列，区域性整体贫困得到解决，完成了消除绝对贫困的艰巨任务，创造了又一个彪炳史册的人间奇迹！在全国脱贫攻坚总结表彰大会上，有 1981 人被确定为全国脱贫攻坚先进个人（含追授 61 人），1501 个集体被确定为全国脱贫攻坚先进集体得到表彰。在决胜全面小康、决战脱贫攻坚征程中，一大批先进典型书写了奉献、担当精神，一批记录他们先进事迹的图书传递脱贫攻坚的榜样力量。

华文出版社出版的《别样的青春：大学生村官张广秀纪实》（张力慧著）以纪实的手法记录了张广秀的成长和工作经历，向读者展示了一个从群众中来、到群众中去的优秀大学生村官形象。主人公张广秀热爱生活、热爱事业，她给小乡村带来了青春和激情，她为古老的村庄增添了一抹亮色。

党建读物出版社与接力出版社联合出版的《中华先锋人物故事汇——李保国：太行山上的新愚公》（翟英琴著），从李保国求学、太行山扶贫、教书育人等角度，记录李保国扎根太行山深处，把生态治理和群众脱贫作为毕生追求，带领群众将长满荆棘的黄冈改造成了种满果树、集休闲娱乐于一体的天然氧吧、绿色公园的故事。

　　广西人民出版社出版的《新时代的青春之歌：黄文秀》（林超俊著）一书，细致地描写了"感动中国年度人物"、"全国脱贫攻坚楷模"、中共中央"七一勋章"获得者（追授）黄文秀成长求学、毕业回乡、驻村扶贫、青春奋斗、不幸牺牲的人生轨迹，树立了黄文秀作为一名优秀年轻干部、女干部、少数民族干部的良好形象。王勇英的《黄文秀：青春之花》，中共百色市委宣传部2020年编写的《黄文秀扶贫日记》，2021年的《黄文秀的故事》等大量扶贫攻坚的英模人物传记作品激励着广大人民群众，致敬党员的坚守与信仰。

　　罗宇凡2016年的《当代县委书记的榜样　追记贵州晴隆县委书记姜仕坤》，岳振的《铭记姜仕坤：晴隆山顶的脱贫苦思者——追忆贵州省晴隆县原县委书记姜仕坤》，尤其是戴时昌著，孔学堂书局出版的《倒在脱贫攻坚路上的县委书记——姜仕坤》影响巨大。这些作品以报告文学的方式，以详尽的第一手资料，以贵州"全省优秀共产党员""全国脱贫攻坚模范"、中共晴隆县委记姜仕坤同志的生命倒计时为线，以他生命最后到晴隆县工作的6年为经，将这6年间他的主要事业为纬，全方位再现了以姜仕坤为代表的基层干部特别是作为"一线总指挥"的县委书记，在脱贫攻坚主战场上带领百姓奋战拼搏的真实记录。

　　中国青年出版社出版的《中国脱贫攻坚群英谱》（文炜著），共收录60位不同行业、不同地域、不同民族、不同身份、不同年龄的模范人物，其中58位自2016—2020年"全国脱贫攻坚奖"（国务院扶贫办评选）和"全国脱贫攻坚模范"（国务院扶贫办和人社部共同评选）获奖者中选取，另2位为特别推荐。本书以报告文学的形式为扶贫英雄立传，通过英雄的故事记录一个伟大的时代，讴歌一种奋进昂扬的民族精神，以此激励读者，增强人民的精神力量，记录全面建成小康社会、打赢脱贫攻坚战的生动感人的人物故事，为中国社会留下脱贫攻坚样本，向全世界讲好中国扶贫故事。

　　内蒙古人民出版社出版的《白晶莹：刺绣扶贫的领路人》（胡日查著），

记述白晶莹在内蒙古自治区科右中旗委、政府的支持下，建立图什业图王府刺绣扶贫车间，采取"企业＋协会＋基地"的发展模式，让王府刺绣走出内蒙古，远销异国他乡。全旗培养出了 200 多名绣工技术人才，形成了 15 个刺绣产业村，用这门传统手艺带领群众摆脱贫困，走上致富路。

中国人力资源和社会保障出版集团出版的《奋斗在脱贫攻坚一线的第一书记》（张宝忠主编），记录了在扶贫一线的扶贫干部牢记使命重托，用自己的辛苦换来贫困群众的幸福。他们有的长期超负荷运转，有的没时间照顾家庭孩子，有的身体透支亮红灯，有的甚至献出了宝贵的生命。他们是党组织从各级党和政府机关部门遴选、派驻基层的 280 多万驻村干部、第一书记，奔赴祖国辽阔大地的大江南北、崇山峻岭，战斗在脱贫攻坚战场一线。经中共中央组织部门和有关主管部门批准，中国组织人事报刊社成立了以党委书记、社长张宝忠为组长的专项工作组（主创团队）。2020 年 4 月发布了关于"奋斗在脱贫攻坚一线的第一书记"的主题征文工作通知。各地党组织部门高度关注，迅速做出回应，积极投稿。从 1500 余份稿件中遴选出 100 位政治方向准、质量高、内容实的驻村第一书记的事迹结集成《奋斗在脱贫攻坚一线的第一书记》。这本合传弘扬众多第一书记在脱贫攻坚工作中的重要作用和他们艰苦卓绝的奋斗历程，富有创新精神的工作和卓著的成绩。在每一个传主不长的篇幅里，透视出奋斗在脱贫攻坚第一线的第一书记们不负重托、奋力拼搏在偏远山村田间地头，以人民为中心，爱岗敬业、忠于职守、无私奉献。他们艰苦卓绝的工作状态、开拓创新的工作方法、甘于奉献的精神境界以及和贫困群众的鱼水深情，谱写了新时代可歌可泣的感人故事。

卢一萍的《扶贫志》从《人间正是艳阳天——湖南湘西十八洞村的故事》讲起，用一个个生动的事例和人物呈现精准扶贫、脱贫攻坚的时代宏大叙事。陈耳的《毛相林：下庄开路人》，臧巨凯 2017 年的《赵亚夫》，翟英琴的《李保国》，邹玖霖的《脱贫攻坚群英谱》等都向世界讲述中国农民几千年来的梦想如今终于实现的脱贫致富故事，从而受到广泛关注。

山东立足地域特色，紧跟时代步伐，聚焦脱贫攻坚等党和国家中心工作，出版了《这就是中国》《中国北斗》《我们的小康时代》《俺们：山东小康之路影像纪实》《乡村振兴　齐鲁样板》《捧起希望：解海龙自述》《风筝是会飞的鱼》《勇做新时代泰山"挑山工"》等各种传记作品。这些图书题材广泛、形式多样，既见高度、见水准，又接地气、近人心；既抒写家国情怀，又注重国际表达，实现多品种、多国家、多语种输出；既有对脱贫攻坚工作的全景式记录，也有对全面建成小康社会的图景刻画；既有对沂蒙精神、泰山挑山工精神的梳理、传承，更有小切口展现沂蒙精神的感人故事。

4. 抗疫英模人物传记抒写和平年代的英雄情怀

2020 年伊始，正值中国春运的高峰，一种不知名的病毒突然袭击武汉，病毒传播迅速，人们莫名感染，满城人心惶恐不知所措。中国紧急报告世界卫生组织，2020 年 2 月 11 日，世卫组织称其为"2019 冠状病毒肺炎"。面对突如其来的新型冠状肺炎严重疫情，人民生命安全和身体健康面临严重威胁，党中央统揽全局、果断决策，以非常之举应对非常之事，坚持把人民生命安全和身体健康放在第一位，第一时间实施集中统一领导，采取一系列果断措施。4 月 4 日，中国举行全国性哀悼活动。国家卫健委发布一系列新型冠状病毒肺炎诊疗方案。党团结带领全国各族人民，包括医务人员、科研人员、病毒检测、对症治疗、密接隔离、设施建设、物资供应、物流配送、社区管理等付出巨大努力，进行了惊心动魄的抗疫大战，取得抗击新冠肺炎疫情斗争重大战略成果，经受了艰苦卓绝的历史大考。创造了人类同疾病斗争史上又一个英勇壮举！

2020 年 9 月 8 日，全国抗击新冠肺炎疫情表彰大会在北京举行。钟南山获得"共和国勋章"，张伯礼、张定宇、陈薇获得"人民英雄"国家荣誉称号。有 1499 人被授予"全国抗击新冠肺炎疫情先进个人"称号，500 个集体被授予"全国抗击新冠肺炎疫情先进集体"称号，200 名共产党员被授予或追授"全国优秀共产党员"称号，150 个基层党组织被授予"全国先进基层党组织"称号。世上没有从天而降的英雄，只有挺身而出的凡人。在这场没有硝烟的抗疫斗争中，无数勇士挺身而出，慷慨前行，他们是我们心中最美的英雄。在这场伟大的斗争中，许多英雄人物的事迹被人传诵，他们的传记得以写作出版，他们的精神被广泛宣传颂扬。

疫情伊始，文艺工作者传记作家们牵挂着抗疫前方的湖北同胞。在疫情最严峻的日子里，中国作协派出了一支由李朝全、李春雷、纪红建、曾散、普玄 5 位作家组成的采访创作小分队奔赴武汉抗疫一线。2 月 26 日，他们集结出发，奔赴武汉，冒着巨大的风险深入抗疫一线。他们进入救治医院、隔离点、社区、派出所、消防队等场所，采访了大量医护人员、基层和社区干部、警察、志愿者、消防队员、普通患者等，写下一个个感人的故事。李春雷创作了《铁人张定宇》《逆行赛跑》《金银潭》。李朝全完成了《一位叫"大连"的志愿者》《2020 年春在武汉》《"同济"战疫记》。纪红建写下《生命之舱》《武汉"转运兵"》《一个武汉民警的春天》。曾散创作完成《爱的温暖和力量》《甘心》《挺起青春的脊梁》。普玄写出了《他们的名字叫美德》《找到了当志愿者的价值和理由》《老唐这一路》。创作小分队作家们的这些纪实或纪传体作品陆续在《人民日报》《人民日报·海外版》《光明日报》《文艺报》《文学报》《人民文学》《中国作家》《北京文学》《芙蓉》《党建》等报刊发表，"学习强国"、人民网等媒体予以转载，在社会各界引起强烈反响，受到广大读者的好评。他们的纪实作品为这场战"疫"留下真实的历史记忆，给广大读者以感动、力量和启迪。

李春雷等 5 位作家还深入开掘，分别推出一至两部以武汉保卫战和中国抗疫为主题的长篇纪传体作品。其中，李春雷创作的《2020：以生命的名义》、李朝全编著的《抗疫英雄谱》，入选中宣部 2020 年主题出版重点出版物选题。纪红建的《大战"疫"》，聚焦武汉主战场，以独特而细微的场景，展现 2020 年中国人民打赢抗疫战争的伟大历程。普玄的《生命卡点》反映了新冠肺炎疫情下武汉这座城市的基本生活状态，同时又汇聚起一个个生命故事。曾散的《青春脊梁》讲述了青年一代在各条战线抗击新冠肺炎疫情的真实感人故事，描绘了新时代新青年逆风前行的群像，彰显了广大青少年努力成长为担当民族复兴大任的时代新人风貌。

在 2020 年疫情肆虐期间，抗击疫情的新闻报道和记录抗疫英雄事迹的文章佳作，在各类新闻出版刊物和网络媒体上竞相刊出。传记体报道研究也进入活跃期。其中，张留勋的《新冠肺炎疫情中"非虚构"写作的探索与突破》、郑梦琛的《非虚构写作平台内容生产研究——基于新冠肺炎疫情期间的考察》、范玉刚的《高扬"人民至上、生命至上"的现代文明理念——抗疫文艺的家国叙事与大国担当》等文章，都将抗击疫情题材传记作品作为热点。多平台融媒体传记作品也齐齐登场。人民出版社 2020 年 4 月出版《武汉战"疫"——最美一线英雄（视频书）》，由来自新华社、长江日报等媒体和平台的一线记者、摄影摄像、文字编辑，热播出抗疫一线鲜活的人物故事，包括记者手记、网友热评，全民互动，真实全面地反映了这场令全球揪心的公共卫生事件。这些作品每每读来看来，便令人潸然泪下。

同时，许多抗疫英模人物传记好作品大量涌现。《你好，钟南山》（叶依著），2020 年 5 月由广东教育出版社出版。这部由国家呼吸系统疾病临床医学研究中心主任、国家卫健委高级别专家组组长钟南山院士授权的人物传记，写出了钟南山院士的真实人生。2020 年初，84 岁耄耋之年的钟南山院士临危受命，作为国家卫健委高级别专家组组长再度披挂出征，义无反顾地赶往武汉防疫最前线。该书从追溯钟南山不寻常的成长历程入手，从新冠肺炎的抗疫之路切入，记述了钟南山院士迎战新冠肺炎、抗击非典的英雄事迹以及在医学领域的突出贡献。在抗击疫情的艰难时刻，"科学家""钟南山"以及许多抗英模人物的名字成为一直占据公众视野的高频关键词。叶依的《钟南山传》，路美玉的《钟南山》，熊育群的《钟南山：苍生在上》等也是扣人心弦之作。

《抗疫英雄李兰娟（事迹三篇）》（中国文库——教育资源网刊载）记述了中国工程院院士、国家卫健委高级别专家组成员，73岁的传染病学专家李兰娟和她的团队奋战在疫情一线的英雄事迹。在武汉发生疫情之初，李兰娟院士毫不犹豫地奔向战"疫"第一线，率先提出"武汉封城"措施被采纳，从而迅速防止了风险进一步蔓延。这也是她2003年与非典、2013年与H7N9进行殊死搏斗后，又一次奔赴战"疫"最前线。为抗击新冠肺炎疫情，李兰娟接连在武汉、北京、杭州三地飞跑，坚持出诊、开会、出差，每天睡眠不超过3小时。她抽空接受采访，以科学家的专业态度耐心向民众释疑解惑，鼓舞大家坚定抗疫信心。在李兰娟心里，人民高于一切，生命重于泰山，她说"战'疫'不成功，我就不撤兵"。

《人民英雄陈薇（抗击疫情事迹三篇）》（查查通作文网）记述了中国军事科学院军事医学研究院研究员陈薇的事迹，她是我国军事医学领域少有的一位女将军，2019年新晋升的中国工程院院士。她与病毒战斗了29年，被誉为抗击非典的杰出科学家、"埃博拉的终结者"。据称，她还是电影《战狼2》中Doctor Chen的原型，中国的世界级生化武器防御专家。面对突如其来的武汉新冠疫情，在生物安全领域这个没有硝烟的战场上，陈薇再一次努力超越自己，受命率军事医学专家组紧急赶赴武汉。她率领团队围绕新型冠状病毒的病原传播变异、快速检测技术、疫苗抗体研制等，与军地有关单位迅速建立起联防、联控、联治、联研工作机制。在接受央视采访时，她干脆利落地说，"疫情就是军情，疫区就是战场"。作为一名军人，她闻令而动、敢打敢拼，展现了钢铁战士的血性本色。

《铁人张定宇》是著名作家李春雷创作的一篇纪传体报告文学，发表在《人民日报》2020年4月1日第20版。2020年年初，新冠肺炎疫情在湖北武汉肆虐时，距离华南海鲜市场 9 公里左右的武汉市金银潭医院一度成为"风暴眼"。武汉市金银潭医院院长，被称为"疫情狙击手"的张定宇身先士卒，带领医院的 600 多名医护人员，在抗击疫情的最前线奋战了 30 多天，每天休息不到 3 个小时。身患渐冻症的张定宇，虽然全身的知觉逐渐退缩，但他依然头脑清醒、身手敏捷地战斗在抗疫一线。他的信念是，"我必须跑得更快，才能跑赢时间；我必须跑得更快，才能从病毒手里抢回更多病人"。

程小莹著的《张文宏医生》由上海文艺出版社出版。这部传记基于对新冠病毒的专业抗疫防疫知识，以复旦大学附属华山医院感染科主任张文宏的经历为主线，全景呈现了 2020 年抗疫的上海方案和中国经验。该书从上海抗疫的整个过程，深入华山医院感染科三代医者的传承，逐渐切入到张文宏这一人物。这部传记将大家从媒体上看到的张文宏医生以及他对抗击疫情的独到认识进行了深入挖掘。从追溯张文宏从医的起点，到他对医学科学内涵的认识和公共卫生科学知识普及等一路走过的历程，给读者展示了一位抗疫"海派"医者仁心。

钟南山和李兰娟、张伯礼、张定宇、张继先、李文亮等许多英模人物，以及战斗在抗疫前线的成千上万的白衣天使，火神山、雷神山及各个救治新冠肺炎病患的医院的医护人员，建设方舱医院的技术人员、工人和农民工，为医护人员和隔离人群送去所需用品的快递小哥，每日值守村镇、楼宇、社区的基层一线工作者，守护公共治安的人民警察，全国各行各业为抗击疫情捐款捐物的机构和个人，他们都是逆行而动抗击疫情、守护国家人民健康安全的最可敬的人。

"抗疫英雄传"不仅是一个个的个人传记，他们更是国家与民族的集体英雄大传。习近平总书记在全国抗疫表彰大会上对抗疫精神高度称赞：在这场同严重疫情的殊死较量中，中国人民和中华民族以敢于斗争、敢于胜利的大无畏气概，铸就了生命至上、举国同心、舍生忘死、尊重科学、命运与共的伟大抗疫精神。抗击新冠肺炎疫情斗争取得重大战略成果，充分展现了中国共产党领导和我国社会主义制度的显著优势，充分展现了中国人民和中华民族的伟大力量，充分展现了中华文明的深厚底蕴，充分展现了中国负责任大国的自觉担当，极大增强了全党全国各族人民的自信心和自豪感、凝聚力和向心力，必将激励我们在新时代新征程上披荆斩棘、奋勇前进。

5. "感动中国"人物图书记录时代足音，促进形成良好社会风尚

2002 年 10 月，中央电视台首次启动"感动中国 2002 年年度人物"评选活动。通过多种投票方式，评选具有鲜明时代特征和广泛社会影响，震撼人心、令人感动的模范人物和团队，集中体现中华民族的传统美德和优秀品质，集中诠释社会主义大家庭的真情与挚爱，集中反映新时期人民群众昂扬向上的精神追求。这也是国内媒体第一次以"感动中国"为主题评选年度人物，他们的事迹于 2003 年 2 月 14 日在中央电视台综合频道黄金时间首播。

荣获本次"感动中国年度人物"的 10 位获奖者是：勤政爱民的湖南省委原副书记郑培民，被誉为"新时代愚公"的河南辉县上八里镇回龙村党支书张荣锁，侵华日军细菌战中国受害者诉讼原告团团长王选，"打破蓝田股市神话"的中央财经大学研究员刘姝威，带领民族工业进入世界的海尔集团首席执行官张瑞敏，在 800 米深处救出 50 个工人生命的重庆鱼田堡煤矿 103 队队长张前东，毕生追求科学真谛成就显著的物理学家黄昆，心怀祖国的篮球运动员姚明，勇斗歹徒光荣牺牲的乌鲁木齐市小西门派出所教导员赵新民，作为预防艾滋病宣传员的话剧演员濮存昕。"感动中国年度人物特别奖"授予"舍小家为大家"的三峡百万移民。2003 年 3 月，他们的事迹被整理结集为《感动中国 2002 年度人物》一书出版。

2003 年 3 月 中宣部新闻局阅评组对"感动中国"评选活动及颁奖晚

会给予了高度评价，并要求把"感动中国"作为一个品牌持续地坚持下去。从 2002 至 2022 年，中国中央电视台"感动中国人物"评选活动已举办 20 年。《感动中国》节目向全国观众推出了令中国人民感动的诸多人物，其中有钱学森、屠呦呦、袁隆平、钟南山、巴金、叶嘉莹这样的科学文化大家学者，也有成龙、濮存昕、刘翔、姚明、阎肃、郎平等光彩耀人的文体明星，更有张荣锁、魏青刚、黄久生、王锋、田世国、王顺友这样的普通百姓，还有徐本禹、郑培民、梁雨润、杨业功、刘金国、刘跃进这样的党政官员。更令人感动的是那些英雄的群体，他们是舍小家为大家的三峡移民，衡阳特大火灾坍塌事故中为抢救人民生命财产献身的衡阳消防兵，奔忙在冰雪地震灾害前线的志愿者唐山十三农民，在生命禁区建设世界上最伟大铁路的青藏铁路建设者，见义勇为舍己救人的长江大学大学生群体，侦破湄公河"10·5"案的专案组等英雄团队和绝地反击勇于拼搏的中国女排。每个人物和团队身上都有一种让观众感到心灵震撼的精神力量。每个年度评选的"感动中国人物"事迹合集由中共中央党校出版社、学习出版社等陆续出版。《感动中国》特别传记被媒体誉为"中国人的年度精神史诗"。

在新中国社会主义建设历程中，全国各族人民在中国共产党的领导下，谱写了中华民族历史上最壮丽的篇章，涌现出许多可敬可佩的英雄模范。这些人之中，有共产主义战士雷锋，有"拼命也要拿下大油田"的铁人王进喜，有"县委书记的榜样"焦裕禄，有新时期领导干部的优秀代表郑培民……他们是时代的先锋，是全国人民的楷模！2009 年，在新中国成立 60 周年之际，经中央批准，中央宣传部、中央组织部、中央统战部、中央文献研究室、中央党史研究室、民政部、人力资源社会保障部、全国总工会、共青团中央、全国妇联、解放军总政治部等 11 个部门联合发出《关于组织开展"100 位为新中国成立作出突出贡献的英雄模范人物和 100 位新中国成立以来感动中国人物"评选活动通知》，正式启动了"100 位为新中国成立作出突出贡献的英雄模范人物和100位新中国成立以来感动中国人物"评选活动。

2009年9月28日，由新华社组织编撰的《100位新中国成立以来感动中国人物》书系，由广东教育出版社出版。该书系共10册，包括《军魂中国》《科技中国》《先锋中国》《情义中国》《义勇中国》《责任中国》《青春中国》《激情中国》《劳动中国》《风范中国》，每册收录了10个人物，图文并茂地展示了100位新中国成立以来感动中国人物的感人事迹。他们是新中国成立以来不同年代各行各业英雄模范人物的先进代表，他们的一生实践着革命理想主义和革命英雄主义的奋斗精神，他们都曾让一代代中国人感动、振奋、欢笑、流泪。这些入选人物的事迹后续也有作为独立传记作品出版发行。

就在这一年，中国少年儿童出版社出版《感动中国孩子心灵的60个杰出人物》。该书选取60年来影响新中国历史进程的60个重大事件，记述与之相关的感动中国的60位杰出人物，标志出中华人民共和国60年历史中那些最耀眼的亮点，展示那些虽然普通、平凡却蕴涵意义的人生，呈现出贯穿其中的中华民族振兴崛起的强大力量。60位传主人物来自不同的领域，从事不同的工作，但他们都以自己的人格魅力感动了整个中国。安徽少儿出版社出版由青年作家方晓所著的《感动中国：十二位杰出人物的感人故事》，用平实的语言讲述了徐本禹、魏青刚、洪战辉、邰丽华、罗映珍、田世国、林浩、任长霞、丁晓兵、刘翔、姚明、杨利伟等12个杰出人物用坚韧、毅力、爱心、无私谱写出来的新世纪生命的赞歌。

二十一世纪出版社出版的《感动中国的杰出人物》，让我们走近罗盛教、向秀丽、雷锋、欧阳海、蒋筑英、孔繁森、李晓红、牛玉儒、丛飞、白芳礼、方红霄、宋芳蓉、宋志永、李春燕、洪战辉等15个平凡而又杰出的人物演绎的感人故事，从他们身上感受温暖，获得感动，从而化为切实的行动，奉献自己的爱心。2010年1月，花山文艺出版社出版面向未成年人的思想道德教育读本《闪光的起点：感动中国的100位英才少年》。2010年6月华中师范大学出版社出版《感动中国的山村教师：走近"大别山师魂"汪金权》为我们展现了一个有血有肉的人民教师形象。

2011年"感动中国人物""当代雷锋"郭明义将自己的故事写成自传作品《幸福就这么简单》，2012年3月由中国工人出版社出版，在北京出版发行。郭明义是全国"五一劳动奖章"获得者、全国道德模范，在20万字的自传中，他介绍了"当兵的我、平凡的日子、一路走来与心中的爱"的人生故事，展示了自己学习雷锋几十年如一日的坚持和恒心。全国总工会副主席、书记处第一书记王玉普将1万册《幸福就这么简单》赠送给首都职工，以期学习郭明义的人生故事，感受高尚的精神力量，传承践行永不过时的雷锋精神。

《感动中国》年度人物评选活动秉持社会责任和职业道德，关注普通百姓生活，记录时代前进足音，弘扬中华传统美德，倡导良好社会风尚，给人以力量、给人以鼓舞，影响越来越广泛，使广大观众受到心灵的震撼、精神的洗礼、思想的升华，进一步推动在全社会形成学习模范、关爱模范、崇尚模范、争当模范的浓厚氛围。正如2012年《感动中国》年度人物评选活动10周年时，时任中共中央政治局常委李长春在贺信中所说，《感动中国》年度人物评选活动始终坚持贴近实际、贴近生活、贴近群众，推出了一系列具有鲜明时代特征和广泛社会影响的模范人物，集中体现了中华民族的传统美德和优秀品质，集中诠释了社会主义大家庭的真情与挚爱，集中反映了新时期人民群众昂扬向上的精神追求。这些模范人物的事迹感人肺腑、催人泪下，他们不愧是时代的先锋、民族的脊梁、祖国的骄傲。

6. 宣传"大国工匠"事迹推动"制造大国"向"制造强国"迈进

当今的企业界不仅需要大批技术过硬的工匠和技术工人，更需要努力培养工匠精神。在大国竞争激烈、世界经济环境日益严峻的情况下，我们要通过造就一大批做事严谨、肯于钻研、勤于奋斗的技术人才，培养胸怀大志、精益求精的工匠精神，提高产品质量和生产效率，实现"制造强国"的目标和中华民族的伟大复兴。正是在这样的形势下，全国各行各业各类企业培塑技术人才，开展各种技术能手比赛，媒体出版单位宣传技能标兵和模范人物形成热潮。

2015 年，中华全国总工会与中央电视台深度合作，推出《大国工匠》系列新闻专题片，讲述大国工匠们匠心筑梦的典型故事，唱响以劳动托起中国梦的时代赞歌，在全社会特别是广大职工中引起强烈反响。新世界出版社出版的《大国工匠》一书，以央视《大国工匠》纪录片的文字脚本为基础，精选了火箭"心脏"焊接人高凤林、錾刻人孟剑锋、"两丝"钳工顾秋亮、捞纸大师周东红、航空"手艺人"胡双钱等 12 位大国工匠进行二次创作。该传记作品更为立体地展现了大国工匠的风采和拍摄背后的故事。

从 2016 年 4 月开始，由中华全国总工会和国家网信办共同开展"中国梦·大国工匠篇"大型主题宣传活动。该活动依托全国各级工会，组织中央重点新闻网站和主要商业网络媒体多次组织采访团，深入辽宁等地企业、班组，采访基层一线优秀技术工人，挖掘职工身边的"大国工匠"故事，以点带面，诠释和弘扬劳模精神、劳动精神和工匠精神。通过在新闻出版和网络媒体对大国工匠的广泛宣传，极大地推动了全国各地各行业广泛开展选树工匠典型、争创技术能手活动。2016 年，全总成功举办了第五届全国职工职业技能大赛，并增设 4 个属于"互联网 +"范畴的新兴工种，辐射带动了 1500 多万职工参加技能比赛。2016 年 4 月，贵州省总工会依据贵州约有 310 万农民工的实际，随着工业强省、城镇化带动战略的实施，联合省人力资源和社会保障厅共同开展了万名"农民工匠"培育行动。当年全省工会累计培育各行各业"农民工匠"近 100 名。2016 年 9 月，黑龙江省总工会选树了首批 10 名"龙江工匠"。中航工业哈尔滨飞机工业集团有限责任公司数控铣工秦世俊作为"大国工匠"典型，在黑龙江省工会十一大上当选为省总工会兼职副主席。

2017年4月25日，我国首部大国工匠长篇传记《大国工匠代旭升传》在北京举行首发式。该书由国家一级作家周洪成创作，中国工人出版社出版。书中主人公是著名全国劳动模范、中石化胜利油田高级技师代旭升。他长期扎根油田第一线，刻苦钻研技术、痴心创新创造，在平凡的岗位上作出了不平凡的贡献，先后自主完成技术创新成果96项，其中41项获国家实用新型专利、2项获国家发明专利，并摘得国家科学技术进步二等奖，累计创造经济效益超过2.8亿元，被誉为"工人发明家"。

作家刘国强的长篇报告文学《雄风北来》，聚焦当代辽宁工业战线，热情礼赞工匠精神。作品在波澜壮阔的工业进程中，细致刻画了一群奋斗在工业战线、具有英雄气概的人物。他们中有白手起家打入国际市场的农民企业家，有远近闻名的"技术大拿"，有一路披荆斩棘的创业团队，有"敢为天下先"的采煤队长，有千尺井下的铁骨硬汉……这些有血有肉、生龙活虎的个性人物，正是辽宁老工业基地振兴背后的力量。作品绘写了人与人、人与自然、人与机器、人与科技共同奏响的生动激越的篇章，颂扬了严谨专注的工作态度、爱岗敬业的职业品质和追求完美、勇攀高峰的创新精神。

7. 科学家传记激励大众尊重科学，砥砺创新

2013年4月，中国工程院第五届科学道德建设委员会第五次会议审议通过《〈中国工程院院士传记丛书〉编撰出版工作方案》，并被列为"十二五"国家重点图书出版规划项目。《中国工程院院士传记丛书》由中国工程院组织编写、人民出版社与航空工业出版社等全国优秀出版社联合出版，是中国唯一一套权威的中国工程院院士传记。该传记丛书以80岁以上资深院士为重点，抢救性整理出那些珍贵而随时可能失去的史料。全国政协原副主席、原国务委员、中国工程院原院长、中国工程院主席团名誉

主席宋健为丛书作了总序。

2016 年 1 月，人民出版社开始出版《中国工程院院士传记丛书》，现已出版第一、二两辑共 50 种，包括《钱学森传》《王永志传》《钟南山传》《王梦恕传》等。袁隆平、顾诵芬、陈一坚、刘大响、施仲衡、朵英贤、刘源张、汤钊猷、朱晓东、孙玉、林宗虎等院士，还亲自撰写了自传。科学家传记全面展现了我国科学发展、技术进步的艰难历程和辉煌业绩，对社会大众树立科学思想、弘扬科学精神、提高科学素养产生了重要的影响。

余建斌的《筑梦九天写忠诚 ——记英雄的中国航天员群体》记录了 2003 年杨利伟驾乘神舟五号飞船飞上太空绕地球飞行；2005 年费俊龙、聂海胜驾驶神舟六号飞上太空；2008 年翟志刚、刘伯明、景海鹏飞上太空，完成首次太空出舱行走；2012 年景海鹏、刘旺、刘洋飞上太空，飞进天宫一号"中国之家"。从神舟五号到神舟十一号，我国已成为世界上第三个独立自主掌握载人天地往返技术、空间出舱技术、交会对接技术的国家。中国航天员实现了"你们飞多高，中国人的头就能昂多高"的中国梦。

从 2010 年开始，中国科学院学部科普和出版工作委员会决定组织出版《科学与人生：中国科学院院士传记》丛书。经由各学部常委会认真遴选推荐，首批入传的有潘际銮、柯俊、王选、谢家麟、冯端、魏寿昆、柯召、葛庭燧、汤定元、陆元九等 22 位院士。他们中有学科领域的奠基者和开拓者，有做出过重大科学发现、取得辉煌成就的著名科学家，也有毕生在专门学科领域默默耕耘的一流学者。每一部传记，既是中国科学家探索科学真理、勇攀科学高峰的真实情景再现，又是他们追求科学强国、科教兴国的一部生动的爱国主义教材。丛书注重思想性、科学性与可读性相统一，以翔实、准确的史料为依据，多侧面、多角度、客观真实地再现院士的科学人生。中国科学院院士传记记述院士投身我国科学技术事业的历程和做出的贡献，既为研究我国近现代科学发展史提供了生动翔实的新史料，也对发掘几代献身科学的中国知识分子的精神文化财富具有重要意义。相信广大读者一定能够从这套丛书中汲取宝贵的精神营养，获得有益的感悟、借鉴和启迪。院士传记丛书为广大青年提供了有益的人生教材，帮助他们了解科技高峰上的院士们如何走上科学之路，汲取追求真理、探索未知、严谨治学的科学精神与方法，领悟爱国奉献、造福人民的科技价值观和人生观，从而激励更多的有志青年献身科学事业。

王选院士是汉字激光照排技术的发明人，带领团队20年磨一剑，使这一成果在中国广泛普及和应用，掀起了中国印刷业"告别铅与火、迎来光与电"的印刷技术革命，为汉字进入信息时代、为中华文化的传承和发扬奠定了重要基础。王选及其团队荣获国家最高科学技术奖等20多项大奖。丛中笑所著的《王选传》运用口述实录和客观描述相结合的写作手法，本着可读性、科普性、史料性的原则，通过王选院士曲折的人生经历展现出我国印刷技术革命的辉煌历程。阅读《王选传》会走进一个中国当代知识分子平凡的内心世界，发现他的创新思维和方法，体会他的人生观、价值观，感受他的苦与乐、笑与泪，会给读者带来深远启迪和思考。传记通过讲述王选一生的传奇经历，层层揭示这位科学大师达到"立德、立功、立言"人生目标的奥秘。为读者解读了究竟是什么精神和力量，使王选排除千难万险，从一个长期病弱、命运多舛的北大小助教，成长为造福华夏的著名科学家。

湖南教育出版社于2006年启动了"20世纪中国科学口述史"丛书（主编：樊洪业）工作计划，在学界前辈和同道的支持下，成立了丛书编委会。通过多方精诚合作，推出全部50余种图书，包括《袁隆平口述自传》《施雅风口述自传》《黄培云口述自传》《王文采口述自传》《席泽宗口述自传》《凌鸿勋口述自传》《徐利治访谈录》《彭瑞骢访谈录》《李元访谈录》《沈善炯自述》《朱康福自述》《杨纪珂自述》《李先闻自述》《李书华自述》《我的高铁情缘——沈志云口述自传》《有话可说——丁石孙访谈录》《兵工·导弹·大三线——徐兰如口述自传》《创新·拼搏·奉献——程开甲口述自传》《"523"任务与青蒿素研发访谈录》《中国生态系统研究网络建设访谈录》等自传和访谈录。

从《我的高铁情缘——沈志云口述自传》(湖南教育出版社 2014 年 8 月出版),我们能看到一群致力于推动我国高铁发展的科学家、专家坚韧前行的身影,而沈院士是其中异常鲜明、凸显的一位。沈志云生于 1929 年,湖南长沙人,机车车辆动力学专家,中国科学院院士(1991),中国工程院院士(1994)。在轮轨动力学、曲线通过理论、蛇行运动稳定性和随机响应等方面取得一系列成果。他研制成功的迫导向货车转向架,达到了接近无轮缘磨损的程度,为中国数十万辆货车更新换代开辟了新途径。从 1988 年起,他筹建牵引动力国家重点实验室,建成能模拟时速为 400 公里的高速列车运行的滚动振动试验台,在发展我国高速列车技术中发挥了重要作用。他一生的才华和智慧,他全部的激情和理性,都献给了中国的高铁事业。走近沈院士,能深切地感受到那源自儿时的质朴和率真。他生活简单,心境淡泊,喜欢自己动手种点菜;家中一套显然是经常使用的钳工工具,使人联想起他最初的专业:车辆修理。而从他对电脑、影像设备等的娴熟操作上,你会发现,虽然年已耄耋,他对于新知识的敏锐捕捉,他与这个快速发展时代的紧密联系,与年轻人并无二致。

"20 世纪中国科学口述史"丛书陆续出版以来反响强烈,得到科技界、出版界等社会各界的好评。该丛书迄今已获得包括中国出版政府奖图书奖、中华优秀出版物图书奖、台湾吴大猷科普著作奖、国家图书馆文津图书奖等国家级及省部级奖项;有的入选新闻出版总署"三个一百"原创图书出版工程、"全国青少年推荐的百种优秀图书"、中央对外宣传办公室外宣出版项目、新闻出版署 2012 年社会主义核心价值体系建设"双百"出版工程、全国优秀社会科学普及作品等,有的入选庆祝新中国成立 65 周年优秀重点出版物、《全国图书馆推荐书目(2013 年度)》等。

科学家传记拉近了科学家与广大读者的距离,尤其对激发广大青少年对科学、人生和理想的思考，起到积极的推动作用。中国大百科全书出版社出版"科学家给孩子的 12 封信"系列图书，包括《科学家给孩子的 12 封信：动物与人那些事》（郭耕著）、《科学家给孩子的 12 封信：人"菌"恩仇》（孙万儒著）、《科学家给孩子的 12 封信：家门口的植物课》（史军著）、《科学家给孩子的 12 封信：探秘地球之巅》（高登义著）等 12 种图书。"12 封信"以科学家的视角和口吻，向少年儿童讲述人类对太空、地球、地球生命和环境关系的探索与认知，普及科学知识，弘扬科学精神，倡导健康文明生活方式和可持续发展的科学理念。

大量科学家传记的出版和科学家的事迹宣传，引发了学界对中国科学家传记创作现状的全面梳理和总结。斯日的《论叶依〈钟南山传〉的多元叙事策略》、全展的《科学家传 20 年：历史走向与艺术空间》、李朝全的《科学家传记创作浅议》、史晓雷的《科学家传记绘本创作原则与手法探析》、王颖的《科学家形象在好莱坞电影中的建构与变迁》、张婉和徐素田的《中国古代科学家群体科学形象建构》等科学家传记评论与研究成为热门专题。

8. 传记热销排行榜反映国人读书新潮

据北京开卷信息技术有限公司根据其在全国建立的"全国图书零售市场监测系统"作出的《中国传记类图书零售市场数据分析报告（2013—2021）》统计，从 2013 年开始至 2021 年，各年度传记类畅销书 T10 销售排行榜，共上榜传记图书 40 种，中外传主人物 32 位。其中包括：政治家 2 位，文化人士 6 位，演艺人士传记 7 种共 10 个人物，中国古代人物 3 位，现代文化女性传记 2 种，企业家 4 位，宗教青年人物 1 位，当代青年人物 1 位，18 位烈士 32 封家书合集 1 种。

政治人物传记上榜种数最多的是习近平传记，包括：《习近平的七年知青岁月（平装）》，2017 年至 2020 连续上榜，销售量高达 2366110 册；《习近平在正定》销量 632732 册,《习近平在福州》销量 1256363 册,《习近平在宁德》销量 1037982 册,《习近平在厦门》销量 1036484 册,《习近平在福建（上下）》销量 824530 册,《习近平在福州》销量 177581 册,《习近平扶贫故事》销量 142739 册。这些传记作品反映了一位年轻的知识青年在农村历经艰苦锻炼，一步一步成长，成为心中装着人民，人民就是江山，"我将无我"的人民领袖的人生经历和高尚情怀。

2016 年,《重读抗战家书》登上了排行榜，该书由中宣传编辑整理中国国家博物馆、中国人民革命军事博物馆、中国人民抗日战争纪念馆、中国人民大学博物馆、雨花台烈士纪念馆、茅山新四军纪念馆、聊城傅斯年陈列馆等单位收藏的 18 位烈士的 32 封抗战英烈家书结集出版。该书的畅销反映了人民对英烈的由衷崇敬和怀念。

中国现代作家、文学翻译家杨绛描写其与丈夫钱锺书和女儿钱瑗的《我们仨》，从 2014 年开始连续 12 次（有的不同版本在同一年销售量都在前 10 位）上榜，销售数量高达 3307696 册。2021 年《杨绛传：简朴的生活，高贵的灵魂》也跻身榜单。《林徽因传：你若安好便是晴天》5 次上榜，销售量 1587023 册。 湖南文艺出版社出版的《苏东坡传》（最新修订）（精装典藏版）从 2015 开始连续 7 年上榜，销售量达到 1496900 册。

2013 年 5 月译林出版社出版的《绝望锻炼了我：朴槿惠自传》，连续 4 年登上排行榜前 5 位，销量也达到 557117 册。2017 年朴槿惠被弹劾后，2021 年 1 月被判处 20 年有期徒刑，同年 12 月 31 日被特赦释，其自传自然跌出排行榜前 10。

在排行榜上既有曹德旺的《心若菩提（增订本）》，也有李开复的《向死而生：我修的死亡学分》和沃尔特·艾萨克森的《史蒂夫·乔布斯传（简体中文版）》等富有社会责任和创新引领精神的企业家传记。另外，一些"呼风唤雨"的知名人士，如马云的创业成长经历也使他的传记成为热销。连续 7 年上榜的《看见》销量达到 2019600 册，而随着"脱贫攻坚"实现全面小康和"五位一体"的绿色发展，不断实现"绿水青山就是金山银山"，《看见》近几年也跌出了排行榜。而《野心优雅：任志强回忆录》也像传主的经历一样远离了人们的视线。

在中国特色社会主义事业蓬勃发展中，各种新时代的楷模人物不断涌现。许许多多的具有时代特色的传记读物出版，生动阐释了我们时代的劳模精神、工匠精神、抗洪救灾精神、抗震救灾精神、扶贫攻坚精神、抗疫斗争精神、载人航天精神。新时代楷模人物传记诠释了我们党在中国特色社会主义新时代的精神谱系。传记文学记录弘扬这些伟大精神，将使之转化为全面建设社会主义现代化国家，实现中华民族伟大复兴的强大力量。

五、中国传记文学学会引领传记文学事业的发展繁荣

20世纪90年代初社会主义市场经济和全面深化改革开放大潮兴起，中国传记文学事业也随之得到迅猛发展，传记文学作家队伍不断壮大，传记作品的创作领域更为宽泛。传记作家、学者相继提出成立社会组织及研究机构，以聚合和调动原本分散的个体力量。各类专业的传记文学社会组织、传记研究机构、传记刊物相继成立。其中，最有影响力的是1991年中国传记文学学会的成立。随后，相继成立了中外传记文学研究会（1994年），北京大学世界传记研究中心（1998年），上海交通大学传记中心（2012年），河南文艺出版社《名人传记》杂志社、中国艺术研究院传记研究中心《传记文学》杂志社等研究机构和出版机构。传记文学社团组织、研究机构、杂志社等的成立，使长期处于相对分散状态的知识群体的能量被空前聚合调动起来，传记文学的作品创作和学术研究形成了更具规模、更为活跃的新局面。这一时期传记文学研究论文、学术专著和学术译著的发表和出版明显增多，成果颇丰。

（一）中国传记文学学会在改革开放时代背景下应运而生

中国传记文学学会的创立是改革开放推动文艺事业发展的重要成果。她的诞生是改革开放以来进步文艺力量发展的必然结果，掀开了社会主义传记文学事业的崭新一页。从创立的那天起，中国传记文学学会团结引领广大传记文学工作者，积极投身社会主义建设和改革开放伟大事业，热情讴歌新时代、新征程，走过了 30 年不平凡的光辉历程。

1987 年，来自全国各地的传记文学作家汇聚海南，参加由中国青年出版社传记文学编辑室主办，海南行政区文联协办举行的"中国传记文学作者讨论会"。与会者对新时期以来传记文学创作中面临的各种问题展开了深入而热烈的讨论，共同为中国传记文学创作春天的来临而欢欣鼓舞。与会者在会议上发起倡议：成立全国性的传记文学专业社会组织——中国传记文学学会，会议委托由中国青年出版社负责中国传记文学学会成立的筹备工作。"海南会议"是新时期中国传记文学振兴过程中召开的一次具有重要意义的会议，这次会议为中国传记文学学会的成立奠定了基础。

1991 年 12 月，中国传记文学学会成立大会在北京人民大会堂江苏厅隆重举行，大会选举著名作家刘白羽担任首任会长。中国传记文学学会的成立是中国传记文学发展史上的一次标志性的事件。作为中国文联主管、在民政部登记注册的国家一级学会，中国传记文学学会把繁荣传记文学的创作，促进传记文学的发展，交流传记文学的信息和经验，扩大传记文学在海内外的影响作为宗旨和任务。

中国传记文学学会成立至今已整整 30 年，历经 6 届班子轮换，在刘白羽（第一届）、王维玲（第二届）、万伯翱（第三、四届）、王丽（第五、六届）历任会长主持下，中国传记文学学会不断探索发展道路，在传记文学研究方面开展了多种活动。学会先后主办了两届中国传记文学学术研讨会、中短篇传记文学创作研讨会、中国传记文学（古代）国际学术研讨会、司马迁传记文学国际学术研讨会、华人传记与当代传记潮流国际学术研讨会、中华传记文学（香港）国际学术研讨会等多场学术会议和国际学术研讨会，重点讨论了传记文学的一些核心问题、热点问题。传记文学的学术活动促进了中外同行学者对话交流，就共同研讨感兴趣的话题深入研讨，不时出现学术思想的碰撞，充分体现了开放时代兼容并蓄、海纳百川的多元文化精神。

中国传记文学学会组织传记学术代表团赴中国香港特别行政区和中国台湾地区进行学术交流访问，组织大陆与香港和海峡两岸传记文学学者、作家举行学术研讨会，取得具有历史意义的新进展。学会主持出版了《传记文学新近学术文论选》《传记传统与传记现代化》等学术专著文集，反映了中国传记文学特别是古代传记文学研究的最新成果和学术水平。

学会联合主办了"中国当代优秀传记文学作家"评选，这是新中国成立以来举办的第一次全国性的优秀传记文学作家评选活动。该活动对传记文学作家认真严谨的工作态度和辛勤刻苦的创作精神予以充分肯定，评选出来的优秀作家在全国报刊上予以宣传表彰，对推动传记文学创作起到良好的促进作用。

（二）以优秀传记文学作品评选推荐引领传记文学创作

1. 坚持以优秀作品创作为导向开展传记评奖推荐

著名作家刘白羽作为学会首任会长，开创了中国传记文学优秀作品评选工作。后来在历任会长主持下，中国传记文学学会连续30年对20世纪90年代以来创作的中国传记文学作品进行了推荐、遴选、奖评活动。自1995年开展以来，优秀传记文学作品评选活动已举办5届，评选出了《我的父亲邓小平》《开国领袖毛泽东》《田汉传》《梅兰芳全传》《修军评传》《从战争中走来——两代军人的对话》《钱学森的故事》《传记文学：观察与思考》《鸠摩罗什》《伟大史诗 铁血长歌》等 82 部（篇）优秀传记作品。

前后 5 届全国优秀传记文学作品评选活动准备工作充分，评选基础广泛。每届获奖优秀作品都是从数百部至上千部推荐作品中遴选评定，获奖作品基本反映了该时段全国传记文学创作的最高水平。获奖作品题材广泛，资料翔实，内容厚重，事迹感人，成功发掘和塑造了传主的人格特征和内心世界。获奖作品的传主包括领袖将帅、英模人物、历史名家、文化名人、科学家、企业家、明星、普通民众等。一些获奖作家对传主有深入的了解和深厚的感情，经过数年甚至数十年的长期积累和艰苦创作而最终成书。获奖作品在文学艺术表现形式上有所创新，文字表达与写作创意具有艺术的美感和丰富表现力，体现了作者精湛的专业素养和深厚的文化底蕴。

第三届中国优秀传记文学作品评选活动新设了中短篇优秀作品奖，这是顾及长期以来中短篇传记文学作品虽然数量众多，广为流传，深受读者喜爱，但是一直以来对其创作研究重视不够的状况而设置的。跨入新世纪以来，大众传媒数字化的发展使中短篇传记文学作品更便于为读者所阅读，该奖项的设立符合大众的创作与审美需求。进入新时代，第五届优秀传记作品推荐增设了优秀传记翻译作品、优秀传记理论研究和优秀传记丛书，对反映新时代现实生活，塑造时代新人形象的优秀作品予以重点关注。

中国特色社会主义进入新时代，中国比历史上任何时期都更加接近中华民族伟大复兴的目标。新时代对文艺工作者赋予新使命，新时代对传记文学工作提出新要求。中国传记文学工作者在新的征程上，为人民立传、为时代立传的使命重大、天地广阔。在这宏阔的时代背景下，中国传记文学学会也迎来了新局面。在新时代中国特色社会主义思想指引下，在以习近平同志为核心的党中央坚强领导下，中国传记文学学会团结带领广大传记文学工作者，围绕中心、服务大局，组织一系列主题实践活动，组织各种主题出版、主题征文，奋力投身伟大斗争、伟大工程、伟大事业、伟大梦想的生动实践，取得了无愧于时代、无愧于人民的业绩。

2. 新时代传记文学学会的创新发展

2015 年以来，中国传记文学学会第五届理事会高举精神之旗，坚定党的引领，坚持以习近平新时代中国特色社会主义思想统领新时代传记文学工作。发挥党在文艺创作中的引领作用，在中国文联机关党委的领导下，学会于 2016 年成立党支部，积极组织开展党建促会建活动，加强理论学习，落实"三会一课"，提升会员队伍政治素养和创作水平。学会坚持党的领导，以党建引领前进方向，充分发挥党员作家在发展创新、攻坚克难中的先锋模范作用，激发传记文学作者的创作力，提升会员的思想力、凝聚力和行动力。在党支部带领下，学会秘书处积极组织作家们为贵州、内蒙古等地中小学校捐书赠书；设立陕西省创作培训基地，提供传记写作培训；成立法律维权部，为会员作品的著作权保护和法律纠纷解决提供免费法律咨询服务，承担起应尽的社会责任。

中国传记文学学会在学会各项工作中加强党的领导，提高自身建设水平。学会召开会员大会修改完善章程等规章制度，完善组织建设，规范登记报备，加强组织管理，提高工作效率。学会扩大会员队伍，注意吸收中青年创作、研究人员入会，鼓励各地学会班子专业化、年轻化。学会加强常务理事会与会长办公会的工作职能，坚持集体领导，分工负责，提升秘书处工作能力。

中国传记文学学会以人民为中心，紧扣时代主题，组织选题策划，发掘创作资源，组织强有力的创作队伍，开展具有划时代意义的传记作品创作。学会加强与地方传记学会的合作，促进创作研究开展一系列主题实践活动，组织各种主题出版、主题征文，开创了中国传记文学学会前所未有的崭新局面。

3. 改革开放 40 年传记文学发展报告

2018 年 12 月，在纪念改革开放 40 周年之际，中国传记文学学会在京主办"回顾与展望：改革开放 40 年中国传记文学研讨会"。知名传记作家、评论家、专家学者、国内各出版社代表近 200 人出席了会议。中国传记文学学会会长王丽作了题为《致敬改革开放 40 年：中国传记文学事业发展回顾与展望》（以下简称《改开 40 年发展报告》）的报告。

《改开 40 年发展报告》回顾了中国传记文学在 40 年间蓬勃发展以及中国传记文学学会在组织会员开展传记创作与研究中所发挥的重要作用。中华民族具有悠久的传记文学传统，历史之久远，作品之众多，典籍之丰富，举世罕见。在世界各国的文明史中，传记都是国民教育的重要手段，也是一种大众喜闻乐见的文化传播方式。改革开放的 40 年，中国传记文学重新启航，生机勃发，广大作家、学者创作热情空前高涨，团结进取，写作环境日益向好，名篇佳作层出不穷，作品种类繁多，形式多样，呈现出空前繁荣的景象。传记文学这一古老的文类，再次焕发青春，成为人们争相阅读的热点。仅长篇传记文学作品新书出版量，由改革开放前的年均几十种，上升到目前的 1000 种以上。传记文学作为非虚构类文学，记录改革开放的步履，讴歌新时代翻天覆地的变化，塑造了各行各业众多鲜活的人物形象。

为了一览中国传记文学创作的全貌，对改革开放 40 年中国传记文学作品做到"心中有数"，2019 年 8 月，中国传记文学学会启动了改革开放 40 年传记文学数据库工程。此项工作得到了众多出版社的大力支持。根据数据[1]显示，2018 年 1—6 月，传记类图书销售同比增长 17.18%。2011 年以来，传记类图书的动销品种数量持续上升，其中，2015 年为 23390 种，到了 2018 年，仅上半年就已达 28632 种。人民出版社在改革开放 40 年中出版了上百种传记。中央文献出版社出版的《毛泽东传》《周恩来传》《刘少奇传》《朱德传》《邓小平传》《习仲勋传》《任弼时传》《李先念传》《董必武传》《陈云传》等作品印制数量达 899700 册。长江文艺出社出版的 56 种

---

[1]　北京开卷信息技术有限公司提供。

传记中，有《海德格尔传》《尼采传》《胡塞尔传》等20世纪哲学巨匠和《华盛顿传》《林肯传》《丘吉尔传》《罗斯福传》和《海伦·凯勒自传》《切·格瓦拉传》《李昌镐的故事》等外国人物传记。这些优秀作品，发行量很大，借助报纸、期刊、电影、电视和新媒体的传播，更为便捷，更为普及，在我国社会文化生活中发挥了无可替代的作用。

在"回顾与展望：改革开放40年中国传记文学研讨会"上，亲历改革开放40年全过程的传记作家、评论家、学者专家们回顾了改革开放40年来我国传记文学事业的发展历程、自己取得的创作研究成果和经验，在传记文学的创作、理论研究、翻译交流等方面展开了深入探讨。传记文学博士、中国传记文学学会会员李健健，国家社科基金重大项目"境外中国现代人物传记资料整理与研究"首席专家、《现代传记研究》主编杨正润，福建师范大学文学院教授、中国传记文学学会理事辜也平，辽宁大学文学院教授、中国现代文学馆特邀研究员张立群等多位专家、学者、知名作家、评论家发表演讲。与会者表示，将以更丰沛的创作热情投入创作，为时代立传，为国家立传，为人民立传。研讨会回顾改革开放40年来我国传记文学事业的发展历程、取得的成果和宝贵经验，展望新时期传记文学繁荣发展的美好未来，把传记文学的创作、理论研究、翻译交流等提升到新的高度。

4. 庆祝建党100年，推出100部优秀共产党员传记

2021年，为庆祝中国共产党成立100周年，中国传记文学学会开辟专门平台，组织了"建党百年，百部优秀党员传记"的推荐活动，推出评鉴文章和100部党员传记作品推荐。学会在公开出版的有关共产党人的传记作品中，筛选不同时期、各个领域有代表性的人物和作品，兼顾题材、主题、风格的多样化，在艺术上要求有相当的品质，在写作上要求有所创新。此次推荐活动由学会组织出版界、学术界和传记作者界的相关学者、专家经推荐评定。

在《建党百年·百部优秀党员传记推荐》榜上是那些让人们激动不已的伟大名字:《李大钊》《王尽美》《何叔衡》《邓恩铭》《陈延年》《陈潭秋》《张太雷》《彭湃》《邓中夏传》《苏兆征》《蔡和森》《痕迹:又见瞿秋白》《恽代英传》《钱壮飞》《夏明翰》《周文雍和陈铁军》《向警予》《杨开慧》《王尔琢》《黄公略》《王若飞在狱中》《方志敏战斗的一生》《韦拔群》《刘志丹》《毛泽民》《最后一枪》《吉鸿昌》《杨靖宇全传》《赵一曼》《中国的夏伯阳:赵尚志传》《子女记忆中的父亲——叶挺相传》《左权家书》《彭雪枫传》《罗炳辉传》《张思德》《马本斋》《华侨抗日女英雄李林》《冼星海传》《江竹筠的故事》《不死的王孝和》《真正的战士——董存瑞的故事》《刘胡兰传》《毛岸英》《黄继光》《把一切献给党》《向秀丽》《雷锋的故事》《王杰》《欧阳海之歌》《群山——马文瑞与西北革命》《一个革命的幸存者——曾志回忆实录》《冯白驹和他的战友们》《将军农民甘祖昌》《口述申纪兰》《王进喜》《焦裕禄传》《孟泰》《时传祥》《麦贤得》《我的父亲茅以升》《走近钱学森》《魂牵心系原子梦:钱三强传》《两弹元勋邓稼先》《卿云糺缦:苏步青画传》《走自己的路——吴文俊口述自传》《屠呦呦传》《孙家栋传》《陆元九传》《彭士禄传》《蒋新松传》《誓言无声铸重器——黄旭华传》《常香玉》《我的丈夫马海德》《见证中国——爱泼斯坦回忆录》《中国的大时代——罗生特在华手记》《史来贺》《吴孟超传》《丁晓兵》《罗阳》《烟雨平生蓝天野》《张秉贵》《县委书记谷文昌》《黄宝妹传》《杨善洲》《吕其明》《张富清》《迟到的勋章》《心灵的历程》《我的先生王蒙》《袁庚传》《路遥传》《高原雪魂——孔繁森》《任长霞》《李保国》《我心归处是敦煌:樊锦诗自述》《那朵盛开的藏波罗花:钟扬小传》《心有大我 至诚报国——黄大年》《黄文秀扶贫日记》《钟南山:苍生在上》《传奇校长张桂梅和1804个女孩的故事》。

《建党百年·百部优秀党员传记推荐》作品以思想性与艺术性高度统一为原则,弘扬了共产党员为共产主义奋斗终身的伟大献身精神,彰表了爱国主义、集体主义、社会主义新风尚，为读者树立正确的历史观、民族观、国家观、文化观提供了鉴证和榜样，鼓舞着广大党员不忘初心、牢记使命、继往开来、不断奋斗，满足人民对中华民族伟大复兴美好生活的新期待。百部优秀共产党员传记评选推荐出来后，在中国传记文学学会公众号上连续刊发，扩大了学会的社会影响，为学会在党的领导下做好工作，促进传记文学事业发展增添了信心和力量。

（三）紧扣时代主旋律，创作出版《伟大史诗 铁血长歌》

1. 纪念中国人民抗日战争暨世界反法西斯战争胜利 70 周年

人类社会 20 世纪最伟大的事件是中国人民抗日战争暨世界反法西斯战争的伟大胜利。2015 年 9 月 3 日，中共中央、全国人大常委会、国务院、全国政协、中央军委在北京隆重举行"纪念中国人民抗日战争暨世界反法西斯战争胜利 70 周年大会"，习近平总书记在纪念大会上发表重要讲话，高屋建瓴地指出：中国人民抗日战争和世界反法西斯战争，是正义和邪恶、光明和黑暗、进步和反动的大决战。在那场惨烈的战争中，中国人民抗日战争开始时间最早、持续时间最长。面对侵略者，中华儿女不屈不挠、浴血奋战，彻底打败了日本军国主义侵略者，捍卫了中华民族 5000 多年发展的文明成果，捍卫了人类和平事业，铸就了战争史上的奇观、中华民族的壮举。[1]

习近平总书记庄严宣告：中国人民抗日战争胜利，是近代以来中国抗击外敌入侵的第一次完全胜利。这一伟大胜利，彻底粉碎了日本军国主义殖民奴役中国的图谋，洗刷了近代以来中国抗击外来侵略屡战屡败的民族

---

[1] 习近平在纪念抗战胜利 70 周年大会上发表重要讲话 _ 今日中国 （chinatoday.com.cn），查询时间：2022 年 3 月 28 日。

耻辱。这一伟大胜利，重新确立了中国在世界上的大国地位，使中国人民赢得了世界爱好和平人民的尊敬。这一伟大胜利，开辟了中华民族伟大复兴的光明前景，开启了古老中国凤凰涅槃、浴火重生的新征程。

总书记深情地缅怀，"在那场战争中，中国人民以巨大民族牺牲支撑起了世界反法西斯战争的东方主战场，为世界反法西斯战争胜利作出了重大贡献。中国人民抗日战争也得到了国际社会广泛支持，中国人民将永远铭记各国人民为中国抗战胜利作出的贡献！"

2. 铭记历史，组织创作《伟大史诗 铁血长歌》传记评鉴

为"铭记历史、缅怀先烈、珍爱和平、开创未来"，纪念中国人民抗日战争暨世界反法西斯战争胜利 70 周年，2015 年 3 月，中国传记文学学会决定创作一部能够以东方立场、世界视野并以非虚构的中国抗日战争和世界各国第二次世界大战的传记作品为基础的"传记评鉴"。王丽会长领衔组成"中国人民抗日战争暨世界反法西斯战争传记文学评鉴"编委会，编委会组织强有力的传记文学作家和评论家创作班子，开展《伟大史诗 铁血长歌——中国人民抗日战争暨世界反法西斯战争传记文学评鉴》（以下简称《传记评鉴》）。

《传记评鉴》编委会在有限的时间窗口，全力投入组织资源，筹集创作资金，广泛征集作品，遴选评鉴专家，创造条件集中写作，精准评鉴传记人物、多人多轮编辑等浩繁工作。编委会成立作品遴选委员会，从已出版的"抗日战争暨世界反法西斯战争"海量人物传记中，经传主、传手、出版社、研究机构、翻译机构等初步推荐出 3000 种，再经专家遴选出 106 家国内出版社出版（翻译）的 301 种优秀传记作品，共 11178 万字，并获得版权所有者授权。编委会成立作品评鉴委员会，邀请 154 位传记文学和相关专业领域的作家与评论家，选取阅读该 301 种推荐作品，写出每种传记作品的内容梗概与评鉴文章。2015 年 7 月 1 日，编委会完成了 3 卷本 130 万

字的 301 篇传记评鉴合集的写作。

2015 年 9 月 3 日，纪念中国人民抗日战争暨世界反法西斯战争胜利 70 周年大会在北京天安门广场隆重举行。本书总编王丽在天安门观礼台上聆听了习近平总书记的重要讲话，观看了盛大的阅兵式，并拍下了飞机凌空、老兵致敬、战车雄进、中华腾飞等珍贵照片作为《传记评鉴》插图。学习出版社对每一篇评鉴文章进行精心编辑并对配发的该种传记图书封面插图进行提质优化，2015 年 9 月 14 日《传记评鉴》正式出版。

3. 彰表人类正义力量的史诗长歌

《伟大史诗 铁血长歌——中国人民抗日战争暨世界反法西斯战争传记文学评鉴》站在中国立场，以世界视野中的"反法西斯战争"东方主战场人物传记为主线索，对经多层遴选出的 301 种传记及其记述的 265 个人物和 36 个事件进行了概述与点评。《传记评鉴》以"冒着敌人的炮火前进"前言概述了中国人民抗日战争与世界反法西斯战争大视野、全过程。《传记评鉴》的传主人物主要是中国共产党领导八路军、新四军和抗日游击队的抗日将领与英模、烈士、战士、人民群众以及民主党派、爱国人士、华人华侨等；也有为抗日战争流血牺牲的国民党将领；还有苏联与欧美等在世界反法西斯战争中的英雄人物、军事政治将领。该书将一些臭名昭著的德意日法西斯战犯的传记也纳入评鉴范围，当然也包括战后对战犯的几大著名审判案件的评鉴。

《传记评鉴》第一章从《华莱士：日本侵华史调查》《日本天皇的阴谋》《东方劳伦斯（日本侵华头号间谍土肥原贤二秘录）》和《重光葵外交回忆录》等传记点评入手，揭露了"日本侵华 蓄谋已久"。

《传记评鉴》第二章"铁血长歌 中流砥柱"精选了 101 种中国共产党领导的八路军、新四军、东北抗日联军及遍布全国的抗日游击队、敌后武工队等广大人民群众的英雄传记。从中尽可领略，东北抗日联军李红光、杨靖宇、赵尚志、李兆麟、冯仲云、周保中、吉鸿昌、赵一曼、冷云与八女投江的故事；抗战中的中流砥柱中国共产党人毛泽东、朱德、刘少奇、周恩来、任弼时、彭德怀、林氏三兄弟、刘伯承、贺龙、陈毅传、罗荣桓、徐向前、聂荣臻、叶剑英、粟裕、徐海东、黄克诚、陈赓、谭政、肖劲光、张云逸、罗瑞卿、王树声、许光达、张闻天、王稼祥、陈云、左权、关向应、张浩、邓小平、叶挺、项英、陈光、万里、马文瑞、马本斋、习仲勋、王明、王震、王若飞、邓颖超、叶成焕、刘华清、江上青、许世友、白乙化、李林、李人凤、李先念、李富春、杨勇、杨成武、杨尚昆、杨得志、萧华、萧克、吴玉章、张爱萍、张震、张宗逊、张鼎丞、陈锡联、陈明仁、林伯渠、胡耀邦、姚依林、博古、彭真、彭雪枫、高岗、陶铸、曾山、董必武、谭震林、"冯白驹和他的战友们"、狼牙山五壮士、刘老庄连、牺盟会及山西新军、八路军山东纵队等英雄人物与壮烈事件。101篇传记评鉴揭示了中国共产党带领全国人民不屈不挠、浴血奋战，战胜国民党反动派不断制造的反共摩擦，彻底打败日本军国主义侵略者，彻底粉碎日本军国主义殖民奴役中国的图谋，取得抗日战争伟大胜利所占据的主导地位和所发挥的重要作用。

《传记评鉴》第三章"同仇敌忾 不屈中国"，对抗日战争时期国民党军政人物传记，包括张学良、冯玉祥、马占山、杨虎城、蔡廷锴、佟麟阁、赵登禹、张自忠、宋哲元、蒋介石、何应钦、黄显声、邓铁梅、傅作义、蒋鼎文、冯治安、何基沣、顾祝同、张治中、薛岳、王耀武、谢晋元、李宗仁、程潜、胡宗南、阎锡山、陈诚、卫立煌、孔从洲（后起义）、白崇禧、汤恩伯、孙立人、戴安澜、段国杰、孙连仲、李品仙、林森、宋子文、宋美龄与蒋介石、孔祥熙、陈果夫、陈立夫、陈布雷、戴季陶、张群、余汉谋、胡汉民、戴笠、张冲以及逃跑将军韩复榘，还有"七七事变"与"八百壮士：中国孤军营上海抗战纪实""南京大屠杀""中国辛德勒"以及国民党正面战场中的陆海空、外交、谍战、远征军等抗战纪实与将领传记进行了介绍与评鉴。其中,《我的父亲谢晋元将军——八百壮士浴血奋战记》《小难民自述》感人涕下。

《传记评鉴》第四章介绍了 46 位积极支持中国共产党人抗日战争的"爱国义士和援华战士"。并对宋庆龄、李济深、张澜、陈铭枢、何香凝、于右任、沈钧儒、蔡元培、柳亚子、邵力子、谭平山、王昆仑、史良等七君子、司徒美堂、郭沫若、丁玲、徐悲鸿、章伯钧、邹韬奋、胡厥文、雷洁琼、陈嘉庚、黄琪翔、陈嘉庚、杜月笙等爱国民主党派、知识分子、文化名人、民族工商业者的著名人士传记,给与中肯的点评。

《传记评鉴》对以自己鲜血和生命终身支持中国人民抗日战争的白求恩、柯棣华、马海德、贝熙业、史沫特莱、路易·艾黎、乔治·何克、埃德加·斯诺、伊斯雷尔·爱泼斯坦、拉贝、陈纳德、卡尔逊等"援华战士"的传记做了介绍点评,褒扬他们作为伟大国际主义战士支持中国人民抗日救亡和反法西斯斗争的国际主义精神。

《传记评鉴》介绍了在世界反法西斯战争"国际战场殊死对决"的欧洲、太平洋、北非等各个战场上的 46 位典型人物传记。其中,对苏联卫国战争的统帅斯大林及元帅将领伏罗希洛夫、加里宁、赫鲁晓夫、巴格拉米扬、崔可夫、华西列夫斯基、科涅夫、罗科索夫斯基、瓦杜丁、梅列茨科夫、什捷缅科等传记作了精要介绍和精辟的点评。从《传记评鉴》中可以读到《卓娅和舒拉的故事》、《丹娘》、左尔格、马特洛索夫、《铁血东亚细亚:苏远东兵团征战纪实》甚至为国建功的《图波列夫囚徒设计所》中非常的囚徒等苏联千千万万反法西斯战士中的杰出代表的故事。当然,不能忘却美国的政治、军事强人罗斯福、杜鲁门、马歇尔、艾森豪威尔、尼米兹、麦克阿瑟、巴顿、肯尼迪、哈里曼及"剑与犁"的炮制者泰勒,既可领略《血战太平洋》的残酷,又可探知《野兽花园》,从而了解《美国最伟大的一代》的动人故事。《丘吉尔传》《张伯伦传》和艾登、蒙哥马利回忆录写下英国"时代和历史的伟大纪录";戴高乐用生命捍卫法兰西尊严的《战争回忆录》，南斯拉夫"伟大的不光是一个人，而是一个集体"的《铁托自述》《卡德尔回忆录》，捷克斗士《绞刑架下的报告》，还可以进一步了解到美国空降兵《亲历兄弟连：温特斯少校回忆录》、德籍犹太人安妮·弗兰克的《安妮日记》《盖世太保枪口下的中国女人》、一个中国籍意大利人的情报人生——《国际间谍范斯伯》和《他差一步改变历史：纳粹情报局长的阴谋》等故事与点评。

《传记评鉴》没有饶过对作恶多端的战争罪犯的历史审判，在第六章介绍了"罪昭天下 正义审判"的人物和事件传记。从《二战首要战犯绝密档案》和《日本天皇投降内幕》《东条英机——穷兵黩武的剃刀将军》《板垣征四郎》《冈村宁次回忆录》《荒海之鹫——日本海军大将山本五十六》《今井武夫回忆录》《解密日本细菌战历史：军医中将石井四郎的故事》以及《魏特琳日记》《东史郎日记》和土屋芳雄《我的忏悔》等传记揭露了日本战犯在中国所犯下的滔天罪行。欧洲头号战犯的罪恶人生被《希特勒（傲慢·报应）》《墨索里尼》《戈培尔：第三帝国的宣传大师》《戈林传》《希姆莱》《希特勒副手赫斯的一生》《古德里安亲历记》《隆美尔》《里昂屠夫》和曼施泰因、邓尼茨回忆录等传记揭露得淋漓尽致。

《传记评鉴》也没有放过恶贯满盈的中国汉奸、战犯。《末代皇帝的非常人生》《汪精卫和蒋介石》《朝秦暮楚周佛海》《陈公博全传》《东北教父从豆腐匠到伪满洲国总理》评鉴揭露了日本侵略者的帮凶汉奸、战犯的罪恶。《东京审判秘史》和《他将战犯送上绞架：国际法院法官倪徵燠》评鉴介绍了举世瞩目的东京审判；中国"审判日伪战犯纪实"和苏联《伯力城审判：沉默半个世纪的证言》中，对日本侵华犯下的滔天罪行和臭名昭著的日本"731"细菌武器部队战犯的犯罪事实与证据进行了彻底揭露。纽伦堡、东京、伯力和中国各地对欧洲法西斯战犯和日本侵华战犯的正义审判，分别将这些罪大恶极的反人类罪战犯判处死刑、有期徒刑。战后，一些潜逃的战犯仍在被各国追缉。各国的研究者们对第二次世界大战均有所反思。

传记评鉴收录的对《爱这个世界：阿伦特传》的评鉴，提出了对"平庸的恶"之审辩。

4."传记的传记"创新人物研究工具书

2015 年 9 月，中国文艺评论家协会、中国传记文学学会召开《伟大史诗 铁血长歌——中国人民抗日战争暨世界反法西斯战争传记文学评鉴》新书发布会暨研讨会。中宣部、国家新闻出版广电总局、中国文艺评论家协会、学习出版社以及传主子弟代表，作者和文艺评论家代表，以及中央及北京各大新闻媒体记者等 100 余人出席发布会和研讨会。

理论研究学者、评论家就《伟大史诗 铁血长歌》传记题材和评鉴创作开展深入交流研讨。大家认为该书可以看做"传记的传记"，它提供了一个对抗战人物、抗战细节的索引，是对 300 本传记文学作品的一次浓缩，丰富了抗战题材出版物的形式。

这本传记评鉴也是研究"二战"人物史实的工具书，它的出版丰富了中国人民抗击日本侵略者对世界反法西斯战争作出的巨大贡献的史实研究，收到良好社会反响。中宣部出版局办公室主任杨晓玫在研讨会上表示，"这是一部创新的作品，通过对中国人民抗日战争暨世界反法西斯战争传记作品的系统收集、梳理、简介、点评和鉴赏，能让读者快速了解第二次世界大战，特别是东方主战场的基本情况"。

（四）学会会员创作活力持续激发，精品力作不断呈现

1.聚焦"一带一路"，写好民心相通列国人物传记

2013 年，习近平主席站在全球视角，创造性地提出建设"新丝绸之路经济带"和"21 世纪海上丝绸之路"的"一带一路"合作倡议。"一带一路"倡议秉持共商、共建、共享原则，加强各个国家的合作，实现政策沟

通、设施联通、贸易畅通、资金融通和民心相通，共同打造开放合作平台，为地区可持续发展提供新动力。"一带一路""三共"理念与"五通"的目标受到沿线和参与建设的 180 多个国家和国际组织的欢迎。"一带一路"倡议高举和平发展的旗帜，积极发展与沿线国家的经济合作伙伴关系，共同打造政治互信、经济融合、文化包容的利益共同体、命运共同体和责任共同体。

中国从汉代"张骞出使西域"，凿空古代丝绸之路，使沿线各个国家的贸易互通；明代"郑和七次下西洋"远航西太平洋和印度洋访问 30 多个国家和地区，创造了伟大的"民心相通"的历史。今天的"一带一路"建设更需要世界各国人民相互了解、交流互鉴，续写"民心相通"的好故事。学会认为聚焦"一带一路"人物是新时代传记创作的好题材。2017 年，学会在认真调研、周密谋划、精心组织的基础上，与中国社会科学院多个研究机构合作组成编委会。王丽会长担任《"一带一路"列国人物传系》(简称《"一带一路"传系》)编委会主任和总主编。编委会组织 300 多位传记文学作家、高校和研究机构专家、新华社驻外记者等作者共同参加创作。

《"一带一路"传系》是"一带一路"全景式的人物组合大传，共有 100 卷，每卷 10 个人物，全书总共近 1000 个人物。传主都是"一带一路"相关国家有影响力的政治、经济、文化及对外交流贡献卓越的人物，包括哲学、科学、技术、政治、经济、军事、文化、法律、艺术等古今名人。其中，中国部分 28 卷，分三类：一类是从汉代开始，每个朝代选取 10 个人物写作传记合成一卷，共 9 卷，包括《丝绸之路的开拓者：汉代 10 人传》《陆海通途盛世风：隋唐 10 人传》《睦邻通商航海路：宋代 10 人传》《金戈铁马风漫卷：元代 10 人传》《一统江山万里帆：明代 10 人传》《环球凉热自清浊：清代 10 人传》《东西碰撞溅火花：近代 10 人传》《风雨变迁海国志：现代 10 人传》《智通商海新丝路：当代 9 人传》；第二类以地域人物和地点功能合集，共 3 卷，包括《丝路明珠守门人：敦煌莫高窟 5 人传》《东北亚丝路：10 人传》《丝绸之路——港口传》；第三类是与主题相关的历朝人物单传，共 16 卷，包括《汉武帝传》《张骞传》《唐太宗传》《玄奘传》《成吉思汗传》《明成祖传》《郑和传》《乾隆传》《魏源传》《左宗棠传》《张之洞传》《盛宣怀传》《康有为传》《孙中山传》《张謇传》《将军外交家：耿飚》。

在"一带一路"相关国家，每个国家选取 10 个人物写作传记合成一卷，共 72 卷：《沙漠之巅——阿联酋 10 人传》《霍尔木兹海峡守门人——阿曼 10 人传》《金字塔之国——埃及 9 人传》《非洲屋脊马蹄莲——埃塞俄比亚 10 人传》《骑在羊背上的国家——澳大利亚 10 人传》《波斯湾明珠——巴林 8 人传》《欧洲客厅——比利时 9 人传》《与灵魂对话的思辨之国——德国 9 人传》《追求自由之国——东帝汶 8 人传》《欧洲文化殿堂——法兰西 11 人传》《千岛之国——菲律宾 7 人传》《郁金香之国——荷兰 10 人传》《高棉的微笑——柬埔寨 12 人传》《半岛明珠——卡塔尔 8 人传》《海湾之秀——科威特 10 人传》《万象之都——老挝 9 人传》《雪松之国——黎巴嫩 11 人传》《香草大岛之国——马达加斯加 10 人传》《印度洋世外桃源——马尔代夫 9 人传》《丛林花园之国——马来西亚 10 人传》《印度洋上的明星和钥匙——毛里求斯 8 人传》《草原之国——蒙古 10 人传》《喜马拉雅浮世天堂——尼泊尔 10 人传》《阿尔卑斯之巅——瑞士 9 人传》《石油王国——沙特阿拉伯 10 人传》《印度洋上明珠之国——斯里兰卡 10 人传》《千佛之国——泰国 9 人传》《堆金积玉之国——文莱 10 人传》《热情如火之国——西班牙 7 人传》《花园国度——新加坡 10 人传》《上帝的后花园——新西兰 11 人传》《红海门户之国——也门 10 人传》《首创法典之国——伊拉克 10 人传》《犹太望乡之国——以色列 10 人传》《亚平宁半岛上的文化巅峰——意大利 9 人传》《赤道翡翠之国——印度尼西亚 10 人传》《绅士之国——英国 8 人传》《澜湄泽润之国——越南 10 人传》《山鹰之国——阿尔巴尼亚 10 人传》《兴都库什山之巅——阿富汗 10 人传》《千年之火——阿塞拜疆 10 人传》《水边居住者——爱沙尼亚 10 人传》《山高水长好邻居——巴基斯坦 12 人传》《万湖之国——白俄罗斯 10 人传》《玫瑰之国——保加亚 11 人传》《不屈的白鹰——波兰 10 人传》《山海相接之国——波黑 10 人传》《双头鹰下横跨欧亚之国——俄罗斯 18 人传》《田园之国——格鲁吉亚 10 人传》《永恒的国家——哈萨克斯坦 10 人传》《高山热湖之国——吉尔吉斯斯坦 10 人传》《山地之国——捷克 10 人传》《马可波罗的故乡——克罗地亚 10 人传》《波罗的海铠甲——拉脱维亚 10 人传》《波罗的海明珠——立陶宛 10 人传》《拉丁灵境——罗马尼亚 10 人传》《年轻的南亚国家——孟加拉国 10 人传》《宝石之国——缅甸 10 人传》《阳光之国——摩尔多瓦 10 人传》《高山峡谷之国——黑山 10 人传》《情迷巴尔干——塞尔维亚 10 人传》《城堡林立之国——斯洛伐克 10 人传》《特里格拉夫山峰护佑之国——斯洛文尼亚 10 人传》《帕米尔高原上的皇冠——塔吉克斯坦 10 人传》《欧亚十字路口——土耳其 10 人传》《汗血宝马之国——土库曼斯坦 10 人传》《欧洲粮仓——乌克兰 10 人传》《中亚明珠——乌兹别克斯坦 10 人传》《多瑙河上的明珠——匈牙利 10 人传》《鹰狮护持之国——亚美尼亚 10 人传》《文化瑰宝——伊朗 10 人传》《菩提恒河保佑之国——印度 12 人传》。

《"一带一路"传系》人物插图画像作者均为著名画家，他们以生动画风再现了书中人物形象，提升了《"一带一路"传系》作品的可视感和生动性。《"一带一路"传系》构思呼应"一带一路"倡议，从认识各国人物角度解读丝路精神，突出"民心相通"的人文格局，备受瞩目。该《"一带一路"传系》全书创作已经完成，中国出版集团华文出版社和中联部所属当代世界出版社合作出版。

《"一带一路"传系》面向"一带一路"国家的青少年、企业、事业单位、文化机构及"一带一路"建设者等。读者通过阅读各国人物故事，扩大视野，了解丝路国家历史文化、社会状况和风土人情，提高文化素养，增进国际交流。目前，《"一带一路"传系》已入选教育装备管理部门《中小学图书馆（室）配备核心书目》。《"一带一路"传系》的出版发行，将为"一带一路"相关国家的人民实现"民心相通"提供相互了解、尊重、理解、鉴赏的精神食粮，搭建民心之桥，也可作为国家间文化交流的赠品。人民网报道称：《"一带一路"列国人物传系》构思呼应"一带一路"倡议，突出"民心相通"的人文格局，力图从各国人文发展角度解读丝路精神。系列丛书也将成为了解古今中外"一带一路"相关国家人物的工具书。[1]

2017 年 5 月，中国传记文学学会、中国社科院国家全球战略智库、华文出版社等，联合主办了"《"一带一路"列国人物传系》首批新书发布会暨作品讨论会"。在"一带一路"国际合作峰会召开之际，《"一带一路"传系》的推出意义重大。中国传记文学学会会长王丽分别向法国前总理让—皮埃尔·拉法兰、埃及前总理伊萨姆·沙拉夫、联合国原副秘书长沙祖康赠送了《"一带一路"传系》首批图书。

2021 年 4 月，中国传记文学学会与中国出版集团华文出版社联合主办《"一带一路"列国人物传系》之第四批 10 种新书发布会。这次发布出版的新书《与灵魂对话的思辨之国：德国 9 人传》讲述了马克思、恩格斯、高斯、贝多芬等 9 位对德国发展具有重要影响的人物，引领读者从德国伟人的思想和精神、事业和功绩，去了解和认识德国。发布会上推出的中国各卷《东西碰撞溅火花：近代 9 人传》《风雨变迁海国志：现代 10 人传》与此前问世的汉代 10 人传、唐代 10 人传、宋代 10 人传、元代 10 人传、明代 10 人传和清代 10 人传共同构成了中国断代史人物合传。这些作品从一个一个的人物故事，串联起从古代的丝绸之路到如今的"一带一路"2000 余年的发展脉络。目前，《"一带一路"列国人物传系》的其余各卷正在出版之中。

---

[1] https：//www.sohu.com/a/140300467_114731，《一带一路列国人物传系》首批新书在京发布 _ 中国经济网——国家经济门户 http：//www.ce.cn/xwzx/gnsz/gdxw/201705/12/t20170512_22784781.shtml

2. 庆祝新中国成立 70 周年，开展"微传记"征文活动

2019 年，为庆祝中华人民共和国成立 70 周年，学会面向公众开展了"微微动人——我和祖国话情长"微传记征文活动。本次征文活动吸引了来自社会各行各业、不同年龄层次、不同背景的作者踊跃撰写投稿，其中，也有中小学生的投稿。

学会通过征文评选委员会和"测文网"，对上千篇征文来稿进行认真评审，优选出 90 篇动人佳作向读者推荐。这些作品用朴实真诚的文笔，围绕新中国成立 70 周年的主线，说出自己的故事。征文作者有的是出身农家的子弟，有的是工人，有的曾是扛过枪的战士，还有贡献卓著的科技工作者、教授、企业家、学生等各界人士。他们回顾自己与共和国共成长的亲身经历，表达了对祖国的赤子之情和为中华民族伟大复兴而不懈奋斗的坚定信念。

2022 年 1 月，《我和祖国话情长——微传记征文选集》由国际文化出版公司出版。"微传记"征文活动贴近普通人的生活，激发了大众的爱国情感与创作热情，推动了传记文学事业在新时代发展的一种"小而美"的新样态。

3. 组织抗击疫情非虚构纪实征文活动

2020 年，在抗击新冠肺炎疫情的伟大斗争中，我们与全党全国各族人民同舟共济、共克时艰。中国传记文学学会面向社会开展了《点亮生命，你不是一个人在战斗——抗疫非虚构纪实》征文工作。活动开展以来收到了各界人士的踊跃投稿，来稿者通过文字分享了他们可歌可泣的抗疫故事，有坚守在一线的白衣天使，默默奉献的外卖小哥……在这个特殊时期，我们身边的普通人都成为英雄。征文作品在学会网站、公众号刊出，受到大众点赞好评。通过这次意义非凡的征文活动，学会党员及会员们更加坚定

了民族自信心和文人的担当意识，坚信党的领导，以笔为戎，共同打赢这次疫情防控阻击战。

4. 推进科技文化工程科学家传记创作

针对近年来年事已高的两院院士陆续离世的严峻现实，需要对这些科技功臣进行抢救式资料挖掘与传记写作。2021 年，中国传记文学学会与中国科学院学部工作局就《科学与人生：中国科学院院士传记》丛书创作项目经过多次协商，签署合作备忘录。学会推荐有科技文化写作功底的传记文学作家，学部遴选获得授权的科学家传主，提供相应写作条件。双方通过资源共享、优势互补与业务创新，共同推进院士传记创作，携手打造国家科技文化工程。丛书传主中有科学领域的奠基者和开拓者，有作出重大科学发现、发明和创造成就的著名科学家，也有毕生在专门学科领域默默耕耘的一流学者。其中，首部合作院士传记作品《唐敖庆传》已完成写作，后续多部院士传记作品正在陆续创作中。

国家科技管理部门与传记文学国家级社团合作推出"科学与人生"传记，把科技高峰上的科学家的事迹用大众看得见听得懂的语言讲给大众，尤其是年轻一代，体现科技与文化的交融，善莫大焉。创作传播科学家传记好故事，对于推动中华儿女崇尚科学、走近科学、了解科学、支持科学，为全民族科学素养的提高和良好社会风尚的形成具有重要的意义。

5. 创作出新时代传记文学精品力作

2012 年，中国作家协会决定，用五年左右时间，集中文学界和文化界的精兵强将，创作出版《中国历史文化名人传》大型丛书。这是一项重大的国家文化出版工程，它对形象化地诠释和反映中华民族文化的基本精神，继承发扬传统文化的精髓，对公民的历史文化普及和建设社会主义文化强国都具有重要而深远的意义。

这项原创的纪实体文学工程出版120部左右。编委会与各方专家反复会商，遴选出在中国文化发展史上产生过重大影响的120余位历史文化名人。在作者选择上，采取专家推荐、主动约请及社会选拔的方式，选择有文史功底、有创作实绩并有较大社会影响，能胜任繁重的实地采访、文献查阅及长篇创作任务，擅长传记文学创作的作家。创作的总体要求是，必须在尊重史实的基础上进行文学艺术创作，力求生动传神，追求本质的真实，塑造出饱满的人物形象，具有引人入胜的故事性和可读性；反对戏说、颠覆和凭空捏造，严禁抄袭；作家对传主要有客观的价值判断和对人物精神概括与提升的独到心得，要有新颖的艺术表现形式；新传水平应当高于已有同一人物的传记作品。

为了保证丛书的高品质，编委会聘请了学有专长、卓有成就的史学和文学专家，对书稿的文史真伪、价值取向、人物刻画和文学表现等方面总体把关，并建立了严格的论证机制，从传主的选择、作者的认定、写作大纲论证、书稿专项审定直至编辑、出版等，层层论证把关，力图使丛书经得起时间的检验，从而达到传承中华文明和弘扬杰出文化人物精神之目的。丛书的封面设计，以中国历史长河为概念，取层层历史文化积淀与源远流长的宏大意象，采用各个历史时期最具代表性的文化符号与雅致温润的色条进行表达，意蕴深厚，庄重大气。内文的版式设计也尽可能做到精致、别具美感。

中华民族文化博大精深，这百位文化名人就是杰出代表。他们的灿烂人生就是中华文明历史的缩影；他们的思想智慧、精神气脉深深融入民族的血液中，成为代代相袭的中华魂魄。在实现"中国梦"的历史进程中成为巨大的精神动力。目前已经出版王充闾的《逍遥游——庄子传》、王兆军的《书圣之道——王羲之传》、郭启宏的《千秋词主——李煜传》、浦玉生的《草泽英雄梦——施耐庵传》、杜书瀛的《戏看人间——李渔传》、陈益的《心同山河——顾炎武传》、陈世旭的《孤独的绝唱——八大山人传》、周汝昌的《泣血红楼——曹雪芹传》、何香久的《旷代大儒——纪晓岚传》、徐刚的《烂漫饮冰子——梁启超传》等80余部，多为具有较高思想性、艺术性和可读性的呕心沥血之作、精品之作。

新时代开启传记文学创作新境界。自2015年来，中国传记文学学会组织创作出版传记作品105部，其中较有影响力的有《伟大史诗 铁血长歌》《亚平宁半岛的文化巅峰——意大利9人》《绅士之国——英国8人传》《千佛之国——泰国9人传》《欧洲客厅——比利时9人传》《热情如火之国——西班牙7人传》《与灵魂对话的思辨之国——德国9人传》《瑞士名人传》《白俄罗斯名人传》《丝绸之路的开拓者——汉代10人传》《陆海通途盛世风——唐代10人传》《睦邻通商航海路——宋代10人传》《金戈铁马风漫卷——元代10人传》《一统江山万里帆——明代10人传》《环球凉热自清浊——清代10人传》《东西碰撞溅火花——近代10人传》《丝路明珠守门人——敦煌莫高窟5人传》《我与祖国话情长——微传记征文选集》《改革开放四十周年中国传记文论选》《唐敖庆传》等。

学会广大会员的作品也是精彩纷呈。张雅文的《盖世太保枪口下的中国女人》讲述二战期间一位身处比利时的中国女性，从德国秘密警察枪口下营救一百多名比利时人的真实故事。国家主席习近平向比利时国王菲利普·利奥波德·路易·马里赠送了这本传记。《盖世太保枪口下的中国女人》被赵冬苓改编，黄健中执导拍摄成为反战题材电视剧在中央电视台综合频道全国首播。

王宏甲的《中国天眼：南仁东传》，从"为什么要仰望星空"开启中国天眼意味着什么的设问，从而让人们了解了倾尽一生为国造重器的"中国天眼"首席科学家南仁东。王宏甲的《塘约道路》（人民出版社出版）和《走向乡村振兴》（中共中央党校出版社）聚焦"三农"题材，讲述非虚构脱贫攻坚人物故事，引起了世人极大的关注。《走向乡村振兴》被称为是一部"用脚写出来的"纪实作品。党的十八大以来，作者亲自到内蒙古、新疆、河北、河南、山西、湖南，尤其是山东烟台和贵州毕节等地的农村长期驻留，认识了农村出现的一个个鲜活人物，了解到他们感人至深的奋斗故事，发现了党支部领办合作社的好经验。这些原本贫穷的村子，通过党支部把农民重新组织起来，通过自愿入社、民主管理，分工合作，苦干实干，改变农民的精神面貌，改变农村的落后环境，壮大了集体经济，巩固拓展脱贫致富，并坚定不移地走向乡村振兴。王宏甲的作品直面问题，反映现实，人物丰满，生动感人。

刘国强的《罗布泊新歌》，全景式描绘了中国钾肥事业从无到有、不断发展壮大的曲折经历，塑造了国投新疆罗布泊钾盐有限责任公司李守江和他的团队艰苦创业的人物群像，摘得第十二届全国少数民族文学创作"骏马奖"。

中国传记文学学会历任会长、副会长、常务理事、理事都奉献出精品之作。参加过抗日战争、解放战争和抗美援朝战争以及新中国的建立的革命作家，中国传记文学学会创始会长刘白羽在长期军旅生涯的革命斗争实践中，书写了大量具有鲜明时代色彩、深刻思想内涵和独特艺术风格的优秀作品。他的长篇回忆录《心灵历程》获 1995 年优秀传记文学奖。第三、四任会长万伯翱的《三十春秋》《七十春秋》等作品，以革命后代的眼光采写老一代革命元勋"夕阳无限好"的晚年生活。他用朴实的文笔反映出今日中国大好河山和人民幸福生活的来之不易。

时任副会长王丽的《老爷车神奇之旅》以其亲身经历和所拍 300 多张照片，有图有真相地写出了 2006 年 7 月 15 日 200 多位欧洲人驾驶 84 辆老爷车、22 辆保障车、两架飞机从荷兰阿姆斯特丹出发，穿越 14 个国家，行程 17500 公里，于 8 月 11 日到达中国北京的"阿姆斯特丹至北京老爷车拉力赛"探险故事和美丽风景。在该传记的新书发布会上，5 个参赛车队的荷兰选手手捧有自己爱车靓照的新书激动不已，为能亲历 2008 北京奥运会热身拉力赛而备感自豪。

　　著名传记文学作家，长期担任学会副会长的徐光荣，是活跃在辽沈大地的传记文学创作领军人之一。他的《烹饪大师》《赵一曼》《王军霞》《科技帅才蒋新松》《国宝鉴定大师杨仁恺》等长篇传记文学笔力深厚，人物生动，作品传神，先后获中国传记文学奖、全国优秀畅销书奖、冰心优秀儿童图书奖。在徐光荣带领下，辽沈大地传记文学队伍与人才辈出，对社会尤其青少年精神文明建设产生广泛影响。

　　《画魂——潘玉良传》是优秀传记文学作家石楠的成名作，有着让人常读常新的丰满生动的文化人物形象，揭示了鲜明的、积极向上的时代主题。石楠所著的《张恨水传》《寒柳——柳如是传》《一代明星舒绣文》《从尼姑庵走上红地毯》《刘海粟传》《回望人生路——亚明的艺术之旅》《陈圆圆——红颜恨》《不想说的故事》《另类才女苏雪林》《百年风流》等作品展示了传主在文化道路上苦苦追求、艰难跋涉的文化修养。

　　《天才奇女——张爱玲传》是副会长于青写的张爱玲评传，也是国内出版的第一部张爱玲传。该传记难能可贵的是，作者依着扎实的研究功底和国际传记文学界推崇的一手资料的写作质素，经过长期的学术研究，搜集了大量资料。作者采访了张爱玲的姑父，推荐张爱玲迈入文坛的柯灵，张爱玲的合作好友桑弧等等。作品不仅详细描写了张爱玲天才的一生，也对张爱玲的文学贡献做了符合文学史的学术评判。于青还著有《东方宏儒——季羡林传》《独坐听风——季羡林的精神世界》等传记文学。扎实的专业训练和细腻的笔触为作者的写作风格。

　　长期从事编辑工作的张昌华，积累了大量著名文化作者的书信札记和照片影像。他的传记创作态度真诚平和，语言温馨雅致，人物生动传神。张昌华所著《书香人和》《走近大家》《青瓷碎片》《曾经风雅》《民国风景》《故人风清》《百年风度》等大书小传，从作者得知、熟知的中国文化名人的背影，历数百年中国的耀眼传奇。张昌华以收藏级的书札，写出《我为他们照过相》《云中谁寄锦书来》等作品，对其所交往的文化名人做了传手对传主、小友对老友的点笔切入和忘年解读。昔日"为人作嫁",今日"为人作传",体现出传记作者对文化与文化人的尊重与痴迷。

《人民日报》2018 年 4 月 28 日 12 版刊登李一鸣用优美的散文笔法写的小山传《远眺华不注》。"济南北,历城界,黄河南,一山奇崛,名曰华不注。"此山得名《诗经·小雅·棠棣》"棠棣之华,鄂不韡韡",俗名花骨朵,展现几十亿年"使劲开"的意象。赵孟頫有画《鹊华秋色图》:左鹊山,右华不注;有诗:"云雾润蒸华不注,波涛声震大明湖。"郦道元《水经注》、李太白《昔我游齐都》、金元好问、元王恽、明亢思谦、清全祖望,及至康有为皆赞华不注雄峻龙虎,众美皆不如。华不注见证了《左传》齐晋交战华不注,丑父更衣换位救齐顷公的"忠"和葬于华不注山的闵子骞的"孝"。何以为山写传,作者说"山水最终是活在文化里,活在人的情感里"。

(五)传记文学研究成果丰硕

在中国传记文学学会的推动下,中国传记文学的研究工作和活动也广泛开展起来,取得一定的成果。

1. 中国传记文学史的研究有所突破

韩兆琦主编《中国传记文学史》,陈兰村主编《中国传记文学发展史》,二者均以古代为主。陈兰村与叶志良主编的《20 世纪中国传记文学论》和全展的《中国当代传记文学概观》分别对中国 20 世纪和当代传记文学进行了较全面的研究。郭久麟撰写的《中国二十世纪传记文学史》则是第一部中国 20 世纪传记文学史专著,具有填补 20 世纪及现当代传记文学史空白的意义。2010 年,复旦大学历史系资料室历时 28 载编纂的《二十世纪中国人物传记资料索引》一书由上海辞书出版社出版,全书 5500 余页,1600 余万字,对中外学术界专家学者及普通读者研究百年来中国近现代人物提供了重大资料支撑作用。

2.《史记》仍是中国古典传记研究的热点

中国古典传记研究的热点主要集中于司马迁、韩愈、王安石等人的传记作品。《史记》研究文论作品数量和质量依然高居榜首。韩兆琦先后编撰了《史记选注集说》《史记评论赏析》《史记人物传记论稿》。陈兰村和张新科编撰了《中国古典传记论稿》。郭双成撰写了《史记人物传记论稿》。张大可撰写了《史记研究》。可永雪撰写了《史记文学成就论稿》。张新科撰写了《史记学概论》。俞樟华撰写了《史记新探》《史记艺术论》。

3. 对近现代传记文学作家的研究评析更加深入

对近现代传记文学作家的研究主要集中在梁启超、胡适、郭沫若、郁达夫、林语堂、朱东润等身上。传记评论家较为活跃的则是萧关鸿、陈兰村、郭久麟、李祥年、朱文华、韩梅村、赵白生、全展、王成军、戴光中、耿云志、孙毓茂、傅正乾、万平近、吴晓明、余昌谷、王维玲、王炳根等评论家。萧关鸿在《中国百年传记经典》（1—4卷）中对20世纪的传记作家作品作了精当扼要的点评。郭久麟的《传记文学写作与鉴赏》选择了从古至今的80多部（篇）优秀传记文学作品进行了深入评析。

4. 传记研究者对当代作家传记研究也有新的进展

对当代作家传记研究较有代表性的有张立群的《"郭沫若传"的现状考察——兼谈多身份传主传记书写的进路》、钱果长的《呼唤新的"张恨水传"——"张恨水传"写作历史的检视及反思》、李琪婷的《"虚构的真实"与传主精神形象建构——李长之人物传记研究》、姚丹的《"光荣而独立的人"如何可能——从萧红传看不做"归家娜拉"的知识女性之命运》、谢伟娜的《丁玲传记研究》、崔思晨的《萧红传记写作类型研究》、段煜的《老舍传记写作的回顾与思考》、江涛的《作为研究方法的"残雪传记"——一种破译"残雪之谜"的新路径》。这些文章的视角和观点有一定新颖性。其中，张立群和钱果长梳理并总结了某一作家传记写作现状，江涛尝试以传记研究破译"残雪之谜"，姚丹从萧红传记中考察知识女性命运，李琪婷对李长之人物传记作系统研究等。

全展的《传记文学：阐释与批评》对当代传记文学作家作品作了深度评析；韩梅村的《多棱镜下的人生——张俊彪论》和《理论视野中的著名作家张俊彪》均以较长的篇幅，分析了张俊彪的传记文学创作。这些都对中国现代传记研究，更新现代文学研究视角和方法有一定启发。

5. 对西方传记文学的介绍和研究也有相当进展

在新时期，大型介绍中外传记的丛书陆续推出，包括中华书局的《年谱丛刊》，湖南人民出版社的《世界名人传记丛书》（翻译），湖南科技出版社的《诺贝尔奖金获得者传》《中国现代科学家传记》，《晋阳学刊》编辑部的《中国现代社会科学家传略》，书目文献出版社的《中国当代社会科学家传略》《外国著名文学家传》等。

杨正润20世纪80年代出版的《传记文学史纲》把中国传记的发展放在世界传记发展的大格局中来比较阐释，资料丰富，议论精湛，具有开拓创新性；他的《外国传记鉴赏辞典》首开全面系统对西方传记作家作品的介绍和鉴赏。何元智的《中西传记文学研究》，对西方传记及其理论作了扼要的介绍。唐岫敏等著的《英国传记发展史》介绍了自文艺复兴以来数十位英国传记作家与作品及其文化价值、社会影响和历史作用，揭示了英国传记文学理论的发展与传承。西方传记理论著作开始在我国翻译出版。在《传记文学》等杂志和报刊上，也陆续刊登和介绍了西方传记文学的一些理论。

当然，相较于传记写作，国内对传记理论研究的广度与深度不尽如人意，对蓬勃发展的当代传记研究更嫌不足；对外国著名传记作品和理论著作翻译介绍得不多；对中外传记及其理论的比较研究也就更少；涉及中外传记评论也鲜有力透纸背的文章发表。这些，都还有待于学术界的共同努力。

中国传记文学界对传记文学理论的系统研究，是从 20 世纪 90 年代初期出版的李祥年的《传记文学概论》和朱文华的《传记通论》开始的。郭久麟的《传记文学写作论》和俞樟华的《中国传记文学理论研究》紧接着面世。进入 21 世纪以后，北京大学赵白生的《传记文学理论》、南京大学王成军的《纪实与纪虚》、李战子的《语言的人际元功能新探——自传话语的人际意义研究》等著作相继出版。杨正润的《现代传记学》全面探讨传记文学理论，为现代传记学的建立作出了贡献。

因着传记文学非虚构的特质，一些人物辞典和人物传记资料索引，因其高度的史料价值和实用性，受到读者欢迎。其中较有分量的是中国作家协会编纂的《中国作家大辞典》，北京外国语学院编的《中国作家大辞典》，上海辞书出版社的《中国人名大辞典》，武汉测绘科技大学出版社的《中国当代知名学者辞典》，中国社会科学院近代史研究室编的《近代来华外国人名辞典》，南京大学校长匡亚明主持编写的《中国思想家评传》等。传记期刊也出版了多种，主要的有《人物》《传记文学》《名人传记》等。随着中国百年历史进程的推进，传记文学以其再现历史真实与人物真实的非虚构特点成为人民大众喜欢的文化样式，也成为文化学者专家追寻的研究目标。

（六）充分利用新媒体资源探索传记文学传播新路径

1. 传记文学作家"触电"开讲主创作品

中国传记文学学会积极倡导传记文学"活化"形式，充分利用新技术、新媒介传播传记文学好故事。学会内设影视部，支持作者和研究评论专家在题材拓展、作品选择、内容深化、形式出新、表现手法多样化等方面积极探索，推出更多思想精深、艺术精湛、制作精良的精品力作在广播电视节目和各种专业讲座上进行推广宣传。

中国《史记》研究会名誉会长、《史记》与传记文学研究专家、北京师范大学教授韩兆琦著有《史记通论》《史记题评》《史记选注集说》《史记选注汇评》《史记评议赏析》《史记博议》《中国传记艺术》《中国传记文学史》《汉代散文史》《史记题评》等20余部专著，是为"中国《史记》研究大家"。韩兆琦教授历经十数年完成的9卷本500多万字的《史记笺证》大大丰富了《史记》故事。2007年，韩兆琦在北京电视台"中华文明大讲堂"开讲"史记新读"，深受观众好评。该讲座内容被集成《韩兆琦〈史记〉新读》一书，由燕山出版社出版。在哔哩哔哩网站《中华文明大讲堂》栏目韩兆琦谈史记系列16集，播放次数达1.5万次。

中国史记研究会会长张大可2010年3月至9月做客国家图书馆"中国典籍与文化讲座"，讲述"史记十五讲"。该讲座讲稿由国家图书馆出版社以《史记二十讲》于2010年出版。中国人民大学出版社2013年7月出版的《张大可讲〈史记〉》被"共产党员网"推荐阅读。

曾任中国传记文学学会副会长的军旅作家、解放军文艺出版社编审董保存，创作、编辑出版了大量军旅将帅传记文学作品，其纪实文学《毛泽东与蒙哥马利》获首届鲁迅文学奖。董保存受邀做客中央人民广播电台"名家谈军事"，主讲"解读开国将帅""解读中国人民解放军著名将帅"系列专题等。2019年12月17日，CCTV-10科教频道《读书》栏目播出董保存创作的非虚构作品《陆战之魂》，讲述中国人民解放军原第二十集团军"沙家浜连"与军长刘飞的故事（来源：央视网2019年12月17日）。

贾英华做客中央电视台"百家讲坛"，主讲"末代皇族的新生""你所不知道的溥仪"等传记文学作品人物故事。

2. 传记文学作品被搬上银幕

由中国传记文学学会、上海电影（集团）有限公司等单位出品的19集高清电视连续剧《雷锋》真实而又生动地讲述了雷锋从一个苦孩子，成长为一位共产主义先锋战士的平凡而又伟大的历程。这部电视连续剧近期已在山东台、河北台播出，还将陆续在全国各地播放。忽培元的作品《乡村第一书记》，被改编为一部讲述乡村振兴的主旋律电视剧《花开山乡》，开播后收视率一路上扬，位列当周黄金时段电视剧单频道收视率第一名，引起很好的反响。中国传记文学学会协助编排摄制了《焦裕禄》《天涯浴血》《检察官的故事》等一批优秀的传记电视剧，协助编辑出版了一批传记文学作品。

3. 传记文学学会公众号推出原作品 474 篇

中国传记文学学会创办了网站、微信公众号、视频号，启动改革开放40 年传记文学数据库工程，用多种媒介特别是新媒体为传记文学的传播作出了积极贡献。学会公众号定时推出相应的专栏，刊载会员创作，2017 年学会推出"八一英雄传"专栏，征集了一批反映我军历史的佳作，邀请诸多作家分享观点、发表作品，以此向建军 90 周年献礼，向人民军队致敬，同时也向全体党员普及了军史、党史知识，受到社会各界的广泛关注，反响良好；2019 年，推出"微微动人，我与祖国话情长"征文专栏；2020 年，中国爆发新冠肺炎疫情期间，开办"抗疫英雄传"专栏，刊载会员抗疫文章，为全国抗疫提供精神支持。微信公众号"传记文学"选载原创作品《伟大史诗 铁血长歌》，2017 年 90 篇，2018 年 183 篇，2019 年 1 季度 28 篇，得到中国文联的好评。

回望中国传记文学学会风雨兼程的 30 年，广大传记文学工作者与祖国共命运、与时代同步伐，用满腔赤诚、一身才华，书写了属于自己、更属于党和人民的光荣与辉煌。传记文学作家要肩负起为人民写作、为时代立传的历史使命，以传世之心打造传世之作。传记文学用中国故事塑造民族精神，其中的优秀作品总能为社会构筑起精神高地。向广大受众推荐传记文学优秀作家，推荐有筋骨、有道德、有温度的优秀作品，是中国传记文学学会的职责所在。不忘初心、牢记使命，锐意进取、守正创新，不断谱写无愧于时代、无愧于历史、无愧于人民的文艺新篇章。

六、在党的领导下开创新时代传记文学事业新局面

习近平总书记在文联十一大、作协十大开幕式重要讲话中，充分肯定了我国文艺界在围绕中心、服务大局中展现的担当作为，深刻阐述了文艺在新时代新征程的历史方位上的重要地位和作用，从党和国家事业全局的高度，对广大文艺工作者提出殷切希望。我们一定要认真学习、深刻领会，奋力开创新时代传记文学事业新局面。

（一）认准历史方位和时代坐标，书写新时代传记文学服务中华民族复兴大业新篇章

习近平总书记在"七一"重要讲话中强调：一百年来，中国共产党团结带领中国人民进行的一切奋斗、一切牺牲、一切创造，归结起来就是一个主题：实现中华民族伟大复兴。经过一百年的艰苦奋斗，中华民族迎来了从站起来、富起来到强起来的伟大飞跃，实现中华民族伟大复兴进入了不可逆转的历史进程，我们实现了第一个百年奋斗目标，意气风发地向着全面建成社会主义现代化强国的第二个百年奋斗目标迈进，我们正处于中华民族伟大复兴的关键时期，新时代新征程，这是我们传记文学事业必须牢牢把握的历史方位和时代坐标。

中华民族要实现伟大复兴，需要强大的物质力量，也需要强大的精神力量。100 多年来，中国传记文学的命运同民族独立、人民解放和国家富强、人民幸福的事业紧密相连，以自身的力量参与了服务推动中华民族从

站起来、富起来到强起来的伟大进程。今天，我们比历史上任何时期都更接近中华民族伟大复兴的目标，比历史上任何时期都更有信心、有能力实现这个目标。在这样的历史关头，新时代传记文学必须明确担负的神圣使命和历史责任，深刻把握民族复兴的时代主题，为国家立心，为时代立传，为人民铸魂，塑造新时代的新人形象，书写新时代的新史诗，满足人民对美好精神文化生活的期待，增强人民精神力量，为建成社会主义文化强国、实现中华民族伟大复兴，贡献新时代传记文学事业强大的力量，创造中华文化新辉煌。

（二）明确人民主体地位，以人民为中心开展新时代传记文学创作

习近平总书记总结一百年来，党领导文艺战线不断探索、实践，走出了一条以马克思主义为指导、符合中国国情和文化传统、高扬人民性的文艺发展道路。人民性，深深铭刻在我国文艺事业的旗帜上。我们党的事业就是人民的事业，新时代传记文学事业扎根于人民的土壤中，人民性是其基本特征。书写人民的传记，是人民的需要；人民的传记，要由人民书写，这是新时代传记文学最鲜明的精神标识。

深刻把握人民是社会历史的主体。习近平总书记指出，"人民是历史的创造者，是真正的英雄"。人民既是历史的创造者、也是历史的见证者，既是历史的"剧中人"、也是历史的"剧作者"。新时代传记文学要深刻认识人民的主体地位，深刻认识"社会主义文艺就是人民的文艺"这一本质，坚持以人民为中心的创作导向，把人民放在心中最高位置，把人民满意不满意作为检验艺术的最高标准，让笔管与人民的血管相通，把笔头和人民的心头相连，坚定自觉地书写人民生活，表达人民愿望，为人民代言。

真正把人民作为传记文学表现的主体。习近平总书记指出，"人民不是抽象的符号，而是一个一个具体的人，有血有肉，有情感，有爱恨，有梦

想，也有内心的冲突和挣扎"。新时代传记文学要悉心聆听人民的心声，倾心体验百姓的喜乐，深入挖掘人民的故事，发挥"非虚构"的创作特性，真正做到为人民抒写、抒情、抒怀。

到人民群众中去书写人民。新时代传记文学工作者要深入生活，扎根人民，到火热的时代生活的第一线去，到艰苦斗争的最前沿，以写人民的传记、草根的传记为荣，寻找百姓的闪光点。传记文学作品要写出人民的创造精神，对人民创造历史的伟大进程要给予最热情的赞颂，对一切为中华民族伟大复兴奋斗的拼搏者、一切为人民牺牲奉献的英雄给予最深情的褒扬。

（三）坚定文化自信，守正创新锻造新时代传记文学创造力

要把提高质量作为传记文学作品的生命线，以学习前人的礼敬之心和超越前人的竞胜之心，处理好传承和创新的关系，不断提升作品的精神能量、文化内涵、艺术价值。要弘扬中华优秀传统文化，深入挖掘中华优秀传统文化的思想观念、人文精神、道德规范，努力传承中华美学精神，赓续中华深厚文脉，把艺术创造力和中华文化价值融合起来，把中华美学精神和当代审美追求结合起来。传记文学作品要创造性表达中国风格、中国气派，为中华优秀传统文化的创造性转化、创新性发展作出积极探索。积极推进传记文学与各种文学艺术门类互融互通，推进各种表现形式交叉融合，推进互联网、大数据、人工智能、元宇宙等的交联运用，用新的技术、新的手段，激发创意灵感、丰富创作内涵、表达思想情感。传记文学作家要以新的视角、新的艺术手法、新的传播方式，重述革命历史，彰显信仰之美，表现时代风貌，引领时代风气，增强精神力量。传记文学学会要深入开展主题征文、主题出版、主题文学活动，强化传记文学研究和作品评论评奖推优，激活传记文学创造力。

（四）强化队伍建设，打造新时代传记文学新力量

习近平总书记强调，社会主义文学事业的繁荣发展，必须要有充分的人才支持，必须要建设强有力的阵地平台。未来属于青年，希望寄予青年。青年作家是文学事业的生力军。当前，在实现中华民族伟大复兴的关键时刻，尤其需要广大青年传记文学作家勇立潮头、勇担重任，做伟大时代的在场者、复兴进程的记录者、人民心声的表达者、文化强国的建设者，优秀传记文学传统的继承者、光大者。我们要加强组织建设，积极扩大会员队伍，建立培训基地，建立健全长效机制，丰富创新培训方式。我们要以各种灵活的形式深入开展传记文学的研讨活动和各种新作的讨论交流活动，引领广大传记作家深入学习践行习近平新时代中国特色社会主义思想，树立正确的民族观、国家观、文化观，树立正确党史观、大历史观、大时代观，不断提高政治素质和创作能力，成为党和人民信赖的传记文学队伍。

"十年树木，百年树人。"在中国共产党 100 年华诞之际，站在两个 100 年历史交汇点上，中国传记文学学会对中国传记文学波澜壮阔的百年发展历程做了回顾，对"群星璀璨耀中华"的人物传记做了总括，对新时代中国传记文学事业蓬勃发展作出前瞻。中国传记文学学会向 100 年来为中国传记文学事业奋笔耕耘、倾情贡献的作家、评论家、学者教授和出版家们致敬！向学会的创始会长刘白羽同志、继任会长王维玲、万伯翱同志及徐光荣等理事、常务理事和广大会员们致敬！衷心感谢中国文联的长期关怀与指导，衷心感谢国家社会科学基金的支持！衷心感谢学会秘书处同志们的辛勤工作。

中国传记文学工作者将胸怀"国之大者"江山人民，放眼"太平世界环球同此凉热"，奋笔新时代"风流人物"。中国传记文学事业将不忘初心，弘毅担当，拥抱人民，再铸辉煌。

学术研讨

为优秀共产党人科学家立传的
现实意义与存世价值

文 / 徐光荣

徐光荣，中国传记文学学会原副会长、辽宁省报告文学学会第一、二、三届副会长，辽宁省传记文学学会会长，辽宁省作家协会第六、七届理事，中国民主促进会辽宁省第八届主席团成员。2000 年出任沈阳文史研究馆终身馆员。著有诗集《心灵的窗口》《徐光荣诗选》，散文集《葡萄忆》，报告文学集《传神的眼睛》《美神的召唤》《人世沧桑》《人海星辉》《人生苦旅》，儿童文学《孙悟空三打白骨精》《望儿山》，长篇传记《蒋新松传》《赵一曼的故事》，长篇报告文学《关东笑星》《血色残历》《硬汉马俊仁》《玉佛缘》等 26 部，其中长篇报告文学有《烹饪大师》《孙悟空三打白骨精》《辽宁文学史论稿》。

摘要： 共产党人科学家传记中张扬着一种中国知识分子宝贵的爱国主义情怀。老一辈的中国科学家大多从苦难的旧中国走来，怀着"科学救国"的志向，身上洋溢着一种为国家科技事业发展无私奉献的担当精神，自觉强烈的国家意识，个人与国家命运紧紧相关的忧患意识。

关键词：科学家传记、爱国主义情怀、社会影响

中国共产党成立 100 年来，团结带领中国人民以"为有牺牲多壮志，敢教日月换新天"的大无畏气概，书写了中华民族几千年历史上最恢宏的史诗。这一百年来开辟的伟大道路，创造的伟大事业，取得的伟大成就，将载入中华民族发展史册、人类文明的发展史册。传记文学，作为一种为创造历史的人物立传的文学形式，传记文学作家，担负着为书写历史的英雄与人民群众立传的历史责任，应该为这部史诗记下色彩浓重的一笔，为这史册增添一抹独具特色的辉煌。

事实上，历史新时期以来，传记文学作家们正在自觉地承担起历史的重托，深入生活，勤奋耕耘，创造出一批批优秀共产党人的传记作品，他们同其他体裁的优秀文学作品一样，受到广大读者欢迎，耀亮着文坛，产生着巨大的正能量。如王朝柱的《开国领袖毛泽东》《李大钊》，毛毛的《我的父亲邓小平》，铁竹伟的《霜重色愈浓》，聂力的《山高水长》，满妹的《思念依然无尽》，东方鹤的《张爱萍传》等，都在亿万读者中广为流传，传记文学作品中的革命先辈等共产党人光辉形象，感天动地，启迪后人。

特别值得提出的是，历史新时期一批优秀科学家传记陆续在文坛问世，而传主很多就是优秀的共产党人。据全展《中国当代传记文学概观》载："党中央于 1978 年 3 月召开了全国科学大会，邓小平同志的讲话高瞻远瞩，第一次提出'科学技术是生产力'的观念，把知识分子看成是劳动人民和工人阶级的一部分，从而解除了科技人员思想上的压力和精神上的束缚。同年，徐迟的《哥德巴赫猜想》发表，让人们走近科学家陈景润的同时，

感受到科学春天的融融暖意。"正是在徐迟作品与全国科学大会的影响下，1978 年后报告文学创作中形成了以科学家为中心的热潮。首先以长篇传记文学形式展现科学家生平业绩的是作家叶永烈，1979 年他的《高士其爷爷》由少年儿童出版社出版，堪称当代科学家传记文学的先导。其后，1984 年出版了陈群等人的《李四光传》，为推动中国石油工业发展的杰出地质学家立传；顾迈南的《华罗庚传》，全景式地为世界第一流的数学家立传……，80—90 年代，我国逐渐形成了为科学家立传的热潮。

1990 年之后，随着"科教兴国"国策的实施，"科学技术是第一生产力"的口号日益深入人心，科学家传记的创作更是如鱼得水，不但出现了胡士弘的《钱学森》、郭兆甄等的《娃娃博士——中国原子弹氢弹之父邓稼先》等一批优秀共产党人科学家传记，还以批量的创作产生了多种科学家传记丛书，如《中国国防科技科学家丛书》《中国科学家传记丛书》《当代中华科学英才丛书》《科学巨匠丛书》等系列科学家传记。据统计，仅1999 年的 3 个月中全国 115 家出版社就出版了 200 多位科学家传记图书，是华夏大地倡导科技进步社会风气的充分展示。

我也是在全国这一波为科学家立传的浪潮中加入这个行列的。20 世纪80 年代，我先后为中国科学院沈阳自动化研究所所长、中国"八六三"计划自动化领域首席科学家蒋新松，中科院沈阳金属研究所所长师昌绪院士写了中短篇传记。1989 年，应中国科学院之邀，参与了《当代中华科学英才丛书》的写作，完成并出版了《魂系人工智能王国——蒋新松传》。

进入了 90 年代，连任四届中国"八六三"计划首席科学家的蒋新松，当选为中国工程院院士。他积劳成疾，1997 年三月突发心梗病故在科学行旅中。我作为他的生前友人赶写了《魂系机器人》，在他辞世的第九天由《沈阳日报》用整版版面刊发，《科技日报》与新华社全文转发，推动了向蒋新松学习活动的开展。中组部、中宣部、国家科委、中科院、中国工程院五部委联合发出通知，号召全国科技工作者与共产党员学习蒋新松，辽宁省委组织部、宣传部领导要求我在短时间内完成一部新的蒋新松传。于是，我再次深入沈阳自动化研究所采访、座谈，搜集素材，完成了 20 万字的新传，《科技帅才蒋新松》由辽宁科技出版社出版后，被辽宁省委推荐为学习蒋新松活动的主要读物，产生了很好的社会影响。

进入 21 世纪，中科院大连化学物理研究所看到了我写的《科技帅才蒋新松》，三次派员赴沈邀我为他们已故的老所长、中科院院士张大煜写传。我到大连后，又先后赴江阴、上海、南京、天津、北京等地采访、座谈，历时半年余完成《一代宗师——化学家张大煜传》，时任科学院院长、全国人大副委员长的路甬祥亲自为序，号召科技工作者读这本书。出版后反响也不错，很快就再版发行。这次写作过程，也使我与大化所张大煜帮扶下成为两院院士的十七八位科学家成为朋友，我愿执笔为他们鼓与呼。于是，其后我又为他们写了一些中短篇传记。如担任了中国工程院副院长的师昌绪，为中国航空工业新材料研究作出新的贡献；担任了国家自然科学基金委主任的中国激光科学领军人张存浩，在获得国家科技最高奖之后，我都为他们写了中短篇传记。而张大煜、师昌绪、张存浩、蒋新松等人都是优秀的共产党人科学家。可以说，近 30 年来为共产党人科学家立传的写作实践与这些传记发表、出版后所产生的良好社会效应，使我对为共产党人科学家立传的现实意义与存世价值有了切身体会，在此我想对此谈几点粗浅的感想。

第一，这些共产党人科学家传记中张扬着一种中国知识分子宝贵的爱国主义情怀。老一辈的中国科学家大多从苦难的旧中国走来，怀着"科学救国"的志向，他们在解放前先后赴西欧、北美学习先进科学技术。新中国诞生后，当祖国像东方的睡狮苏醒后，他们大都急切地、历尽艰难地返回祖国，为国奉献。化学家张大煜 30 年代初赴德留学后不久，"九一八"事变爆发，日本侵略者入侵中国，张大煜作为热血青年曾收拾行装想立即回国抗日，是王淦昌等留德同学劝阻他学成回国对国家贡献会更突出，他才坚持下来，学成归国后，成为当代中国化学界的一代宗师。材料科学家师昌绪在美国加州大学留学，在金属材料科学研究中已展露才华，但听到新中国成立的消息后，他放弃了美国的高薪聘留，毅然要求归国，像钱学森一样，他的正当要求也遭到美方的遏阻，是他设法通过印度驻美使馆向祖国传递了要求回国的信息后，才在国家的帮助下踏上归国之路，得以在新中国科技事业的发展中奉献自己的才智。老一辈科学家们这种爱国情怀，在当今犹具有极应珍视的现实意义。

　　第二，这些科学家身上都洋溢着一种为国家科技事业发展无私奉献的担当精神，自觉而强烈的国家意识，个人与国家命运紧紧相关的忧患意识，使他们把增添国家综合国力的目标和科学研究紧紧结合在一起，充分发挥出了科技领军人物乃至战略科学家的巨大作用。师昌绪归国后，长期从事为国家航空工业提供先进金属材料的研究，从 20 世纪 50 年代到 21 世纪初，他为国产几代战机飞上蓝天插上了翅膀，功勋卓著；张大煜不但在化学基础理论研究上取得了世界领先的成果，在他的带领下研究所在石油化工、两弹一星、色谱学、激光科学等一系列研究中开拓创新出一批批世人瞩目的成果，并培养出二十几位两院院士，被尊称为"可敬的导师""一代宗师"；张存浩归国来到大连化物所后，便开始化学激光研究，是我国激光科学与其在国防上应用的开拓者，虽然在 20 世纪 60 年代他在化学激光科研上就初见成果，但因化学激光在国防上应用的保密性质，他一直是在默默奉献，以至粉碎"四人帮"后还有科普作家写出科幻小说《珊瑚岛上的死光》呼唤中国的激光科研成果。而张存浩在 90 年代完成的氧碘化学激光器，3 号激光器的研究成功，连续获得了中国科学院科技发明特等奖，也使我国化学激光研究达到世界先进水平，在国防事业上作出重要贡献；蒋新松院士，是新中国自己培养出的科技帅才，青少年时代亲睹国家受到日本侵略者践踏的经历，使他深蕴科技强国的志向，虽然五六十年代在政治运动中受到不公平待遇，但他"位卑不敢忘忧国"，早在"文革"年代就开始了对人工智能机器人的关注与研究。全国科学大会后，他成为沈阳自动化研究所的科研带头人，义无反顾地带领同仁们开始了机器人、海洋机器人的研究，在成为国家"八六三"计划自动领域科学家后，更卓有远见地规划、组织全国范围的人工智能机器人研究工作，使我国在较短时间就后来居上成为世界人工智能机器人科研强国。他虽英年早逝，但由于他作为战略科学家的卓越才能与贡献，被世人赞誉为"中国机器人之父"……这些优秀共产党人科学家的担当奉献精神、科学精神、奋斗精神，成为我的传记文学的核心内容，在当今提倡以创新精神发展国家科技事业的新形势下，无疑仍显示着可贵的启迪意义。

第三，这些科学家传记中凸显了党和政府对科技事业发展和几代科学家的关怀与高度重视，有历史的纵深感，反映出中国共产党是领导中国科技现代化，进一步成为科技强国的核心力量，从而提升人们对党领导国家复兴伟业必然实现的信心。我在写作张大煜传时，真切记述了周总理、聂荣臻等老一辈国家领导人对国家发展石油化工、两弹一星等重大项目的关心；在写蒋新松传时，如实呈现了 1986 年 3 月，王大珩、王淦昌、陈芳允、杨嘉墀上书邓小平、胡耀邦、赵紫阳，提出了《关于跟踪研究外国战略性高技术发展的建议》，仅仅两天后邓小平就亲自批复开展国家高技术研究发展"八六三"计划的感人过程，生动展示了中国共产党是推动中国科学技术发展的核心领导力量，具有非凡的历史意义。

正是由于共产党人科学家传记的写作中凸显出这些弥足珍视的现实意义，我的几本科学家传完成后都受到相关领导的关注。《科技帅才蒋新松》出版前，时任中共辽宁省委常委、组织部长的王东明亲自为序，他写道："徐光荣创作的报告文学《科技帅才蒋新松》，比较全面地介绍了蒋新松的光辉一生和杰出业绩，展现了他的崇高品格和精神风范。这既是对一位为国家做出杰出贡献的科学家的崇高赞誉，更是对体现在他身上的时代精神的大力弘扬。"

　　时任中国科学院院长的路甬祥，在《一代宗师——化学家张大煜传》的序言中说："这本传记中所呈现的不仅仅是张大煜在科研工作中的诸多业绩，而且向读者奉献出一位可亲可敬、感人至深的老科学家形象。一位在20世纪和民族历史同命运，顽强抗争中奋勇前行的一代知识分子的可贵典范。从这个意义上说，《一代宗师——化学家张大煜传》体现出了更宝贵的社会价值和精神启迪作用"。

　　两篇序言的作者，一位是长期从事党的组织工作的领导同志，一位是中国科技事业的领导者，他们对我的科学家传记的评价，不仅是写给我个人的，也是写给所有优秀共产党人科学家传记的，代表着广大读者对于优秀的科学家传记写作的现实意义与存世价值的充分肯定。

　　正因为此，我在这篇短文的结尾处真诚地希望，传记作家朋友们，拿起笔来，为在科教兴国的伟大进军中卓树功绩的优秀科学家们鼓与呼吧！

中国传记文学学会成立的前前后后

文 / 张洪溪

张洪溪，中国传记文学学会原副会长兼秘书长，《群山》和《难忘的历程》的责任编辑。

摘要：中国传记文学学会成立以来，在中国文联领导下，在社会各界的大力支持下，在学会历届领导和全体会员的共同努力下，取得了长足的发展，由当初主要是作家、出版工作者组成的群体发展成为涵盖社会多个领域、在国内外本专业内具有重要影响力的社会组织。

关键词：中国青年出版社、法律纠纷、评选

在中国和世界各国数千年的文明史中，传记都是最重要的国民教育手段，在思想文明建设中占据着核心的位置，受到中国历朝历代统治者和世

界各国政府的高度重视，同时也是一种受众喜爱的并易于接受的文化传播形式。

中国传记文学学会成立于 1991 年，是改革开放之后由国家民政部正式批准成立的第一批社团组织之一，也是在民政部登记注册的唯一一家从事本专业业务活动的全国性学术团体。主管单位是中国文联。首任会长是刘白羽，继任会长是王维玲、万伯翱，上届会长和本届会长是王丽。中国传记文学学会先后得到党和国家领导人李德生、段君毅、杨成武、马文瑞、康世恩、程思远、田纪云等的关心和扶持，他们都曾担任中国传记文学学会的名誉会长。学会会员分布于国内各地以及台湾、香港地区，在美国也有会员，会员由传记文学作家、传记学术理论研究学者、出版工作者、文学评论家、新闻记者和社会知名人士组成。

中国传记文学学会成立的起因可追溯到中国青年出版社传记文学编辑室。1987 年 4 月 17—19 日，在海南通什自治州举行了"中国传记文学作者讨论会"（简称"海南会议"），这次会议由中国青年出版社传记文学编辑室主办，海南文联协办。参会者为当时有成就有影响的传记文学作家，以及中国青年出版社副总编辑林君雄、传记文学编辑室主任舒元璋等，共计 21 人。在这次会议上，大家为中国传记文学创作春天的来临而欢欣鼓舞，对新时期以来传记文学创作的成绩和问题展开了热烈的讨论。会议结束时参会者共同发起倡议：成立全国性的传记文学专业社会组织——中国传记文学学会，会议委托中国青年出版社负责承办成立中国传记文学学会的筹备工作。"海南会议"最早提出了成立中国传记文学学会的倡议。

中国青年出版社经过四年的筹备，在中国文联党组书记林默涵，原文化部副部长、解放军总政治部文化部部长、著名作家刘白羽，中国青年出版社副总编辑王维玲和从事传记文学创作、研究、出版的社会各界人士的支持和参与下，经国家民政部批准（见 1991 年 7 月 31 日《人民日报》第七版"社团登记公告"），1991 年 11 月 20 日，中国传记文学学会成立大会在北京人民大会堂江苏厅隆重举行。首任会长刘白羽主持成立大会，副会长兼秘书长王维玲做工作报告，中顾委常委李德生从广州打来电话表示祝贺，中顾委常委段君毅因病住院委托夫人陈亚祺代表他出席大会并表示祝贺，出席成立大会的有：中顾委常委康世恩、全国人大副委员长程思远、全国政协副主席杨成武将军、中国文联党组书记林默涵、中国作家协会党组书记马烽、中国青年出版社总编辑阙道隆，北京市东城区区委书记许海峰，民政部社团司副司长罗金保，还有著名作家姚雪垠、杨国宇、李瑛、管桦、廖静文、柯岩、王朝柱等社会各界人士 80 余人。林默涵、刘白羽在成立大会上的讲话中都着重指出，学会成立后要开展好优秀传记文学作品的评选工作。

中国青年出版社出版传记文学作品有着悠久的历史。1949 年在建社前的筹备阶段就出版了萧三撰写的传记作品《伟大的导师马克思》，1952 年出版了多部苏联传记文学作品，如《普通一兵——马特洛索夫》《卓娅和舒拉的故事》《钢铁是怎样炼成的》等，1954 年出版了萧三著《毛泽东同志的青少年时代》，后来又陆续出版了《高玉宝》《王若飞在狱中》《雷锋的故事》等一批传记文学作品。1957 年 5 月，为了纪念建军 30 周年，中国青年出版社编辑出版了革命回忆录《红旗飘飘》丛刊，由于深受读者欢迎，又将丛刊改为丛书，并成立了《红旗飘飘》编辑室。后来《红旗飘飘》编辑室改名为传记文学编辑室，中国青年出版社是全国迄今为止唯一一家曾专门设置传记文学图书编辑室的出版单位。1977 年在"文革"结束恢复出版业务工作后，中国青年出版社率先出版了一批有影响的传记文学作品，到 20 世纪 90 年代初，一年出版各类传记文学作品最多时可达四五十种，在当时全国一年出版的数百种传记文学作品中占有可观的一席之地。中国青年出版社还培养团结了一批优秀的传记文学作家，"海南会议"的参与者正是来自这一群体。20 世纪 90 年代初，中国青年出版社因精简合并图书编辑部门，撤销了传记文学编辑室，但仍旧保持着重视传记文学作品出版的传统，相继出版了《梅兰芳全传》（李伶伶著）、《从战争中走来——两代军人的对话》（张胜著）、《毛泽东传》（肖特 [英] 著）等众多的优秀传记文学作品。

中国传记文学学会从筹建之始就和中国青年出版社保持着紧密的联系，中国青年出版社先后有多人在中国传记文学学会担任主要领导职务，并对其工作的开展提供了多方面有效的支持。

中国传记文学学会成立以来，在中国文联领导下，在社会各界的大力支持下，在学会历届领导和全体会员的共同努力下，取得了长足的发展，由当初主要是作家、出版工作者组成的群体发展成为涵盖社会多个领域、在国内外本专业内具有重要影响力的社会组织。中国传记文学学会先后举办过五届全国优秀传记文学作品奖的评选活动，《开国领袖毛泽东》（王朝柱）、《我的父亲邓小平》（毛毛）、《山高水长》（聂力）、《从战争中走来——两代军人的对话》（张胜）、《心灵的历程》（刘白羽）、《梅兰芳全传》（李伶伶）等一批长篇佳作获奖，此外还设有中短篇奖和传记文学翻译奖；举办过一次全国当代优秀传记作家评选活动，10 位作家当选；主办过一次国际学术理论研讨会；还组团赴香港、台湾地区进行学术交流访问活动；开办了会刊《中国传记文学》（内部刊号，现已停刊）、网站；和影视公司合作策划摄制了电视剧《焦裕禄》《雷锋》《浴血天涯——冯白驹和他的战友们》《人民检察官》等。由于传记文学作品的法律纠纷日益增多，为此和北京德恒律师事务所合作成立了法律维权部，指派资深专业律师为学会及会员提供常年免费的法律咨询服务。近些年来，中国传记文学学会的工作有了新的拓展，主编出版了《伟大史诗 铁血长歌——抗日战争传记文学评鉴》《一带一路列国人物传系》等图书，举办了多次有影响的社会活动，获得好评。中国传记文学学会成立 30 年来，为促进中国传记文学的繁荣和发展所作出了众多实实在在的成绩和贡献。

建党百年共产党人传记的发展进程

文 / 全展

全展，中国传记文学学会副会长，中外传记文学研究会副会长，荆楚理工学院教授，著有《中国当代传记文学概观》《传记文学：阐释与批评》《传记文学：观察与思考》等。

摘要：2021 年是缔造新中国的中国共产党诞生 100 周年。回望中国共产党人传记的发展进程，它在与党俱进、与时代与人民心心相印的前行中散发着蔵蕤光泽，成就了百年以来中国传记文学的最美华章。具体包括：新民主主义革命时期——共产党人传记的兴起与成长；社会主义革命和建设时期——英雄模范传记引领时代；改革开放和社会主义现代化建设新时期——异彩纷呈的传记长廊；社会主义新时代——书写伟大复兴之路的中国故事。建党百年共产党人传记取得了巨大的艺术成就，成为一道中国文学的靓丽风景。

关键词：共产党人、传记、发展进程、艺术成就、建党百年

2021 年是缔造新中国的中国共产党诞生 100 周年。百年大党，百年辉煌。百年征程筚路蓝缕，百年党史波澜壮阔。百年初心历久弥坚，百年传记可泣可歌。中国共产党在她创建以来的百年间，带领人民站起来、富起来、强起来，复兴之路取得了辉煌的成就。一代又一代优秀共产党人，以热血浇灌理想，用生命捍卫信仰，用奉献诠释崇高，构筑起一座座不朽的精神丰碑。回望中国共产党人传记的发展进程，它在与党俱进、与时代与人民心心相印的前行中散发着葳蕤光泽，成就了百年以来中国传记文学的最美华章。

一、新民主主义革命时期：共产党人传记的兴起与成长

中国共产党对文艺工作的重视从建党初期就开始了。党的早期创始人陈独秀、李大钊等创办《新青年》杂志，1923 年正式成为中共中央机关刊物，倡导科学民主，提倡新文学，高举反帝反封建的大旗。党对传记工作的重视亦由来已久，像李大钊、陈独秀、瞿秋白等先后在狱中写过自传。李大钊于 1927 年 4 月在视死如归的心境下撰写了《狱中自述》，"钊自束发受书，即矢志努力于民族解放之事业，实践其所言，励行其所知，为功为罪，所不暇计"[1]。充分体现了他以天下为己任的情怀，其"壮烈的牺牲足以延长生命的音响和光华"[2]。瞿秋白写于 1935 年 5 月从容就义前的《多余的话》，身后曾引起颇多误解和争议。这份绝命之作，以超人的勇气和自省，剖析了传主信仰马克思主义的心路历程，反思了中国革命的诸多问题，成就了它在中国共产党人传记史上的经典地位。在看似"消沉"下，却掩藏着深刻而积极的内涵——慷慨的悲歌，灵魂的释放，光明的向往。它是视

---

[1]　李大钊. 李大钊文集（下）：狱中自述 [M]. 北京：人民出版社，1984：893.

[2]　李大钊. 李大钊文集（下）：牺牲 [M]. 北京：人民出版社，1984：118.

死如归的秋白向着"自己的家园"咏唱的一阕《归去来》，真实生动地再现了他作为诗性革命家返回精神家园的心路历程。[1] 陈独秀 1937 年 7 月在狱中虽仅完成《实庵自传》的两章：《没有父亲的孩子》和《从选学妖孽到康梁派》，从中仍可窥见作者少年的环境与其特有的奋斗精神。因为抗日战争爆发，出狱后的陈独秀不是撰写文章就是发表演讲，而无暇续写自传，其没有完成自传的写作，给中国现代史和中国文学史留下很大的遗憾。

作为一部充满传奇的红色畅销书，《毛泽东自传》（[美] 斯诺著）1937年先后在美国《亚细亚》（ASIA）月刊和上海《文摘》杂志连载，紧接着当年在中国各地出版了不同译者的多种单行本。[2] 这部由毛泽东口述并审定的生平事迹的忠实记录，畅谈传主的童年、少年和青年时代的奋斗人生，以原始性真实性见长，既是中国革命史极其珍贵的重要文献，又是以自传形式出版的第一部中共领袖传记。自 20 世纪 30 年代出版以来，影响了一代又一代共产党人投身中国革命事业，成为经典人物传记和励志读物。

刘白羽、王余杞 1938 年合著的《八路军七将领》，作为国统区第一部集中描写八路军高级将领的传记，涉及的传主包括朱德、任弼时、林彪、彭德怀、彭雪枫、贺龙、萧克 7 人。沙汀 1940 年出版的《随军散记》（后改名《记贺龙》），"以自己的亲身感受，通过贺龙的言谈举止、生活细节，表现了他豪爽直率、自信谦逊的独特个性，展示了英武飒爽、洒脱风趣的贺龙形象"[3]。

1942 年 5 月，毛泽东发表《在延安文艺座谈会上的讲话》，从根本上解决了文艺"为什么人"和"如何去服务"的问题，解决了文艺家的"立

[1]　刘岸挺.《多余的话》："回家"之歌——论瞿秋白的诗性生命形式 [J]. 中国现代文学研究丛刊，2007（5）：164–182.

[2]　俞樟华等编撰. 中国现代传记文学编年史 [M]. 杭州：浙江大学出版社，2019：427–428.

[3]　郭久麟. 中国二十世纪传记文学史 [M]. 太原：山西人民出版社，2009：106.

场问题，态度问题，工作对象问题，工作问题和学习问题"。[1] 在讲话精神指引下，一批又一批作家文艺家奔赴前线和敌后，追寻共产党人的足迹，雕塑出抗日战争和解放战争中的英雄群像，揭示了中国共产党的浴血奋斗史，为中国传记文学留下了光辉的篇章。周而复的《诺尔曼·白求恩断片》，塑造了国际共产主义战士、加拿大共产党员白求恩大夫献身中国人民解放事业的崇高精神和光辉人格，将传主身上所具有的共产党人的坚定党性同独特个性和谐统一在了一起。像何其芳的《记贺龙将军》《记王震将军》《吴玉章同志革命故事》，周立波的《聂荣臻同志》《徐海东将军》，陈荒煤的《一个农民的道路》，羽山的《劳动英雄胡顺义》，刘白羽的《井冈山上》，郭沫若的《革命春秋》，郭沫若等的《人民音乐家冼星海》，萧三的《毛泽东同志的青少年时代》《朱总司令的故事》，等等，都是传诵一时的传记佳作。此外，还有李仕亮、冰如、弓金的《边区基干兵团一等英雄李仕亮》，野鲁的《边区地方营兵一等英雄——暴文生》，李冰等《女英雄的故事》，袁大勋的《战斗模范袁大勋自传》，李方力编《人民解放军将领印象记》等引起较大反响。这些不仅表明人物短篇传记的空前繁荣，而且表明中长篇传记也进入了一个新的发展阶段。

二、社会主义革命和建设时期：英雄模范传记引领时代

1949 年 10 月 1 日，中华人民共和国宣告成立，中国历史开始了新纪元。中国人民从此站立起来，成为国家的主人，迅速掀起了社会主义建设新高潮。1950 年 9 月，中央人民政府政务院在北京召开了全国战斗英雄代表会议和全国工农兵劳动模范代表会议，评选出了许许多多的英雄和劳模。毛

---

[1] 毛泽东. 毛泽东选集: 第 3 卷[M]. 在延安文艺座谈会上的讲话. 北京: 人民出版社，1991: 848，859.

泽东代表中共中央致贺词，称赞英雄模范是"全中华民族的模范人物，是推动各方面人民事业胜利前进的骨干，是人民政府的可靠支柱和人民政府联系广大群众的桥梁"[1]。由此，工农兵英模人物成为新中国革命叙事的主角。榜样的力量是无穷的。鼓舞士气、振奋精神的共产党人传记引领时代，成为我们眺望那一让人热血沸腾的时代主峰时的一种宝贵参照。

在新中国前17年间，描写革命先烈的传记文学大量涌现，出现了一批思想性艺术性较强的新作品。如缪敏的《方志敏战斗的一生》，杨植霖、乔明甫的《王若飞在狱中》，石英的《吉鸿昌》，张麟、舒扬的《赵一曼》，梁星的《刘胡兰小传》，柯蓝、赵自的《不死的王孝和》，丁洪、赵寰的《真正的战士——董存瑞的故事》，韩希梁的《黄继光》，百友、童介眉的《邱少云》，沈西蒙的《杨根思》，肖琦的《罗盛教》等。这些作品，或描写初心长留天地间不畏牺牲的老一辈革命家，或描写抗日战争、解放战争中慷慨就义的巾帼英雄、出生入死的战斗英雄，或描写抗美援朝战争中英勇奋斗奋不顾身的志愿军特级战斗英雄、一级英雄。此外，规模宏大的传记文学合集《志愿军英雄传》，真实记述了64位英雄、模范、功臣的事迹，其中不少传主都是壮烈牺牲的共产党员。

当代英模传记初具规模。战争年代革命的幸存者、共和国建设者保卫者可歌可泣的壮举，在传记文学的殿堂里树立起一座座英雄的丰碑。如中国的保尔、兵工功臣吴运铎1953年完成的自传《把一切献给党》，真实记录了传主在硝烟弥漫的抗日战争和解放战争中传奇般的英雄经历，体现了我党我军革命的英雄主义和集体主义，写活了一个真正大写的"人"，一个自强、自立，生命不息、战斗不止、无私奉献的共产党人。作品传达出的"活着就是为人民付出"的价值观，极大地激励了亿万中国青年全身心地投

---

[1] 《新中国档案：全国战斗英雄代表会议和全国工农兵劳动模范代表会议》，中央政府门户网站 www.gov.cn，2009 年 8 月 20 日。

入到社会主义建设之中。至 1960 年代中期，这部传记累计印刷 1000 多万册，并被译成 7 种外文读本，在国内外产生了广泛而深远的社会影响。[1] 康天翔的《李顺达》，描写全国劳动模范、山西省平顺县西沟村农林牧生产合作社社长李顺达推动农业生产全方位发展、"爱国丰产"的先进事迹。林音频、刘树埔的《郝建秀》，重点叙写了 16 岁的全国劳动模范、纺织女工郝建秀创造先进工作法，为新中国的纺织事业贡献力量的传奇励志故事。

　　1956 年 5 月 2 日，毛泽东提出了"百花齐放、百家争鸣"的方针。同年秋，中国文联机关刊物《文艺报》专门召开了传记文学创作问题座谈会，用以推动传记文学的发展。黄钢的《革命母亲夏娘娘》，艺术地再现了被周恩来誉为"革命的母亲，大家的娘娘，党的光荣"的夏娘娘的光辉一生。黄庆云的《不朽的向秀丽》和房树民、黄际昌的《向秀丽》，讲述药厂女工向秀丽以血肉之躯拦截一场大火，却把如花的生命永远定格在 25 岁的英雄事迹。1963 年春节，周恩来在人民大会堂接见文艺界人士时指出："你们这些作家，应该大量地反映我们时代的英雄人物。东北有一个战士叫雷锋，他的事迹可以写一写。"[2] 解放军文艺出版社和中国青年出版社以最快的速度，分别推出《雷锋的故事》（陈广生、崔家骏）和《雷锋小传》（陈广生）。这两本英雄传记伴随着毛泽东等党和国家领导人为雷锋同志题词而家喻户晓，颇具轰动效应。为和平年代的英模塑像，聚焦解放军战士的还有中国少年儿童出版社编《伟大的共产主义战士王杰》，金敬迈的《欧阳海之歌》，邹琛、王恺的《麦贤得》等。

　　1966 年 2 月 7 日，《人民日报》头版头条刊发了新华社记者穆青、冯健、周原采写的长篇通讯《县委书记的榜样——焦裕禄》。同年 2—3 月出版了多部集体编著的人物通讯或"焦裕禄传"，主要有《县委书记的榜样——焦

---

[1]　全展.奏响壮丽的生命之歌——重读《把一切献给党》[J].文艺报，2021（5）.

[2]　殷云岭.雷锋传 [M].北京：中国青年出版社，1998：399.

裕禄》《伟大的战士焦裕禄》《毛主席的好学生——焦裕禄同志》《焦裕禄》等。焦裕禄除"三害"（内涝、风沙、盐碱）一心扑在工作上和甘于奉献、勇于牺牲的革命精神震撼了亿万人民的心，全国迅速掀起了学习弘扬焦裕禄精神的高潮。

社会主义革命和建设时期的传记文学并非一帆风顺，而是在曲折中发展。1956 年 7 月，党中央号召老干部撰写革命回忆录，这一新兴的史传文学形式在一段时间内得到了蓬勃的发展。《红旗飘飘》丛刊和《星火燎原》丛书，集结了当时最有代表性的短篇回忆录，所反映的内容都是以描写革命领袖、革命先烈、英雄人物及重大历史事件为主。可惜因非正常原因，二者都先后遭遇停刊，直至"文革"结束后才同时得到了重生。[1]

但"文革"期间的传记写作仍出现了一部特殊的自传性作品，即彭德怀元帅的《彭德怀自述》。它与《多余的话》一样，同属 20 世纪政治文化语境中的特殊"自白"，震古烁今。惨遭残酷迫害的彭德怀，为了回答专案组对他提出的许多荒诞无稽的质问，真诚叙述了自己的人生经历，并作了深刻的自我解剖，对种种污蔑之词进行了义正词严的驳斥，表现出一个老共产党人的铮铮铁骨、耿耿忠心和不屈不挠的坚强信念。

三、改革开放和社会主义现代化建设新时期：异彩纷呈的传记长廊

1978 年 12 月 18 日—22 日，中共十一届三中全会召开，开启了改革开放和社会主义现代化的伟大征程，其卓越功绩永载史册。进入 20 世纪 80 年代之后，我国传记文学创作逐渐走出低谷，共产党人传记蓬勃发展，形成五音纷繁的交响。"百般红紫斗芳菲"，"千朵万朵压枝低"，借用这两句

---

[1] 马榕.《红旗飘飘》和《星火燎原》割不断的关联 [J]. 中华读书报，2014.

唐诗来形容这一时期共产党人传记的出版盛况无疑是恰当的。

（一）领袖传记：永远的丰碑

领袖传记成为至今长盛不衰的一大文化景观，像毛泽东、周恩来、刘少奇、朱德、邓小平、陈云等人的传记，少则数十种，多则上千种。除了官方修传如金冲及主编的《毛泽东传（1893—1949）》《周恩来传（1898—1949）》等，多部反映领袖生平和思想的政治传记权威性强、影响大、成就高外，以下四类作品也值得我们关注：[1]

一类是专业作家或传记组成员所写的领袖传记，代表了新时期以来领袖传记的较高成就。专业作家如权延赤根据对毛泽东、周恩来等身边的工作人员的广泛采访，创作了《走下神坛的毛泽东》《走下圣坛的周恩来》，王朝柱写有《周恩来在上海》《开国领袖毛泽东》，庞瑞垠写有《早年周恩来》，叶永烈写有《邓小平改变中国》，余玮写有《本色朱德》《传奇陈云》；传记组成员如陈晋写有《独领风骚：毛泽东心路解读》《世纪小平：解读一个领袖的性格魅力》，黄峥写有《刘少奇一生》，程中原、夏杏珍写有《历史转折的前奏：邓小平在1975》。

一类是领袖身边的工作人员如秘书、警卫、保健医生、摄影师等独撰或与作家合作的领袖传记，因"亲历、亲见、亲闻"而独具特色。如王鹤滨的《在伟人身边的日子——毛主席的保健医生兼生活秘书的回忆》，李银桥、韩桂馨夫妇的《毛泽东和他的卫士长》。侯波摄影、刘彩云编著有《非常人物寻常时》，顾保孜撰文、杜修贤摄影有《共和国红镜头》。又如周恩来的专职保健医生张佐良写了《周恩来的最后十年》，刘少奇的机要秘书刘振德写了《我为少奇当秘书》。

一类是领袖的亲属家人所写的领袖传记。他们以亲人的独特视角、零

---

[1]　全展.中国当代传记文学概观[M].哈尔滨：黑龙江人民出版社，2004：33-34.

距离见证书写出一批力作，如《我的父亲毛泽东》（李敏）、《我的父亲刘少奇》（刘爱琴）、《我的父亲朱德》（朱敏）、《我的伯父周恩来》（周秉宜）、《我的父亲邓小平："文革"岁月》（毛毛）、《思念依然无尽——回忆父亲胡耀邦》（满妹）。

还有一类领袖传记是由外国作家或学者撰写的。其描写多取新的视角，常用新的材料，为人们更加宏观、更加全面地认识和评价中共领袖人物，提供了帮助。像美国罗斯·特里尔的《毛泽东传》、瑞士韩素音的《周恩来传》、美国傅高义的《邓小平时代》、美国罗伯特·劳伦斯·库恩的《他改变了中国：江泽民传》等。当然，作者因大部分生活在西方，其自身的局限也是难以避免的。

领袖是党的旗帜，革命的舵手。领袖传记真实生动地阐释了中国共产党为什么"能"，中国共产党为什么"行"，具有如莫洛亚所说"岩石般的坚硬"之"真实"，"彩虹般的光彩"之"个性"。

第一，材料丰富翔实，全方位再现领袖人物的雄才大略和人格魅力。王朝柱的《开国领袖毛泽东》，敏锐地抓住"开国"——这段毛泽东的人生高峰，形象地揭示出毛泽东和他的战友们代表中国最广大的民众正确选择了历史，建立了一个新中国的丰功伟绩。全传选取的时段是 1948 年底至1952 年新中国建立前后，浓墨重彩地描绘出了毛泽东领导全党、全军、全国人民所走过的那段艰难而辉煌的日子。通过一系列有关中国前途与命运的重大事件的展示，再现了领袖胸有成竹、运筹帷幄、决胜于千里之外的雄才大略。

毛毛的《我的父亲邓小平："文革"岁月》，对邓小平在"文革"十年中跌宕起伏的政治历程，他在这个过程中对中国前途和命运的深入思考，作了真实生动的记述。从中我们可以看到一代伟人邓小平身处逆境仍矢志不渝、追求真理的坚强信念。邓小平身处逆境仍殚精竭虑地探索着富国强民之路，告诉了人们一个答案，为什么在经历了巨大的动乱和苦难后，中国最终选择了改革开放的道路。

库恩的《他改变了中国：江泽民传》，塑造了一个丰满立体的中国领导人形象。他有着深厚的中国文化与传统的根基，有着受压迫而产生的爱国主义情怀，拥有受到早期社会主义影响的理想，具有工程师解决问题的思想方式，知识分子涉猎百科的雅趣，以及洞明世事、处事练达的政治才干。作品把江泽民丰富的情感与挑战性的理论创造联为一体，从而全方位地描绘出中国革命与建设的壮观图景。

第二，鲜活而浓烈的人民性。于俊道主编的《共和国领袖真情实录》系列6种，生动描述了人民领袖的感情世界、情趣爱好、婚姻生活、情操风范等。如写毛泽东农民的生活习惯，爱吃红烧肉，离不开红辣椒，没有几件像样的衣服；写刘少奇与家人风雨共担，情系湖湘的故乡情结，以人为本、执政为民，对每个公民负责，多为群众着想；写周恩来与革命的终身伴侣邓颖超的爱情与家庭生活，他心中装着亿万人、唯独没有他自己，广交朋友，魅力永存的人际交往之路；写朱德放弃高官厚禄，36岁加入中国共产党，在生活上从不搞特殊化，对衣着没有什么特别的讲究，粗茶淡饭、吃饱就行，为了节约甚至戒掉了香烟。

第三，深刻的历史反省、反思意识。例如王观泉的《被绑的普罗米修斯——陈独秀传》，便形象地表明一个伟大的也是苦难的盗火者的命运，作品最突出的特色是既充分肯定传主的功绩，又不回避其错误与不足。王铁仙主编的《瞿秋白传》，聚焦传主波澜起伏、曲折悲壮的一生，从时代的变化探求领袖复杂的行为思想，分析其在理论上和政治上的偏颇与失误，体现出一种从容反思、平等对话的气度。即使对毛泽东的功过是非，许多传记作品也能以客观求实的态度去反映、认识和评说。

（二）尽情讴歌百年党史上的先驱者和抗日将士

1921年中国共产党的成立，是中华民族发展史上开天辟地的大事变。

中国共产党人不惜抛头颅，洒热血，就是为了建立独立自主富强的新中国。以全新的视野、宏大高远的立意和丰盈翔实的史料，尽情讴歌百年党史上的先驱者，是这一时期共产党人传记突出的成就。李大钊、陈独秀、何叔衡、董必武、王尽美、陈潭秋、陈延年、邓中夏、苏兆征、蔡和森、向警予、瞿秋白、李立三、邓恩铭、张太雷、彭湃、恽代英、夏明翰、周文雍、刘志丹、董振堂等一大批共产主义先锋战士，成为新的文学传主。

王朝柱的《李大钊》，致敬"铁肩担道义，妙手著文章"的中共主要创始人之一李大钊，浓墨重彩地展现了这位伟大的"播火者"短暂而又壮烈的一生。他为探求救国之路而上下求索，在昔日革命先驱或落伍或怯退彷徨或卖身求荣的背景下，冲破迷雾为革命"播火"。他是一位有血肉、有魂魄、有矛盾、极丰满的先驱人物。丁晓平的《硬骨头：陈独秀五次被捕纪事》，以文学、历史、学术、政治的多重视角观照和跨文体写作，完整翔实地再现了传主 5 次被捕、监押、营救和释放的历史原貌，写出了一个"终身的反对派"的生命强音和一个响当当硬骨头的悲剧人生。王观泉的《一个人和一个时代——瞿秋白传》，全景式地向读者呈现了一个立体、丰富的瞿秋白。作品传料丰富、翔实，并通过考证澄清了一些史实。既注重传主 36 年的生活道路，又注重传主的思想历程，探寻使他成长为马克思主义革命家的种种因素。因笔端常带感情，语言活泼洗练，透过一个时代看一个书生领袖的命运，堪称一首悲壮的交响诗。魏巍、钱小惠的《邓中夏传》，追寻我党早期的一位卓越领导人和杰出的工人运动领袖非凡的革命斗争足迹，骨纵成灰，矢志不渝。张羽、铁凤的《恽代英传》，描摹这位"中国革命青年的楷模"，始终坚持仰视其精神，平视其形骸，把他作为一个有血有肉，有成长过程，有优点有缺点，有理性也有感性的活生生的年青人来写，使这部传记不仅具备了翔实厚重、朴素无饰的史学品格，而且具备了勾画明晰、尽传精神的文学神采。吕芳文、蒋薛的《夏明翰》，讲述了豪绅家庭出身的夏明翰不惜抛弃荣华富贵的生活，追求真理、献身革命的人生历程，"砍头不要紧，只要主义真"，其正气凛然的精神激励和鼓舞着一代又一代共产党人前仆后继、英勇奋斗。徐方平的《蔡和森评传》，对提出"中国共产党"名称的第一人革命的一生作了较详尽的叙述和评论。蔡和森追求真理的科学精神，艰苦奋斗的革命传统，矢志不渝的理论自信，成为共产党人弥足珍贵的精神财富。纪学、吴忧的《向警予》，聚焦在大革命时代英勇就义的模范妇女领袖向警予短暂而光辉的一生，她为中国革命的胜利和妇女的解放付出了毕生的精力。

卢权、褟倩红的《苏兆征》，描写杰出的工人领袖苏兆征英勇战斗、鞠躬尽瘁的一生，生动再现了早期工人运动波澜壮阔的历史画卷，透过书中血与火的历史，能让人充分感受到工人运动先驱为理想信念不屈不挠的斗争精神。范晓春的《陈延年》，语言凝练，图文并茂，真实再现了陈延年为领导工人阶级解放事业而奋斗的光辉事迹和宁死不屈、慷慨就义的革命精神。刘艳的《陈潭秋》，以生动的笔法，赞颂中共一大代表、真正的布尔什维克陈潭秋坚持斗争、舍生取义的红色人生。黄庆云的《刑场上的婚礼》，深得《史记》写人的神韵。通过惊心动魄的场面描写，富于戏剧性的故事情节，把革命伴侣周文雍和陈铁军的成长过程写得有声有色，把他们在革命斗争中建立起来的爱情写得高尚而壮烈。张俊彪的《最后一枪》（董振堂传）和《血与火》（刘志丹传）等传记，为碧血黄沙的大西北悲壮历史的精灵招魂，传主全身洋溢着为信仰奋斗到底的革命英雄主义和乐观主义的精神感人至深。两传弥漫着一种英烈的悲壮之气与崇高之美，而形成了一种独到的高昂与悲怆相融相生的艺术风格。

此外，任建树的《陈独秀大传》、唐宝林的《陈独秀全传》、陈铁健的《瞿秋白传》、李龙如的《何叔衡》、胡传章和哈经雄合著的《董必武传记》、陈光辉的《李达画传》、郭晨和刘传政合著的《李立三》、柯兴的《高君宇与石评梅》、伊里的《张太雷》、于元的《彭湃》、闫勋才的《邓恩铭》、丁龙嘉的《王尽美》等，也是这一时期出现的优秀或较优秀的传记作品。

讴歌以身殉国的抗日将士的传记蔚为大观。共产党抗日英烈传记主要代表作品有：左太北的《我的父亲左权：一个抗日英雄的成长史》、马国超的《我的父亲马本斋》、穆欣的《吉鸿昌将军》、晓音的《一代名将彭雪枫》、王辅一的《项英传》、阎启英的《江上青》、卓昕的《杨靖宇全传》、王忠瑜的《赵尚志传》、徐光荣的《赵一曼》、肖世庆的《李红光传奇》、李燕子的《李兆麟传奇》、王鸿达的《冷云传奇》、王宝国的《民族女英雄李林传》等。这些传记都有着较为开阔的艺术视野，形象鲜明的英雄传奇，对抗战精神内涵的深刻阐释，但仍有继续拓展和深化的空间。[1]

（三）开国将帅传记：迷人的文苑风景线

同领袖传记一样，开国将帅传记也是文学中经久不衰高亢优美的主旋律。以丛书为例，在 1980 年代便有石言主持的卷帙浩繁的《陈毅文学传记》（计划 12 卷），主要包括何晓鲁、铁竹伟的《从沙场走向十里洋场》、何晓鲁的《元帅外交家》和铁竹伟的《霜重色愈浓》等，较全面深刻地再现了陈毅多彩的个人命运和内心世界。1990 年代有王焰主编的《彭德怀元帅壮烈人生丛书》（全 8 册），使彭德怀百战沙场、感慨悲歌，不屈不挠、刚正不阿，作为"一个真正的人"的形象跃然纸上。在新世纪庆祝建军 75 周年之际，解放军出版社又推出《中国人民解放军元帅传记丛书》（9 卷），艺术地再现了元帅们独特的形象，重新抒写补充了我军鲜活不绝的光辉史册。影响较大者，还有解放军文艺出版社出版的《百战将星》丛书和《一代元戎》丛书，从不同方面丰富了中国革命将领的人物画廊。以单行本出版的将帅传记更是难以胜数。如刘白羽的《大海——记朱德同志》、范硕的《叶

---

[1] 全展.传记文学：观察与思考 [M].重庆：西南师范大学出版社，2016：229–238.

剑英在 1976》、李荣德的《罗荣桓》、胡家模的《当代奇帅》(刘伯承传)、权延赤的《龙困——贺龙和薛明》、张麟的《徐海东将军传》、点点的《非凡的年代》(罗瑞卿传)、董保存的《谭震林外传》、彭荆风的《秦基伟将军》、尹家民的《多彩将军》、吴东峰的《开国将军轶事》、李文卿的《近看许世友》、张胜的《从战争中走来——两代军人的对话》(张爱萍传)等特别引人瞩目。

开国将帅传记文学的突出特点，主要体现在四个方面：

第一，独特的视角与纪实的手法。将帅传记的作者大都是多年钟情于军事文学创作的军旅作家，或为将帅传记编写组的成员，或为军报记者，或得天独厚、有在将帅身边工作生活之先利条件（如将帅后人、秘书等）。这都在一定程度上保证了传记作品具有较高的史料价值和文学欣赏价值。如范硕的《叶剑英在 1976》，在表现叶帅为革命鞠躬尽瘁的品德上，着意描写了他患便秘坐在厕所办公的感人一幕。作者摄取的这种珍贵的特写镜头，无疑将深深撼动读者的心灵。

第二，传奇色彩与常人情怀的统一。许多传记文学在选材上都比较注重生活化和情节化，还原将帅的常人情怀，具有故事的传奇性、朴实性和可读性。如刘学民等人的《红军之父》(朱德卷)，写 1949 年 10 月 1 日开国大典，当毛泽东宣布中央人民政府成立了的时刻，在当时几乎所有的电影、照片中，人们都难以找到朱德的身影——那时他正抓住一位摄影记者的双腿，以使那位记者能够将身体探出天安门城楼上的汉白玉栏杆，拍摄到毛泽东宣告的全景——这就是朱老总与众不同的地方。

第三，较厚实的战争文化内涵。由于中国革命和战争的特殊性，开国将帅传记的主人公大都是文化浅、功勋大、个性强的高级将领，诚如朱苏进所说的那样："正如没有读过兵书也可以成为战将一样，没有'文化'(或者缺乏文化)也是一种文化品格，有时甚至可以成为一种出类拔萃的文化品格。"[1]吴东峰的《开国将军轶事》较好地揭示和表现了众多高级将领的文化品格——那种东方式的操守、大气、豁达和智慧。于是，敦厚张云逸、耿直罗瑞卿、慈心黄克诚、智慧粟裕、"冒失鬼"叶飞、"雷公"刘亚楼、刚烈许世友、神威杨勇、精明张震、"疯子"王近山、布衣皮定均、"拼命三郎"陶勇……一个个性格鲜明、有血有肉的天地英雄向我们走来。

第四，别具一格的对话意识。《从战争中走来——两代军人的对话》作为两代军人心灵的对话，别具一格。作品真实再现了一个时代，一群英雄，一段传奇，写出了父亲的人生追求，一个儿子心中的挚爱。传记记录了张爱萍暮年时对自己心路历程的回顾，和在重大历史关头的抉择与思考。

因为叙述人"我"的时刻在场，"我"能以"我"的亲身经历和感知去把握传主父亲，以他曾有过的视角去看待世界、审视人生，以"我"的理智和判断由父亲而说开去的整整那一代人包括那个非凡的年代。如此一来，不仅回放张爱萍在革命的时代和市场化的时代中的身影，而且融入了自己的诸多思考。作品将史诗记述和思辨相结合，时代背景的刻画和现代精神相结合，为传记文学创作带来了勃勃生机与活力。

（四）深切怀念改革元勋功臣

在享受改革开放带来的巨大成果时，人们不会忘记"杀出一条血路来"的改革元勋功臣。解放思想，克难攻坚，再现改革年代风起云涌，为激情燃烧的峥嵘岁月记史立传，这是一代中国人的集体记忆，触动心灵深处的感动。

程中原倾力打造的《转折年代：邓小平在1975—1982》，刻画改革开放的总设计师在历史转折中的思想理论、政治智慧、人格魅力与历史贡献，

---

[1] 朱苏进. 他们曾经辉煌[M]//吴东峰. 开国将军轶事. 北京：解放军文艺出版社，2002：3.

与央视一套热播电视剧《历史转折中的邓小平》一起重温那段波澜壮阔的难忘岁月。作品从邓小平带有传奇色彩的个人经历切入，浓墨重彩地再现了这一伟大历史转折的来龙去脉：前奏——邓小平与1975年整顿，决战——从四五运动到粉碎"四人帮"，新路——十一届三中全会前后到十二大，其间共产党人的集体苏醒，既生动具体，又引人入胜。张黎群等主编的《胡耀邦（1915—1989）》，通过叙述胡耀邦整顿科学院、在中央党校拨乱反正、平反冤假错案、真理标准大讨论、坚持改革开放、推进全面改革等重大事件中的言语行动，特别是人物在尖锐复杂的矛盾冲突中表现出来的非凡胆识，形象地再现了传主"光辉的一生，战斗的一生"，"他夙夜在公、呕心沥血，鞠躬尽瘁、死而后已，书写了无愧于共产党员称号的人生，作出了彪炳史册的贡献"。[1]阎启英、李玉泰、孙新阳的《习仲勋画传》，后半部聚焦赴任广东主政的习仲勋勇立时代潮头、让思想冲破牢笼、"杀出一条血路来"的历史性贡献。他坚持拨乱反正，踏遍广东大地探索体制改革，创办经济特区，回京担任党和国家领导人职务后为实现新老干部交替倾注了大量心血。张广友的《改革风云中的万里》，截取了万里在铁路整顿——中国改革序幕中最辉煌的一段予以呈示。作为邓小平任命的铁道部部长，万里不辱使命，在风口浪尖上快刀斩乱麻，捅掉马蜂窝，迅速扭转了局面。传记还真实再现了万里担任安徽省委第一书记期间，在广阔的江淮大地彻底解决"文革"遗留问题，不遗余力推行包产到户、大搞农村改革的伟大功勋。

向明的《改革开放中的任仲夷》，奏响传主在改革开放发轫之初坚持破冰之旅、劈风斩浪奋然前行的华彩乐章。作品以报春的红梅比喻任仲夷"欲传春消息，不怕雪埋藏"的个性特征和风貌，每章前均恰到好处地引用

---

[1] 习近平. 在纪念胡耀邦同志诞辰100周年座谈会上的讲话 [N]. 人民日报，2015-11-21.

古今咏梅的诗句，将梅凌寒独开的意象始终贯穿全传，可说是别具一格的富有创造性的诗性传记。夏蒙、钟兆云的《项南画传》，以图文并茂的形式记录了传主开拓进取的一生。思想解放的先驱项南出任封疆大吏，他在福建披荆斩棘开创了诸多奇迹：在全国首家开通万门程控电话，利用外资为特区安上腾飞的翅膀，成立第一家中外合资公司，彻底平反福建地下冤假错案，冲破重重阻力引进外资项目，大胆给企业"松绑"放权……他在人民心中树立起不朽的丰碑。涂俏的《袁庚传——1978—1984 改革现场》，具有独特的艺术魅力。作者为袁庚立传，细致入微，将人带入了私人的、日常的细节之中，一个时代变得具体鲜活，记忆被赋予了见证的力量。"涂俏用富于个性色彩的笔墨，对'改革从何处来？改革要往何处去？'等争论进行了形象的诠释，在对改革进行热情的总结和反思中，为抵达当代党心民意提供了一个具有历史意味的文学标本。"[1]

（五）当代英模的文化重塑

2014 年 10 月 15 日，习近平《在文艺工作座谈会上的讲话》高瞻远瞩地指出："实现中华民族伟大复兴需要中华文化繁荣兴盛"，"而实现这个目标，必须高度重视和充分发挥文艺和文艺工作者的重要作用"，"立时代之潮头、发时代之先声，为亿万人民、为伟大祖国鼓与呼"。[2] 面对全球经济、政治、文化发展的大趋势，21 世纪的当代英模传记，怀着与时俱进的现代理念，重塑充满时代精神和个性魅力的英模形象，在重新发掘和塑造中华民族精神方面作出了新的卓越贡献，反映出创作者高度的文化自觉和文化自信。

殷云岭的《雷锋传》突破了先前一些"雷锋传"的时代局限，它最大

---

[1] 张胜友. 激情澎湃的改革岁月——序《袁庚传——改革现场》[J]. 中国作家，2008（3）：81-85.

[2] 习近平. 在文艺工作座谈会上的讲话 [N]. 人民日报，2015-10-15.

的特色就在于：以全新的理念，全方位、多视角地再现了雷锋平凡而伟大的一生，将雷锋突出的业绩和绚烂多姿的精神世界、短暂而又辉煌无比的生命轨迹，鲜活地展现在世人面前，给人以心灵的涤荡和催人奋进的力量。它同时让我们看到，雷锋作为一个"自然人""有情人"的属性亦是健全的，甚至是完美的。他有着鲜明的个性特征和迷人的个人魅力，既助人为乐又追求时尚，爱岗敬业也热爱青春。这样重塑的"新"雷锋，使雷锋回到了最初的"普通一兵"、善良青年的原点位置，使读者能够将心比心地践行雷锋精神，让一些人从对雷锋乃至对雷锋精神的怀疑中解脱出来。何香久继创作传记小说《焦裕禄》之后，又撰写了《焦裕禄传》，并写了长篇电视连续剧《焦裕禄》。他刻画的焦裕禄形象鲜活感人。传主始终不忘全心全意为人民服务的宗旨，不仅有着博大的爱民情怀，而且爱妻子、爱子女，擅长拉二胡，还演过歌剧。这是一位县委书记的灵魂史章，一位人民公仆的人生传奇，一个立体多面、血肉丰满的文学形象，富有强烈的时代感和浓郁的生活气息。

在改革开放和现代化建设新时期，共产党人传记塑造了一批熠熠发光的英雄群像，宛如繁星灿烂，闪耀在人们的记忆之中。广大人民群众既被《王进喜》（冷笛）、《时传祥》（曹德全）、《马永顺传》（吴宝山、曹锋）、《史来贺》（蒋永武）、《将军农民甘祖昌》（彭霖山）、《口述申纪兰》（申纪兰口述，李忠元、刘晓丽编）等传中那样的工人农民形象深深地感动，又被《雷锋1940—1962》（师永刚）、《苏宁》（王和平）、《杨业功》（陈可非）、《李向群》（王通贤）、《丁晓兵》（文炜）等传中那样的解放军／武警官兵形象深深地感动。既被《焦裕禄传》（殷云岭、陈新）、《高原雪魂——孔繁森》（郭保林）、《任长霞》（申剑、申硕）、《县委书记谷文昌》（孙永明）、《当代焦裕禄：廖俊波》（王国平）等传中那样的党员干部形象深深地感动，又被《钱学森传》（叶永烈）、《魂牵心系原子梦：钱三强传》（葛能全）、《两弹元勋邓稼先》（祁淑英）、《于敏》（郑绍唐、曾先才）、《王大

珩传》（胡晓菁）、《吴孟超——游刃肝胆写春秋》（桑逢康）、《蒋新松传》
（徐光荣）、《屠呦呦传》（《屠呦呦传》编写组）、《陆元九传》（刘茂胜）、
《誓言无声铸重器——黄旭华传》（王艳明）、《罗阳》（黄传会）等传中那
样的科学家形象深深地感动。

四、社会主义新时代：书写伟大复兴之路的中国故事

2017年10月18日，党的十九大报告提出中国特色社会主义进入了新
时代。为表彰一批为新中国作出杰出贡献的个人，引导全社会见贤思齐，经
党中央批准，继2009年评选"双百人物"之后，2018年我国又授予个人"改
革先锋"称号，2019年又授予"最美奋斗者"个人、"共和国勋章"和"国
家荣誉称号"。这些受党和国家表彰的先进模范，绝大多数都是共产党人的
优秀代表。2021年，中共中央为全国各条战线党员中的杰出代表首次颁授
"七一勋章"。"新时代是需要英雄并一定能够产生英雄的时代。"[1]在中华民
族实现伟大复兴的过程中，必然会涌现出一批批新时代的巨人和英雄。作
家进一步增强了"有信仰""有情怀""有担当"的责任心和使命感，推出
了一批"有筋骨、有道德、有温度"的优秀作品。

中央党校采访实录编辑室的习近平系列传记，寻踪领袖治国理政思想
的心路历程，包括《习近平的七年知青岁月》《习近平在正定》《习近平在
厦门》《习近平在宁德》《习近平在福州》《习近平在福建》《习近平在浙
江》等。作品以采访实录的叙述方式，为人们讲清了一个最基本的、也是
最应该回答和读者最想了解的问题：习近平是怎样从一名下乡知青一步步
锻炼成长为中国共产党和中华人民共和国的领袖的。知情人的零距离见证，

---

[1] 习近平. 在"七一勋章"颁授仪式上的讲话 [N]. 人民日报，2021-6-30.

生动描绘出传主树立矢志不渝的理想追求和植根爱国为民的家国情怀，充分体现了习总书记的领导风范、远见卓识、坚定信仰和优良作风。

在事关国家和民族命运的重大时间节点，传记文学都能近距离地呈现自己的立场，具有在场性。如抗击新冠肺炎疫情的"生命写作"。熊育群的《钟南山：苍天在上》，重写大医大爱的仁爱之心和守护生命的道德风骨，充满了完整的命运感。作品从钟南山在飞驰武汉的高铁上仰着头小憩的照片切入，从新冠肺炎与非典两场疫情钟南山四处奔波不知疲倦忘我战斗写起，笔触深入传主丰富的精神世界。此外，除了疫情中的钟南山，传记还写到传主的家学渊源、成长求学经历，他所率领的团队的专业素养和职业操守等故事，立体多面地诠释了院士的专业、战士的勇猛、国士的担当，呈现出可亲可敬的"这一个"。程小莹的《张文宏医生》，以华山医院感染科主任张文宏的经历为主线，再现其精湛医术、高光瞬间和人格魅力，全景呈现了2020年抗疫的上海方案和中国经验。传中张文宏大量的话语及其附录"张医生的话"——一个智者的声音，充分显现出传主的精气神。李春雷的短篇传记《铁人张定宇》，描写身患渐冻症的"铁人院长"为保卫大武汉拼尽全力与生命赛跑的故事，扣人心弦，引人入胜。铁人，并非仅仅形容张定宇的意志刚强如铁，还因为他的身体状况。由于病情日益加重，他双腿僵硬犹如铁具……可在党中央领导的规模空前的抗疫战斗中，张定宇带领医护人员拼命地工作，向死而救生，兵不解甲，马不停蹄！

再如脱贫攻坚奔小康的时代记忆。任仲文编《传奇校长张桂梅和1804个女孩的故事》，生动展现"全国脱贫攻坚楷模"张桂梅的传奇人生。"把大山女孩送进大学"，这是张桂梅创办华坪免费女子高中矢志不渝的追求。她不忘初心，牢记使命，依靠教育真正促进乡村振兴，坚持用红色基因树人、启智、铸魂，让学生远方有灯、脚下有路、眼前有光。百色市委宣传部编著《黄文秀扶贫日记》，堪称新时代的青春之歌。它首次较全面地展示"时代楷模"黄文秀在扶贫期间的工作日记，以日记讲述扶贫故事，真实反映驻村第一书记的学习、工作和奋战在脱贫攻坚一线的历程及取得的成效。传主将 30 岁的青春永远定格在扶贫路上，令人痛惜不已。翟英琴的《李保国》，精心为"太行山新愚公"李保国教授立传，见证脱贫壮举的岁月轨迹与现场写真。传主扎根太行山 35 年如一日精准扶贫，"把论文写在大地上"，每年进山"务农"超过 200 天，手把手将科学技术传授给农民，用科技为荒山带来苍翠，用产业为百姓拔掉"穷根"。

新时代英雄辈出。描写多姿多彩的时代楷模，弘扬奉献精神，是讲好中国故事题中的应有之意。樊锦诗口述、顾春芳撰写的《我心归处是敦煌：樊锦诗自述》，作为"敦煌的女儿"唯一的精神自传，写出了一个真实而又完整的樊锦诗。两位合作者心灵相契，将传主个人的命运同敦煌研究院的历史以及文物保护的研究、弘扬和发展完美融合，加之"口传心授"恰到好处地把握拿捏，撰写者对于生命、历史、文化和艺术感悟都注入了传主的内心深处，格外动人心魄。钟法权的《张富清传》，倾情再现 60 载深藏功名无私奉献的 95 岁老英雄的本色人生。在部队，张富清为建立新中国浴血奋战，战功卓著；转业到地方，他扎根贫困山区为民造福。作品用质朴而优美的文字清晰客观地还原了传主的血肉之躯与军人本色，又以思想的厚度解读平凡而伟大的人物精神密码，对老英雄心系人民、再立新功的豪情壮志进行了满怀深情的讴歌。王龙的《迟到的勋章》，一部献礼志愿军入朝作战 70 周年的重磅力作。它讲述了抗美援朝一级战斗英雄、特等功臣柴云振浴血奋战的生死传奇。该传立意高远，构思严谨，融厚重的思想性、细腻的文学性、生动的可读性于一体，其中第一人称的传主口述与第三人称的撰者述评交错使用，形成两代军人别具一格的心灵对话，造成了一种分外感人的精神力量。吴晶、陈聪的《黄大年》，记述海归战略科学家黄大年心有大我、至诚报国的优秀事迹，善用故事说话，靠细节感人。写传主以只争朝夕的精神投身国防科研，谱写了一首矢志创新的奋斗之歌。余雷的《杨善洲》着力构筑共产党人的精神家园而别开生面。退休的地委书记杨善洲，带着一群人上了过度砍伐的大亮山植树造林，一干就是22年，给后代留下一片生命的绿洲。此外，值得一读的还有写红色音乐家的《吕其明》（薛锡祥），写近90岁高龄还在为国奉献的"纺织仙女"的《黄宝妹》（徐鸣），写德艺双馨的老艺术家的《烟雨平生蓝天野》（蓝天野、罗琦），写英年早逝的"最美奋斗者"的《那朵盛开的藏波罗花：钟扬小传》（梁永安）等，均丰富厚重，色彩斑斓，无不给人以强烈的感动。

五、共产党人传记巨大的艺术成就

建党百年来的共产党人传记汗牛充栋，难以胜数，保守的估计当以数万计。共产党人传记肩负起为人民写作、为时代立传的历史使命，用中国故事塑造民族精神，为社会构筑起精神高地，彰显出当代中国传记文学的气质风韵。共产党人传记取得巨大的艺术成就，成为一道中国文学的靓丽风景。

第一，弘扬伟大建党精神，用文学生动阐释中国共产党人的精神谱系。

在庆祝中国共产党成立100周年大会上，习近平总书记精辟概括伟大建党精神的深刻内涵，指出："一百年前，中国共产党的先驱们创建了中国共产党，形成了坚持真理、坚守理想，践行初心、担当使命，不怕牺牲、英勇斗争，对党忠诚、不负人民的伟大建党精神，这是中国共产党的精神之源。"[1]百年来的共产党人传记弘扬伟大建党精神，用文学的笔法真实再现了一大批视死如归的革命烈士，再现了一大批顽强奋斗的英雄人物，再现了一大批忘我奉献的先进模范。这些琳琅满目的传记作品，生动讲述优秀共产党人用初心使命写就的壮美人生，展现他们崇高而美丽的心灵，形象彰

---

[1] 习近平 . 在庆祝中国共产党成立100周年大会上的讲话 [N]. 人民日报，2021–7–2.

显了党的性质宗旨和政治品格的精神谱系。如《一个革命的幸存者——曾志回忆录》，是共产党人的杰出代表曾志晚年在病榻上完成的一部回忆录。它讲述一个革命者坚贞跌宕的一生，传中血火交融的革命斗争与荡气回肠的儿女情怀交相辉映，堪称百折不挠的伟大史诗、坚守理想信念的铁血长歌。传主 15 岁加入中国共产党，一生遭遇过的艰难险阻何其多，经历过的生死考验何其多，付出过的惨烈牺牲又何其多，但她任凭风雨曲折，革命的青春朝气始终不变，信仰忠诚毫不褪色。再如甘仁荣的《父亲甘祖昌》，是爱女对严父的深情回忆。作者特别重视传料的丰富性、生动性和独特性，真实详尽地记录了老红军甘祖昌将军转战南北、屡建奇功战斗的一生，解甲归田、甘当农民、联系群众、艰苦奋斗的一生，严以律己、无私奉献、一心为公、清正廉洁的一生。作品借助传主平凡生活中的琐事，在还原历史塑造人物方面做得非常细致扎实。

第二，形成一支庞大成熟的作家队伍，构建传记生产力同台竞技的艺术格局。

共产党人传记使得传记文学的文体精神发扬光大，与庞大成熟的作家队伍密不可分。由于共产党人传记文体跨学科的特殊性——政治、历史、文学的多重变奏，除专业作家外，不少作者还包括了党史、国史、军史的专家学者。有的则两者兼而有之。这里我们可以列出一长串的名单。如果说 20 年为一代人的话，那么百年便有五代作家。出生于 19 世纪末的郭沫若、萧三算第一代即老老生代，出生于 20 世纪初和 20 年代的沙汀、何其芳、刘白羽、魏巍、黄庆云、任建树、石言、王忠瑜、张麟、范硕等为第二代即老生代。30年代和 40 年代出生的为第三代即次老生代，前者主要有金冲及、张广友、卓昕、陈广生、王维玲、王观泉、祁淑英、陈铁健、程中原、陈利明、唐宝林、柯兴、修来荣，后者主要有叶永烈、郭晨、王朝柱、徐光荣、王铁仙、郭久麟、纪学、胡世宗、张雅文、赵俊清、权延赤、李荣德、丁龙嘉、陈廷一、尹家民、何晓鲁、铁竹伟、罗英才、孙琴安、石钟扬、黄传会。50 年代和 60

年代出生的为第四代即中生代，前者主要有毛毛、姜安、吴东峰、张俊彪、王宏甲、殷云岭、忽培元、何香久、何建明、董保存、张树军、戴茂林、顾保孜、朱洪、陈晋、王宝国，后者主要有夏蒙、徐鲁、阎启英、钟法权、涂俏、李春雷、钟兆云。70年代和80年代出生的为第五代即新生代，前者主要有毛新宇、余玮、吴志菲、孔东梅、丁晓平、文炜、周海滨，后者有胡仰曦、胡晓菁。我们欣喜地看到，在改革开放和社会主义现代化建设新时期，"30后""40后""50后""60后""70后"五代作家同台竞技，其中有一些在新世纪成为当代传记文学史上独具艺术风格和重要影响力的主流作家。

第三，传记文学呈现多维开放态势，带来中国故事的璀璨多姿。

题材时空的大开放。改革开放以来，随着思想解放和社会变革的潮流，拓展了传记作家的思维空间，也开阔了共产党人传记的历史视野和艺术视野。不少题材禁区已被打破，传主形象日益丰富多彩。不仅大量出现百年党史上的先驱者、革命先烈、人民领袖、开国将帅，而且大量出现各行各业的先进模范人物、各条战线的时代楷模先锋。外国友人中的共产党人成为新的文学传主。他传，如苏菲的《我的丈夫马海德》；自传、回忆录，如伊斯雷尔·爱泼斯坦著、沈苏儒等译《见证中国——爱泼斯坦回忆录》，[奥]格·卡明斯基主编、杜文棠校译《中国的大时代——罗生特在华手记》。这些都极大地丰富了中国共产党人传记的画廊。

表现视角的独特性。微观的、全景的、内涵厚重的作品批量出现，让历史插上文学的翅膀而传播久远。刘白羽的精神自传《心灵的历程》凌云健笔，长达102万字，既有勾勒历史大局的"写意"，也有描述历史细节的"工笔"，其巨大的艺术创造和眩人笔法让人目不暇接、浮想联翩。陈晋著有《文人毛泽东》《毛泽东的诗路和心路》等数部"毛泽东传"，他多"从文化性格、文化思想、理论个性、实践个性、人格个性这些角度切入"。[1]
而孔东梅则以伟人后代和当代女性的双重视角出发，从外孙女的角度、寻常人的心态《翻开我家老影集》，描绘了"我心中的外公毛泽东"，《听外婆讲那过去的事情》，将女性、婚姻、家庭等内容娓娓道来。丁晓平近十年来以党史人物传为读者所熟知，他追求的是一种"文学、历史、学术的跨界跨文体写作"，始终遵循"真实、严谨、好看"的创作标准，[2] 如他的《中共中央第一支笔——胡乔木在毛泽东邓小平身边的日子》等。

结构模式的多样化。与一般常用的编年体或纪事本末体结构全传不同，胡仰曦的《痕迹：又见瞿秋白》则属于全新创造的诗性结构。著者"完全依照瞿秋白的遗愿设计与叙述程序，完全依照《痕迹》'未成稿'的纲目章节梳理人事、安排框架"，"梳理出诗人革命家一生的心路历程与历史坐标"[3]。既镂刻传主逼真的人生"痕迹"，又凸显其灵魂意象。或用"糖葫芦"结构，如石钟扬、石霁的《永远的新青年：陈独秀与五四学人》。或用"倒金字塔式"结构，如张雅文的《为你而生：刘永坦传》。或用时空交错式结构，如黄传会的《罗阳》或用"板块结构"，如徐鲁的《林俊德——铸造"核盾"的马兰英雄》。或用"对讲式"结构，如郭久麟的《从牛圈娃到名作家——张俊彪传》。或用"蒙太奇"结构，如彭小莲的《他们的岁月》。或用"复调"结构，如樊锦诗口述、顾春芳撰写的《我心归处是敦煌：樊锦诗自述》。或用以"本传"为经、以"列传"为纬的结构，如王维玲的《岁月传真：我和当代作家》。

传记名称的丰富性。共产党人传记现在有传、传记、大传、小传；有

---

[1] 王桂环．让历史和理论插上翅膀——访中共党史文献著名学者陈晋同志 [J]．北京党史，2018（6）：51–58．

[2] 徐艺嘉．既有文学的野心 也有史学的野心——丁晓平访谈录 [J]．神剑，2016（3）：115–118．

[3] 胡仰曦．痕迹：又见瞿秋白——自序 [M]．北京：人民文学出版社，2019：3．

新传、诗传、评传；有正传、外传、本传、别传；有全传、简传、简影、传略；有前传、后传；有画传、图传、影传、像传、相传；有自传、自述、口述自传、回忆录、实录；有合传、家书、家传、家族传；有日记、手记、年谱；有故事、印象记，等等。在全媒体时代，除了传统的纸质传记，还有新潮的电子传记、有声读物，加上众多的影视传记、传记剧，传记文学的品种真是琳琅满目，美不胜收。

奋斗百年路，启航新征程。新时代，我们理应赓续红色血脉，不断书写中国共产党人新的精神史诗。

唯真实性不迁就艺术性 唯艺术能促成史家绝唱

——老一辈革命家立传叙事之我见

文 / 钟兆云

钟兆云，中国作家协会会员、福建省作协副主席。福建省委党史方志办公室宣教处处长，一级调研员。福建省高校思政课特聘教授。迄今已有1900余万字作品在海内外问世，出版专著《刘亚楼上将》、《辜鸿铭》（三卷本）、《叶飞传》、《国之大殇》、《父子侨领》、《项南画传》、《谷文昌之歌》等40多部，曾获首届中国人民解放军图书奖、首届华侨文学奖、中国传记文学优秀作品奖、福建省政府社科奖、百花奖等。有长篇电视连续剧在中央电视台播出。曾获福建省五一劳动奖章。出席过全国第五届青创会，当选为全国第八届、九届、十届作家代表大会代表。

摘要： 文学作品运用形象思维进行创作时，是允许想象和虚构的，而写党史人物，虽然可以运用形象思维，但必须依据党史事实。形象思维，在党史人物传记写作中也同样具有不可忽略的作用。党史人物传记，也是史学、党史学著作的有机组成部分，是其中的一种体裁，它所记载的当然是党史，最起码是一段党史，或是党史的侧面。传记的最大价值正在于通过一个人的经历，提供历史的某个侧面和一个时代的影像。

关键词：史料、党史人物传记、文学作品

一

任何时代的立传，任何对象的传记写作，都应注重搜集史料，并在恰当的事迹剪裁中叙述故事。

事迹剪裁首先离不开材料。翔实的第一手材料是立传的必要依托。传记作品质量的高下，与史料的丰富性密不可分。搜集史料的过程，也是作者抢先认识传主的过程。作者对所搜集拥有的感性材料，如传主的书信手稿、照片以及音像材料等，进行分析、比较、揣摩，日子一久，一个完整鲜活的形象，便渐趋在头脑中形成，把这个自己感受并认准的形象生动地书写出来，传达给读者，才能引发共鸣。

史料的一般来源当然是史书、档案、图片、音像及相关回忆。一个优秀的传记作家，既不能满足于这些材料，也不能完全相信这些材料，在立传时更忌用无根材料，避免以讹传讹。司马迁作了多年史官，手头掌握着大量的文字材料，却依旧认真考究，绝不轻信盲从，人云亦云。在写作《史记》前，他坚持外出实地考察，访问故老，以求更可靠的印象和更全面的材料。传记作者的手头都得要有第一手"宝贝"，要有个人观察所得、或经过鉴别核实的材料，人无我有，人有我优，人缺我全。这些"刚需"来之不易，必须付出努力，始有所得。材料多了，便有个剪裁取舍的问题。任何个人，特别是那些够得上树碑立传的人物，一生总有许多经历、遭遇和

见识，如果一股脑儿地写进传里，既不可能也无此必要，弄出来也不是传记，而是相当于封建帝王"起居注"那样的东西。因此，立传，要精于对人物所经林林总总事件的爬梳，恰当地裁剪出人物一生中最能表现其思想、节操、作为、性格特点的材料，在动笔前搞清这个人物一生最值得注意的事迹，判断出他的主要倾向，审视其主要作为特别是历史作用，而给予客观公正的评述。包括党史人物在内的历史人物，立传时更应借鉴如是操作。

我们的党史人物，大多经历丰富，战争年代、和平时期、社会主义建设、改革开放等不同历史时期，都有各自不同的精彩和贡献，有的还有庞大繁杂的资料甚或丰富的文集。做相关人员的传记时，作者虽可能免去了搜集之苦，然而面对这浩瀚的文献资料，却往往无所适从，不知如何取舍，更不知史料的取舍应来自去伪存真的严谨考辨。结果，在史料的运用上，照抄照搬，陈陈因袭，到头来拾人牙慧，讹误相传，贻害后人。因此，拥有丰富的史料，却未必能写出好的传记来。在成千上万的传记作品中，我们不是经常见到那些被写得毫无生气的历史人物吗？他们的事迹不过是一种变相的档案资料。所以说，材料的剪裁取舍很关键，老作家孙犁论述传记写作时就这样认为："传记能否写得成功，作者的识见及态度甚关重要。当然，作者要有学识，掌握的材料要多。但材料的取舍、剪裁，要靠识。识不高则学无所用，识不高也难于超脱，难于客观，难于实事求是。"

20 世纪 90 年代初，我刚走出大学校园，初生牛犊不怕虎，考虑为开国上将、新中国空军之父刘亚楼立传。我反复揣摩，刘亚楼一生虽然多姿多彩，但最出彩处主要有三：一是长征，二是解放战争时期，三是组建空军（含组建志愿军空军）。这三点既已裁剪出，写作时我便将浓墨重彩泼洒于此，尽可能把这些大篇幅写得生动。又如邓子恢，一生最伟大处是新中国成立后作为国务院副总理、中央农村工作部部长主管农村工作，在那场中国农村变革的试验中谱写了一出可歌可泣却又壮志未酬的大风歌，于是我干脆就此剪裁，专门写就一本《农民知己邓子恢》。再如项南，我个人认为，最值历史书写的是作为改革开放先锋大将就职福建省委书记后，于是我在他逝世当年，便以《项南在福建》为题，将他在此前后的人生轨迹，包括率先投身中国脱贫攻坚事业，通过历史叙述的写法，有机地穿插于有关章节中。而后与纪录片作者夏蒙合作《项南画传》，被列为国家重点出版项目。再搜集材料，查阅档案，采访知情者，在他百年诞辰及改革开放40周年时，写就长篇报告文学《项背——一位省委书记的来来去去》，被中国作协书记处列为重点扶持作品，并获中央党史和文献研究院审稿通过。

不少传记是由官方组织的，传主人生的每个阶段自然都要叙述到。编写组成员虽作了分工，各自为战，但要将自己手中这块蛋糕做得美味可口，同样也存在如何剪裁取舍的问题。如叶飞，以一介书生从戎，独撑危局，勇冠三军。从军队到地方，从封疆大吏到国务院部门，从陆军到海军，从政府到人大，他的人生每个阶段大都跌宕起伏，经历丰富，如果将之一一罗列，岂不成了扩大了篇幅的年谱？我受命担任全国八大单位合作的《叶飞传》副总编（撰写其中30多万字，并具体统稿）时，意识到这一点，在有关编撰会议上介绍了"写法"，得到首长和专家及各地撰稿人员的好评。此书出版后，我和南京军区作家胡兆才再度合作出版传记文学《铁将军叶飞》，主要集中写叶飞作为军事家的一面。

人物事迹剪裁得当后，在写法上便要注重故事的铺陈描述。《史记》有许多名篇，就是因为司马迁善于叙述故事，善于抓住历史人物一生中最有典型意义的故事展开描写，由此塑造不同阶层的具有不同性格的人物。如《项羽本纪》，通过巨鹿之战、鸿门宴、垓下之围等完整的故事，淋漓尽致地表达了作者对这一传奇英雄的深切同情和对他身上固有弱点的批判。人无完人，党史人物固有不同于过去英雄人物的党性和新传奇，不可否认，也有各自不同的局限，避讳这点，或资料不全、不准确，再加上过度人为拔高，也就成为演义，失去传记应有的品格了。

可以说，有了丰富的史料，还要力求使它生动传神，赋予其故事性。

构成故事的材料有的虽可从档案资料中发掘，但档案中对这些材料的交代要么语焉不详，要么只剩下空空的躯壳，不可能是一个完整且扣人心弦的故事。传记作者的功夫是发现蛛丝马迹，顺藤摸瓜，有机衔接，从彼档案与此档案的衔接中，提炼出藏匿其中的故事并将之合理地放大。进而通过对已搜集到的资料反复推敲，找出主人公思想和生命历程的端绪，越来越走近之后，笔触就能伸进其内心世界。

有了这些还不够，还需要大量的深入细致的采访，尽可能采访到与传主同时代的健在知情者。他们在与传主的交往中，自然都会有一些生动情节。写传记，得走万里路，大面积采访相关人员，如同沙里淘金，一串串被历史遗忘的什锦或珍珠，便从他们的口中给带出来。

一本传记里，如果每个章节都有一两个生动的故事，传神地反映传主在彼时的所作所为，不愁立不起传主的形象。

需要指出的是，我所强调的故事，当然不是为了取悦读者而瞎编乱造的，件件桩桩都要取材于史实。史实有大小，故事也有大小，有精彩与一般之别。有时用几个小故事可以凑成一个大故事，故事连着故事，波澜起伏。

当然，大传、全传、评传、正传则另当考虑，亦万变不离其宗。

二

传记应允许对话的成分在内。一些研究专家和读者少不了提出质疑：你如何了解他们都说了什么话？言下之意，是责备作者胡编、想当然。

我要问：你认可《史记》吗？

读过《史记》的人，都知道司马迁写历史人物，将历史与文学巧妙地结合和统一，鲁迅先生誉之为"史家之绝唱，无韵之《离骚》"。既然认可这部被尊为中国传记开山兼经典之作，就该明白：司马迁焉知项羽、刘邦等历史人物的对话。要知道，司马迁写此书时，有的人物已作古上百年，而且当时还没有像今天这般丰富的档案，这样，太史公不也有胡编的嫌疑吗？

我又要问：你又不是公检法办案人员，仅是个读者，难道真需要原始的对话？那好，假如把某某大人物的录音对话，从头至尾抄录下来，又怎能叫文章，怎称得上作品呢？

你说凡事要有出处，不要空穴来风，那么，我倒要问了：你在运用别人的材料、注明出处时，可知它们最先从何而出，学术上以讹传讹的事还少吗？凡提法总要有个开头，为什么你只迷信所谓的出处，而不允许我"成一家之言"呢？

所以，我笔下的党史人物传记，是有对话在内的，个别也严格地做了页下注，个别则有艺术的表现。

话虽这么说，我想还是有必要就使用人物对话的有关问题作些说明。这些对话，一是见于相关记载，包括相关人员的回忆；二是采访传主的家属和熟人所得；三是作者对传主的行为和彼时有关情况吃透之后，根据理解，适当布设，即含有合理的想象成分。我认为，合理的想象应建立在对传主性格、行为、品质及对其周围人物、生活和工作环境熟悉的基础上，离开这点，便成了无根之木，无源之水，容易贻笑大方。

一本厚厚的党史人物传记没有对话，岂不难以卒读。当然，读者相信或怀疑这些对话是他的权利，但作为作者，史才之外还得有史识和史德，能对党史人物负责，对党的历史负责，也对读者和自己负责。

除了精彩准确的对话，还要善于用性格化的语言来展示党史人物的个性。《史记》写人物之所以活灵活现，与司马迁善于运用符合人物身份的语言来表现人物的风格、面貌密不可分。比如，项羽和刘邦都曾见过秦始皇，项羽说："彼可取而代也！"刘邦说："嗟乎，大丈夫当如是也！"从他们的此番言语中，即可窥见性格的迥异：项羽说得坦率豪迈，可以想见他强悍、简单、直爽、与生俱来的英雄气质；刘邦的语气委婉曲折，正好表现他周密、贪婪、多欲、复杂的性格。可以说，自司马迁、班固以下，在史传写作中记言记行并重。《三国志》裴松之的注，还特别注意记一个人的语言。这种用语言表现人物的写法，值得我们为党史人物立传时重视并借鉴。我们欣喜地看到，这些年，党史人物传记的写作百花齐放中，符合各自性格特点，又不脱离史实的对话，已有较好的艺术表现。

三

细节描写，在任何有一定篇幅的传记中都必不可少。

既然不想使自己的传记成为一堆拼凑起来的档案材料，而希望成为一篇或一部富有生气且具有艺术感染力的作品，那么，感染力从何而来？在我看来，细节描写，尤其是围绕传主的主要事迹进行细节描写，是使传记生动并增强其感染力的一种写作方法。对党史人物的树碑立传，亦如此。

细节描写既是为了增强传记的可读性，也是为了更好地呈现传主的内心世界。为了做好细节描写，作者必须在掌握充分史料的基础上，合理安排好素材，突出传主的主要事迹并抓住其特点。我认为，党史人物传记的细节描写，不是为生动而生动，而应有明确的目的，是为了在记录史实时，刻画好他们或与其相关人员的形象，再现他们所处的那种典型环境和所表现的典型性格。在细节描写过程中，文学的创造力将得到进一步发挥。但需要指出的是，细节描写要注意主要情节、基本情节必须真实。有些细节的基本内容或为大众所熟知，或能在搜集材料中特别是采访知情者时发掘得到，但有些则难以搜求。在资料不全的情况下，对党史人物进行细节描写，绝不能天马行空，"填充"式地为所欲为，而应遵循另一种清规戒律，即合情合理地描写，传主和相关人员的言行举止，必须符合历史现场，不离当时当地的特点，也不搞那些非黑即白、非友即敌式的描述。另外，传里所突出的主要事情和细节描写，也要符合有关政策和规定，否则不仅与党史人物的形象无补，也损害了传记的可靠性和思想性。

一些生活细节的描写，不仅能烘托传主的主要事迹，还因为它的穿插，使传记的结构和节奏变得张弛有致，读起来轻松活泼，形象生动。如邓子恢，担任副总理后，他在日常生活中的衣食住行等，还不改农民的本色。这些生活细节可谓小而又小，但把它们描绘出来，不仅能使读者感到那个时期的历史真实，还正好烘托了他亲近百姓、敢为农民鼓与呼、甘与农民风雨同舟的崇高品质。

细节描写当然要表现矛盾和冲突，只有这样，才能更好地表现人物。在那个特定时期，邓子恢岂能不知坚持包产到户将给他政治上带来无以复加的危险，他只要跟着风向转便可化险为夷，但他没有，还是逆风而上，跟着真理走。在矛盾与冲突中，邓子恢完满了一个共产党人的高大形象。在细节描写中有把握地适度展现矛盾和冲突，使读者尽可能地贴近那些原本为圣光笼罩着的高层人物，可以更真实地了解这些历史人物在逆境中生存和内心的状况，以及我们这个党和国家勇于探索，善于汲取教训、自我革命，在曲折中奋然前进的悲壮一页，从而了解老一辈共产党人堪称教科书式的忠诚、干净、担当，在他们的泪与笑中，感受青史流芳的美好心灵、伟大人格。

包含党史人物在内的传记写作中，究竟要不要细节描写，细节描写究竟重不重要，又如何让人信服的进行细节描写？可谓见仁见智，我只想说：一部用概念化的词句进行叙述而缺少具体细节描写的传记，能将党史人物的形象生动刻画出来吗？

四

传记写作中要善于调动形象思维。

形象思维，在党史人物传记写作中也同样具有不可忽略的作用。党史人物传记，也是史学、党史学著作的有机组成部分，是其中的一种体裁，它所记载的当然是党史，最起码是一段党史，或是党史的侧面。传记的最大价值正在于通过一个人的经历，提供历史的某个侧面和一个时代的影像。如刘亚楼身上体现了共和国建国后整整15年的空军史，邓子恢身上体现了新中国农村的改造试验史，项南身上体现了改革开放、脱贫攻坚史，江一真身上体现了红军和八路军医学史，等等。只不过，历史与文学是两种不同的学科，也是人们认识世界的两种不同形式，前者居于科学的范畴，后者是艺术的范畴，前者运用的是抽象思维，后者运用的是形象思维或曰艺术思维，带有审美观念。这诚然是两者的不同处，但并非相互排斥，而能相辅相成。俄国文学批评家别林斯基就曾中肯地辨析了两者的异同，并认为两者能说"同一件事"。是呀，文史不分家，为什么不能说"同一件事"呢？

包含党史在内的一切历史，都不可能由后人完整无缺地复制或克隆出来，党史的无限丰富性永远使我们炫目，并激发再创造的雄心。于是在为党史人物立传时，除了尽量运用当时当地经过核实的原始材料，还要带着一个传记作者身处时代的观念、感受和心理，以及一个执政党对该人物最新的评价和定位，深深切入到百年党史的叙述中去。

如果在写作中对人物的描写不做动态的、立体的、全方位的发掘和创造，而停留在静态的分析、判断、概括、证明上，这样写出的人物传，貌似符合历史真实，其实却是公式化、流水账的东西，行而不远。要避免此，就必须改进思维方式，将形象思维融入抽象或逻辑思维中，对相关人物不是一般地、概括地叙述，而是通过对其革命、生活、工作经历及言行、活动场景的具体描写，来再现他们的非常人生和精神面貌。党史人物的传记，要以革命传统教育为主要目的，这就需要写得比较生动感人，感染读者。因此，传记作者要想法从一般的史料文字中，寻找到鲜活且具文学意味的影像，这就要调动形象思维。

文学作品运用形象思维进行创作时，是允许想象和虚构的，而写党史人物，虽然可以运用形象思维，但必须依据党史事实。换言之，党史人物文学形象的塑造，特别是内心世界的刻画，只能是"还原"，即作者在塑造他们的心灵世界和个性特征时，所做的判断和发挥的艺术想象，必须限定在有限的事实时空中。因此，党史人物传记的文学创作，作者发挥的创造性都是以素材史实为依据的，有时即使无法真正或完整地接近事实，必然要运用文学手法以使人物性格丰满时，依我之见，想象的运用原则也以不违背重大事实和人物的性格特征、命运为前提和首要，并得绷紧意识形态这根弦。

在调动形象思维的过程中，不能不讲个"情"字。党史人物传记同样涉及生死爱恨这些人类重大的情感和事件，以及精神困境。与党史人物中的烈士，及盖棺论定实至名归的革命家、政治家、军事家等不同，对一些经历复杂甚至中途脱党或变节的党史人物，如王明、张国焘、高岗、饶漱石，为他们写传，无论对传主怀有何种感情，或爱或憎，或同情或鄙视，都还是要回到历史现场，切忌先入为主，持客观公允之态，才能形之于笔，出来的作品才能产生镜鉴之效。传记作者如果对传主不抱情感，冷淡待之，那就注定在很长一段时间内要与这个让你毫无感觉的人相处，这如何能使你动笔，你又何必为此而过上郁闷的生活呢？有了情感因素的注入，有节制地调动起形象思维来，便更为得心应手。

但在写作中，最大的困难也正是如何处理好自己和传主的情感关系。如果因为传主地位特殊或重要，而使作者在立传时失去了独立的意识，将自己依附于传主，完全没有传记作者的感受和个人判断，这样的传记价值可想而知。如同对党史人物的"依附"和过誉要不得，对其轻侮同样不可取，更忌无中生有。最好的方式是忌恩怨、忌感情用事，特别要注意站在一定的历史高度，对笔下人物做到"鸟瞰"，赋予作品和自身的历史格局。20世纪伟大的传记作家茨威格说："不要将他偶像化，也不要神化，只是赋予他人性，这是创造性心理研究最艰苦的工作。不要用一大堆牵强的论据为其辩解，而应对此作出解释，这才是真正的使命。"

毋庸讳言，相对于别的体裁，传记作家多了一份难处，经常难以摆脱"钦定""官办""经院"樊篱。如何摆脱传统传记写作中的"讳"的镣铐，对党史人物更是如此。"不虚美，不隐恶"本应是传记作者的基本原则立场，但中国的国情、党史人物的特殊性、时下意识形态的要求，使得传记作者尤其是党史人物传记作者，背上"历史责任"有重负，手中之笔就显得格外沉重和慎重，不能随意迁就，而得把握"胸中有大义，心里有人民，肩头有责任，笔下有乾坤"的要义。

五

传记是史学著作中最不讨好的一种，因为它的真实性总让人怀疑。美国文豪马克·吐温就曾说："传记作品就好像是这个人的衣服与纽扣，一个人真正的传记是不可言传的。"某个人昨天的言行举止，让几个耳闻目睹者各自反映出来，都会有所不同，遑论远久的历史和复杂的人性（含当事人及传播者）？党史人物传记也常有此遭遇，何况还要讲政治，不涉密，与纪律和出版要求不得相冲突。

传记与文学挂钩后，又成了各种文学形式中难度极大、毁誉最多的一种。照英国女作家弗吉尼亚·伍尔芙的话来说，它是把坚硬的花岗岩（史实）和变幻不定的彩虹（个性）融于一体的艺术。传记家要完成这样的任务，自身的文化修养应当达到很高的境界，最好是作家史家化，史家作家化。

学者作家化、作家学者化现象，在文学界、学术界早已不鲜见，甚而蔚然成风，但在党史学界，却很少有人朝这个方向努力，努力后也还不成气候。今后的倡导和努力都是要的，但急功近利要不得。所谓"看见山，跑死马"，创作有自己的规律，有时与个人努力并没有太多的必然关系，一个缺少天赋也缺少第一手材料的人，再怎么努力都无济于事，有时离山尚远已却步。好歹作品出来了，人物却给人"画虎不成反类犬"之感，毫无生气，味同嚼蜡。照一个论者的话来说是："有的小说家写的谈史札记，对史实随意剪裁，妄加发挥，既曲解了历史，也写歪了现实；有的历史学者所写人物传记，想增加文学色彩，但又功力不够，很像满脸皱纹的老太婆，拍了厚厚一层香粉后，看上去怪模怪样。"

传记文学是传记和文学结合的一种文体，是真人真事题材和文学手段表达的统一，是用文学形式写成的传记，我认为，检验其水准或能彰示其突出成就的就应是真实性和艺术性的统一。这种写法既要求真实可靠，又要求富有想象的安排材料，进行必要的细节描写，达到栩栩如生的效果。1985年，复旦大学等全国22所院校合编的中文系教材《中国当代文学史》曾如是评价《星火燎原》丛书，认为它"把历史的真实性和文学的形象性有机地结合，是我国史传体文学的一个新发展"。由此可见，这种把历史性和文学性相结合的传记写作方式，不仅是我国的传记写作传统，还是新时期应提倡和发扬的，对于党史人物传记自不例外。用文学手法和技巧反映党史人物，是我坚持的传记写作方式之一。《中国作家》今年第六期作为头条发表的18万字《谷文昌之歌》，是我最新的成果体现。

党史人物传记是十分严肃的写作，和"空穴来风"一样，一度被热议的"各为其主"之法都当摒弃。作者肩负着重大的社会责任，成千上万的读者主要是根据传记作家笔下的形象，来了解党史人物，进而了解党的历史。因此，即使运用文学手法和技巧来为党史人物立传，作者也得提醒自己，所写乃真人真事，非文学创作，真实性绝不能含糊。

　　坚持真实性、准确性和可信性，写成准确的可靠的党史人物传记类信史，是传记写作应定下的要求和目标。保持传记的真实性，既是对传主和党史的负责和尊重，也是对传记作者自身的负责。在我看来，在严格遵守历史真实这一原则的前提下，一切可用的表现形式和表现手法，都可以适当地吸收到党史人物传记的写作中来。我从事党史人物传记写作，出于一种真诚的渴望：向读者打开一扇既是史实又是心灵的窗口，让读者从他们或已听闻的人物和事件中再度获得一些新的感知和审美。我希望我笔下的党史人物，不但能在文学性上树立一个完整丰满的性格形象，同时也为今后对他们和党史的研究提供厚实的诠释基础，并相应提供有助于解释主人公和相关党史人物生活的时代背景。

　　总之，给党史人物立传，不同于其他历史人物，涉及当下的政治和意识形态，任何一个作者再怎么调动形象思维，都要以党的三个历史决议为准绳，不能迁就其他，在这个前提下再追求传记的史学本质和文学品格。

这里需要特别说明的是《朝花夕拾》的文体属性，因为学界关于《朝花夕拾》是鲁迅自传这个定论还未达成一致的观点，不过鉴于《朝花夕拾》的回忆性质以及近年来引起学界关注的其自传文体特征方面的讨论，在考察鲁迅传记研究中包含了围绕《朝花夕拾》产生的论文。

王瑶在1984年第1期《北京大学学报》上发表探讨鲁迅《朝花夕拾》文体的文章《论鲁迅的〈朝花夕拾〉》，认为《朝花夕拾》是回忆性散文，但不是自传。否定鲁迅自传性质的这篇文章反而成为学界开始讨论《朝花夕拾》自传性特征的起点，为鲁迅自传研究开启了新的一页。这类文章有朱文华的《论〈朝花夕拾〉的文献价值》，郑家建、赖建玲的《〈朝花夕拾〉："回忆"的叙述学分析》，王国杰的《是小说，还是回忆录？——关于〈朝花夕拾〉的一桩公案》，龙永干的《纷扰语境中"记忆"呈现的形态及意义：也论〈朝花夕拾〉》，王本朝的《旧事何以重提：〈朝花夕拾〉的杂感笔法》，仲济强的《"朝花"何以"夕拾"：恋爱契机与鲁迅的主体重构》，任辰凯的《〈朝花夕拾〉研究述评》，邢程的《现实照进旧事——〈朝花夕拾〉中的"流言"与"自然"》，刘彬的《"腊叶"的回眸——重读鲁迅〈朝花夕拾〉》，黄立斌的《作为自传文学的〈朝花夕拾〉》，等等，篇幅比较多。本书共收录14篇探讨《朝花夕拾》回忆叙事和自传性质的文章，占全书三分之一强，这也是编选之初未曾料想到的，充分反映学界关于《朝花夕拾》文体问题的关注度。

第三，新世纪初开始大量出现鲁迅生平事迹研究文章，突破以往以传记著作为中心的传记研究思路，为鲁迅传记研究开拓了新的路径。这类文章虽然与一般回忆性文章一样围绕传主生平中某个时间点或某个事件来展开，但从文章体式、叙述方式到主题思想均不同于一般回忆性文章。一般回忆性文章核心是回忆，通过私人记忆或文献记录来重新组织传主生平事迹，建构传主形象；生平事迹研究文章则以传主生平中某个时间、事件等史实为进入传主内心世界、探索创作思路等更深层次世界的切入点，由表到里，由浅到深，分析传主思想和心灵演进史对其作品创作的多重影响，相比一般回忆性文章，这类文章更具有深度性、学术性、思想性。换言之，这类文章的特点在于，运用传记学方法研究作品，即从对作家传记材料的细致梳理和充分了解出发来研究作家、作品的方法。传记学方法作为文学研究方法之一种，很早就在中外文学研究中被予以实践。无论中国古代的"知人论世""以意逆志"，还是现代的以"作者"为中心的批评范式，无论是韦勒克所提出文学的外部研究法，还是国内有学者所指出："传记研究法主要是将作品结合作者的人生历程来实践的一种比照式的研究，通过考证作家的传记材料与时代背景之后，根据作家的亲身经历、人格风范去推断作品所呈现出来的思想内涵与精神轨迹"，都无不表明以传记研究法展开对作家或作品的研究，都是一个重要的实践向度。这类文章有：汪卫东的《鲁迅的又一个"原点"——1923年的鲁迅》、王富仁的《厦门时期的鲁迅：穿越学院文化》、廖久明的围绕《藤野先生》以及鲁迅在日本时期事迹的系列文章等。

第四，新世纪之后出现的鲁迅传记研究另一个新现象是对鲁迅书信、日记等广义传记文体进行多方面、多角度的深入研究。书信、日记等私人文献属于广义传记范畴，也称之为边缘自传。以往文学研究中，作家书信、日记等文献受重视度远不及作品，其最大的价值在于史料性，即为传记家提供写作所需参考的文献资料价值。但近些年来随着文学研究中开始重视文献史料的整理与研究，作家的书信和日记等非创作性文体成为一个研究热点，以此为研究对象也产生了不少佳作。这类文章有程振兴的《鲁迅书信的征集与择取》、侯桂新的《钱玄同与鲁迅交往始末——以日记为视角》、程光炜的《"五四"前后：鲁迅在书信日记中的活动》等。鲁迅书信和日记篇幅颇多，16卷本《鲁迅全集》中，7卷本是书信和日记，接近鲁迅全部作品的一半，这还不包括因散佚等诸多客观或非客观原因而"全集"未能收录的相关书信。如此之多的量，作为关涉鲁迅生活、思想、作品的第一手文献，其价值和作用需要学界去全方位挖掘，这是当下传记研究重要课题，也是文学研究重要课题。

第五，鲁迅传记写作史梳理与论析是近 40 年来鲁迅传记研究一个重要的收获。张梦阳发表于 2000 年的《鲁迅传记写作的历史回顾》一文洋洋洒洒共 6 万多字，前后分 6 期刊发，对截至 20 世纪 90 年代末的鲁迅传记写作历史进行了详细的梳理，既有总结，也有评述。不仅对这些传记的优劣、得失作了客观的评述，更是提出了相关建议或意见，是鲁迅传记研究史上的一个里程碑，也是中国传记文学史上一个重要的收获。此外，张元珂的《作为"中间物"的鲁迅传记写作》也是一篇致力于梳理、总结鲁迅传记写作史方面的佳作。此外也有几篇高校硕士毕业论文，为鲁迅传记写作进行了梳理和总结。新世纪已走过 20 年，这 20 年来的鲁迅传记写作特征及其存在问题等，也需要学界关注和梳理。

第六，运用古今中外传记学理论方法研究鲁迅传记，是近年来出现的一个颇受瞩目的现象。学科界线不清晰，理论基础薄弱，缺乏系统而成熟的理论体系是中国传记研究所存在的问题，亟须加强相关研究力度。在这样的背景下，一批具有时代责任感的学者在理论研究方面下功夫，运用中外历史、文学、美学等多学科理论，结合具体的传记作品，探索和总结传记文体特征，构建理论体系，助力学科建设，并取得了可喜的成就。这类文章有辜也平的《论传记文学视野中的〈朝花夕拾〉》，王为生、邹广胜的《谈〈朝花夕拾〉的自传性与鲁迅的自我塑造》，陈华积的《论 21 世纪传记文学中鲁迅形象的塑造》，斯日的《"凡事经自己之口说出来都是诗"——文学作品对传主生平建构的可能性及其局限性》，张元珂的《论鲁迅传记写作中的文体问题》等。可以说，这类文章的集中出现，是近年来关于传记学方法、传记理论研究在学界引起一定关注的直接成果。

2021 年是鲁迅诞辰 140 周年，作为中国现代文学领域最具分量的研究方向，鲁迅研究又迎来一个新的高峰。但与浩如烟海、汗牛充栋的作品研究相比，鲁迅传记研究还属于薄弱环节，是鲁迅研究百草园中最稚嫩的一枝，无论是从篇幅，还是从质量方面，鲁迅传记研究均处于亟需加强和推进的状态。希望更多学界同仁致力于相关研究，让鲁迅研究内容更加丰富和多元、更加完整和系统。

百年中国古代杂传整理研究的回顾与展望

文／熊明

熊明，文学博士，教授。1999 年至 2002 年游学南开大学，师从李剑国先生，治中国小说史。现执教于中国海洋大学文学与新闻传播学院，致力于中国古代小说及小说文献的研究整理工作。著有《杂传与小说：汉魏六朝杂传研究》（辽海出版社 2004 年 1 月）等专著，在国内外各类学术刊物发表学术论文数十篇，独立主持并完成国家社科基金项目以及省社科基金项目多项。

摘要： 现代学术视阈下中国古代杂传的整理研究，真正开始于 20 世纪 20 年代鲁迅与朱东润，自此迄今，恰百年历程。回顾百年中国古代杂传整理研究历程，在 19 世纪末，实现从传统学术视阈下的研究到现代学术视阈下的研究转型之后，大致可以分为三个阶段，一是 19 世纪末至 20 世纪前期，二是 20 世纪后期，三是新世纪以来。总结百年中国古代杂传整理研究取得的进展与经验，我们认为，当下及以后很长一段时间，中国古代杂传整理研究仍面临许多艰巨任务。

关键词：中国古代杂传、整理研究、回顾与展望

中国古代杂传，就身份而言，在史志书目编目著录中隶属于史部，是与正史、编年、杂史等并列的史部子类。历代重要的史志书目如《隋书·经籍志》《旧唐书·经籍志》《新唐书·艺文志》《宋史·艺文志》前后相继，在梳理杂传渊源流变及根本属性中从不同角度对杂传进行了定义。至元代的马端临，其杂传定义最为清晰："杂史、杂传，皆野史之流出于正史之外者。盖杂史，纪志编年之属也，所记一代或一时之事；杂传者，列传之属，所记者一人之事。"即通过对比杂史与杂传，主要就二者在体裁方面的不同作出定义。明代的焦竑也曾略加解说："杂史、传记皆野史之流，然二者体裁自异，杂史，纪志编年之属也，纪一代若一时之事；传记，列传之属也，纪一人之事。"焦竑的定义与马端临相近，也是将其在与杂史的比较中从体裁方面对二者加以定义。析而言之，他们对杂传的定义实际上包含三个方面：一是正史之外的野史；二是列传之属，即传体；三是记一人之事。综合历史上各家对杂传的定义，将杂传视为正史以外的、与列传相类的人物传记，[1]最为确妥。

作为史之一类，杂传长期仅仅被作为正史之外的一种补充性史料而存在，因而不为学界所重视。近代以来，现代学术研究逐渐取代传统学术研究，现代学术研究有着一系列的严格规范，在诸多方面有别于传统学术，因此，本文对杂传研究的学术史梳理，以传统学术视阈下的杂传研究为基础，从现代学术研究视阈下展开的中国古代杂传研究为起点。

---

[1] 熊明.汉魏六朝杂传研究[M].北京：中华书局，2014：28.

一、传统学术视阈下中国古代杂传的著录与辨体

杂传之名，首见于《汉书·艺文志》，其《六艺略》中孝经类著录有"《杂传》四篇"。可见在先秦两汉时期，杂传已经成为一种文类，有了相应的地位和影响，并在目录学中体现出来。至唐初，已累积大量杂传作品，《隋书·经籍志》乃"部而类之"，于史部首设"杂传"类，著录杂传作品"二百一十七部，一千二百八十六卷。通计亡书，合二百一十九部，一千五百三卷"。《隋书·经籍志》杂传类序，认定《周官》所载外史、司寇等所掌所书，闾胥、族师、党正所记，是杂传的渊源，而阮仓之《列仙图》是杂传之雏形，刘向之《列仙传》《列士传》《列女传》诸传，是杂传之"始作"。自《隋书·经籍志》以降，历代官私书目几乎均于史部设杂传类，著录杂传数量亦皆可观。检历代官私书目中所立杂传类及其序注和所著录作品，不难发现，辨体即对杂传进行界定与明确杂传具体所指，并将其从杂家、杂史、故事、小说等其他文类区别出来，一直是各种官私书目的重要内容。郑樵就列举了包括杂传在内不易区分的五类著作："古今编书所不能分者五：一曰传记，二曰杂家，三曰小说，四曰杂史，五曰故事，凡此五类之书，足相紊乱。"[1]究其因由，主要原因在于，杂传文体虽系列传而来，特征鲜明，但体制灵活，"幽人处士"[2]或"方闻之士"[3]"率尔而作"[4]，因而往往不守常体，多有越界，由此造成杂传的多向度变体，与杂

[1] 郑樵撰，王树民点校. 通志二十略·校雠略"编次之讹论十五篇"[M]. 北京：中华书局，1995：1817.

[2] 焦竑. 国史经籍志·卷三·传记类·序 [M] // 续修四库全书.

[3] 《宋三朝艺文志》传记类序。马端临. 文献通考·经籍考·杂史各门总杂传类序引 [M]. 上海：华东师范大学出版社，1985：537.

[4] 魏徵，等. 隋书·经籍志·杂传类·序 [M]. 北京：中华书局，2011：982.

家、小说、杂史、故事等之间文体界线模糊。

《隋书·经籍志》杂传类序在追溯杂传的渊源之后，对杂传做出了界定，其云："后汉光武，始诏南阳，撰作风俗，故沛、三辅有耆旧节士之序，鲁、庐江有名德先贤之赞。郡国之书，由是而作。魏文帝又作《列异》，以序鬼物奇怪之事，嵇康作《高士传》，以叙圣贤之风。因其事类，相继而作者甚众……"[1] 由此可知，其杂传所包括的范围，内容上不仅有郡国耆旧节士、名德先贤及圣贤的事迹，也包括鬼物奇怪之事。《隋书·经籍志》虽未对杂传进行明确的判定，但在具体著录时，排列颇有规律，大致相同或类似的置于一处，前后相邻，可见其具体包括先贤耆旧传、高士传、孝子传、忠臣传、家传、列女传、僧传、道传、冥异传、神怪传等类别。《旧唐书·经籍志》删落类序，但从其所录具体作品看，基本承袭《隋书·经籍志》，这从其杂传类后简短说明亦可得到证明："右杂传一百九十四部，褒先贤耆旧三十九家，孝友十家，忠节三家，列藩三家，良吏二家，高逸十八家，杂传五家，科录一家，杂传十一家，文士三家，仙灵二十六家，高僧十家，鬼神二十六家，列女十六家。"大致与《隋书·经籍志》同，而增加了科录一家。同时，《旧唐书·经籍志》也在事实上对杂传进行了分类，明确了杂传的类型，大致划定了杂传的边界。

《新唐书·艺文志》对杂传的界定与判别，与《隋书·经籍志》《旧唐书·经籍志》相比，发生了较大的变化，它保留了《旧唐书·经籍志》的科录一类，把《旧唐书·经籍志》中的高僧、仙灵、鬼神三类，也就是《隋书·经籍志》中的僧传、道传、冥异、神怪四类剔除，放入子部释家或神仙家中。另外，又将如徐景《玉玺正录》《国宝传》这样的叙物之书纳入杂传类中。其后，《崇文总目》《文献通考·经籍考》《宋书·艺文志》等史志书目及其他宋元私家目录学著作，其杂传所指大致如《新唐书·艺文

---

[1] 魏徵，等. 隋书·经籍志·杂传类·序 [M]. 北京：中华书局，2011：982.

志》，时或有所增加。然亦有例外，郑樵所作《通志》，其《艺文略》之传记，与时人观念有较大差别，似乎又回归《隋书·经籍志》的杂传观念，包括耆旧、高隐、孝友、忠烈、名士、交游、列传、家传、列女、科第、名号、冥异、祥异十三类。而观其各类名目，则又应当综合了《新唐书·艺文志》《崇文总目》等诸书志的杂传界定与判定。这应当与郑樵编纂《通志》的体例和材料来源与取资态度有关。郑樵《通志·艺文略》多取历代现存书志，汇编而成，特别是唐前书籍存佚，多依托《隋书·经籍志》及《旧唐书·经籍志》，故《通志·艺文略》的杂传界定与判别，呈现出融通的面相。

明代书目也多从《新唐书·艺文志》《宋书·艺文志》的杂传界定与判别，如焦竑《国史·经籍志》就认为杂传包括耆旧、孝友、忠烈、名贤、高隐、家传、交游、列女、科第、名号、冥异、祥异诸类。藏书家祁承㸁《澹生堂藏书目》史部有记传一门，他对杂传的判别可谓别具一格，认为杂传可分为衰辑、别录、高贤、垂范、汇传、别传、事迹、行役、风土九类。

《四库全书总目》认为历代官私书目对杂传的界定和判别驳杂混乱，对杂传的界定和判别不准确，未能把握杂传的本质，"诸家著录体例相同，其参错混淆亦如一轨"。因而《四库全书总目》重新梳理了杂传的渊源，认为："纪事始者，称传记始黄帝，此道家野言也。究厥本源，则《晏子春秋》是即家传；《孔子三朝记》其记之权舆乎？裴松之注《三国志》、刘孝标注《世说新语》，所引至繁，魏晋以来，作者弥夥。"由此出发，重新设定对杂传的判别标准，将杂传归为五类："一曰圣贤，如孔孟年谱之类；二曰名人，如《魏郑公谏录》之类；三曰总录，如《列女传》之类；四曰杂录，如《骖鸾录》之类；其杜大圭《碑传琬琰集》、苏天爵《名臣事略》诸书，虽无传记之名，亦各核其实，依类编入。至安禄山、黄巢、刘豫诸书，既不能遽削其名，亦未可熏莸同器，则从叛臣诸传附载史末之例，自为一类，谓之别录。"[1] 由于《四库全书》的巨大影响,《四库全书》以后,各官私书目对杂传的判别,多依循《四库全书》。如清高宗敕撰《续文献通考·经籍考》传记类即云:"马端临《通考》传记一门最属繁杂,王圻《续通考》所载漫无别择,尤为泛滥,若郑樵《通志·艺文略》分目十三,又嫌琐屑,今以《四库全书》之例……"[2] 不过,也有例外,如大史学家徐乾学的《传是楼书目》对杂传的界定与判别,就不从《四库全书》,他将杂传分为耆旧、孝友、忠烈、名贤、高隐、家传、列女、名号、谱系、家谱十类。[3] 似又回归《新唐书·艺文志》以来传统的杂传观念。

纵观历代官私书目的杂传界定与判别,从《隋书·经籍志》到《四库全书总目》,虽然都抓住了杂传的本质属性,但对杂传的定义并没有取得完全一致,对杂传边界的划定,也没有达成最终的一致和统一。因而,历代官私书目杂传类的著录,都存在这样或那样的不确定或有争议之处,需要加以认真审视和辨析。

二、19 世纪末 20 世纪前期:中国古代杂传的补录与辑佚

19 世纪末 20 世纪前期,中国古代杂传研究经历了一个转型过程,即从传统学术视阈下的研究向现代学术视阈下的研究转变,这种转变可以上溯至乾嘉时期的章宗源。章宗源的《隋书经籍志考证》,是传统学术视阈下对唐前杂传的一次大规模考察,下迄清末的姚振宗,并由此开启清末民初学术界大规模对历代艺文志的补订之风,其间也包括对历代杂传的考察、

---

[1] 永瑢,等.四库全书总目:卷五——七史部传记类序 [M].北京:中华书局,1995:513.

[2] 清高宗敕撰.续文献通考·经籍考——传记类按语 [M].十通本,杭州:浙江古籍出版社影,1988.

[3] 徐乾学.《传是楼书目》卷二,《续修四库全书》本。

补录和辑佚。

（一）传统学术视阈下杂传研究的成就与终结

1.章宗源与《隋书经籍志考证》

对中国古代杂传著录情况的考察和考订，清乾嘉时期的章宗源是当之无愧的先行者。据孙星衍《五松园文集》所录《章宗源传》载，"章宗源字逢之，浙江山阴人，以兄编修宗瀛官京师，遂亦大兴籍中式乾隆丙午科举人。少聪颖，不喜为时文，以对策博赡发科，益好学，积十余年，采获经史群籍传注，辑录唐宋以来亡佚古书，盈数笈。自言欲撰《隋书经籍志考证》，书成……"章宗源惑于广慧寺明心，终身不悟，嘉庆五年疾卒于京师，年未满五十。今所见《二十五史补编》本《隋书经籍志考证》十三卷，仅有史部考证，杂传考证在第十三卷。章宗源《隋书经籍志考证》是第一部对唐前杂传进行系统考释的古典学术之作，依托《隋书·经籍志》著录，梳理每一部杂传之著录流变、存佚情况，并对散佚杂传佚文进行考辨、汇集，大致厘清了唐前杂传数量及其存佚等基本情况。

2.姚振宗与《隋书经籍志考证》

至清末，姚振宗在章宗源《隋书经籍志考证》的基础上，更撰《隋书经籍志考证》五十二卷，又撰《汉书艺文志拾补》六卷、《后汉艺文志》四卷、《三国艺文志》四卷，均涉及唐前杂传。对唐前杂传基本生态进行了更为细致和全面的梳理考察。

姚振宗的《隋书经籍志考证》，其中的史部杂传部分，不仅对《隋书·经籍志》著录的唐前杂传的书名、卷数、作者、存佚等情况做了较为细致的辨析、考订。同时，也对唐前《隋书·经籍志》未著录的杂传进行了调查和考索，补录了大量《隋书·经籍志》没有著录的杂传，并对其题名、卷数、作者、存佚等进行了辨订，按类编列。章宗源《隋书经籍志考证》主要考订了唐前杂传中的散传，收录散见于《三国志》裴松之注、《后汉书》李贤注、《世说新语》刘孝标注、《水经注》《文选》李善注中的注引和《北堂书钞》《艺文类聚》《太平御览》等类书征引中的唐前散传184种。姚振宗《隋书经籍志考证》则在此基础上，对唐前杂传进行了全面的辨订，不仅涉及章宗源主要考订的散传，更涉及章宗源未及深考的大量类传，收录唐前杂传共有470种之多。

可见，与章宗源相比，姚振宗对唐前杂传的调查和考订更加细致，不仅直接引用章宗源的考订成果，同时，对杂传著录流变、存佚情况的考订更加细致深入，尤其是对大量未见著录于《隋书·经籍志》等书目而散落各处的杂传的收集、考订，基本完成了对唐前杂传的初步普查。姚振宗的普查、考订，将数量巨大然而却长期被遮蔽、被忽略的汉魏六朝杂传呈露出来，为其随后被纳入现代学术研究视野奠定了基础，打开了现代学术研究视阈下的中国古代杂传整理研究之门。

章、姚二人对唐前杂传的考订工作，开启了现代学术对中国古代杂传的整理研究之路，具有开拓之功。

3. 清末民国各家补艺文志对中国古代杂传的调查和补录

姚振宗之后，清末民国时期，出现了对历代史志的订补之风，订补各代经籍志、艺文志的补志相继撰成，其中涉及杂传部分，进一步对历代杂传进行了调查、补录，主要集中于唐前和宋辽金元。侯康《补后汉书艺文志》史部杂传类录有40种，姚振宗《后汉艺文志》史部杂传记类录有58种，曾朴《补后汉书艺文志并考》史部杂传类录有47种，顾櫰三《补后汉书艺文志》录有后汉散传和部分类传44种。三国杂传，侯康《补三国艺文志》史部杂传类著录有杂传52种，姚振宗《三国艺文志》史部杂传记类著录有54种。两晋杂传，丁国钧《补晋书艺文志》卷二史录杂传类补录有236种，文廷式《补晋书艺文志》卷二、卷三史部杂传类补录有 224 种，秦荣光《补晋书艺文志》卷二史部传记类补录有 345 种，吴士鉴《补晋书艺文志》卷二史录杂传类中补录有 243 种，黄逢元《补晋书艺文志》卷二史录杂传类补录有 91 种。南北朝杂传，徐崇《补南北史艺文志》史部杂传类卷一《南史》著录有 46 种杂传，除去其中的志怪 10 种，实际共 36 种；卷二《北史》著录有 19 种，除去志怪 3 种，实际共 16 种，合《南史》《北史》杂传共 54 种。另外，聂崇岐《补宋书艺文志》史部补录刘宋一代杂传 22 种（其中包括志怪 7 种），陈述《补南齐书艺文志》卷二史部补录萧齐一代杂传 8 种，张鹏一《隋书经籍志补》卷二史部补录杂传 11 种（基本为南北朝时期杂传）。宋辽金元杂传，倪粲《宋史艺文志补》补录"七家三十一卷"，缪荃孙《辽艺文志》史部传记类补录三部，王仁俊《辽史艺文志补正》史部传记类补录三部，黄任恒《补辽史艺文志》史部传记类补录二部，钱大昕《补元史艺文志》史部传记类补录 41 种。倪粲《补辽金元艺文志》史部传记类补录"三十一家一百四十五卷"，金门诏《补三史艺文志》史部传记类补录 15 种。这些补经籍志或补艺文志，由章、姚二人对唐前杂传的调查、考订，拓展到对中国历代杂传的调查、清理和确认，因而，综合各家，基本弄清了中国历代杂传创作的数量等基本情况，也对历朝各代杂传的存佚、流传、引录、收录等做了简单清理。这些补经籍志、补艺文志，再加上历代史志书目著录，构成了中国古代杂传数量等的初步、粗略信息。

自章宗源开始，到清末从姚振宗到侯康等诸家历代艺文志补，对历代杂传著录、存佚等的考订，是传统学术研究视阈下杂传研究的重要成就，为现代学术视阈下的杂传研究奠定了基础。清末以来，西风渐炽，姚振宗等继章宗源之后的杂传研究工作，是传统学术视阈下杂传研究的终结，呈现出一种总结性的集成性研究态势，而其间也隐然萌动着新的研究取向，比如大规模系统性研究目标的设定、多角度观照方式以及融通的学术态度等，已然显露出承前启后的学术面相。

（二）现代学术视阈下杂传研究的起步

在杂传辑佚、校勘方面，明代的《汉魏丛书》《广汉魏丛书》《说郛》等已有对杂传的零星辑录，清乾嘉以来，如《玉函山房辑佚书》《玉函山房辑佚书续编》等也有对杂传的零星辑佚。此略而不论。顾櫰三《补后汉书艺文志》在考订东汉一代单篇散传的同时，对存有佚文的后汉单篇散传杂传进行了辑录。

在这一阶段，鲁迅和朱东润的杂传辑佚和研究值得注意。

1. 鲁迅的中国古代杂传辑佚

鲁迅先生在考察中国古代典籍以及浙江绍兴地方古代文献中，辑录了部分古代杂传，包括单部的张隐《文士传》和包括在《会稽郡故事杂集》中的《会稽先贤传》《会稽典录》《会稽后贤传记》《会稽记》等。鲁迅先生对中国古代散佚杂传的辑录，包括如文本校勘条理、出处标注等体例制度，已不同于传统学术的古籍辑佚，可视为现代学术意义上的古籍整理实践。鲁迅先生的古籍整理成就，杂传只是其中一部分，当然其杂传辑佚实践，为后来科学、规范的杂传辑佚树立了典范。

2. 朱东润的中国古代杂传研究和辑佚

朱东润在传记创作与研究中，对中国古代杂传多有涉及，作为学者和传记作家，朱东润是真正开拓中国现代传记文学领域的第一人。朱东润从20世纪30年代开始投入传记研究，先后完成《中国传叙文学底进展》《传叙文学之前途》《大慈恩寺三藏法师传述论》《传叙文学与人格》等论文，并于1942年完成《八代传叙文学述论》（1942年著，复旦大学出版社2006年正式出版）。这些研究成果，多是传记文学研究领域相关问题的首发之论。

朱东润的《八代传叙文学述论》，是现代学术视阈下系统进行传记文学研究的开山之作，他自言他所说的"传叙文学就是时人称为'传记文学'的文学，但是为求名称确当起见，应该称为传叙文学"[1]。并说："关于中国传叙文学底著述，《隋书·经籍志》收入史部杂传类，这是最古的分类。"其后，他对"传叙文学"名称和流别进行了追溯和阐释，"传人曰传，自叙曰叙"，传叙文学在总体上包括传人之作、自叙之作。细分则有行状，以及和状类似的著作、德行、言行、故事、本事、伪事，画像、家传、阀阅、道家内传、别传以及《文章叙录》一类的作品。在《八代传叙文学述论》中，朱东润首先指出，"传叙文学是文学的一个部门。""传叙文学是文学，然而同时也是史；这是史和文学中间的产物。"[2]在承认传叙文学史学属性的同时，指出并阐释了传叙文学的文学属性。这是对杂传性质认识的十分重要的转变，一改传统学术对杂传史学属性的固有认识和判断，将杂传纳入文学视野进行观照，开启了对杂传文学属性与特征的探讨，具有重要的学术史意义。

从第三章开始，朱东润在书中梳理并考察了八代传叙文学的基本情况，从"传叙文学底蒙昧时期"的《穆天子传》《东方朔传》、刘向《列女传》《列仙传》《列士传》《孝子图》，司马相如自叙、汉武三传、《飞燕外传》，到"传叙文学底产生"的别传、郡书、总传，到"传叙文学底自觉"的"确有作者可指"，如魏文帝《典论自叙》《海内士品录》《列异传》、魏明帝《海内先贤传》、高贵乡公《自叙》、周斐《汝南先贤传》……三部篇幅较长的传叙《献帝传》《曹瞒传》《管辂传》，魏国别传《任嘏别传》、钟会《母张夫人传》，魏代的总传《列异传》《海内先贤传》《先贤行状》《圣贤高士传》，蜀汉传叙《赵云别传》《费祎别传》《蒲元传》《李先生传》，

---

[1] 朱东润. 八代传叙文学述论 [M]. 上海：复旦大学出版社，2006：19.

[2] 朱东润. 八代传叙文学述论 [M]. 上海：复旦大学出版社，2006：1.

吴国诸人别传《虞翻别传》《陆绩别传》《诸葛恪别传》《孟宗别传》等，到"几个传叙家底风格"的郭冲《诸葛亮隐没五事》《吴质别传》、何劭《王弼传》《荀粲传》、夏侯湛三篇《羊秉叙》《夏侯称夏侯荣序》《辛宪英传》、傅玄三篇《自序》《马钧序》《傅暇传》、皇甫谧《自序》《玄晏春秋》《高士传》《逸士传》《列女传》，两晋总传尚可考见者《魏末传》《汉表传》《江表传》，两晋家传《褚氏家传》《江氏家传》、司马彪《序传》、华峤《谱叙》，两晋郡书可考者张方《楚国先贤传》、范瑗《交州名士传》、白褒《鲁国先贤传》、高范《荆州先德传》、陈寿《益部耆旧传》，到"传叙文学勃兴底幻象"列举《隋书·经籍志》杂传类所录，以及霸史类王度《二石传》《二石伪治时事》等，杂史类傅畅《晋诸公赞》，到"南朝文士底动向"的裴伯子《薛常侍家传》《荀氏家传》、裴松之《裴氏家传》、明粲《明氏世录》等、陶潜《孟府君传》、江淹《袁友人传》、萧统《陶渊明传》，总传如郭缘生《武昌先贤传》、刘义庆《徐州先贤传》《江左名士传》、张骘《文士传》以及诸家《孝子传》等，"北方的摹本"的家传《崔氏五门家传》《暨氏家传》《周齐王家传》，郡书崔慰祖《海岱志》、阳休之《幽州古今人物志》刘芳《徐州人地录》等，到"划时代的自叙"的《法显行传》，"《高僧传》的完成"的《高僧传》。

细检朱东润各篇所论涉及"传叙"文学作品，基本都是杂传作品。也就是说，朱东润所论"八代传叙文学"，实际上是汉魏六朝杂传，其八代传叙文学"述论"实际上是汉魏六朝杂传的一次宏观考察，梳理了汉魏六朝时期杂传产生、发展的线索及各阶段的主要作品。是一部汉魏六朝杂传发展史。在此意义上，朱东润的《八代传叙文学述论》是现代学术视阈下第一部汉魏六朝杂传史。

在此书的附录部分，朱东润辑录了汉魏六朝时期的杂传18种，包括附录第一《东方朔别传》、附录第二《钟离意别传》、附录第三《郭林宗别传》、附录第四《赵云别传》、附录第五《邴原别传》、附录第六《孙资别传》、附录第七《曹瞒传》、附录第八钟会《张夫人传》、附录第九何劭《荀粲传》、附录第十何劭《王弼传》、附录第十一夏侯湛《辛宪英传》、附录第十二傅玄《马钧序》、附录第十三郭冲《诸葛亮隐没五事》、附录第十四皇甫谧《庞娥亲传》、附录第十五释法显《法显行传》、附录第十六陶潜《晋故征西大将军长史孟府君传》、附录第十七萧统《陶渊明传》、附录第十八释慧皎《晋庐山释慧远传》。

杂传虽然不是鲁迅和朱东润学术研究的主要方面，但鲁迅和朱东润对中国古代杂传的关注，无疑对学术界有着启发意义，筚路蓝缕，拓开现代学术视阈下中国古代杂传研究这一学术领域。特别是朱东润的传叙文学研究，是"真正现代意义上的中国传记文学研究"，"朱东润先生致力于传记文学的研究、著述和教学，为中国文学界做了一番披荆斩棘的工作"。[1]

三、20世纪后期：中国古代杂传整理研究的渐兴

20世纪50年代开始至20世纪末，学术界很少有人对中国古代杂传进行全面的考辑与研究。大多数工作或是概略论及，或仅就一部杂传或一代杂传或某一方面问题进行论述。

首先，在一些中国传记文学通史和断代史著作中，开始注意并纳入杂传。其中通史如韩兆琦的《中国传记文学史》（河北教育出版社1992年）、陈兰村主编的《中国传记文学发展史》（语文出版社1999年，2012年修订本）、断代史如李祥年的《汉魏六朝传记文学史稿》（复旦大学出版社1995年）、郭丹著《史传文学》（广西师范大学出版社1999年，2014年又以《先

---

[1] 魏雪，全展. 改革开放四十年中国传记文学研究的回顾与反思 [J]. 中州学刊，2018（9）.

秦两汉史传文学史论》在上海古籍出版社再版）等，在叙及各代传记文学时，均有少量篇幅论及各时代的杂传创作。

以晚出中国古代传记文学通史陈兰村主编的《中国传记文学发展史》为例。该书为最新一种中国传记文学通史，囊括了从先秦至现代（余论部分延及当代）的中国传记文学。共分九章，其中第一至第七章为中国古代传记文学发展史，在第一章"先秦传记文学的产生与发展"中，在第四节提到的《晏子春秋》，可视为杂传萌芽。第二章"《史记》的诞生和汉代史传文学的辉煌"，共分六节，在第六节最后第四点"汉代其他的传记文学"中论及两汉杂传刘向《列女传》和《东方朔传》。第三章"魏晋南北朝史传文学价值的下降和杂传的兴起"，章节题目标列杂传，共分四节，以第三节专门讨论"魏晋南北朝杂传的兴起"，涉及"什么是杂传"，"杂传的思想特征"，"杂传的艺术特色"，"散传和别传"，论及20余种魏晋南北朝杂传。第四章"唐代史传文学和碑志传记"，共分六节，其中第二节"《慈恩传》的传记文学价值"、第三节"韩愈、柳宗元传记文的生命力"、第四节"韩、柳以外的唐人散传"、第五节"别开生面的唐代自传"，论及唐代杂传，包括《慈恩传》、韩愈杂传四种、柳宗元杂传八种、韩柳之外三种、自传五种。第五章"宋元传记文学在曲折起伏中的嬗变与演进"，共分五节，其中第二节第三点论及"欧阳修的散传创作"，第四节第一点论及"金代元好问的传记文"，第三点论及"元代的杂传"。第六章"明代市民传记的兴起与传记文学观的新突破"，共分四节，第一节论及"宋濂及明初的传记文"，包括宋濂、高启、方孝孺的杂传创作。第二节、第三节在讨论明代市民传记中涉及杂传。第七章"清代传记文学的精致与停滞"，共分四节，各节均涉及清代的杂传创作。

可以看出，陈兰村主编的《中国传记文学发展史》在梳理中国传记文学发展史的过程中，注意到了历代杂传，且有一定篇幅的讨论。又如李祥年的《汉魏六朝传记文学史稿》，属于断代传记文学史，以汉魏六朝的传记文学为研究对象，在以正史如《史记》《汉书》等中的列传为主要研究对象之外，对汉魏六朝时期的杂传也有概略论述。各种传记通史或断代史将杂传作为古代传记的一类，纳入传记史的宏观体系，对于杂传传记文学身份与地位的确立，有着积极意义。

其次，某部、某代杂传或杂传某一方面的微观研究。少数学者对中国古代杂传进行了零星的阐释和解析。如陈兰村《浅论魏晋六朝杂传的文学价值》（《浙江师范学院学报》1985 年第 2 期）、李祥年的《论魏晋南北朝的时代环境及社会思潮对杂传内容的影响》（《浙江师范大学学报》1986 年第 2 期）、李世萼《我国优秀古典杂传的传奇笔法》（《杭州师范学院学报》1990 年第 3 期）、田延峰的《汉魏六朝时期人物别传综论》（《宝鸡文理学院学报》1995 年第 2 期）等。对某部、某代或杂传的某些方面的微观研究的出现，表明中国古代杂传正逐渐进入研究者视野。

再次，在中国古代杂传整理方面。少数学者开始投入中国古代杂传的辑佚整理工作，如黄惠贤校补习凿齿《校补襄阳耆旧记》（中州古籍出版社 1987 年），朱迎平《第一部文人传记〈文士传〉辑考》（《古籍整理研究学刊》1994 年第 6 期）、李剑国《〈神女传〉〈杜兰香传〉〈曹著传〉考论》（《明清小说研究》1998 年第 4 期）、周勋初辑校《文士传》（载《魏晋南北朝文学论丛》，江苏古籍出版社 1999 年）。同时，一些特殊的专门类传，特别是那些传承有序、完帙流传至今者，也开始有学者关注，陆续被点校出版，如慧皎《高僧传》、道宣《续高僧传》、赞宁《宋高僧传》、义净《大唐西域求法高僧传》等就被收入中华书局的"中国佛教典籍选刊"，点校出版。而如中国书店更是将南朝梁慧皎、唐道宣、宋赞宁、明如惺的《高僧传》合编，以《四朝高僧传》出版。

总之，20 世纪后期的中国古代杂传整理研究，依然是零星和分散的。而无论是整理还是研究，均在微观与较小的领域展开，并有所突破。特别是各种传记通史、断代史将杂传纳入其中，给予杂传一定的地位和篇幅加以讨论，是值得注意的现象和趋势，这表明，中国古代杂传正在逐渐引起学者的关注和重视，走入学术研究视野。

四、新世纪：中国古代杂传整理研究的新进展

新世纪以来，越来越多的学者意识到杂传的学术价值，投入中国古代杂传的整理研究工作。

1. 笔者的中国古代杂传整理研究

进入新世纪，笔者是较早致力于中国古代杂传整理与研究的学者。笔者 1998 年秋考入南开大学文学院，跟随李剑国先生治中国小说史，开始关注并研究中国古代杂传。2002 年，以《杂传与小说：汉魏六朝杂传研究》为题的论文，获得博士学位。该博士论文经修订后，于 2004 年 1 月由辽海出版社出版，2017 年 6 月第二版。《杂传与小说：汉魏六朝杂传研究》在考察汉魏六朝杂传的基础上，梳理汉魏六朝杂传与唐人小说之间的渊源流变关系。自此以后直到现在，笔者始终专注于中国古代杂传这一领域，陆续在各类学术期刊发表有关汉魏六朝杂传整理研究的大量学术论文。这些论文大致分为两类：一是对汉魏六朝杂传进行个案考订、辑佚和作家作品研究的论文，如《皇甫谧考》（《文献》2001 年第 4 期）、《略论皇甫谧杂传的小说品格》（《锦州师范学院学报》2002 年第 2 期）、《〈曹瞒传〉考论：兼论六朝杂传的小说化倾向》（《古籍研究》2002 年第 1 期）、《文士群像的速写：〈文士传〉考论》（《古籍研究》2002 年第 4 期）、《〈东方朔传〉考论》（《鞍山师范学院学报》2003 年第 2 期）、《刘向〈列士传〉辑校》（《文献》2003 年第 2 期）、《刘向杂传创作考论》（《锦州师范学院学报》2003 年第 3 期）、《生命理念的投射：嵇康与〈圣贤高士传赞〉》（《古

籍整理研究学刊》2004 年第 6 期，人大复印资料《中国古代、近代文学研究》2005 年第 4 期全文转载）、《论〈晏子春秋〉的传记文学品格》（《社会科学论坛》2006 年第 1 期）、《习凿齿及其杂传创作考论》（《沈阳师范大学学报》2008 年第 6 期）、《〈名士传〉〈竹林七贤论〉考论》（《淮阴师范学院学报》2009 年第 6 期，《高等学校文科学术文摘》2009 年第 6 期转载）、《魏晋南北朝诸〈孝子传〉考论》（《古籍研究》2013 年第 2 期）、《论汉武三传及其传人策略的典型意义》（《重庆大学学报》2013 年第 5 期）等。

二是对汉魏六朝进行整体宏观考察及杂传与小说关系问题研究的论文，如《论六朝杂传对史传叙事传统的突破与超越》（《辽宁大学学报》2000 年第 6 期）、《六朝杂传与传奇体制》（《武汉大学学报》2001 年第 5 期，人大复印报刊资料《中国古代、近代文学研究》2002 年第 2 期全文转载）、《六朝杂传概论》（《辽宁大学学报》2002 年第 1 期）、《试论汉魏六朝人物传写的小说化倾向》（《沈阳师范大学学报》2003 年第 2 期）、《略论杂传之渊源及其流变》（《辽宁大学学报》2003 年第 4 期）、《论六朝杂传叙事建构的小说化倾向》（《古籍研究》2003 年第 2 期）、《从汉魏六朝杂传到唐人传奇》（《社会科学辑刊》2005 年第 5 期）、《虚构与汉魏六朝杂传的小说化》（《辽宁大学学报》2006 年第 4 期）、《略论唐人小说之史才、诗笔与议论》（《沈阳师范大学学报》2007 年第 6 期）、《汉魏六朝杂传兴盛的人文观照及其品格检视》（《辽宁大学学报》2009 年第 3 期）《论〈燕丹子〉与汉魏六朝杂传的叙事策略》（《华中师范大学学报》2013 年第 2 期）等。在微观与宏观考察相结合的基础上，笔者进一步总结汉魏六朝杂传的整理和研究成果，先后完成博士学位论文《杂传与小说：汉魏六朝杂传研究》（2002 年南开大学博士学位论文），专著《杂传与小说：汉魏六朝杂传研究》（博士论文修订而成，辽海出版社 2004 年初版，2017 年第二版）、《汉魏六朝杂传研究》（中华书局 2014 年）、《汉魏六朝杂传集》（全四册）（中华书局 2017 年）等。

2. 学术界开始关注并投入对中国古代杂传的整理研究

新世纪以来，笔者之外，已有越来越多的学者开始关注中国古代杂传，并尝试从不同角度、不同层面进行探讨和研究。如张新科的《三国志所引杂传述略》（《陕西师范大学学报》2003年第5期）一文考察了《三国志》裴松之注所引杂传，认为从形式上看，这些杂传与史传不同，它们脱离史书独立存在，标志着魏晋时期古典传记文学进入了一个新的发展阶段；从艺术渊源看，它们继承了以《史记》为代表的史传传统，但又有发展，具有传奇色彩和感情色彩。它们既补充了《三国志》的不足，又使历史人物个性化，因而有较高的史学、文学价值。李建东《叙事文学的先声——论"野史杂传"向小说之过渡》（《学术论坛》2003年第1期）一文认为东汉魏晋时期的"野史杂传"，不仅起到在史传向小说发展过程中的中介作用，而且是整个中国小说发展史的直接滥觞。卞东波《六朝"高士"类杂传考论》（《古典文献研究》辑刊2004年）对六朝以高士命名的类传如皇甫谧的《高士传》等的作者、流传及其内容和撰作目的等进行了考察。刘湘兰的《两晋史官制度与杂传的兴盛》（《史学史研究》2005年第2期）一文认为两晋"著作郎始到职，必撰名臣传一人"的史官制度，为寒微士人凭借文史著述之才进入仕途打开了一个门径，激发了寒士们对人物别传的创作热情，由此导致了两晋杂传的大量涌现。仇鹿鸣的《略谈魏晋的杂传》（《史学史研究》2006年第1期）一文则主要通过分析郡书、家传、别传三种类型的杂传，探讨了杂传与当时的社会风气，尤其是士族文化之间的关系。朱静的《魏晋别传繁兴原因探析》（《盐城师范学院学报》2006年第2期）一文认为，别传之所以在魏晋时期创作如此繁盛，史官文化传统、九品中正的选官制度等是其主要的原因。杨子龙的《浅谈魏晋南北朝时期杂传之别传》（《四川教育学院学报》2009年第3期）一文从别传的内容题材出发，探讨别传这一体式能在魏晋时期兴盛的原因，并提出别传对于研究魏晋文学历史的一些作用。陈庆的《小议汉魏六朝人物别传》(《四川理工学院学报》2008 年 第 2 期)对"别传"概念进行了辨析,探讨了汉魏六朝时期的人物别传,并提出了该时期"别传类传记"的史学范畴。另外,赵华的《略论别传与史传之异同》(《黑河学刊》2003 年 第 6 期)一文对别传与史传作了界定,王焕然的《试论汉末的名士别传》(《沈阳师范大学学报》2004 年 第 2 期)则主要讨论了汉末的名士别传,陈东林的《刘向〈列女传〉的体例创新与编撰特色》(《明清小说研究》2006 年第 2 期)与李亮的《鲁迅与会稽郡故书杂集》(《鲁迅研究月刊》2006 年第 1 期)则是在其他问题的讨论中涉及了汉魏六朝杂传。另外,朱迎平《唐宋传体文流变略论》(《学术研究》2010 年第 5 期)、尹福佺《中古杂传对〈三国志演义〉建构与禁锢》(《兰台世界》2011 年第 13 期)、聂付生《杂史、杂传叙事对朝鲜汉文叙事文的影响》(《中国文学研究(辑刊)》2011 年第 1 期)、王勇《论魏晋"杂传"的小说化》(《重庆广播电视大学学报》2012 年第 2 期)、王勇《经、史分途与魏晋杂传的文体生成》(《成都理工大学学报》2012 年第 4 期)、娄欣星《论古代假传的文体特点》(《浙江师范大学学报》2014 年第 1 期)、裴媛媛《六朝杂传与文学——以〈曹瞒传〉为例》(《江西教育学院学报》2014 年第 1 期)、金仁义《门阀士族与东晋南朝杂传和谱系撰述的发展》(《史学史研究》2014 年第 3 期)、王勇《论魏晋杂传叙事的基本特征》(《文艺评论》2015 第 2 期)、刘银清《汉魏晋杂传的转变与融合》(《内蒙古大学学报》2015 年第 6 期)、袁启桢《论〈列女传〉对传文体式(例)的新创造及目录学意义》(《唐山师范学院学报》2019 年第 1 期)、蔡丹君《六朝杂史、杂传与咏史诗学的发展——从阳休之〈陶渊明集〉所收〈集圣贤群辅录〉说起》(《北京大学学报》2019 第 2 期)等论文,涉及杂传文体、叙事及其他特征以及与杂史、小说、诗歌等方面,也足见中国古代杂传研究的进一步深入。中国古代杂传的辑佚整理也时或有见,如陈庆元《黄璞〈闽川名士传〉辑考》(《文献》2003 年第 2 期),就对唐代福建地方性杂传《闽川名士传》进行了辑校、考证。使《闽川名士传》有了比较可靠的辑本，同时，对作者黄璞等其人的生平行事，也做了简略考证。张亚军《〈世说新语〉注引袁宏〈名士传〉考略》（《古籍整理研究学刊》2010 年第 3 期）考证了《世说新语》中的《名士传》佚文情况。此外，聂付生《杂史、杂传叙事对朝鲜汉文叙事文的影响》（《中国文学研究（辑刊）》2011 年第 1 期），则注意到杂史、杂传对中国周边国家叙事文的影响。

在新世纪的中国古代杂传整理研究中，浙江师范大学俞樟华教授的研究成就值得注意。俞樟华教授在 20 世纪后期主要从事《史记》研究，独著或与人合著多部《史记》研究论著，包括俞樟华等著《清代的史记研究》（黑龙江人民出版社 2016 年）、张新科、俞樟华《史记研究史略》（三秦出版社 1990 年）、安平秋、张大可、俞樟华《史记教程》（华文出版社 2002 年）、张大可、俞樟华、梁建邦编《史记论著提要与论文索引》（商务印书馆 2015 年）等。进入新世纪，俞樟华教授独著或与人合著，先后完成多部中国古代传记研究专著，包括：俞樟华《古代传记理论研究》（黑龙江人民出版社 2000 年），俞樟华、许菁频《古代杂传研究》（吉林文史出版社 2005 年），俞樟华、邱江宁《清代传记研究》（上海三联书店 2013 年），俞樟华等《古代传记真实论》（中国文史出版社 2013 年），俞樟华、林尔等《宋代传记研究》（黑龙江人民出版社 2015 年），俞樟华、娄欣星《古代假传和类传研究》（黑龙江人民出版社 2015 年），俞樟华等《中国现代传记文学编年史》（浙江大学出版社 2020 年）等。其中如《古代杂传研究》《清代传记研究》《宋代传记研究》《古代假传和类传研究》等，是俞樟华教授指导的硕士研究生的毕业论文修订合编，在考察中国古代传记文学时，较为广泛地涉及了中国古代杂传的某些方面，或是某一杂传作家的创作考察，或是某一较短历史阶段杂传创作的整体考察。专著之外，俞樟华独自或与其研究生共同发表历代各类杂传研究的论文多篇，如俞樟华、娄欣星《论古代女性类传》（《荆楚理工学院学报》2012 年第 3 期等。俞樟华教授是新世纪以来较多投入中国古代杂传研究为数不多的学者之一。

另外，邱江宁、唐云芝的专著《元代中期馆阁文人传记研究》（中国社会科学出版社 2019 年）以及邱江宁、林乾浩《论元代馆阁文人传记的写作维度》（《西北民族大学学报》2020 年第 1 期）等论文，考察元代中期馆阁文人传记，涉及这一时期的杂传，也属于近年中国古代杂传研究的新成果。

3. 硕士、博士学位论文开始聚焦中国古代杂传

新世纪以来，一些硕士、博士论文，也开始以杂传为研究对象，在较为广泛的层面，考察中国古代杂传。其中硕士学位论文有：方梅《〈高僧传〉艺术论》（浙江师范大学 2003 年硕士学位论文）、朱静《魏晋别传研究》（南京师范大学 2004 年硕士学位论文）、赵蕾《〈文士传〉研究》（河南大学 2004 年硕士学位论文）、丁红旗《皇甫谧〈高士传〉研究》（河南大学 2005 年硕士学位论文）、《广陵已绝响，犹存高士魂 ——嵇康〈圣贤高士传〉研究》（山东大学 2007 年硕士学位论文）、尹雨晴《刘向〈列女传〉研究》（河北师范大学 2009 年硕士学位论文）、薛雅芬《汉魏六朝人物传记研究》（西北大学 2011 年硕士学位论文）、王玉楼《汉魏六朝孝子传研究》（暨南大学 2011 年硕士学位论文）、谷文彬《嵇康〈圣贤高士传赞〉研究》（广西师范大学 2012 硕士学位论文）、唐蓉《两汉杂史杂传类志怪小说研究》（中南大学 2013 年硕士学位论文）、王勇《魏晋南北朝杂传考论》（安徽大学 2013 年硕士学位论文）、娄欣星《论古代杂传中的类传》（浙江师范大学 2013 年硕士学位论文、蔡婉娥《王绩〈会心高士传〉人物研究》（福建师范大学 2014 年硕士学位论文）、肖婉《魏晋南北朝高士传记研究》（湖南师范大学 2014 年硕士学位论文）、孙小娴《邵廷采传体文研究》（兰州大学 2014 年硕士学位论文）、张旭《志怪与汉魏六朝史学研究 ——以杂传为主要研究对象》（西北大学 2014 年硕士学位论文）、辛志峰《三国杂

传研究》（山东师范大学 2015 年硕士学位论文）、马梦莹《道教仙传文献目录分类研究》（陕西师范大学 2016 年硕士学位论文）、褚桂燕《清代女性类传研究》（陕西师范大学 2017 年硕士学位论文）、湛玉霞《皇甫谧〈高士传〉研究》（重庆大学 2017 年硕士学位论文）、黄姣雪《宋代杂传文体研究》（湖北大学 2018 年硕士学位论文）、徐黛君《晚明杂传体隐逸类传编纂研究》（浙江师范大学 2018 年硕士学位论文）、隋严《汉魏六朝杂传中的女性伦理建构研究》（辽宁师范大学 2019 年硕士学位论文）、罗佩轩《魏晋先贤传研究》（西北师范大学 2019 年硕士学位论文）、杨瑞楠《〈列仙传〉研究》（西南大学 2019 年硕士学位论文）、刘友丰《晋代杂传研究》（山东师范大学 2020 年硕士学位论文）。博士学位论文有：李兴宁《魏晋时期别传研究》（台湾高雄师范大学 2003 年博士学位）、武丽霞《唐代杂传研究》（四川大学 2004 年博士学位论文）、刘湘兰《六朝史传、杂传与小说叙事比较研究》（南京大学 2005 年博士学位论文）、史素昭《唐代传记文学研究》（暨南大学 2009 年博士学位论文）、史卉《魏晋南北朝杂传研究》（山东大学 2011 年博士学位论文）、裴媛媛《汉末六朝杂传提要》（曲阜师范大学 2012 年博士学位论文）、孙文起《宋代传记研究》（南京大学 2017 年博士学位论文）。硕、博论文以中国古代杂传为研究对象，表明学术界已逐渐意识到中国古代杂传的重要学术价值，并尝试进行探析。

需要提到的是，在中国古代杂传作品中，一些特殊的作品意外受到特别关注，比如刘向的《列女传》，在各个不同角度上受到广泛关注，各类研究论文、著作比较多，此不单列。类似者如慧皎《高僧传》等亦如此。此类可归入单部作品研究的范围内，属于特殊现象，特此说明。

总之，新世纪以来，中国古代杂传开始引起学术界有识之士的关注，并相继展开了相关研究和杂传文本的辑佚校勘工作，在更广泛的层面，取得了一定成绩。

为推动中国古代杂传研究的深入开展，迫切需要对中国古代杂传及其基本文献（包括文本及相关文献资料）进行一次全面、系统的普查、整理和研究，以推动中国古代杂传研究及传记文学研究乃至中国文学与史学研究相关领域的可持续发展。

五、百年来中国古代杂传整理研究的进展、不足与挑战

现代学术视阈下中国古代杂传的整理研究，真正开始于 20 世纪 20 年代鲁迅与朱东润，自此迄今，正好百年历程。纵观百年来中国古代杂传的整理研究，无论是杂传整理研究的实践层面，还是杂传整理研究的理论层面，都取得了令人瞩目的进展。

（一）百年中国古代杂传整理研究进展

在实践层面：

首先，历代杂传的调查、清理。从章宗源、姚振宗，到清末民国各家补艺文志对中国古代杂传的调查和补录，再到 20 世纪后期开始逐渐走向系统化的杂传研究，对中国古代杂传的调查、清理，逐渐走向深入。历代杂传的创作、存佚、版本、流传以及数量等基本历史生态，得到较为细致的考查，基本摸清了历代杂传的基本情况。

其次，历代杂传的辑录、校勘。从鲁迅在清理乡帮文献时辑录、校勘涉及部分杂传，到朱东润有意识地专门辑录，到 20 世纪后期开始，从零星、分散、到专门、大规模的辑录、校勘一代或历代杂传，杂传整理取得巨大成就。

再次，杂传研究逐渐成为重要文学研究的重要领域。杂传从百年前的少有人问津，研究者寥落、研究成果稀少，到新世纪以来，大量硕、博论文以杂传研究作为选题，杂传研究逐渐引起学术界的关注，并成为重要的

学术研究增长点。

在理论层面：

首先，承认杂传是史学属性的同时，逐渐承认杂传的文学属性。从而在关注杂传史料价值之外，开始关注并探析杂传的文学价值。自朱东润先生提出"传叙文学是史"，"传叙文学也是文学"的判断后，杂传作为朱东润先生所谓"传叙"文学的主要部分，逐渐被纳入文学研究视野，其文学属性不断被揭示和阐发，越来越清晰、系统。

其次，将杂传纳入中国传记文学史和文学史的宏观体系和视野，将其作为中国传记文学和文学史的重要部分，进行考查和研究。虽然这种观照较为粗略，但毕竟给予了杂传在传记文学史与文学史中相应的地位和关注。

再次，杂传概念、范畴等基本问题得到探讨，杂传与史学领域的杂史、故事、旧事等，与文学领域的小说、诗歌、散文等的关系得到梳理、探析，杂传自身的独特性得到揭示，逐渐明晰，作为独立文类的地位得以确立。

最后，部分历史时期和部分重要类别的杂传研究，取得重要进展。中国古代杂传的发展涵盖整个中国古代时期，类别多样。研究者大多选取一个历史时段或者某一类杂传进行深入研究，比如汉魏六朝时期，比如散传、类传、假传等等，得到了充分深入的研究。

纵观百年中国古代杂传整理研究史，对中国古代杂传的认识逐渐深入，中国古代杂传领域的基本问题逐渐清晰，特别是以下问题：

1. 中国古代杂传作品数量巨大，相关文献资料遗存丰富，但散佚严重，迫切需要加以整理保护。

2. 中国古代杂传创作源远流长，贯穿整个中国古代文学、史学发展历史，是文学与史学特别是文学学科的重要构成部分，但其文学属性与身份长期被忽视和遮蔽。

3. 中国古代杂传文体独立，有着线索清晰、传承有序的发展历史，且在历史的发展过程中，自成体系，特征鲜明，形成了系统、完善的基本范畴和清晰、自洽的内在逻辑。

4. 中国古代杂传具有兼文兼史的属性和身份，在其历史发展过程中，史传化之外，文章化倾向显著，是构成其历史发展、嬗变的重要方面。

5. 中国古代杂传的发展历史，既有表现出典型的连续性，又表现出鲜明的阶段性。

6. 中国古代杂传与文学领域中小说、散文、诗歌等关系密切，且相互影响，有着广泛的交流、对话和互动。

7. 中国古代杂传与史学领域中史传、杂史、故事等关系密切，且相互影响，有着广泛的交流、对话和互动。

8. 中国古代杂传作为正史列传以外的历史人物传记，是正史列传以外人物传记的重要文献资料，特别是在历史人物、历史事件等研究方面，史料价值独特，可以作为正史等主要史书人物史料的补充或与其他史籍相互参证。

9. 中国古代杂人物传录生活化的为传方式，使得杂传中保存了当时大量的地方民俗风情、特定时代的人文习尚，有着丰富的一时一地的民俗、民风资料遗存，在古代社会生活史及民间民俗、民风研究中，具有标本意义。

（二）百年中国古代杂传整理研究的不足

百年来，中国古代杂传研究取得了巨大进展，但也有显著不足，主要体现在以下几方面：

1. 中国古代杂传体系化理论建构的缺失。传记文学自纳入文学研究视野，理论建构尝试一直没有停止，朱东润的《八代传叙文学述论》，韩兆琦的《中国传记文学史》、陈兰村的《中国传记文学发展史》以及朱文华的《传记通论》、李祥年的《传记文学概论》、俞樟华的《中国传记文学理论研究》《古代传记真实论》、张新科的《中国古典传记文学的生命价值》等等，均在建构中国传记文学理论体系上作出了有益尝试，虽然或多或少涉及中国古代杂传，然而，大多未对杂传相关理论问题进行深入探讨，建构体系化的中国古代杂传理论体系，也大多缺乏对杂传整理研究方法的理论总结。而汪荣祖《史传通说——中西史学之比较》等著述，虽站在中西比较的宏大视阈下考查中国史传，而对杂传的理论探讨以及方法论，也是缺失的。总之，百年中国古代杂传整理研究，体系化的理论建构与方法论总结是缺位的。

2. 中国古代杂传史研究与书写的缺失。如前所述，百年来，虽有如朱东润《八代传叙文学述论》、李祥年《汉魏六朝传记文学史稿》、韩兆琦《中国传记文学史》、陈兰村《中国传记文学发展史》等传记文学史等，杂传虽是被纳入其中，但独立且体系化的中国古代杂传史，却始终缺失。而如熊明《汉魏六朝杂传研究》、俞樟华《古代杂传研究》《清代传记研究》《宋代传记研究》等，也只是某一历史时期的杂传研究或某一历史时期中部分杂传的专题研究。完整而体系化的中国古代杂传史书写仍然缺失。

3. 国外中国古代杂传整理研究的缺失。国外中国古代杂传研究的长期缺失，是不争的事实。相较于国内，在国外，几乎没有学者真正投入中国古代杂传研究。只有极个别学者涉足此领域，也主要是在进行其他研究时附带涉及。巡检外国的中国古代杂传研究，目前只有少数日本学者略及。京都大学的川合康三教授先后完成《隋书经籍志详考》（合著，汲古书院1995年）、《中国的自传文学》（蔡毅译，中央编译出版社1999年）等学术著作，涉及中国古代的杂传。《隋书经籍志详考》对史部杂传的考索，也有一些新的发现和新的见解。《中国的自传文学》涉及中国古代杂传中的自叙（序）传，角度新颖，颇有启发意义。在中国古代杂传的辑佚方面，如日本学者古田敬一，也曾辑录有《文士传辑本》。总之，与国内相比，国外的中国古代杂传研究更加冷落。日本的小林升于《魏晋时代的传记与史官》（《早稻田大学大学院文学研究资料纪要》第十九辑，1974年）一文中，在梳理魏晋传记的发生发展与史官之间关系时，也涉及魏晋的杂传创作。

另外，卞东波在考查东亚中国文学影响与传播过程中，注意到中国古代杂传曾影响韩国和日本的传记特别是假传的写作，对日本传记写作影响，他提到其在哈佛大学哈佛燕京图书馆中发现了一部日本汉文假传集《器械拟仙传》的写本，传书首有"天明壬寅春三月鼎湖南知稠"之序，"天明壬寅"即天明二年（1782），即此传成书于江户时代中期。卞东波认为，此《器械拟仙传》模仿中国古代杂传中的"假传"一类，并对其进行了深入的论析。古代朝鲜半岛也受中国古代杂传中假传影响，出现了数量众多的假传，许多研究者已注意到这一问题。[1]

（三）中国古代杂传整理研究的挑战与机遇

中国古代杂传，文体独立，自成体系，自先秦至清代道光二十年（1840），历史发展线索清晰，传承有序、作品众多，特征鲜明，价值独特，但散佚严重。自现代学术兴起以来，鲁迅、朱东润等一大批学者和年轻的硕士、博士研究生先后涉足杂传整理研究领域，陆续出版、发表了一些有创见、有突破的中国古代杂传整理研究专著和论文，在推动中国古代杂传整理研究、扩大中国古代杂传影响方面，作出了积极的努力并有所成就。但毫无疑问，相对于丰富的杂传文献遗存和多方面的独特价值，投入中国古代杂传整理研究的力量和资源依然严重不足，成果零星分散，对中国古代杂传全面、系统的整理研究严重落后。在以下诸方面，亟须开拓。

1. 全面、系统进行中国古代杂传的调查、整理。中国古代杂传，自先秦孕育萌芽到两汉兴起并走向繁荣至于清代，在漫长的历史发展过程中，产生了数量巨大的、类型多样的丰富作品。然而历代产生的这些杂传作品，由于各种原因，保存分散，一部分著录于史部杂传类或传记类，一部分系

---

[1] 卞东波.戏拟之间：日本汉文假传集《器械拟仙传》的叙事张力[J].文艺理论研究，2021（1）.

于作者文集，还有大量的则散落各处。同时，与杂传的属性、身份、地位相关，在流传中大量散佚，其佚文在古籍旧典中则多见称引。然而，中国古代杂传的散佚危机，并没有引起学术界的重视。为防止中国古代杂传的继续散佚，更好地保存、利用中国古代杂传，迫切需要对中国古代杂传进行抢救性调查、清理、辑佚、校勘，汇编成集，建立中国古代杂传资料库。

2. 全面、系统地进行中国古代杂传的考察、研究。杂传作为正史列传以外最为重要的人物传记类型，经过先秦以降的长期孕育，至刘向作《列女传》诸传，创立杂传文体，杂传正式登上历史舞台。杂传在诸多方面表现出自己的鲜明个性特征，并在长期的历史发展过程中，形成了不同于正史列传的独特品格，成为一种特殊的传记类型。清代学者章学诚提到杂传对传记文学的影响："史学衰，而传记多杂出。"[1]然而，无论是史学领域还是文学领域，都还没有对中国古代杂传及其历史发展进行系统的理论总结阐释。因此，对中国古代杂传的基本范畴包括概念内涵、构成要素、发生原理、主体构成、时空边界、性质特征、主要标志等进行提炼、界定和阐释，并在此基础上，梳理和总结中国古代杂传的历史发展与嬗变过程及其规律，实现对中国古代杂从微观到宏观全面、系统的考察和研究，建构中国古代杂传历史发展模型和理论体系，具有充分的必要性。

3. 中国古代杂传的文学价值的揭示和利用。中国古代杂传自《隋书·经籍志》开始，就被著录于史部，杂传也当然地被认为具有史学属性与身份。然而，中国古代杂传自其萌芽产生开始，文学性始终也是其重要属性。先秦时期处于萌芽阶段的杂传性作品《穆天子传》《燕丹子》等，其间丰富的想象力让人惊叹，文学性显而易见。汉魏六朝时期大量出现的杂传，小

---

[1]　章学诚撰，叶瑛校注．文史通义校注：卷四·黠陋[M]．北京：中华书局，1985：429.

说化倾向明显，成为唐人传奇小说的渊源之一，文学性不可否认。自唐以降，随着大量文人特别是著名文人加入杂传作者队伍，杂传的文章化成为杂传的显著特征和重要趋势。但长期以来，由于杂传在史志书目中著录于史部，人们对其史学属性与身份认识的固化，杂传的文学属性与身份没有得到应有的揭示和阐释，其丰富的文学价值也没有得到客观、公正的梳理、总结和利用。通过对中国古代杂传全面、系统的整理研究，将有助于对其文学性的总结和阐释，也将有助于对其文学价值的揭示和利用，修正对中国古代杂传的偏颇认识。

4. 中国古代杂传史料价值的发掘和利用。杂传为史部一类，在历史人物、历史事件等方面，史料价值独特。杂传所载文献多为"史不及书"者，保留了大量正史以外的史料，可以作为正史等主要史书的补充，或与其他史籍相互参证。即所谓"质正疑谬，补缉阙疑"[1]。明代焦竑在《国史经籍志》传记类序中就说："至于流风遗迹，故老所传，史不及书，则传记兴焉。……然或具一时之所得，或发史官之所讳，旁掺互证，未必无一得焉，列之于篇以广异闻。"[2]比如《三国志》裴松之注、《世说新语》刘孝标注等，就引用了大量杂传，作为相关人物史料的补充。唐初修《晋书》，在为许多人物立传时，都大量采用了当时的杂传。比如《晋书·嵇康传》，参考并摭取了魏晋间的嵇康多种杂传，如佚名的《嵇康别传》、嵇喜的《嵇康传》、孙绰《嵇中散传》。然而，中国古代杂传独特的史料价值，并没得到充分的发掘和利用。通过对中国古代杂传全面、系统的整理研究，将有助于对其史料价值的发掘和利用。

5. 中国古代杂传传统文化价值的发现和利用。杂传的"非正史"的野史身份，使其不再拘泥于正史选择人物、事件必须重大的要求，史的责任

---

[1]　《宋三朝艺文志》杂史类序。马端临. 文献通考·经籍考·杂史各门总杂史类序引[M].上海：华东师范大学出版社，1985：535.

[2]　焦竑撰：《国史经籍志·卷三·杂传类序》，《续修四库全书》本。

意识也已明显淡化。就人物的去取而言，往往是"史笔之所不及者"者[1]，故并不十分在意人物其恶是否可以戒世，其善是否可以示后。不仅选择标准有了很大不同，而且对人物的关注，也主要不是其历史事实了，而是人物自身。程千帆言："史传之作，乃以史实整体为对象，故以传传人，亦着眼史实所关，而定其去取。若《史记·留侯世家》谓留侯'所与上从容言天下事甚众，非天下所以存亡，故不著'，是其义也。而杂传之作，则专以传主一人为对象，虽所取资亦有存汰，然要与史传标准有异。"[2] 也就是说，如果说正统史传对人物的定位是历史化的，那么，杂传对人物的定位则可以说是趋向于生活化了。生活化的为传方式，使得杂传中保存了当时大量的地方民俗风情、特定时代的人文习尚，有着大量的一时一地的民俗、民风资料遗存，值得挖掘、利用。特别是在当下提倡传统文化、复兴传统文化的时代背景下，杂传资料中的这些民俗、民风资料，是极为鲜活的历史存在。故在挖掘、利用传统民间、民俗文化方面，丰富的中国古代杂传是重要的资源库。然而，这一方面的价值，也因中国古代杂传整理研究的长期缺失，而没有发挥应有的作用。对中国古代杂传全面、系统的整理研究，将有助于其中所蕴藏的丰富的传统文化价值的发现和利用。

另外，杂传兼文兼史的特殊身份，不仅与同属于史部的杂史、故事有着千丝万缕的联系，也与属于子部的杂家、小说甚至集部的散文、诗歌等有着广泛而密切的关系。元初马端临《文献通考》卷一九五《经籍考》杂史类引郑樵语曰："古今编书，所不能分者五：一曰传记，二曰杂家，三曰小说，四曰杂史，五曰故事。凡此五类书，足相紊乱。"马端临自己也指出："盖有实故事而以为杂史者，实杂史而以为小说者。"也就是说，中国

---

[1]　《宋三朝艺文志》杂史类序。马端临. 文献通考·经籍考·杂史各门总杂史类序引 [M]. 上海：华东师范大学出版社，1985：537.

[2]　程千帆. 闲堂文薮·第二辑·汉魏六朝文学散论·之二·史传文学与传记之发展[M]. 济南：齐鲁书社，1984：162.

古代杂传与其他文学和史学类别有着深刻而广泛的联系，就文学而言，杂传与小说、杂传与散文其他类别、杂传与诗歌有着广泛的交流和对话，比如杂传与小说，明人陈言就说："正史之流而为杂史也，杂史之流而为类书、为小说、为家传也。"《宋两朝艺文志》云："传记之作……而通之于小说。"然而，在中国古代文学研究中，无论是小说研究、还是散文、诗歌研究，却极少注意杂传与小说、杂传与散文其他类别、杂传与诗歌之间的联系，并对他们之间的交流和对话进行梳理和探究。因此，通过对中国古代杂传的全面、系统整理和研究，可以为相关学科领域的研究提供充分、全面的文献和学理支持，推进相关研究的发展和深入。

总之，中国古代杂传是一个广阔且蕴藏丰富的学术宝库，亟待开拓深耕。

现代作家自传的历史探源

——兼谈中国传记写作的现代转型

文 / 张立群

张立群，山东大学人文社会科学青岛研究院教授、辽宁大学兼职教授，博士生导师，主要从事中国现当代文学研究。

摘要：现代作家自传是中国现代传记的重要组成部分，在现代传记诞生期占有重要的地位。现代作家自传诞生期与初期发展紧密相连，晚于现代文学的发生，使其深受现代文学思想文化资源的影响并有相应的特殊性。"人的文学"、名家的倡导与现代作家的身份和技法、外来文化资源的影响、现代出版业的繁荣以及读者因素，都是现代作家自传出现不久就走向高峰、诞生一大批代表性作品的重要原因。对比同时期其他类型的传记，现代作家自传的诞生与初期发展不仅实现了中国传记写作的现代转型，而且还以其实绩推动了中国现代传记的发展。探源现代作家自传的生成方式、呈现其发展轨迹和问题，对于现代传记和现代文学的研究与阐释都具有重要的意义和价值。

关键词：现代作家自传、中国传记写作、诞生、初期发展、现代转型

现代作家自传是中国现代传记初期阶段最成熟同时也是最具影响力的写作形态，在现代传记发展史上占有重要的地位。作为一个渐进的历史过程，现代作家自传的诞生与初期发展相连，不仅实现了中国传记写作的现代转型、推进了中国现代传记的发展，而且还以多部名篇的实绩为中国现代传记和中国现代文学的研究提供了重要的文献。不过，从此后的历史来看，现代作家自传诞生的意义和价值在很长时间内并未得到充分的重视。究其原因，除了包括作家自传在内的现代传记迟迟没有像现代小说、诗歌、散文、戏剧那样在文体上获得独立的认可外，现代传记研究本身长期少人问津也是一个重要的方面。现代作家自传在认知层面上存有的"空白"，不仅掩盖了自身丰富的内涵，而且也简约了其与现代传记和现代文学史之间的复杂关系。有鉴于此，本文以"现代作家自传的历史探源"为题，通过全面探究现代作家自传诞生及其初期发展的内在原因，丰富其认知空间、拓展其认知领域。

一

如果仅从字面上理解，现代作家自传的内涵似乎无须作过多的说明："现代作家自传"就传主身份来说是作家的传记，就写作时间来说是现代的传记，决定其可以归入到现代文学的范畴。然而，一旦我们进入现代作家自传的历史，则会发现其在具体展开时还有如下三点需要说明：第一，"现代作家"和"自传"的"结合"已在客观上决定了现代作家自传的诞生，在

时间上要晚于现代文学的历史。第二，现代作家身份的确认又决定其接受了现代文学诞生期的全部资源。这些资源相互作用、共同促进了现代作家自传的诞生与发展。第三，"探源"现代作家自传决定我们要聚焦于20世纪20、30年代现代作家自传的创作，此时的"现代作家自传"，是一个具有特定指向的阶段或曰范围。

无论"自传"在具体界定时有多少不同的观点、展开时有多少具体的形态，"本人自叙自己的生平"即传记的写作者和传记的主人公是同一个人，都是理解"自传"的基本义。与他者所著传记不同的是，自传中写作者与传主之间的"同步关系"，客观上决定自传是一次未完的讲述。正因为如此，现代社会阶段诞生的各式人物自传在"生不立传"以及儒家文化的传统观念面前，才会显示出特有的"反叛性"和"突破性"。显然，标准意义上的现代作家自传的诞生，需要一种观念的转变。在这一点上，现代文学诞生过程中具有思想革命意义的"人的发现"及"人的文学"，同样适用于现代作家自传和现代传记本身。

在新文化运动浪潮推动下诞生的现代作家自传，离不开"人的发现""个性的解放"以及"人的价值"等思想观念的确认。当然，现代作家自传由于文体的原因，其在表现"人的发现"的过程中，一直有着相应的特殊性。这一点，一旦深入现代作家自传的具体写作和诞生史，便会十分明显。其一，现代作家自传在表现"人的发现"和"人的价值"时，一直是以"个体的发现"和"个体的价值"为出发点的，这使其在具体展开时必然强调自我表现、自我张扬并隐含着一种强烈的自我认同。其二，现代作家自传在突破中国古代传记写作模式的过程中，由于生产和接受的原因，客观上要求写作者即传主是一个事业有成的人。"我们赤裸裸地叙述我们少年时代的琐碎生活，为的是希望社会上做过一番事业的人也会赤裸裸地记载他们的生活"[1]，胡适在《四十自述》"自序"结尾处提出的希望，恰恰道出了现代作家自传在主人公选择和诞生过程中的"秘密"。其三，是诞生了以女作家为传主的，具有鲜明反封建和"反传统"意义的崭新的自传作品。

现代作家自传虽受到五四新文化运动的影响，但就其实际发展的情况来看却并非与现代文学同步，现代作家自传整体上晚于现代文学，一方面取决于自传者的成名史、知名度以及对自己的认可程度，一方面又取决于"何谓自传""怎样书写"的理解以及现代传记的总体发展水平。结合具体的文本实践和成书的时间，最早的现代作家自传可从 20 世纪 20 年代末期郭沫若的《水平线下》（创造社，1928）、《我的幼年》（光华书局，1929）和《反正前后》（上海现代书局，1929）算起，而像郁达夫的《日记九种》（上海北新书局，1927）、谢冰莹的《从军日记》（春潮书局，1929）和近年来被一些研究者列入"自传"范畴的鲁迅的《朝花夕拾》（未名社，1928）等，皆可视为自传性作品和现代作家自传诞生期特有的表现形式。[2] 现代作家自传在诞生不久后就走向高峰、出现了一大批代表性作品，这一发展状况使现代作家自传的诞生和 30 年代初期的发展紧密地联系在一起。30 年代初期有影响的现代作家自传主要包括张资平的《脱了轨道的星球》（现代书局，1931）和《资平自传》（第一出版社，1934）、郭沫若的《黑猫》（现代书局，1931）和《创造十年》（现代书局，1932）、王独清的《我在欧洲的生活》（光华书局，1932）和《长安城中的少年》（光明书局，1933）、胡适的《四十自述》（亚东图书馆，1933）、欧阳予倩的《自我演戏以来》（神

---

[1] 胡适.《四十自述·自序》[M]//耿云志,李国彤编.胡适传记作品全编·第一卷上册.北京：东方出版中心，2002 年版，第 3 页。

[2] 在本文中，现代作家自传的诞生基本以单行本、第一版的出版时间为依据（除《达夫自传》的情况较为特殊外），而不以写作时间和单篇发表时间为依据，单篇的自传性作品也不在统计范围之内。需要指出的是，现代作家自传在其诞生期，由于内容的时间跨度、文体形式尚处于探索阶段，在后来的认知过程中往往存有差异性，但这种非典型性、不成熟性，恰恰反映了现代作家自传在诞生期可能存在的种种样态。

州国光社，1933）、沈从文的《从文自传》（第一出版社，1934）、巴金的《巴金自传》（第一出版社，1934）和《忆》（文化生活出版社，1936）、庐隐的《庐隐自传》（第一出版社，1934）、郁达夫的《达夫自传》（《人世间》半月刊连载与《宇宙风》杂志发表最后一章，1934年开始）、陈衡哲在北京（时称北平）出版的英文自传《一个年轻中国女孩的自传》（*Autobiography of A Chinese Young Girl*，署名 Chen, Nan-hua，1935）、许钦文的《钦文自传》（上海时代图书公司，1936）、谢冰莹的《一个女兵的自传》（上海良友图书印刷公司，1936）、白薇的《悲剧生涯》（文学出版社，1936）。其中，《资平自传》《从文自传》《巴金自传》《庐隐自传》和《钦文自传》，是作为"自传丛书"系列出版的。此外，还有像柳亚子等编的《现代中国作家自传（第一辑）》（上海光华书局，1933）、鲁迅等执笔的《创作的经验》（天马书店，1933）式的"合集类作品"，等等。

短短数年间，现代作家自传就从诞生走向成熟，不仅出现了一定数量规模的作品，而且还有系列长篇、合传、女作家自传、英文版自传以及丛书等多样化的形态，现代作家自传的创作活力、艺术水准和影响力由此可见一斑。对比现代文学诞生期的各体文学特别是以郁达夫为代表的"自叙传"式的小说，现代作家自传的诞生就创作本身而言，是从单纯的想象、虚构转为自我的写实与剖白，这种在表面上看似更为简单的书写，就自我发现和自我表现的角度来说却隐含着时代的进步。中国传记书写从此进入了一个崭新的阶段，而现代文学的边界也由此得到拓展。

二

现代作家自传刚刚破茧而出，就迅速迎来第一个创作高峰、在现代传记诞生期独树一帜，离不开名士大家的倡导和通过实践树立典范。郭沫若、郁达夫、胡适、谢冰莹等都曾以不同的实践方式促进了现代作家自传的生成与发展。当然，综合地看，现代作家自传及至现代传记的诞生与发展，胡适都堪称"开一时风气"的人物。胡适对传记的钟爱和热情几乎贯穿其一生，他不仅一有机会就大力提倡众人应该写自传，而且还身体力行、实践多种传记类型并形成相应的理论。胡适很早就涉足传记领域。早于1908年，年仅17岁、仍为上海公学学生的胡适就开始进行白话传记的创作。美国留学期间，胡适又将对传记的兴趣发展为自觉的理论探索。当然，从现代传记诞生与初期发展的情况来看，胡适最具影响力的传记活动是对自传的倡导与实践。胡适于1930年6月开始动笔写自传，此自传于1931年3月开始在《新月》杂志上连载，后于1933年9月在上海亚东图书馆出版《四十自述》单行本。尽管就具体成书情况而言，《四十自述》仅有6章、相对于当时的胡适只完成了"半部自传"，但从其日后多次再版、至1939年1月就已在同一家出版社印行至第五版，《四十自述》显然是拥有了大量的读者。值得注意的是，胡适在1933年6月为《四十自述》写的"自序"中，曾开门见山地指出："我在这十几年中，因为深深地感觉中国最缺乏传记的文学，所以到处劝我的老辈朋友写他们的自传。"[1]由此推算胡适劝告老辈朋友们如梁启超、林长民、蔡元培、陈独秀等写自传的时间，可以说在其留学归国后不久就开始了。这些事实都证明胡适对于现代传记特别是现代自传的诞生，确有开启之功。

在《四十自述》"自序"中，胡适还曾结合自己写作的经验谈及自传的写法。"我本想从这四十年中挑出十来个比较有趣味的题目，用每个题目来写一篇小说式的文字，略如第一篇写我的父母的结婚……这个方法是自传文学上的一条新路子，并且可以让我（遇必要时）用假的人名地名描写一

---

[1] 胡适.《四十自述·自序》[M]//耿云志,李国彤编.胡适传记作品全编·第一卷上册. 北京：东方出版中心，2002年版，第1页。

些太亲切的情绪方面的生活。""小说笔法"、可以虚构"人名地名",还有由此而生的"用想象补充",一方面表明胡适的自传有具体多样的创作方法、富于实验精神,一方面则表明胡适善于总结经验并以此达到抛砖引玉的目的。虽说因"受史学训练深于文学训练",胡适最后"抛弃了小说的体裁",使自传写作"回到了严谨的历史叙述的老路上去了",但结尾处的"给史家做材料,给文学开生路"[1],又表明胡适已经注意到传记写作兼具史学、文学的特质和相应的功用价值,这样的观点即使在今天看来仍富有启示意义。

对于胡适的提倡和邀约,当时虽仅有好友陈独秀在特殊生活境遇下写有自传予以了"直接的回应"[2],但作为一种普遍性的影响,胡适的倡导与实践显然是促进了现代自传的发展,而现代作家自传也正是借助这一潮流迅速形成了繁荣的景象。从现代作家自传的诞生、发展到成为典范,我们还应当看到这样一个事实,此即为现代作家的身份问题。如果说写作者与被写作者是否重合即究竟是"书写自己"还是"书写他人",是将广义之传记划分为自传和他传两大基本类型的重要标准,那么,"现代作家自传"作为一种具体的类别,其命名的依据则主要基于传记主人公的生活年代、文化身份和主要成就。尽管由于社会、时代等原因,"现代作家"的实际身份上往往并不单一、纯粹,如被纳入现代作家范畴的胡适、郭沫若等都同时拥有多重身份并在多个领域取得引人注目的成就,但在当时强调其作家身份仍有特殊的意义。五四新文化运动和新文学的诞生,使一大批现代作家成为广大读者特别是青年心目中的文化英雄、精神导师和时代弄

---

[1] 胡适.《四十自述·自序》[M]//耿云志,李国彤编.胡适传记作品全编·第一卷上册.北京:东方出版中心,2002年版,第3页。

[2] 指1932年10月陈独秀被捕入狱后,写了两章自传,后陆续于1938年《宇宙风》杂志第51、52、53期发表。在自传中,陈独秀自言"几年以来,许多朋友极力劝我写自传",可以想象的是,这些劝告的朋友应当是以胡适为代表的。陈独秀的自传后名为《实庵自传》,本文依据萧关鸿编:《中国百年传记经典》第2卷,东方出版中心,2002年版。

潮儿，这种认知态度自然有助于现代作家自传拥有数量可观的读者进而促进其发展。与此同时，现代作家自传出自作家之手，也在客观上保证了传记的艺术水平。读者可以像阅读文学作品那样，在感受作家优美文笔的同时，了解其生平；而现代作家风格迥异的个性叙述、令人向往的人生经历，又可以使读者在领略《沫若自传》式的"自我张扬"、《达夫自传》式的"大胆袒露"以及由女作家谢冰莹、庐隐带来的"别样人生"等等叙述的同时，见证人与时代、人与社会以及人与人之间复杂的关系。至于由此对比同时期出版的现代作家他传，如现代书局于 30 年代初期陆续推出的"现代文学讲座"系列，包括的《郁达夫评传》（素雅编，1931）、《郭沫若评传》（李霖编，1932）、《张资平评传》（史秉慧编，1932）、《茅盾评传》（伏志英编，1932），则不难发现：后者虽为"评传"实为编选，在具体形式上只是将传主小传、作品评论文章以及代表作和传主著译书目汇集一起、更像后来的作家研究资料汇编；"现代作家他传"由于著者与传主的"分离"，还需时间的积淀和研究的深入而未呈现典型"他传"应有之面貌，也从侧面证明现代作家自传为何是现代传记诞生期最为成熟的文本类型。

综上所述，现代作家自传在其初期发展阶段就取得突出成就并不是偶然的，它是现代作家创作理念、文化身份、创作才能及其有效时间共同作用的结果，生动记录了现代传记转型要从某一点开始的文化冲动及其历史过程。至于由此深入下去，我们必将会看到更为丰富的内容。

三

现代作家自传的诞生，和现代文学一样，同样受到外来文化资源的影响。随着晚清时期有识之士开始介绍外国名人的生平事迹、为其著说立传，一些作家、翻译家也开始了对西方传记作品的翻译和介绍。在这股热潮中，国外文学家、艺术家和政治伟人的自传和有关他们的传记成为翻译的首选。仅在自传方面，从 20 世纪初到 30 年代中期，奥古斯丁、富兰克林、卢梭、歌德、托尔斯泰、易卜生、邓肯、克鲁泡特金、史沫特莱等的自传均有中译本出版或在杂志上刊载。其中，部分文学家、艺术家如卢梭、邓肯等的自传还有多个汉译版本。从翻译者队伍的构成情况来看，绝大多数翻译者皆有海外留学经历、熟悉海外文化，后来既是翻译家同时又是作家的身份，也决定了其可以在深入了解西方自传创作经验的同时，直接将受到的启发融入自己的写作之中。

从郭沫若在《我的幼年》（后更名为《我的童年》）的"前言"中将 Augustine（即奥古斯丁）、Rousseau（即卢梭）、Goethe（即歌德）和 Tolstoy（即托尔斯泰）[1] 作为其写作的"参照"，到谢冰莹在自传中袒露"我最佩服《邓肯自传》和《大地的女儿》，她们那种大胆的、赤裸裸地描写，的确是珍贵的不可多得的写实之作。然而中国的环境不比欧美……但我并不害怕，我将照着自己的胆量写下去，不怕社会的毁谤与攻击。我写我的，管他干什么呢？"[2] 具体的写作经验表明，现代作家自传接受外来文化资源的影响可谓在符合自己气质、趣味的同时，呈现出全方位、多角度、开放性的特点。需要强调的是，在上述接受的过程中，法国浪漫主义作家卢梭的《忏悔录》是当时最重要的作品。卢梭（当时通译为卢骚）的《忏悔录》最早是通过留学生阅读外文原版引起关注的方式逐渐介绍到中国的。1928 年，张竞生译的《卢骚忏悔录》在上海美的书店出版，1929 年上海世界书店和上海商务印书馆又分别出版张竞生译的《卢骚忏悔录》和章独译的《忏悔录》，至 30 年代，除以上两种译本多次再版外，上海启明书局还出版过王炳焜的

---

[1]　郭沫若. 郭沫若全集：第 11 卷——我的童年 [M]. 北京：人民文学出版社，1992：7.
[2]　谢冰莹. 一个女兵的自传：写在前面 [M]. 上海：上海良友图书印刷公司，1936：4–5.

译本（1936）。卢梭《忏悔录》在很短时间内就有如此多译本，深受出版社青睐，表明其在中国知识界已引起广泛的关注，为数众多的现代作家在自传中直接显露卢梭《忏悔录》对其创作的触动和启发，更说明卢梭《忏悔录》对现代作家及其同类写作的影响由来已久。

以"自叙传"小说著称的郁达夫显然在阅读卢梭《忏悔录》的过程中产生了强烈的共鸣。他自 1928 年起先后发表了《卢骚传》《卢骚的思想和他的创作》《翻译说明就算答辩》《关于卢骚》四篇文章，介绍卢梭的生平、创作与思想。他高度赞扬卢梭取得的成就，甚至不惜使用诸如"千部万部的卢骚传记，总不能及他晚年的半部著作的价值的永久"[1] 的语句加以形容。卢梭忏悔式的作品、忧郁而矛盾的性格、崇尚自然的喜好，与郁达夫有太多相通之处，以至于郁达夫自然而然地将这些元素融入自己的创作之中。他的《达夫自传》注重刻画主人公成长过程中内心世界的变化、青春期的觉醒、"孤独者"形象的生成以及留学期间弱国子民遭受歧视时的灵的冲突、性的苦闷，通篇笼罩着感伤式的抒情笔调，读来真切感人。他的自传是中国现代自传中"自我暴露"类型的代表，在当时读者群中产生了重要的反响。除郁达夫外，郭沫若、巴金或在自传中提到卢梭的名字，或在具体写法上与其有着"天然"的亲近关系。至于像谢冰莹更是在多年后修订出版《女兵自传》时写有"在这里，没有故意的雕琢、粉饰，更没有丝毫的虚伪夸张，只是像卢梭的《忏悔录》一般忠实地把自己的遭遇和反映在各种不同时代，不同环境里的人物和事件叙述出来，任凭读者去欣赏，去批评"[2]，更反映了卢梭《忏悔录》对现代作家自传的广泛影响。

卢梭的《忏悔录》以自我暴露、自我解剖同时也是自我觅求的方式，

---

[1]　郁达夫著：《卢骚传》。原文发表于 1928 年 1 月 16 日《北新》半月刊第 2 卷第 6 号。本文依据《郁达夫全集》"第十卷 文论（上）"，浙江大学出版社 2007 年版，第 399 页。

[2]　谢冰莹 . 谢冰莹文集：关于《女兵自传》[M]. 合肥：安徽文艺出版社，1999：8.

为现代作家的自传书写提供了原则和尺度。"忏悔"不仅可以使著者在深入内心的同时，写出血肉生动的自我，而且还可以在叩问灵魂的过程中反思自我、批评自我，从而实现某种关乎自我的更高的价值追求。现代作家自传以此肯定了人的价值，回应了"人的发现"，并在丰富传记写作和人格表现力的同时将中国传记带入了"现代阶段"，其合理性和必然性理当受到关注。

四

在《我的童年》一文中，朱湘曾发出如下感慨："如今，自传这一种文学的体裁，好像是极其时髦。虽说我近来所看的新文学的书籍、杂志、附刊，是很少数的；不过，在这少数的印刷品之内，到处都是自传的文章以及广告。这也是一时的风尚。并且，在新文学内，这些自传体的文章，无疑的，是要成为一种可珍的文献的。"[1]自传在30年代成为期刊杂志和出版社的"新宠"，逐渐形成了以《宇宙风》《人间世》《读书杂志》《国闻周报》《良友》画报等为代表的刊发园地和以上海为中心的出版社阵营，充分说明其已拥有大量的读者。一方面是作家自传的诞生，改变了市场的格局；一方面是市场广阔，促进作家自传的发展，潜藏于现代作家自传生产与消费之间的双生互动关系，表明现代作家自传的发展离不开现代出版业的运行机制及相应的利益需求。

现代出版业的发展与繁荣首先以方便、简洁、易读的特点改变了传统写作的生产与存在形态，而后又以迅捷的传播方式促进文字印刷品的阅读与接受。现代出版业还以其稿费制度，促使作家成为一种职业并逐渐形成

---

[1] 朱湘著：《我的童年》。原文收入《中书集》，上海生活书店1934年版。本文依据方铭主编：《朱湘全集·散文卷》，安徽文艺出版社2017年版，第74页。

一定规模。考虑到二三十年代出版业独立运行的模式、利益要求程度更高，所以，杂志、出版社对成一时之风尚的热销产品密切关注并不令人感到意外，只不过这一关注的另一结果是促进了现代作家自传的诞生。从郁达夫的"大约是弄弄文学的人，大家常有的经验罢，书店的编辑，和杂志的记者等，老爱接连不断的向你来征求自叙传或创作经验谈之类的东西"[1]，胡适《四十自述》未完即出是因为归期未定，"所以我接受了亚东图书馆的朋友们的劝告，先印行这几章"[2]，人们不难看到，现代作家自传的发展除了前文提到的作家身份、名士效应外，各家杂志、出版社对新兴写作类型的青睐和在稿源上的竞争关系，也在激发作家创作欲的同时促进其发展。而从郁达夫提及写自传的原因是"要吃饭，在我，就只好写写，此外的技能是没有的……恰巧有一家书铺，自从去年春天说起，说到现在，要我写一部自传……书店给我的定洋已花去了，若写不出来就非追还不可"[3]。谢冰莹接受赵家璧的邀请在短期内被动写完自传是因为"一来为了想筹备旅费重渡东瀛，完成我的学业；二来藉写作可以减少一点精神上的苦闷"[4]，以及出现于郭沫若、许钦文、白薇等自传写作过程中的类似情况，生存特别是基本生计问题，也是现代作家自传受惠于出版业、渐成一时之风尚的重要原因。

当然，现代作家自传之所以能够在蔚然成风的自传热潮中备受关注，直至成为整个现代

[1]　郁达夫著：《再来谈一次创作经验》。该文原载《创作的经验》，上海天马书局 1933 年版。本文依据《郁达夫全集》第 11 卷，浙江大学出版社 2007 年版，第 51 页。

[2]　胡适.《四十自述·自序》[M]//耿云志，李国彤编.胡适传记作品全编·第一卷上册.北京：东方出版中心，2002 年版，第 2 页。

[3]　郁达夫著：《所谓自传也者》。该文原载于 1934 年 11 月 20 日《人世间》半月刊第 16 期。本文依据《郁达夫全集》第 4 卷，浙江大学出版社 2007 年版，第 256 页。

[4]　谢冰莹.谢冰莹文集：关于《女兵自传》[M].合肥：安徽文艺出版社，1999：4.

　　传记诞生期成就最高的一支，还在于一种阅读之后的选择以及出版行业的发现与打造。相对于他者所著的传记，自传在写作者和书写次数上并不占有任何优势。在这一前提下，作家自传可以脱颖而出，就不仅仅关乎作家身份、艺术水准、读者阅读，还涉及出版运营以及传记发展的整体水平等。现代作家自传与现代作家他传几乎同步诞生，但就其艺术水准而言却远远高于同时期他者所著的传记，首先在于出自作家之手的自传可以融入多种艺术手法、充分进行个性化的实验与探索。在没有遭遇其他类型传记书写竞争及挑战的背景下，现代作家自传获得更多的发表权利和传播空间真实地折射出当时出版界的生存现状（值得一提的是，许多现代作家自传都是在杂志部分发表甚至是连载之后，才由出版社出版单行本的），而在作家自传热潮中诞生了"丛书现象"也就顺理成章、不足为奇了。

　　按照邵绍红的回忆，"为了出版《十日谈》旬刊和《人言》周刊，洵美特地设了个'第一出版社'，为了让这个出版社出一点有分量的书籍，他动足脑筋设计出一套'自传丛书'，原计划请十二位知名作家写自传。他亲自登门约稿。几番努力，终于有五本面世"[1]。1934年，由兼有作家、出版家身份的邵洵美策划的"自传丛书"在上海第一出版社陆续推出，计有《庐隐自传》《从文自传》《资平自传》《巴金自传》，第五本《钦文自传》后该由上海时代图书公司出版。邵洵美曾亲自动笔为《从文自传》《资平自传》《巴金自传》写出版广告荐语、介绍其独特之处，对于刚刚去世的女作家庐隐的自传，他更是写了一篇很长的序言。在现代作家自传诞生不久，便获得了以丛书形式集束出版的机会，这对于推动现代作家自传的发展是不言而喻的。就出版的角度上说，"自传丛书"是邵洵美宏大出版计划的重要组成部分，有着十分明确的商业目的。他选择知名作家的自传为重点出版对象，显示了其对当时何为热点图书的熟悉和把握。他让广告简介与图书出

---

[1]　邵绍红．我的爸爸邵洵美[M]．上海：上海书店出版社，2005：135．

版结伴而行，实现了商业行为和自传写作的有机结合。邵洵美不仅引导自传的生产，还直接以广告宣传的方式助力自传的传播，其对于初期现代作家自传的发展，有着重要的意义。

五

现代作家自传的诞生与初期发展，结合其所处阶段和实绩而言，是实现中国传记写作的现代转型。无论是对比中国古代比较正式的自传如陆羽的《陆文学自传》、刘禹锡的《子刘子自传》，还是如司马迁《太史公自序》式的"自序"或"自叙"，陶渊明《五柳先生传》式的假托名号、寄情明志，还有一些作家诗人生前为自己撰写的"墓志铭"等，现代作家自传都生动地呈现了现代的特征，并由此推动了现代传记的发展。

首先，从篇幅上看，现代作家自传内容较长、结构相对完整，在其诞生期就孕育了迄今为止中国最长的自传。古代自传由于使用古汉语、受"以简要为主"之史传传统影响等缘故，篇幅都较为简短、长者也不过千字左右。比较而言，现代作家自传由于使用现代汉语，强调叙写传主完整的生平和人格，所以需要足够的文字和长度，以融入大量故事与情节，进而具体、生动地展现人物的性格和成长的历程。从《四十自述》《从文自传》《钦文自传》《达夫自传》《庐隐自传》《一个女兵的自传》等成书情况可知，现代作家自传将内容分为若干章节且多加有标题，使其颇似"章回体"小说，充分讲述了一个人的真实故事。与此同时，通过自传，现代作家不仅写出自己生活道路和内心世界的变化，而且还记录了时代的变化及其各个侧面。"一个时代的自传是一个时代国民性最真实的记录"[1]，杨正润在结合中国现

---

[1] 杨正润.众生自画像——中国现代自传与国民性研究（1840—2000）[M].上海：上海人民出版社，2009：19.

代自传文献价值的前提下做出的判断，提升同时也拓展了人们对于现代自传价值的认知。以《沫若自传》为例，这部到 20 世纪 50 年代累计形成 4 大卷、总计 110 万字规模、堪称中国传记史上最长的作品，由于详细记录了郭沫若生平的各个时代，从一开始就决定其是一部记录特定时代的重要文献，对于人们了解郭沫若的成长和相应的社会具有重要的参考价值。《沫若自传》以张扬的自我、强烈的时代感，通过自己的亲身经历展现中国近、现代社会历史的风云变幻。从 20 年代创作开始，郭沫若就有意将"自传"分成若干阶段且在叙述每一个阶段时都力求具体、详尽。即使仅从完成于 20、30 年代的《我的幼年》《反正前后》《黑猫》《初出夔门》《创造十年》等写作情况来看，从目睹保路运动、辛亥革命对四川的影响到东渡日本，再到后来积极参加新文化运动、组建创造社直至参加北伐……郭沫若以其自传书写充分证明了他是近半个世纪中国一系列重大事件的主要参与者和重要见证人之一，现代中国史上许多著名人物，如周恩来、朱德、蒋介石、胡适、茅盾等，他都有过直接的接触乃至亲密的交往。对于这些重要事件和社会名流之间交往的直接描述，决定《沫若自传》在一定程度上可以作为一部自叙式的中国现代史来阅读，其高度的真实性、丰厚的内容无论对于郭沫若还是这一阶段历史的研究，都具有重要的参考价值。

其次，在创作手法上，现代作家自传自由、灵活、多样，在为中国传记书写提供了现代经验和新的可能的同时，丰富了传记的本质属性。相对于古代自传常常以客观叙述的态度书写、缺少故事性，常常被纳入到史传的范畴，现代作家自传在书写过程引入了现代的手法。除前文提到的胡适在《四十自述》的写作中，使用了"小说笔法"外，《钦文自传》由于要在 11 天内赶完、匆促起笔，竟直接从刚刚出狱的时间即"一九三四年七月十日十一时许"写起，进而使自传呈现了"倒叙"的结构、尽显写作的"个性"[1]，也充分证明了现代作家自传在具体书写过程中存在着多样化探索的可能。至于像《达夫自传》在书写过程中嵌入大量的"对话体"、抒情的笔调以及忏悔式的心理描写，更使作家自传具有了现代文学的精神。现代作家自传在具体写作过程中的探索与创新，不仅丰富了文本的表现力，而且还使现代作家自传在本质上逐渐呈现出向文学拓展、历史与文学共存的特点，从现代传记后来历史发展的情况来看，也确然证明了这一点。

最后，是女作家自传的出现，丰富并拓展了中国传记的写作范畴。古代传记书写由于受到封建文化思想的束缚，为女性作传是十分少见的，而让女性动笔自己书写自己更是不可想象。现代女作家由于经受五四新文化运动的洗礼且本身多是受过教育的知识女性，所以敢于以书写自己的方式为女性代言。当然，由于所处时代的原因，这一阶段女作家自传多以反抗封建传统礼教、反对包办婚姻、自由融入社会和追求自主爱情为主题，进而展现传记的现代性。阅读庐隐的自传，人们可以了解其不幸的童年和独特的成长经历。这位事业处处受挫的女作家有着坚定的抗争精神，她从不同流合污、敢于反抗封建礼教。正因为如此，她才不计较别人的非议，大胆追求属于自己的爱情。她有自己的"社会经验"，有对于教育和恋爱的独特认知，在她的自传里可以看到现代女性的独立和自我。在陈衡哲的自传中，人们则可以看到书香门第的家庭背景对于成长、求学产生的影响。她拒绝缠足、渴望享有天足的自由，但在家里来客人时下意识藏起自己的脚的描写却显示了旧礼教的"力量"。对比陈衡哲，谢冰莹在自传中展现的经历更加悲惨：自幼淘气的她在母亲胁迫下缠足，在熟睡时被母亲穿了耳洞，母亲一直认为她替女儿做的三件大事是（一）裹足（二）穿耳（三）出嫁。母亲自然也不允许她读书。她在 20 岁时因反抗封建婚姻逃离家庭，后毅然报考军校，随军操练，随军北伐。受伤后的她被送回老家，她多次想

---

[1]　许钦文. 钦文自传 [M]. 人民文学出版社，1986.

逃离家庭，直到第四次才通过同意结婚、后从婆家逃出来。"九一八事变"之后，她怀着爱国之心在日本东京与留日学生组织抗日救国会，事发后被遣送回归。她的自传还记录了 1932 年上海"一·二八事变"……在这些自传中，贯穿着女性的成长史和抗争史。通过自传，女作家展现了现代女性意识逐渐觉醒的过程，她们对旧式家庭和婚姻的叛逆与反抗，折射出那个时代女性的生活现实和理想追求。

围绕现代作家自传历史探源的话题当然还有很多，比如白话的应用对现代作家自传的生成具有怎样的作用；现代文学的成熟与现代作家自传之间具有怎样的关系；诸如郭沫若的《沫若自传》、谢冰莹的《从军日记》、郁达夫的《日记九种》以及鲁迅《朝花夕拾》的撰写与文本形态对于后人理解现代作家自传的本质属性有何启示与意义，等等，此处限于篇幅，无法一一展开。总之，结合时代语境、名家倡导、外来文化资源的影响、现代出版业的推动和文本具体实践共五方面的论述，我们在整体上呈现了现代作家自传的诞生及其相对于中国传记历史的意义。现代作家自传作为中国现代传记诞生期的开路先锋，是主客观多方面合力的结果，本文在描述这些方面时虽采取了历史性的讲述，但事实上它们却是以共识性的方式，共同促进了现代作家自传的生成并在不同作家笔下形态各异。现代作家自传在 20 世纪 30 年代末期之后势头逐渐减弱，这一态势就具体的历史而言，除自传作为"一次性书写"很难在短期内实现连续的生产之外，文化语境的变迁、作家地位与写作理念的变化和阅读新鲜感的相对减缩也是重要的原因。但无论怎样，现代作家自传作为中国现代传记初期阶段最具代表性和影响力的个案形态，是以其独有的实践一改中国古代自传不发达的局面，实现了中国传记的现代转型、开启了中国传记的现代化进程，并由此为中国现代传记和现代文学研究提供了重要文献。探源其生成方式和生长过程，对于认知中国现代传记的历史、理解中国现代传记的多元形态与文本构成以及现代作家创作和现代文学文献史料的研究，都具有重要的理论意义和实践价值。由此联系近年来现代传记研究方兴未艾、现代文学文献史料研究如火如荼，探究现代作家自传发端的历史本身就隐含着多个问题域之间的碰撞、交融与簇新。一个新的研究领域敞开了，相关从业者完全可以结合这一机遇和挑战，深入开掘、触类旁通，结出更为丰硕的成果。

建党百年纪念及学会三十年

文／侯建飞

侯健飞，1992 年毕业于解放军总政南京政治学院新闻系。1985 年应征入伍，历任天津杨柳青 52914 部队战士，北京军区后勤基建营房部战士，总后勤部基建营房部战士，总后油料研究所政治部干事，解放军文艺出版社第二图书编辑部编辑。1983 年开始发表作品。1997 年加入中国作家协会。著有长篇报告文学《荡匪大湘西》（合作），长篇纪实文学《寻找家园》，长篇随笔《兵外兵长城长》等。短篇小说《走向枪口》获解放军总后第二届军事文学奖，《荡匪大湘西》（合作）获第三届中国人民解放军文艺奖，《兵外兵长城长》获第六届五个一工程奖。2021 年 12 月，当选中国作家协会第十届全国委员会委员。

摘要：中国传记文学传统历史悠久，传记文学有坚实的读者基础，有着光明的前景，如果在题材开掘上再广泛一些，中国传记文学必将创造新辉煌。

关键词：建党百年、新时代、传记文学、价值追求

在建党百年的重大历史时刻，在文代会、作代会刚刚落幕之际，中国传记文学学会举办创作与总结学术研讨会暨学会成立三十周年大会，意义非凡。中国作家协会第十届全国代表大会胜利闭幕了，这是中国文学一次总结成果、思考问题、放眼未来的盛会。

有幸现场聆听了总书记在开幕式上发表了重要讲话，总书记向广大文艺工作者提出的五点希望，每一点都闪耀着马克思主义文艺理论的光辉，为新时代的文艺发展之路进一步指明了方向，提供了科学理论指南。

一是明确了新时代文艺工作的历史方位，也就是回答如何把握历史前进方向和坐标的问题。二是明确了新时代文艺工作的人民立场，也就是回答社会主义文艺为什么要坚持人民性的问题。三是明确了新时代文艺工作的生命线，也就是解决如何提高作品质量的问题。创新是文艺的生命。四是明确新时代文艺工作者要有天下情怀，也就是解决如何提高讲好中国故事本领的问题。五是明确了新时代文艺工作者的价值追求，也就是解决如何明德修身的问题。

总书记从百年奋斗和文化自觉的高度，总结了五年来民族的、科学的、大众的文艺成就。讲话高瞻远瞩，感情真挚，语重心长，掷地有声。

回顾总书记的讲话，我不禁想到，传记文学学会三十年来走过的路，想到累累硕果，特别是策划出版的多种传记文学丛书，我们应该感到自豪和欣慰。但我们也应该看到，长时间以来，传记文学创作领域也有被"人物传记"束缚的倾向，而人物传记又被名人传记所倚重，经济、科学、军事、文化那些德艺双馨的人物无可厚非，然而，众多艺人名媛的自述和传记一度泛滥，大大降低了人物传记的品质，传记沾染了铜臭气，当了市场的奴隶，当了官场的奴隶。所以我较长时间思考，如何探索一条拓展文学传

记新领域这个问题，比如，可否认真研讨一下平民传记的创作和传播？平民传记当然不是说所有百姓都可立传，这个"平民"一定是有独特的人生境况，因为独特的人生造就独特的价值标准。平民传记价值的认知有多元的标准，公众有自我认识，史家有专业认识，这就是当年胡适先生力主平民传记写作的理论基础。国内学界对平民传记的呼声也很高，我记得2015年某学刊发表了一篇重要的理论文章，所举例证虽然大多数是欧美平民传记的名作，如《安吉拉的骨灰》，但对中国当代平民传记的社会意义作了系统阐述。

我本人的获奖作品《回鹿山》，虽说是长篇叙事散文，但我更愿意把它定性为一个平凡父亲的人生传记。这部作品被广大读者认可，很大程度上也取决于传记成分。我在作品开宗明义："一想到那么多富豪、政治家和名人被后人树碑立传，我就想到那些地位卑微、生活平常的父亲。偶尔，一个老人的面孔就闪过脑际。我努力回忆，就像早年看过的电影中的某个人物，老人的形象既清晰又模糊，他就是我的父亲。"

我是一名军人，曾长期在文学编辑一线工作，通过对父亲的记述，越发感到，新中国的建立，人民付出了巨大的代价。成千上万个官兵死了，也有很多人靠勇敢、智慧和运气活了下来，其中极少数人，最终成了金字塔顶尖部分。而那些侥幸活下来、解甲归田的老兵，却生活艰难，晚景凄凉。老兵们不是英雄，更不会成为卡莱尔笔下的英雄；这些寂寂无名的人，即使罗兰再世，也不会成为他笔下的巨人；他们不需要军礼，不需要墓碑，甚至连自己的名字也不需要。这些被称为"卑贱者"的灵魂，飘荡在山谷和野草间的灵魂，痛苦而喑哑的灵魂，却把"不要仇恨"的遗愿传给下一代，又下一代，这是一种多么顽强又高贵的品质。

于是我策划了"青山青史——革命烈士陵园传记"丛书。这是一套面向社会普通民众、让烈士陵园以鲜活生命回归社会、回归人心的生命之书、文学之书、图画之书，也是为党和国家的献礼之书。把烈士陵园当一个活生生的人来作传，由作家用感性文字来表现陵园人物、故事和历史在全国还是第一次。

目前，这套更名为"人民英雄——国家记忆文库"的首批图书，已经中国青年出版社出版发行，这既是军事文学的新收获，也是军事文学创作传记文学教学的新范例。

总结一句话：中国传记文学传统历史悠久，传记文学有坚实的读者基础，有着光明的前景，如果在题材开掘上再广泛一些，中国传记文学必将创造新辉煌。

在传记文学学会领导的正确指导下，我将努力在军事题材传记领域发挥作用，贡献力量。

我与学会一起成长

——30 年风尘，30 载辉煌

文 / 陈廷一

陈廷一，当代传记文学作家，在传记界素有"南叶北陈"的说法。著有《许世友传奇》《孙中山大传》《贺氏三姐妹：三姐妹的三种不同命运》《宋美龄全传》《宋霭龄全传》《宋美龄前传》《孔祥熙大传》《皇天后土：中国，拯救我们的土地》《宋子文大传——宋氏家族长子哈佛博士民国金融之父》《宋氏三兄弟：三个洋博士与民国经济》《宋庆龄全传》《孔祥熙与宋霭龄》《毛氏三兄弟：三兄弟与共和国奠基》《陈氏两兄弟：两兄弟与一个政党的兴衰》《山西首富：孔子第七十五代孙孔庸之传奇》《少林将军传奇》《宋氏三姐妹全传》《世纪伟人：孙中山》《青年孙中山》《宋查理传》《青年邓小平》《宋庆龄画传》《民国岳父：宋氏三姊妹之父查理·宋传奇》《毛氏三兄弟》。

摘要：我的第一部著作《许世友传奇》三部曲，亦是我的成名作。"陈廷一文学馆"历时7年在河南省鹿邑县落成，学馆虽以我冠名，但她更应该归于这个社会，这个时代。而我，只不过做了一个常人该做的事儿，抑或说我是宇宙一尘埃。

关键词：传记文学、改革开放新时期、文坛佳话

春华秋实结硕果，十月荷花映日红。

作为中国传记文学学会的资深老会员，我首先感谢学会在"陈廷一文学馆"落成和开馆仪式上发来的贺信，高度评价了我个人的文学成就，及文学馆落成的重大意义："是新时代中国传记文学发展史上的一件大事、喜事。"这封贺信已收藏于我的文学馆展室。应该说，是对我一生的激励，百尺竿头，更待一步。

"陈廷一文学馆"历时7年，三任县委书记的齐心努力，终于在2021年10月23日在家乡河南省鹿邑县落成。有评论说：是故乡老子文化的新地标。

此馆馆藏我的文学作品108部，手稿，以及荣誉证书。其中，传记文学书目101部，3000多万字，28家中外出版社出版，荣获大世界基尼斯传记文学（101部）之最，感动了当地政府，建造了这座时代符号文学馆。严格地说来，"陈廷一文学馆"，即为"陈廷一传记文学馆"。倘若再严格一点，她就是中国传记文学发展史上的一个高浓度的缩影，抑或个人创作史上的里程碑。与其说是我的荣誉，不如说是我们中国传记文学学会大家庭的荣誉。我始终是这样认识的。

我是中国传记文学学会的资深老会员。记得1988年当年学会在海南孕育、发起时的第一次会议，我是有幸参加者。中国传记文学学会是改革开放的时代产物。当年是在中国青年出版社传记文学编辑室基础上建立起来的。

我的第一部著作《许世友传奇》三部曲，亦是我的成名作，就是在这里出版问世的。我很感恩中国青年出版社。当然也很感恩在中青社基础上成立的中国传记文学学会，更多地给了我写作的方向（尤其是学会全展副会长对我《万里传：天地良心》的文学评介：大事不虚，小事不拘，艺术真实，史诗般的写作风格）。

更难忘，1987年4月20日在人民大会堂云南厅召开了《许世友传奇》出版研讨会。很多中央要员出席。当日央视新闻联播做了报道。我们学会的第一任会长刘白羽先生参加并发言指出："这是改革开放中第一朵报春花，坚信传记文学的春天即将来临！"很快，我们传记学会正式成立。

且说我的《许世友传奇》三部曲发行量很大，影响很大、很广。首创发行奇迹，成为中青社一大品牌书和畅销书，达百万册。一时畅销大江南北，用"洛阳纸贵"形容并不为过，这时期市场上也出现了我的多种版本盗版书。

1991年初，我又被全国最大的城市出版社——青岛出版社"买断"，成为中国出版史上的第一位被买断的作家，震惊文坛。

他们看中了我的传记文学的热销。在活人不能立传的日子，我向读者捧出了《少林将军许世友》；在海峡两岸冰封的日子，我又向买断我的出版社，适时拿出了风姿卓著的世纪美人——《宋美龄全传》，再传文坛佳话。发行量比《许世友传奇》三部曲还要高。最高时一年10版，供不应求。同时盗版书翻着花样出版，引爆市场。当时大江南北有关宋美龄的盗版书就有8本之多，可见正版书销量之多。当年传说书商评比谁的盗版书最多时，出现了"南叶北陈"之说。

继《宋美龄传》之后，我又适时写出了《宋蔼龄传》《宋庆龄传》，同样引起市场火爆。我继出版社之约，接着又写出了三姐妹之父——《宋查理传》《宋子文传》《孔祥熙传》《孙中山传》《陈其美传》《蒋介石传》《中国四大家族全传》等多部作品。用当代著名作家梅洁的话说："在中国读传记文学不读陈廷一不行；写传记文学史不写陈廷一不可。"

同时，我也注重红色人物传记的写作，比如《毛氏三兄弟》《青年邓小平》《贺氏三姐妹》《万里在安徽》《许世友夫人——田普传》《东方舞神——陈爱莲传》《民族铮骨——成怀珠传》《铁道部长——刘建章传》等，也开辟了传记文学的一片新天地。

在写作传记中，我体会到："史学中有未来，捉住了就能给人以启迪。"正是这种思维，使我的传记文学都有鲜明的、个性化的人物描写。正如网友所说："读陈廷一的传记是一种文学的享受，人物活在鲜明的故事中，声情并茂，好读好看。"还有的读者说："陈先生的语言平实流畅，用通俗叙说伟大，给人阳光给人向上。这是陈先生传记文学的不同，同时又是陈先生传记的特色。他的作品代表着他的人格，他的人格融进了他的作品。陈廷一那质朴的文风和人格力量，以及在特殊环境下养成的创作韧性和数量，在当代作家群中是不多见的。"

在我国改革开放新时期，我在写作过程中实现了 9 个第一：

第一个换笔用电脑写作的作家；

第一个走向市场并获得成功的作家；

第一个走进人民大会堂召开研讨会的作家；

第一个被国有出版社（青岛社）买断的作家；

第一个其作品上了中学课本的作家；

第一个出版百部书的作家；

第一个荣获大世界基尼斯传记文学之最的作家；

第一个荣获十大优秀传记文学奖的作家；

第一个在国内兴建个人文学馆的作家。

细数总共 9 个第一，九九归一：一生二，二生三，三生万物。一为道，道生一，老子天下第一。这就是道乡出生的我（陈廷一），也是道乡传统文化成全了我的9个第一。

2007年，我在中国大地出版社副总编辑的位置退休后，我的纪实文学写作又呈现了"井喷"现象，先后在《中国作家》《北京文学》《中国报告文学》《大地文学》刊出了《生死系于土地》《天地良心》《黄金之光》《大国之怒》《国殇》《国土九章》《地球遗书》《魂殇》等9篇报告文学，其中《生死系于土地》获得2012年中国报告文学奖，《大国之怒》获今年石膏山杯全国征文中国报告文学奖。其中，《中国之蒿：屠呦呦传》荣获中国传记文学学会金奖、全国报告文学当年排行榜首、《北京文学》双年度文学奖，收录创刊70年经典文库。

综上所述，我的创作之花起于党的十一届三中全会及学会创办初期，盛开于改革开放的40多年中。我的创作感恩于三中全会，改革开放给了我阳光雨露。为人民而写，人民需要什么我就写什么，成了我创作的宗旨。市场成就了我，改革开放的东风催促着写作，一不留神成了百部传记书的作家。回头看，我应该感谢改革开放，没有40年的改革开放，便没有我陈廷一。

2014年，在基尼斯总部专家组的认真论证下，经过作品公证，特向我颁发了最新纪录"个人撰写出版传记文学专著数量之最（101部）"。这是对我的激励，也是对改革开放的褒奖。鉴于此，我目前所在的中国自然资源作家协会主席团会议也决定授予我本人特别贡献奖。

尤其是2021年10月23日文学馆开馆以来，迎来了众多参观者，给人以震撼。过去著作等身，认为是神话传说，是可想不可即的事。作品摆在那里，实实在在，让人肃然起敬。更有两个年轻学子在看完文学馆后的感言对话，让我恍然不敢认同。一个学子说：谁说民国之后无大师？这百部作品不是大师谁是大师！另一学子接着说：那都是文人相轻，瞎白话！

我听了后很不安。严格意义上，我不是天才，我也不是大师。我只不过顺应了改革开放的大势。没有改革开放便没有这百部书的诞生。我要感恩，首先要感恩党的改革开放的政策。

今年也是党的百年诞辰，我也是光荣在党 50 年，尤其是党对我"家国情怀"的培养，不忘为民的教育。今年"七一"那天，中国大地出版传媒集团纪委书记李中海同志代表顾晓华书记，亲到家中，向我颁发光荣在党 50 年纪念章，感慨之余，写了一首不成文的诗，与大家共享之：

> 党龄百年
>
> 我龄五十
>
> 当中海把纪念章
>
> 佩戴在我的胸前
>
> 荣光，信念
>
> 再次在我的脸颊上
>
> 露出久违的庄严！
>
>
>
> 入党干什么？
>
> 五十年前，食不果腹
>
> 我还是位血气方刚的青年
>
> 通读《共产党宣言》
>
> 宣言在油灯下展亮
>
> 入心，心花怒放
>
> 入理，成了我做人的信念
>
> 信念指导实践
>
> 于斯，我成了一名荣光党员！
>
>
>
> 五十年过去了

斗转星移

我已古稀

身体不在方刚

唯一不变的是做人的信念！

喜看今日世界大千

共产党领导的中国

已成为第二大经济体！

中国，蒸蒸日上

要问为什么？

这就是不同国家的信念！

书归正传，重新回到原题上说，我想借引我太太的话。她说："一生笔耕苦作乐，百部传记任评说。"最近我还写了一篇短文《文学馆三思》：审视文学馆，重新找回当年创作的风尘和喧嚣；审视自我，抑或生命，倘若有来生，我认为人生应该吸纳水的善性——"水利万物而不争，水润万物而不名。"这是何等的低调和伟大啊！文学馆虽以我冠名，但她更应该归于这个社会，这个时代。而我，只不过做了一个常人该做的事儿，抑或说我是宇宙一尘埃。

论《毛泽东自传》叙事的政治功能

文 / 王成军

王成军，江苏师范大学"中外传记文学与比较文化研究中心"主任，撰写相关专著两部：《纪实与纪虚：中西叙事文学研究》《中西传记诗学研究》，发表相关论文50余篇：《文本·文学·文化——论自传文学》《自传文本的解构和建构——论保罗·德曼的卢梭〈忏悔录〉论》《论自传文本的非解构性诗学因素——〈罗兰·巴特论罗兰·巴特〉解析》《自在·叙述·他者：中西自传主体论》《事实正义论：自传文学的叙事伦理》《在忏悔中隐瞒：论西方自传的坦白叙事》《关于自传的诗学》等。

摘要： 由于自传叙事总是纠葛着叙述者的身份政治建构，所以它即使是一种自然的讲述自己的生活（这是不可能的），但是从读者反应批评角度来看，读者必然在特定政治文化话语中参与对文本的建构。再反过来，读者的反应批评又促使自传叙述者把读者认同的政治话语带入叙述之中。

关键词： 自传、身份、自我意识

朱崇仪在《女性自传：透过性别来重读／重塑文类？》一文中有言："自传如今被理解为一个过程，自传作者透过'它'，替自我建构一个（或数个）'身份'（identity）。所以自传主体并非经由经验所生产；换言之，必须利用前述自我呈现的过程，试图捕捉主体的复杂度，将主体性读入世界中。"[1] 朱崇仪的观点代表了西方学术界第二代自传理论研究家的思想，第一代理论批评家重视的是自传的真实性以及自传是否足以反映当时的时代精神，而第二代理论批评家强调的则是在自传的写作过程中，作者是如何建构自我认同和确立身份政治的。事实上，刺激文学产生的原因尽管复杂与多变，但"个人身份的不确定性"（an uncertainty concerning the identity of individuality）是最主要的原因之一。"也就是说，一直以来，人便在社会规范和内在欲望（social norm and drives）的夹缝间辛苦鏖战；文学，正是让人超越两者挟制的最古老方法之一。不论委身于何种文类，文学势必在'个人'与'身份'中转圈；而自传更是将'个人'和'身份'的讨论深度／广度极致化的最佳文类。自传包容了'个人'所能掌握的一切时空和身份，并给予个人超越现状的绝大契机——因此，自传性创作一直是文学／艺术家永远不可能离弃的母题。"[2] 本文拟以毛泽东自传为个案，来阐释中西自传叙事的政治功能。

尽管在延安窑洞的烛光中，向斯诺叙述自我的时候，毛泽东没有像曹操那样完全掌握话语霸权，但是政治家的敏锐告诉他此时此刻（1936年）的

---

[1] 朱崇仪 . 女性自传：透过性别来重读／重塑文类？ [J]. 中外文学（台湾），1997（4）：133–150.

[2] 贺淑玮 . 主体分裂与诠释偏执：寻找迷路的"杨照"[EB/OL]. 世纪中国网，2022. 12. 9.

"我"，是很需一次"政治身份"认定和宣传的。天赐机缘，这不，有着美国文化背景且不无"左倾"的记者斯诺来到了保安。斯诺说："每次和毛泽东谈话时，全由一个留学生吴黎平任翻译。我的记录用英文写出后，交吴氏译为中文，然后让毛泽东加以修正。毛氏对于任何条文节目，都一定要求其详尽和精确。"[1] 也就是说虽然毛泽东没有亲自书写自传，但是这里的自传性回忆，事实上是在毛泽东的整体构思与自我叙述中完成的。"如果我索性撇开你的问题，而是把我的生平的梗概告诉你，你看怎么样？我认为这样会更容易理解些，结果也等于回答了你的全部问题。"[2] 当然，由于是斯诺的笔录与整理，我们从文中也可看出斯诺的视角。可是这其实正是毛泽东愿意与斯诺合作的深层缘由。因为斯诺认为："毛泽东生平的历史是整整一代人的一个丰富的横断面，是要了解中国国内动向的原委的一个指南。"[3] 毛泽东深知，斯诺笔下的"毛泽东"不但是政治家毛泽东的身份建构而且还是政治家毛泽东的政治寓言。"这时，毛泽东开始向我谈到他的一些个人历史，我一个晚上接着一个晚上，一边写着他的个人历史，一边开始认识到，这不仅是他的个人历史，也是共产主义——一种对中国有实际意义的适合国情的共产主义，而不是像有些作者所天真地认为的那样，不过是从国外领来的孤儿——如何成长，为什么能赢得成千上万青年男女的拥护和支持的记录。"[4] 于是，在这部由上海复旦大学文摘社 1937 年 11 月出版的《毛泽东自传》中，我们所读到的毛泽东生平就鲜明地烙上了当下政治家毛泽东

[1] ［美］埃德加·斯诺. 毛泽东自传 [M]. 史诺录，汪衡译，北京：解放军文艺出版社，2001：188. 根据 1937 年 11 月上海复旦大学文摘社版再版。

[2] ［美］埃德加·斯诺. 西行漫记（原名 *RED STAR OVER CHINA*）[M]. 董乐山译，北京：三联书店，1979：105.

[3] ［美］埃德加·斯诺. 毛泽东自传 [M]. 史诺录，汪衡译，北京：解放军文艺出版社，2001：79. 根据 1937 年 11 月上海复旦大学文摘社版再版。

[4] ［美］埃德加·斯诺. 西行漫记（原名 *RED STAR OVER CHINA*）[M]. 董乐山译，北京：三联书店，1979：102.

的身份认同。毛泽东的"童年叙事"变成了"政治家的身份建构"。

第一个身份："反抗的我"。著名法国自传诗学家勒热讷说得好："任何第一人称叙事，即使它讲述的是人物的一些久远的遭遇，它也意味着人物同时也是当前产生叙述行为的人：陈述内容主体是双重的，因为它与陈述行为主体密不可分。"[1] 毛泽东讲述的他的童年故事确实是已经发生的事实，但是政治家的毛泽东作为叙述者是自然把他的童年纳入了当前的政治家的叙述身份。这样，展现在我们面前的就是一个毛泽东所确认的"反抗的我"。"我家有'两个党'。一个是父亲，是'执政党'。'反对党'是我，我的母亲和弟弟所组成的，有时甚至雇工也在内。不过，在反对党的'联合战线'之中，意见并不一致。"[2] 有论者会说，毛泽东在自传中对"我的父亲"的叙述，也许是中国自传发展史中"审父"意识最为强烈的文字之一，甚至比司汤达的"对父亲野兽般的极端仇恨"的叙述有过之而无不及。[3] 其实毛泽东之所以如此把父亲叙述为"暴君"，这是为他的政治目的服务的，是为了确认自己的"反抗的自我"。"当我以公开反抗来保卫我的权利时，我的父亲就客气一点；当我怯懦屈服时，他骂打得更厉害。"[4] 所以，尽管毛泽东叙述了许多被父亲"骂打"的情节，但是我们所看到叙述者却一点也不悲伤反而是字里行间流露出自我欣赏的喜悦之情。原因即肇于此。

第二个身份："求索的我"。这是叙述者毛泽东对自我的有意塑形：图书馆里苦学、读书会上论理、报纸广告中觅友。访谈中只说修身齐家治国平天下之事，为了革命本钱而"浴风浴雨"训练体格。甚至与"买肉"招待他的青年绝交："我的同伴连日常生活中的琐事都不谈的。记得有一次在

---

[1]　[法]菲力浦·勒热讷. 自传契约 [M]. 杨国政译，北京：三联书店，2001：147.

[2]　[美]埃德加·斯诺. 毛泽东自传 [M]. 史诺录，汪衡译，北京：解放军文艺出版社，2001：16. 根据 1937 年 11 月上海复旦大学文摘社版再版.

[3]　[奥地利]茨威格. 自画像 [M]. 袁克秀译，北京：西苑出版社，1998：143.

[4]　[美]埃德加·斯诺. 毛泽东自传 [M]. 史诺录，汪衡译，北京：解放军文艺出版社，2001：29. 根据 1937 年 11 月上海复旦大学文摘社版再版.

一个青年的家里，他和我谈起'买肉'的事情，并且当面叫用人来和他商量，叫他去买。我动怒了，以后就不和他来往。我和朋友只谈大事，只谈修身齐家治国平天下的事。"[1]

第三个身份："分裂的我"。这是自传性叙述中最重要的自我意识。由于个人身份的不确定性，导致叙述者对自我没有自信，因而此时的叙述最接近叙述者本人个人生活的"原生态"。但是其中所内涵的"政治情结"尤其值得研究。因为，毕竟这是当下的叙述。泰勒说："我是什么必须被理解为我要成为什么。"[2] 毛泽东在这里平实地叙述了他在北大图书馆的工作："我的职位如此之低，以致人们都不屑和我来往。我的工作之一就是登记来馆读报的人名，不过这般人大半都不把我放在眼里。……我很想和他们讨论关于政治和文化的事情，不过他们都是极忙的人，没有时间来倾听一个南边口音的图书佐馆员所讲的话。但是，我并不因此而丧气。"[3] 这里若从症候性阅读的角度来看，"自尊心极强"[4]的毛泽东尽管不丧气，但是内心的痛苦还是存在着的。所以在这里他透过自传叙事得以释放为"我要成为什么"。是政治使"图书佐馆员"毛泽东改变了自我身份成为当下全国知名的红色"领袖"。事实上这里的叙事，是负荷着叙述者现实欲望的政治无意识叙述。

第四个身份："复数的我"。当毛泽东叙述到他生平的红军时期时，斯诺吃惊地发现："毛泽东的叙述，已经开始脱离'个人历史'的范畴，有点不着痕迹地升华为一个伟大运动的事业了，虽然他在这个运动中处于支配

[1] [美]埃德加·斯诺.毛泽东自传[M].史诺录，汪衡译，北京：解放军文艺出版社，2001：29.根据1937年11月上海复旦大学文摘社版再版。

[2] [加拿大]泰勒.自我的根源：现代认同的形成[M].韩震等译，上海：译林出版社，2001：69.

[3] [美]埃德加·斯诺.毛泽东自传[M].史诺录，汪衡译，北京：解放军文艺出版社，2001：32.根据1937年11月上海复旦大学文摘社版再版。

[4] [美]埃德加·斯诺.西行漫记（原名 *RED STAR OVER CHINA*）[M].董乐山译，北京：三联书店，1979：86.

地位，但是你看不清他作为个人的存在。所叙述的不再是'我'，而是'我们'了；不再是毛泽东，而是红军了；不再是个人经历的主观印象，而是一个关心人类集体命运的盛衰的旁观者的客观史料记载了。"[1] 斯诺的吃惊是事实也是无奈。可是斯诺不知的是，这是政治家毛泽东的有意叙述，也是政治性自传的必然叙述策略。只有把"我"变成"复数"，只有进行一次"修辞置换"才能巧妙地把自我的"小我"转喻为"大我"。也就是在这样的叙事修辞中才能达到自传的最大政治功能。换句话说，政治性自传或说自传的政治性，像整个自传文类一样，一直在追求这种自传的转喻的修辞，以达到自传的政治性展示。"政治性和自传性文本的共同之处是它们都有一种建立在可资参考范畴的目的性阅读含义。尽管这种含义在它的主题和形式中隐蔽很深，但是，这个米歇尔·雷瑞斯所说的既是自传性又是政治性的'公牛角'却难隐其身。"[2] 事实证明，斯诺的《红星照耀中国》（《毛泽东自传》是其中的重要内容之一），之所以被西方作为理想"他者"来肯定，这不仅是因为斯诺替这些传主进行了身份塑造，而且包括毛泽东自己在内的传主同时也在构造自己的身份政治。"《大地》走红西方的同时，斯诺的《西行漫记》出版。斯诺与他的著作不仅开启了近半个世纪西方激进知识分子的中国朝圣之旅，也开启了红色中国的理想化形象。在 20 世纪西方的左翼文化思潮中，中国形象扮演着重要角色。它不仅复活了启蒙运动时代西方的中国形象的种种美好品质，而且还表现出现代性中自由与进步的价值。49 年之前西方记者笔下的共产党统治的"边区"，"无乞丐，无鸦片，无卖淫，无贪污和无苛捐杂税"，几乎是"一个柏拉图理想国的复制品"，毛泽

---

[1]　[美]埃德加·斯诺.西行漫记（原名 *RED STAR OVER CHINA*）[M].董乐山译，北京：三联书店，1979：147.

[2]　[美]保罗·德曼.解构之图 [M].李自修，等译，北京：中国社会科学出版社，1998：278.

东是那里"哲人王式的革命领袖"。[1] 当然，当自传叙述者的"我"被"我们"替代后，自传的政治性的增强无疑也意味着自传的叙事性的削弱。毕竟自传不是政论文。我们必须牢记这样一个自传诗学原理：自传是艺术地展示自我人生身、心世界的叙事文类，其美学价值与史学价值同样重要，甚至是更为重要。尽管表现自我似乎是艺术家最本能和轻松的事，"原则上讲随便一个人都能成为他自己的传记作者"。但是，自传又是所有叙事文类中最难成功的艺术形式。"比起真实地塑造同时代和所有时代任何一个人来，艺术家塑造他自身要更困难"，因为，自传是最容易被其他文类引诱的艺术形式，如满足于自己所经历的事件把自传写成"流水账"（《西蒙·波娃回忆录》）；怯懦于自我丰富的内心世界将自我抽干为"生平梗概"（《鲁迅自传》）；同理，政治家笔下的"我"往往迷失在"我们"之中，就是这种宿命的表现。

我们认为，自传的政治功能可以有三个层面的展示，一是把我等同于"我们"，如《毛泽东自传》的叙述者；一种是身份建构如曹操的自我肯定；一种是把自我置换成民族政治寓言，如富兰克林。进一步说，由于自传叙事总是纠葛着叙述者的身份政治建构，所以它即使是一种自然的讲述自己的生活（这是不可能的），但是从读者反应批评角度来看，读者必然在特定政治文化话语中参与对文本的建构。再反过来，读者的反应批评又促使自传叙述者把读者认同的政治话语带入叙述之中。弗雷德里克·道格拉斯有三个版本的自传就是一个典型例证。[2] 事实上，当下自传在美国总统大选中其政治功能表现得尤其重要。我们拟在另章论述。

詹姆逊在《政治无意识》中说得好：政治视角构成一切阅读和解释的绝对视阈。他说，每一种文类形式都是该形式多种不同运用经过竞争后的

---

[1]　周宁. 中国形象：西方现代性的文化他者 [J]. 粤海风，2003（3）：4-9.

[2]　1845 年，1855 年，1881 年，弗雷德里克·道格拉斯出版了三个版本的自传。

残存。每一种文类的叙事模式，就其存在使个体文本继续发生作用而言，都负荷着自己的意识形态。甚至那些表面看来是远离"政治"的风格本身，也在内蕴着"意识形态"。如海明威的小说叙事就是在以"陌生化"的形态，来抵制美国工业革命的现实困惑。我们在这里阐释和强调自传的政治功能，也是基于对西方自传诗学中的后现代语境过分肯定"非政治化的文本游戏"（保罗·德曼）和意义死亡的（鲍德利亚）理论的反思。记得希利斯·米勒说过："文学研究的时代已经过去。再也不会出现这样的一个时代——为了文学自身的目的，撇开理论的或政治方面的思考而单纯去研究文学。"[1] 我想说的是，文学从来就没有米勒所抽空的那个文学研究的时代。自传性创作这个文学永远不可能离弃的母题，总是与身份政治和政治寓言紧密相连的。

---

[1]　王宁编 . 全球化与文化：西方与中国 [M]. 北京：北京大学出版社，2002：183–184.

潮平两岸阔，风正一帆悬

文 / 陈 杰

陈杰，原河南文艺出版社社长，享受国务院政府特殊津贴专家，编审。现中原出版集团大项目办聘请专家。所策划编辑图书与期刊获得过中宣部五个一工程奖、中宣部主题出版重点项目、国家出版基金、国家期刊奖、国家出版署"三个一百原创"等国家级荣誉；被评为河南省宣传文化系统"四个一批"人才，河南省期刊优秀领军人物、河南省优秀中青年编辑等。

摘要：作为传记文学期刊，《名人传记》梳理回顾了创刊 36 年来在中国传记文学事业上所做的努力和奋斗，特别是在党和国家的重大历史节点，《名人传记》积极践行主题出版，组织年度专题，与时代同行，产生了积极的社会效益。《名人传记》继续推出更多、更有影响力、更受读者欢迎的作品；也将面对时代的挑战，以品牌策划为引领，取得发展新突破，朝着更高的目标攀登。

关键词：《名人传记》、河南文艺出版社传记出版中心

在中国共产党成立 100 周年、党的二十大即将召开及中国传记文学学会成立 30 周年之际，"建党百年"传记创作发展与总结学术研讨会暨中国传记文学学会成立 30 周年纪念活动的举办，意义非凡。这次纪念活动是中国传记文学学会以自己的特色与力量彰显与时代同步、与党和人民同心的初衷，它将成为中国传记文学学会发展历史上浓墨重彩的一笔。

作为传记文学领域的一名出版人，在 36 年前的 1984 年，我参与了大型传记文学期刊《名人传记》的创办工作。数十年来，《名人传记》获得了国家期刊奖、全国百种重点社科期刊奖、中国最美期刊奖等殊荣，取得了重要成就；我和传记文学的缘份也愈加深厚，一直情有独钟，从河南文艺出版社社长岗位离任前，还专门成立了河南文艺出版社传记出版中心，为的是能从期刊到图书，为传记出版尽一份绵薄之力。

作为传记文学期刊，《名人传记》30 年前就与学会有了交集。那是 30 年前中国传记文学学会成立之时，《名人传记》时任主编到京参加大会，并送上祝福。从此，《名人传记》成为中国传记文学学会的一员，受到了学会的大力支持和帮助。

在学会的支持下，《名人传记》举办了两次颇有影响力的活动。

一是《名人传记》创刊 20 周年纪念活动。2005 年 9 月，中国传记文学学会与《名人传记》杂志在郑州联合举办了"中国当代最有影响力传记文学作家"的评选活动。这次活动组成了以中国传记文学学会名誉会长、著名作家刘白羽先生为名誉主任的评委会，意在推动我国传记文学创作的发展与繁荣，弘扬中华民族优秀传统文化，为广大读者提供更精美的传记文学作品。

经过读者推荐与专家评定，这次活动评选出了当代最有影响力的 10 位

优秀传记文学作家——王朝柱、叶永烈、石楠、祁淑英、朱晴、陈廷一、胡辛、徐光荣、韩石山、董保存，举办了隆重的颁奖仪式，并召开了传记文学创作研讨会。十位获奖作家在研讨会上就自己的传记文学创作经验进行了交流，深入探讨了传记文学的创作与发展。《名人传记》的主办单位河南文艺出版社后续还推出了十大优秀传记作家代表作丛书。时任会长万伯翱先生带队出席了活动，对活动给予高度评价。这次活动是新中国成立以来首次评选优秀传记文学作家，对推动传记文学的创作和发展、对传记文学作家队伍的壮大具有重要意义。

二是《名人传记》创刊 30 周年纪念活动。2015 年 10 月，《名人传记》创刊 30 周年座谈会暨《名人传记》"十大优秀作家"颁奖活动在郑州举行。这次活动评选出了《名人传记》"十大优秀作家"，全部由读者投票产生。他们是叶永烈、顾保孜、岳南、王凡、王晓华、周海滨、刘宜庆、王道、赵忭、周有恒。既有近 10 年在传记文坛有重要影响的老一代传记文学作家，也有近年在传记写作领域深受读者喜爱的新锐作家。时任中国传记文学学会会长王丽女士带队出席了活动，祝贺并发表了热情的讲话。

这次活动后，在学会老会长张洪溪先生的联络支持下，《名人传记》的主办单位河南文艺出版社出版了一批传记图书。

在学会的大力支持下，《名人传记》的社会影响力进一步扩大，读者美誉度得以不断提升。

今天，"建党百年"传记创作发展与总结学术研讨会暨中国传记文学学会成立 30 周年纪念活动举行，《名人传记》以此为契机，梳理回顾了创刊 36 年来在中国传记文学事业上所做的努力和奋斗，特别是在党和国家的重大历史节点，《名人传记》积极践行主题出版，组织年度专题，与时代同行，产生了积极的社会效益。

《名人传记》在 1985 年创刊之时的发刊词中，就明确了办刊理念："《名人传记》不仅要以历史的眼光和时代的眼光为故人立传竖碑，还应着眼于当代，为当代的英雄、模范人物立传，真实地反映我们伟大的时代，伟大的变革。以真实性、文学性、知识性、可读性向广大读者揭示生活的真谛，催人向上，更好地为人民服务，为我国的社会主义建设服务。"

在策划选题、组织稿件的办刊实践中，《名人传记》坚持选取中国共产党历史进程中优秀党员的传记故事，深入宣传中国共产党奋斗的光辉历程，宣传为国家和民族作出伟大贡献的名人志士，用他们的奋斗历史和伟大成就鼓舞斗志，为民族立传、为时代立传。

《名人传记》为此开设了开国元勋、军旅功臣、领袖风采、伟人童年、革命志士、革命春秋、人物春秋以及传记连载等专栏，以生动的笔墨专门刊发优秀共产党员、民族英雄、当代模范的传记，许多传记被《新华文摘》《文摘报》《读者》《作家文摘》《报刊文摘》《文汇报》等国内知名报刊转载，受到了广大读者的喜爱。

2021 年，中国共产党成立 100 周年，《名人传记》在第 3 期至第 12 期共 10 期杂志上，开设了"中国共产党成立 100 年"专栏，持续推出主题传记文学创作系列，介绍传主在党的百年历程中的突出贡献，纪念他们为中国革命和建设所作出的努力和奋斗。这 10 篇文章有毛泽东孙辈毛新宇所作的《毛泽东的儿女们》、著名作家顾保孜所著的《罗荣桓"翻边战术"反"扫荡"》、著名传记文学作家钟兆云所著的《王海：一个为国家留了一点痕迹的革命者》、著名民国史专家王晓华所著的《洪学智：从大别山走出来的"六星上将"》，以及介绍"七一勋章"获得者张桂梅和柴云振的《"燃灯者"张桂梅》《"活着的烈士"柴云振》，还有介绍"七一勋章"获得者瞿独伊父亲瞿秋白的《瞿秋白：沸腾的热血》、介绍国家最高科学技术奖获得者钱七虎的《钱七虎：为国铸造和平之盾》、记录我国军事工业发展、汽车工业发展情况的《新中国第一代领导人的飞天梦》《他们，用国产小轿车献礼国庆十周年》。特别是在第 7 期建党 100 周年当月，《名人传记》在"中国共产党成立 100 年"专栏之外，还刊发了焦裕禄和杨贵的传记故事

《焦裕禄劳工生涯始末》《红旗渠旗手杨贵的"中国故事"》，深入宣传发轫于河南的焦裕禄精神、红旗渠精神的红色人物代表；刊发了红色后代对自己祖辈、父辈的回忆文章《李光华回忆父亲李大钊》《张晓龙：我的爷爷张云逸大将》《李特特：血液里流淌着红色基因》等，回顾党的百年光荣历程，弘扬党的儿女们的奉献精神。

此外，《名人传记》还于其他常设栏目中刊登了更多优秀革命者的传记故事，如《朱德儿媳赵力平：记忆中的帅府家风》《马识途：我最引以为傲的身份是"职业革命家"》《刘可风：父亲柳青一生的"创业史"》《我记忆中的吴运铎》《袁宝华：共和国经济建设的"高级工程师"》《"党的女儿"：田华的红色影剧人生》等。

践行主题出版，宣传党的百年征程和中国革命历程中的先烈和英雄，弘扬时代主旋律，是《名人传记》的责任与担当，也是《名人传记》的初心和使命。

回望我国传记文学事业，传记创作、传记评论，佳作迭出，传记图书、报刊出版日益繁荣。作为传记文学期刊，《名人传记》将在中国传记文学学会的支持下，继续推出更多、更有影响力、更受读者欢迎的作品；也将面对时代的挑战，以品牌策划为引领，取得发展新突破，朝着更高的目标攀登。

令人记忆深刻的 2021 年日历即将翻过，充满活力与希望的 2022 年正向我们走来。《名人传记》杂志创刊至今，36 岁。"潮平两岸阔，风正一帆悬。"值此时代，值此盛年，《名人传记》欢迎广大传记文学作家多多赐稿，我们真诚期待您的大作。作为传记人，我们一道肩负责任，抖擞精神，向新征程新时代进发！

在新的文明形态中塑造新的传记文学形态

文 / 西篱

西篱，中国作家协会会员，中国传记文学学会常务理事，广东省作家协会主席团成员、创作研究部主任，长期从事纪实文学、小说、诗歌创作和研究，在《人民文学》《十月》《中国作家》《诗刊》等发表作品，已经出版《昼的紫夜的白》等长篇小说、纪实文学、诗集 10 多部，曾获首届金筑文艺奖、首届有为杯报告文学奖、第四届和第五届中国传记文学优秀作品奖。文学创作一级作家，广东省政协委员。

摘要： 守正创新，是传记创作迫切需要思考的问题。赓续中华文脉、坚守中华文化立场，要处理好传统与现代的关系，活化经典，以强烈的历史主动精神，突破传记创作同质化、模式化。笔墨跟随时代，作家们要更好地解读生活，更深刻地理解人民的伟大创造和贡献，更努力地提升传记文学创作的新境界。

关键词： 传记、历史、客观真实性习近平总书记在中国文联十一大、中国作协十大开幕式上的重要讲话中，对文艺工作者提出了五点殷切希望。其中第三点希望广大文艺工作者坚持守正创新，用跟上时代的精品力作开拓文艺新境界。他引用柳青的话，强调创新是文艺的生命。

五年前，总书记提出"与时俱进、推陈出新"。这次更加明确地提出"守正创新"。我们要理解好"守正"与"创新"两者间的辩证关系。"守正"就是要弘扬优秀传统，要礼敬我们的中华文明，要符合我们的国情。总书记是了解文学和创作的规律的，他深刻指出："艺术的丰盈始终有赖于生活"，而"一切创作技巧和手段都是为内容服务的"。

总书记要求的"创新"，就是要跟随时代的发展有所变化和突破，尤其是互联网＋和人工智能抢占生活空间、削弱人们思考能力的时代，科技的发展影响了文学的表达和呈现形态。

文学形态的变化和形成，和时代发展有关。比如中国网络文学的发展史，就往往被描述成一种新的文学形态的成长史。新媒体也带来了文学形态的变迁。又比如越来越丰富的现实生活，以及作家的存在意识、受众对逼近真实的强烈要求，催生了非虚构文学创作……

很显然，文学形态的塑形，除了科技的影响，更重要的是和时代的文化与精神内涵有关。"人类文明新形态"的重要内涵是"五大文明"（物质文明、政治文明、精神文明、社会文明、生态文明）的协调发展。

深刻理解了这个重要内涵，我们方能找到一种应该遵循的方法论，从而得以清晰地为由玄幻向现实书写转向的网络文学把脉，才能更好地理解小说家和诗人处理生活时，不同或相同的情感呈现方式，和他们思想的深刻所在，也才会对传记文学创作提出优化写作技巧的要求，提出现场感、现实性，以及相对与绝对的真实之间的合理与平衡的要求，而否定那种材料堆砌、简单实录的纪实作品。

如果将《史记》作为传记创作的源头，那么传记文学的确是一种古老的文学样式了。在数千年的演变中，传记文学有一点没变，那就是它始终既属于文学，也属于历史。著名传记作家忽培元说过，司马迁兼历史学家与文学家于一身，才能游刃有余地完成《史记》的创作。现在的很多作者在进行传记创作的时候，注重达成传主的要求意愿，完整讲述传主的人生历程，却忽略了对伴随传主的大历史背景的了解和理解。读懂历史才能读懂历史中的人，这是毫无疑问的。"讲故事的历史学家"为什么那么被人所敬仰？为什么我们往往乐于阅读学者写的传记作品？因为文学的表现力和历史知识的欠缺在当代传记文学创作中一再凸显，已经成为作者面对叙事和形象塑造时力不从心的重要原因。

守正创新，是传记创作迫切需要思考的问题。赓续中华文脉、坚守中华文化立场，要处理好传统与现代的关系，活化经典，以强烈的历史主动精神，突破传记创作同质化、模式化。笔墨跟随时代，作家们要更好地解读生活，更深刻地理解人民的伟大创造和贡献，更努力地提升传记文学创作的新境界。

传记写作有个不断被提及的问题：客观真实性。一般来说，真实是传记文学的重要品质，也是传记文学能够获得读者认可并引起共鸣的重要原因。但是，过于客观真实，也会造成文学的审美性不足，因为生活毕竟不是文学，文学是源于生活又高于生活的。传记文学虽然是忠实于传主的生活，并努力展现其精神的图景，但它还是要有谋篇布局，是要经过作者精心剪裁的，还要更多地挖掘传主思想，更好地拓展其精神境界的更为辽阔深邃的空间。在非虚构创作兴盛的当下，传记文学的真实性原则不断遭遇质疑和挑战。如果传记创作不能在绝对真实和艺术真实之间、在现场感和现实性之间找到一个恰当的平衡，就会陷入创作和文体的桎梏。

作家与时代的关系也是传记创作的一个核心问题，直接影响到传记文学如何塑造其新形态。作家要有勇气打破自我，走出自己的房间，置身于现实之中，去体会生活的丰富和多样性、文化的多元性，才会觉得天地是广阔的。可以说，现当代文学中的传记创作，其底色一直是较为单调的。传记创作不能是简单的回忆和记录。作家要真正地走出去，去阅读和理解生活，去打开全新的传记文学的世界。

每一部传记文学作品，都应该带给读者生活重新开始的感觉，要有能够与读者的心灵发生呼应的神圣感，而不是只与作者自己有关、与传主有关。如果是那样，我们的写作就是失败的。

随波逐流是人的本性，人们习惯于生活在一种惯性之中，生活在自己的舒适区域里。文学恰恰是要打破这种惯性，迫使人们进行思考和反省，以审视的目光来看待生活中的一切，包括写作者自身。当我们笔下的每个时间里发生的事物都与读者产生关联，作者打开作品的时候，就会感觉到生活并不是那么平庸无聊，一切都可以重新开始。

思接千载，视通万里。只有当个体的传记与更大的世界联接，才能避免千篇一律的面貌，才会成为更为开阔的、既拥抱了历史和自然、也拥抱了现实的作品。通过我们的讲述、塑造、传播，去获得更多更广泛的认知，传递我们的文化和价值观。当我们的价值观、美学观得到广泛的世界性的认知和认可，才能为推动构建人类命运共同体作贡献。这样，我们的文学使命和价值，就超越了文学本身。

传记文学创新举要

文 / 刘国强

刘国强，中国作家协会会员 、中国传记文学学会常务理事、辽宁省传记文学学会会长、辽宁省散文学会副会长，著有《罗布泊新歌》《日本遗孤》，中篇报告文学《祖国至上》，散文《鼻子》，长篇小说《日本八路》，短篇系列小说《零下生活》，中篇小说《报恩》。

摘要： 传记文学的人物和事件不能虚构，但也决不能简单地模仿生活，看见什么写什么。这种写法，严重点说就是抄袭生活，严重弱化文学性和艺术性。通过适度的想象力和还原现场的能力，致使文章更加生动、鲜活、有现场感，大幅度提升文章质量。

关键词： 艺术视角、人物特点、想象力世上各学科、产品都要创新，都在更新换代，至少也要升级到"最新版"。传记文学也一样，必须与时俱进，在题材上与时俱进，在理念上与时俱进，在思想上与时俱进，更要在创作手法上与时俱进。我们如何从高原迈上高峰？理由和途径很多，其中最重要的一点，就是创作手法的创新。尤其在网络发达的时代，在自媒体和手机霸屏的时代，传记文学跟不上时代发展步伐，没人看，没人喜欢，无疑削弱了力量。因时间有限，我仅从五个方面提出浅见。

举要一：文章结构要出新。

结构既是形式，也是内容。

20世纪90年代，我在鲁迅文学院进修时老师讲，小说一共有66种结构。我没有看到这么多的结构，但我想说，好的结构，传记文学也可以借鉴。另外，根据内容的不同，设计不同的结构。结构出新，文章必须出新。说明一下，因为结构创新，在中国以往的传记文学、报告文学中找不到范本，仅以我的作品为例。

《罗布泊新歌》原发《中国作家》杂志，后由春风文艺出版社和新疆人民出版社联合出版。在此，我采用的"交响乐"的结构。

第一层结构，我分为四个大部分。分别为起、承、转、合。

第二层结构，我分为十二歌，也就是通常的十二章。第一歌，第二歌，等等。

第三层结构，每一歌的开头用歌词，结尾，我用"间奏"。

第四层结构，有前奏和尾声。

这个结构很新鲜，受到评论家和作家的好评。2018年5月5日，在北京中国现代文学馆召开的研讨会，与会者是中国当代顶尖的评论家。那么，我为什么这样设计结构？

在罗布泊无人区，最有名的有两件大事：一个是，进行了45次核试验，核武器的诞生，使中国挺起了脊梁；另一件大事，就是开发了钾盐，使中国农业挺起了脊梁。《罗布泊新歌》荣获辽宁文学奖、首届辽宁省政府出版奖图书奖、首届中国工业文学大赛大奖和第十二届全国少数民族文学创作骏马奖。

我在中篇传记《祖国至上》中，用飞机航行的术语来设计结构。

导航：朝向是大战略（写黄大年从小就阳光向上，有志向，学习拔尖）

起飞："振兴中华，乃我辈之责！"（这是黄大年青年时代入党志愿书中的一句话。）

返航：为了你，我的祖国（写黄大年从英国回到祖国）

云朵之上：地质宫不灭的灯光（地质宫是他的办公大楼）

气流颠簸："他不食人间烟火"（写他坚持原则，只请能力强的人做工程，不为任何人开人情绿灯）

提速：实现"弯道超车"（写他的创造产品填补国内空白、世界领先）

经停：为了祖国的未来（写他培养接班人）

强气流颠簸：国殇（黄大年牺牲）

续航：再出发（团队和学生们继续他未竟的事业）

《祖国至上》荣获北京文学奖、中国传记文学奖、第二届中国工业文学大赛中篇传记唯一的一等奖。有7个选本选发，其中6个选本选在头题位置。

我在《燕赵脊梁》中采用小说的"双线结构"，齐头并进推进故事发展，一条线写历史，一条线写现在，采用小说的叙述方式——"双轨道前进"，这在报告文学文体上是个创新。颠覆了以往报告文学、传记文学的横向纬线结构，变为纵向的经线结构，内容和容量及表达，都有颠覆性变化。中国报告文学学会常务副会长、中国报告文学研究会会长李炳银先生写了评论，说，"尤其值得一提的，采用小说的结构来设置长篇报告文学的结构，用'双线叙述'的结构推进故事发展，令人耳目一新。这一创举，丰富了当代中国报告文学的体裁样式，改变了一成不变的结构形式。形式也是内容，正是采取这样的框架设计，增大了作品容量，增强了可读性，增宽了作品维度。这种'双镜头'的切换方式，在'提神'的同时也打破了作品的沉闷。"

在即将由作家出版社出版的人物传记《那片阳光》中，我也采用这种复式结构，两条线穿插并行。一条为实业线，一条为文化线。这种结构符合人物身份：主人翁为作曲家、企业家。

举要二：艺术视角要出新。

视角新鲜，使文章有独到的艺术价值。比如《罗布泊新歌》，全书用"歌"串起来，整部作品就是一个大交响乐，分十二个乐章，有单独的乐段和乐句。

短篇传记：《安大龙：会打拳的专职公益人》。因为安大龙曾是空军某部特种兵，为几十个人近不得前的擒拿格斗高手。根据他的人物身份特点，从"打拳"的视角切入，符合客观实际，也出新意。

小标题一 直拳："碰事往前上，不能躲！"（为农民工讨要工钱）

小标题二 摆拳：统帅千军万马（引导 6000 多家民营企业，做公益）

小标题三 勾拳："这么多年，我头一次这么美！"（瘫痪的老太太十多年头一次化妆，照镜子一看，说这句话）

我曾看到一幅油画，表现篮球比赛的题材。可是，画面既没有运动员，也没有篮球架。而是只画个记分板，几个观众围在旁边。一面分数为 65 分，另一面为 63 分。可是，记分员拿起黑板擦，要擦去 63 分，证明比分已经"追平"。画家视角新鲜而独特，令人叹为观止。

齐白石先生的绘画作品《蛙声十里出山泉》。这是白石先生 91 岁时，为作家老舍画的画。如何能画出"蛙声"呢？画面两边为山崖，中间一条小溪奔腾而下，水里有几只蝌蚪游来游去。仿佛有青蛙母亲在呼唤它的孩子们。令人拍案叫绝。

严歌苓的《金陵十三钗》，视角也特别新鲜。在危急时刻，连妓女们都挺身而出，不惜用生命保护"唱诗班"的小姑娘。

同样写妓女题材的杰作：小仲马《茶花女》，乔治·比才的《卡门》，莫泊桑《羊脂球》《项链》。欧亨利《陪衬人》《麦琪的礼物》，视角也很好。

举要三：人物形象要出新。

这个话题我为什么单点出来讲？重点强调，就是当前的传记文学，事件淹没了人物，故事淹没了人物，情节淹没了人物，叙述淹没了人物。哪怕是一群人物，你也要找出各自的特点，塑造出不同的人物形象。刻画性格，塑造形象，不是白描，不是浮雕，而是雕像，是"圆雕"，立体的。

尽力捕捉每个人物的特点，比如相貌特点、性格特点、说话语言特点甚至声音特点，迅速在短时间内抓住特点，这是刻画人物的先决前提。我们画人物写生，不是模特来了就画，而是抓特点。五官特点，比如大眼睛，或者小眼睛，比如嘴唇厚或者薄，比如塌鼻子或者大蒜头鼻子，等等。当然不只是这些表层的东西，还要挖掘他的性格特点或内心特点。比如，一个普通工人，爱好数学，爱好泥塑，爱好昆虫学，爱好信鸽比赛，就很有意思。这些看似闲事，却往往是人物出彩的地方。我们的报告文学为什么不感人？不好看？其中一点就是太直奔主题，细节少，人物干瘪，人物形象塑造不出来。把人物琢磨透了，才能写出有血有肉的人物，让人物活色生香、栩栩如生，用我们常说的话，叫"呼之欲出"。

那么再说人物形象，《水浒》就是成功的典范。一百单八将，一人一样。我们可以学习和借鉴。

《歌德巴赫猜想》中陈景润的艺术形象。木讷，语迟，教中学都教不了，话说不明白。但，他是数学大才，也是数学天才。书记给他送苹果，他不要，"我不吃水果，真的，我好多年不吃水果"。趴在床上计算哥德巴赫猜想，点着油灯。领导要给他安电灯，他说我不要电灯，要电灯很麻烦。他们会来打扰我。边看书边走路，撞在电线杆子上，他对电线杆子说"对不起"。十足的书呆子形象，而不是全知全能全行的"高大全"式的人物。这样一个人物，解决了几百年的数学难题。

举要四：想象力要出新。

传记文学的创作，想象力是文章"出彩"的重要环节，也体现出作家的能力所在。写雨果的传记作品几百部。法国作家莫洛亚写的最精彩。一个我们钦佩的事实却是：1885 年 5 月雨果去世，这年 7 月莫洛亚刚刚出生。为什么？其中想象力为重要环节之一。

传记文学的人物和事件不能虚构。但也决不能简单地模仿生活，看见什么写什么。这种写法，严重点说就是抄袭生活，严重弱化文学性和艺术性。通过适度的想象力和还原现场的能力，致使文章更加生动、鲜活、有现场感，大幅度提升文章质量。比如我在千里无人区罗布泊采访，高温时地面温度摄氏七八十度。摄氏七八十度到底有多热？用程度副词说很热、非常热，没人知道到底热什么样。那么，我写打一个鸡蛋放在铁锹上，几分钟就熟了。我写切开一片西瓜，几分钟就晒化了，就调动了想象力。即使当时你没有用锹炒鸡蛋，没有当场切西瓜，也不影响生活真实和艺术真实。

什么是创作？蒸鸡蛋糕、炒鸡蛋、煮鸡蛋，都不是创作。而让鸡蛋孵出鸡崽儿，才是创作。再如，找到矿石不是创作，而将矿石提炼出铁、铝等金属，才是创作。现在，多数传记文学、报告文学都是简单地复制生活，离好的创作作品尚有较远的距离。

此外，提炼出抽象的思想，使文章主题深刻，为读者提供导向。所有文章都在内，没有独到的思想，或者说没有思想出新，文章几乎没有意义。

举要五：语言要出新。

如果把文章比喻为大厦，那么，语言就是文章最小的建筑单位。语言的质地，决定大厦的质地。建筑品，用土坯、砖头、石头、玉石、金砖建筑的产品，肯定是不一样的。

现在的作者中，99% 败在语言上。或者说，至少有 99% 的人语言是不过关的。比如在辽宁，搞创作保守估算 2 万人，如果有百分之一的人语言好，2 万人有 200 人语言好。有吗？似乎连 5 个都找不到。

我常常说，多数人讲"语言朴素"，是一种误导。因为，此朴素不是彼朴素。什么意思？我认为，朴素的语言，也是经过锤炼后的朴素语言，而不是原生态的朴素语言。打个比方，够级的领导下农村或工厂，叫下基层。普通的工人农民原本就在底层工作，怎么能叫下基层？领导看望底层群众叫接见，普通人之间见面，能叫接见吗？

比如陈忠实在《白鹿原》的叙述语言，健劲而柔和的长句子，有自己独到的特色。比如老舍先生有着老北京地域特色的语言，比如刘庆邦的小说语言，我当着刘庆邦的面说：读他的小说，上过小学三年级就没有生字，用字量很少。但优美极了，人称他是语言大师。毕飞宇的语言也相当漂亮，哪个是原生态的语言？哪个都不是，都是经过千锤百炼才打造出来的优美语言。

第一，剔除公共语言、公文语言。第二，有人甚至说剔除固定词组，决不用成语。这是有一定道理的。第三，剔除新闻语言。尽量多一些形象思维，少一些逻辑思维。

目前我们所看到的传记文学、报告文学，多数语言关都没过。读者不喜欢，自然有不喜欢的道理。

陈忠实说：作家倾其一生的创作探索，其实说白了，就是"寻找属于自己的句子"。

毕飞宇说：小说拥有了语言，就拥有了灵魂。

贾岛的《题诗后》：两句三年得，一吟双泪流。"这两句诗，我琢磨了三年才写出，一读起来禁不住两行热泪流了出来。"

画家石涛"搜尽奇峰打草稿"，杜甫讲究"语不惊人死不休"。语言既是文章的外貌，也是文章的躯体，还是文章的内心，更是文章的灵魂。它撑起文章大厦，也承载着思想，承载着审美，承载着人物和故事。

传记文学创新的方面还有很多，因时间关系，仅在此抛砖引玉。

当代中国，传记文学方兴未艾，任重道远。让我们同心探索，理论与实践双轮驱动、双翼齐飞，推动传记文学再攀新峰。

新史观　新理论　新书写

——关于《共和国传》的虚构

文 / 徐兆寿

徐兆寿，复旦大学文学博士，著名传记作家、评论家。西北师范大学传媒学院院长，教授，博士生导师。甘肃省电影家协会主席，甘肃省当代文学研究会会长，全国当代文学研究会常务理事，全国文艺评论家协会理事。中国作家协会会员，甘肃省首批荣誉作家，《当代文艺评论》主编。教育部新世纪人才，"四个一批人才"。国家社科基金重大项目首席专家，第十届茅盾文学奖评委。1988 年开始在各种杂志上发表诗歌、小说、散文、评论等作品，共计 500 多万字。长篇小说有《非常日记》《荒原问道》，传记《鸠摩罗什》等 8 部，学术著作有《文学的扎撒》《精神高原》《人学的困境与超越》等 20 部，获 "全国畅销书奖" "敦煌文艺奖" "黄河文学奖"、中国传记文学优秀作品、甘肃省哲学社会科学优秀成果奖等 10 多项奖。

摘要：在用传记文学的方式重新书写《共和国传》的问题上，作家要在中华文化五千年的历史与精神的基础上，将自身上升到艺术家、学者，甚至是大政治家的高度来进行历史创作，才有可能书写出类似《史记》这样的著作。

关键词：传记、《鸠摩罗什》、《共和国传》

关于传记文学，我从前写得不多，但五年前的小说《鸠摩罗什》可作为一部传记文学。鸠摩罗什是佛教中的一位佛经翻译家，我们所熟知的《金刚经》《法华经》等都是他翻译的，他也使我由此踏上了文史互融的古老道路。这应当就是中国古代的文学了。

这几年由于一些原因，我对《史记》研究颇多。研究它并非是为某种学术文章的写作，而是想明白它为何是一部"究天人之际"的著作，它要表达的思想是什么？因为这部著作与司马迁的老师董仲舒的天人感应学说是一体的，他们一个从政治，一个从历史，共同完成了中原文明中心说，确立了中国人的核心价值观和伦理纲常，中国大一统的历史观由此完成。同时，这些思想影响了中国 2000 年之久，无论皇帝谁来做，政治体制未变，所以中国人的心未乱。可见，《史记》的作用巨大。2000 年后，中国大变，家天下重新变成了公天下，但此时，一方面我们需要完成社会主义核心价值观的构建，另一方面我们需要构建一套史学体系，以此来完成这个时代的理论体系。所以说，这样的作家就具有了古人所讲的经师的意义。他要给中国人重新立法，立经，立道。这是一般意义上的虚构类作家做不到的，但是，那些没有思想体系的传记作家也就无法完成。它需要虚实结合。最重要的是要有一套符合天道、历史、人心的思想。所以我觉得我们这个时代的作家应当有人潜心研究中外思想和历史，苦心孤诣地写作一部《共和国传》，以此来重启未来。

《共和国传》是我虚构的一个名称，除了已有的《二十五史》外，我们还缺少一种能够得到大家普遍认同的《共和国史》，但这部史书之难度是以往除《史记》外没有的难度。它需要的思想资源是当今的作家们难以达到的。我们这个时代的作家都没有深厚的学术背景，对史学的把握也不够，最重要的是对中国历史和西方文化要有一个会通，也就是集中西方思想的大成。除了这个还不够，恐怕还需要对司马迁提出的"天人之际"重新进行回答。但我也相信，很多作家的心中都有一个蓝图，即在思考如何书写共产党的百年历史、书写中华人民共和国 70 年的历史。这是这个伟大作家出现的基础。

最近，我刚刚参加了中国文联第十一届文代会和中国作协第十届作代会，有一些新的体会。会上，习近平总书记在讲话中给我们提供了很大的空间，比如人民性、人类性和面向中国传统文化资源，这都是我们要思考的大方向。再联想到他 2021 年一年来视察福建和河南时，考察朱熹园和河南的"医圣祠"，从朱熹和张仲景讲中国传统文化的重要性，提出"没有五千年的文明，就没有中国特色社会主义"的宏观观念，并指出中医是进行中国传统文化创造性转化的途径之一。他还给《文史哲》杂志回信，迫切希望学者们要在中国传统文化的创造性转化方向做出贡献。再回顾前几年他在哲学社会科学座谈会上的讲话，要求哲学社会科学界学者们"通古今之变"，这也使我们想到司马迁的《史记》，所以我们必须追溯到司马迁那个时代去思考当前时代，我们怎样才能创作出贯通古今、融汇中西文化的史书？

司马迁的《天官书》这篇文章很少有人看，也很难看懂，因为它讲的是天文学内容。我们现在大部分人不懂天文学，都不抬头看天了，觉得那是迷信，但司马迁讲的不是迷信，完全是古代科学。我看过一个资料，说今天中国的天文学者和爱好者仅 2000 多人，而欧洲有 20000 多人，是我们的 10 倍，这也从一个方面说明我们对天文学较为陌生，不重视。古人说上知天文，下知地理，中通人事，才能说是有学问，也才能够谈学术。现在我们把天文称之为迷信，也不去究地理，觉得天下地理都一样，只穷究人事，而这个人事也常常是以西方学术为资源和价值尺度，排斥中国传统的人文学术。我们今天读《史记》，大多只看其辞藻、记事时间等，虽然这形成了文学和历史学科的研究资源，而这只是《史记》的皮毛。《史记》的天人观念和通古今之变的方法论都不清楚，或者说不大赞同，于是，我们写的内容就很难与古代文化沟通。我读《天官书》，起初是一点都不懂，然后就学习天文学，学了将近两年，再去读，有些小懂，再学西方天文学，与中国古代天文学进行对比，就发现我们几乎没有当代中国的天文学。我买过一个地球仪，是 AR 技术呈现的，中国的中小学生都在用。我插上电后，发现在地球上空出现了天气的变化，同时也出现了星座，而这些星座都是西方人的星座，中国的天文星座都不存在。我们的北极星呢？北斗七星呢？启明星呢？都看不见。我便想，我们的下一代和下下一代人都在西方人的地理学和天文学背景下来理解世界，我们还能相信古代中国人的天文学概念吗？不会，我们只有反对。问题在于，我们相信西方人的星座是科学，我们的天文就成了迷信。这是多么大的讽刺。讲这么多要说明什么问题？就是说我们今天的世界观和方法论是完全排斥中国古代传统文化的，要复兴中华文明就要从这些方面入手去思考，去转化，去复兴。而《天官书》在《史记》中是至关重要的一篇文章，因为它正是司马迁提出"天人之际"观念的文章。不看这篇文章，我们就根本不能理解"究天人之际，通古今之变，成一家之言"。虽然我们对天人关系还需要进一步去论证，去进行现代转化，但不读这些文章，不进行深入的研究和思考，何以能回答这些问题。所以说，今天要写类似于《史记》这样的大文章、大传记，不是随意能完成的，它需要我们有一个完整的世界观、自然观、天人观、伦理观和核心价值观等，没有这些，我们就根本无法动笔。即使写成了，也不过是些故事罢了。

在古代天文学、地理学的基础上，司马迁科学地分析了天人之际和古今之变的规律，他写道："夫天运，三十岁一小变，百年中变，五百载大变；三大变一纪，三纪而大备，此其大数也，为国者必贵三五，上下各千岁，然后天人之际续备。"我们也听到总书记讲"前30年""后30年"和"百年未有之变"，这些概念都是从历史中走出来的，某种意义上是规律性的重申。现在，我们又进入到了一个新的30年，当我们再去回顾古代经验的时候，我们要思考司马迁为什么写《史记》，他是怎样写出来《史记》的，他的思想是什么，他对后世的影响是什么。这对我们写作新的历史有借鉴意义。

此外，我们也要思考一个问题。汉代是经历了数百年的战乱、思想纷乱之后建立的大一统帝国，这时候急需要学术整合、思想统一。这也是《史记》写作的一个宏旨。我们现在的一些情况与汉代也有某些类似。我们经历了五四时期的新文化运动和改革开放40年的思想解放，不仅在物质文明方面走过了西方资本主义社会几百年的历程，而且在科学文化方面和精神信仰方面的讨论也经历了西方几百年的探索，但西方人没有统一的概念，而我们一直有。所以说，某种意义上我们过去是一个思想大开的时期，现在来到了一个思想大合的时期。这也就是《三国演义》开篇所讲的"天下大势，分久必合，合久必分"。其实，它根本的科学理念来自对世界的认识，这些认识在司马迁的《史记》中有讨论。五行运转，最终得由中央土来调和，天上地下皆如是，如是，才可能有四季轮回，万物生长。人类社会也一样。这就是道法自然的观念。这些观念上自天文，下到地理，中至人情，皆可适合，这就是中国文化的统一性或整体性特征。经历了春天的生和夏天的长之后，秋天是收获的季节，也必然是动乱的时候，万物皆要遭遇金秋的刀割，和严冬的霜打雪冻，皆变为泥土。这就是天道不仁的道理。但同时，在大地下面，正深沉地孕育着新一个春天。等节气到来时，春天就又一次来临。所以说，春夏为和平，秋冬便是战争，战争与和平总是彼此交替。这便是天文。有没有永远的和平？有。这就是人文。人文是通过一系列的道德修养来平衡人的欲望和利益，以此来节制人，和消灭战争，但是，当人们认识不到这些，而皆以利益为重，或者遭遇天灾之时，人文便暂时不起作用了，于是道德败坏、社会动乱、战争频仍。只有以战止战，并调和利益，提倡和建设新的道德文明，社会才能重回安宁。这就是司马迁讲的天人之际的相互原理。我们现在都不大讲天文地理，不去讲环境，只讲人类社会自身的利益纠葛，怎么能明白世界的真理呢？所以，我个人认为，我们又一次来到究天人之际的时候，又一次来到了调和人与自然的时候。恰好我们也可以看到一些前兆。比如，我们国家提出的"生态文明"的理念是符合中国文化天人合一特征的，人与自然的关系重新回来。我们也开始治理乡村，使中国文化的一系列理念重新与大地相关，这就是赓续农耕文明的基点，以此来调和农耕文明与工业文明的关系。

关于汉代的经验，与当下相比，有几个特征值得我们深思。一是从汉代建立之初，到经历文景之治，经历了 60 年的经营，这与我们今天的历史有点相似。我们也经历了 60 年的经营终于成为世界第二大经济体，然后进入中国特色社会主义新时代，这就是十八大以来的时代。这是一个图治的时代。所以与汉武帝时有共同的特征。经历几十年的发展后，也积累了很多社会问题，这一方面是秋天的丰收时期，同时也是经历刀剑雨雪的时候。秋后算账是农民的事，一年到头忙了些啥，获得了啥。本是褒义词，但也存在清理一年来错误做法的总结。所以得讲讲一些教训，以图来年的好收成。道理就这么简单。从佛教的角度来讲，因果是自然规律，种瓜得瓜，种豆得豆，你有什么样的思想和行为，就会得到什么样的果和报。这不是迷信。这是天文，在人文中就是修身，在国家就是讲治理。文景之治使大地主崛起，两极分化，但朝廷并没有真正受益，受益的是地主们，同时还有各诸侯。这就面临吏治和经济领域内的双重治理。所以在汉武帝的第一个 30 年里，他实行了改革，首先是吏治，其次是经济治理，同时进行的还有意识形态方面的改革，如三纲五常、天人感应等，实现了从乱到治的转变，最后是大国外交，打击匈奴。董仲舒从理论上进行了一次梳理，对过去文明进行大一统的总结，而司马迁从传记文学的角度，对上下3000年历史进行了一次系统地总结，进而提出了以中原文明为中心的核心价值观。这种价值观一直持续到了明清之末、五四运动之前。他总结的不是简单的汉代理论，而是从伏羲、黄帝、大禹、文王、周公到孔子，3000年来所积累的经验，可以说是人人共识。我们也要有这样的胸怀和理念，但我们面临的理论问题更大，一是需要重新总结5000年的文明史，二是梳理人类文明史，三是梳理600年社会主义思想和革命史，以此来推导出中国特色社会主义理论。这就能达到理论自信、制度自信、道路自信和文化自信了。这是一个大工程，必须学贯中西，古今融通。

所以，当我们要用这样的治史理念去写《共和国传》的时候，会有诸多理论上的难点，需要我们去厘清。从一定意义上讲，十九届六中全会上的《决议》是一个治理的政治纲领，其中对党的百年历史作出了理性的梳理和论述，同时也对习近平中国特色社会主义新时代的理论方向进行了确立，马克思主义中国化新的飞跃是方向，中华文明的复兴是结果，吸收人类一切优秀文化是胸怀。这些新的总结一旦被阐释和打开，作家、艺术家的创造能力将会得到极大地提升。在新的世界史观之下，包括传记文学在内的所有文学形式都面临着新的书写，我们要凝炼新的理念。中国是社会主义国家，那么我们就要总结600年来整个人类的社会主义运动，其次要总结中国共产党100年的革命运动和建设，总结新中国70年的探索与实践。这些还不够，我们还要将这些置于中华5000年文明中，用道法自然的观念进行新的梳理，才能凝炼出新的史观。这些还不够完善，还需要观照整个人类社会，要吸收一切人类的优秀文化传统。这是大史观、人类史观，又是我们的史观。这个史观正是我们的社会主义核心价值观。社会主义核心价值观不仅是作家们写作的需要，而且是整个人类、中国、中国社会、中国人共同的精神追求，只有在这样一种精神的铸造之下，才能写出伟大的作品，才能被整个人类社会所接受。

在艺术方法上，习总书记在这次文代会开幕式的讲话中说到："要以现实主义和浪漫主义相结合的美学风格，塑造更多吸引人、感染人、打动人的艺术形象，为时代留下令人难忘的艺术经典。"当下的传记文学中，在虚实结合方面，可能虚的东西太少，即思想性不足，史观不大，致使艺术魅力不是太强，而在一般的传统文学中，实的东西又太少，缺少核心价值观和大史观，因此会陷入虚无主义之中。总书记所说的文质兼美，其实也是孔子所讲的文质彬彬。此外，在个性特征方面，每一个作家都有自己的语言方式，就像在司马迁的《史记》中，就彰显了他典雅、传统的个性特征，这也是传记文学拥有独特美学价值的方面。

综上所述，在用传记文学的方式重新书写《共和国传》的问题上，我认为作家要在中华文化5000年的历史与精神的基础上，将自身上升到艺术家、学者、甚至是大政治家的高度来进行历史创作，我们才有可能书写出类似《史记》这样的著作。

习总书记说："要书写英雄的史诗，书写人民的史诗，为人民立传。"我相信，如果我们用集体的力量去创作《共和国传》，将其视为伟大的历史使命，我们就不虚此生了。

新时代传记文学的机遇与挑战

文 / 纪红建

纪红建，中国传记文学学会副秘书长、中国报告文学学会青年创作委员会副主任、湖南省文联主席团委员，第七届鲁迅文学奖获得者。

摘要： 新时代传记文学创作面临前所未有的机遇和挑战。中国现代传记由此创生并自立为一科而发展至今。特别是中华人民共和国成立 70 多年来，传记文学以其文献性、传奇性、艺术性和跨学科性等特点而独具魅力，产生了巨大的社会作用。

关键词： 传记、新时代、中国传记文学学会

近年来，除了做好单位的工作，进行报告文学和传记文学创作外，我还在湖南师范大学文学院当外聘教授，开设了"非虚构写作与实践""传记

文学创作与实践"等课程，特别是这个学期，湖南师范大学文学院专门开设了"传记文学创作与实践"课。当时文学院的领导与我商量开设传记文学这门课程，主要是基于传记文学具有特殊的现实意义和历史意义，更有着广阔的前景。

传记作为一种文体，中国古来有之。早在先秦时期，《诗经》中就已出现传记文学萌芽，《离骚》以及诸子散文中已涌现传记文学因素，《左传》《国语》《战国策》《晏子春秋》等史传著作初步孕育传记文学雏形；汉代开始，史传文学走向成熟，而《史记》的出现，则标志着我国传记文学高峰时代的到来。此后一直到 20 世纪 30 年代，在漫长的 2000 多年历史时期内，传记的发展及其成就虽不及汉代，不过也产生了大量传记作品。现代意义上的"传记文学"，受传记文学的民族源流、西学东渐等因素的影响，经由梁启超、胡适、朱东润、孙毓棠等学者引进或理论阐释，并经林语堂、沈从文、鲁迅、郁达夫、郭沫若、谢冰莹等一大批新文学作家的实践，中国现代传记由此创生并自立为一科而发展至今。特别是中华人民共和国成立 70 多年来，传记文学以其文献性、传奇性、艺术性和跨学科性等特点而独具魅力，产生了巨大的社会作用。进入 21 世纪，传记文学有了新的发展，特别是新时代以来，更是为传记文学的发展提供了广阔的舞台，渐渐出现真正较成熟的传记创作和理论成果，但也存在挑战。可以说，在新时代，传记文学的机遇与挑战并存，惊喜和忧患同在。

一、新时代传记文学创作面临前所未有的机遇

新时代，是中国特色社会主义新时代，也是文学的新时代，更是传记文学的新时代，是传记文学创作前所未有的机遇。我认为，主要体现在四个方面：

第一个方面，新时代为文学创作提供了广阔天地。文艺是时代的号角，传记文学更是如此。习近平总书记在中国文联十一大、中国作协十大开幕式上重要讲话深刻指出，源于人民、为了人民、属于人民，是社会主义文艺的根本立场，也是社会主义文艺繁荣发展的动力所在。当代中国，江山壮丽，人民豪迈，前程远大。时代为我国文艺繁荣发展提供了前所未有的广阔舞台。总书记还说，要坚守人民立场，坚持守正创新、弘扬正道，用情用力讲好中国故事，向世界展现可信、可爱、可敬的中国形象。新时代现实世界是如此新鲜丰富、多姿多彩，生活的日新月异、人民的拼搏奋斗、家庭的苦辣酸甜、百姓的爱恨喜痛，都值得作家去侧耳倾听、用心思考、挥笔书写，真正做到语出一人之口，呼出万众之声。历史是人民创造的，人民的生活是文学的富矿，好的作品一定是以人民为主角的，体现人民的内心世界、精神风貌。人民是作家的老师，他们能赋予我们文学的营养，创作的灵感。不以人民为主角，文学就会没有了土壤，失去存在的价值。科学家、时代楷模、道德模范、英雄、平常百姓等，都是我们书写的对象。

第二个方面，传记文学创作的兴盛已经成为新时代文学领域的潮流。近年来，传记文学创作继续新时期以来的发展势头，具体表现为：传主继续向多样化发展，从当代领袖人物、革命家到普通百姓，从古代人物到外国人物，应有尽有，优秀传记作品不断，对传主及传主的情感与命运，特别是传主与时代，与国家和民族的命运进行深刻的剖析。让人欣喜的是，作为传记的口述历史与民间自传逐渐兴起。传记文学创作的兴盛已经成为新时代文学领域的潮流的另一个标志是，传记文学理论研究取得了重大进展，无论是对古代传记文学研究，还是对国外传记文学的研究，都取得了丰硕的成果。

第三个方面，传记文学研究国际对话格局业已形成。中国传记文学学会、中外传记文学研究会开展的一系列卓有成效的学术研讨活动就是最好的说明。比如中国传记文学学会成立以来，先后多次举办了中国优秀传记文学作品和中国优秀传记文学作家的评选活动，举办了多部传记文学作品的专题研讨会以及传记文学学术理论研讨会。除此，中国传记文学学会还开展了传记文学作家的法律维权工作，保护作家的权益。这些活动在海内外产生了广泛的影响，更是推进了传记文学的发展。中外传记文学研究会举办的中外传记文学研讨会，对于弘扬中华民族传统文化，加强与世界各国学者在传记文学研究领域的学术交流与合作作出了贡献。

第四个方面，传记文学创作队伍更加丰富多元，研究队伍不断壮大、新人辈出，传记文学正式进入大中学校课堂。近年来，不少高校近年也开设了传记文学课，有的已经培养出硕士生、博士生，他们正活跃在传记文学的创作和研究领域中。显然，这已经不是一时的"传记热"，而是一种传记文化现象。传记文学写作者中，主体还是传记文学作家，但也有其他门类加入到传记文学写作队伍中的，不仅只有文学圈内的人写传记，不少其他领域的知识分子和学者也加入到传记写作中，并且不断有佳作产生。

二、新时代传记文学创作面临前所未有的挑战

作为当代文学中最为敏感而活跃的文体之一，传记文学也严重地受制于中国当代社会生活，也面临着前所未有的挑战。我认为，主要体现在四个方面：

第一个方面，必须与时俱进，不断创新，特别是文本上的探索与创新。习近平总书记说，创新是文艺的生命。博大精深的中华文明是中华民族独特的精神标识，是当代中国文艺的根基，也是文艺创新的宝藏。中国文化历来推崇"收百世之阙文，采千载之遗韵"。要挖掘中华优秀传统文化的思想观念、人文精神、道德规范，把艺术创造力和中华文化价值融合起来，把中华美学精神和当代审美追求结合起来，激活中华文化生命力。故步自

封、陈陈相因谈不上传承，割断血脉、凭空虚造不能算创新。要把握传承和创新的关系，学古不泥古、破法不悖法，让中华优秀传统文化成为文艺创新的重要源泉。纵观传记文学的发展，在创作手法上、在思维方式上还需要不断创新。近百年前，梁启超就极其重视传记写人生中的情感与文采，认为"历史的文章，为的是作给人看，若不能感动人，其价值就减少了"。因此，行文"一面要谨严，一面要加电力，好像电影一样活动自然"。而由充满激情的议论与抒发所彰显的鲜明的主体性也恰恰是中国传统传记所缺少的。而事实上，这些年来，传记文学在创新方面存在探索不够的问题。

第二个方面，存在失真失实的庸俗化倾向。有些传记作者为显示传主的不同寻常，刻意编造一些虚假的情节，有意神化或拔高传主。有的传记作者将传记与小说混淆，自觉或不自觉地把传记作品写成"纪实小说"，其内容的虚构已越出了传记的范围，甚至打着非虚构的旗帜招摇过市。传记文学的写作要承担书写真实的压力和风险，而非虚构则以真实的名义吸引读者，但内容上却又得到了虚构的豁免，实际上还是属于虚构文学。看似文体的冲突，其实还包含写作立场的区别。

第三个方面，缺乏精品意识。尽管传记文学进入了发展的春天，但在精品力作方面仍然数量不足。有些传记作品缺少文学性，没有融入作者主观的情感，更无鲜明的主题。这样的作品缺少可读性，更少启示性和激励性。也有一些传记为迎合少数人的阅读口味，丧失基本的良知和写作立场。

第四个方面，依然受到商业化的影响。主要体现在对商人、明星的软广告写作，对他们进行吹捧，探索猎奇等方面，这些因素都在一定程度上对传记文学产生了的破坏和影响。

作为传记文学作家，我们应该谨记总书记的殷殷嘱托，坚守人民立场，坚持守正创新、弘扬正道，用情用力讲好中国故事，向世界展现可信、可爱、可敬的中国形象。历史是人民创造的，好的作品一定是以人民为主角的，体现人民的内心世界、精神风貌。人民是作家的老师，他们能赋予我们文学的营养，创作的灵感。不以人民为主角，文学就会没有了土壤，失去存在的价值。新时代给传记文学的发展提供了广阔的舞台和前所未有的历史机遇，只要我们以时不我待、只争朝夕的精神投入到创作实践，紧跟时代步伐，把握时代脉搏，坚持以人民为中心的创作导向，将个人命运与国家命运紧密相连，就能创作出艺术性和思想性俱佳，人民群众喜闻乐见，又能启迪心智的传记文学精品力作。

"我是中国人"：20世纪香港华人传记中的民族身份认同

文 / 梁庆标

梁庆标，江西师范大学文学院教授、江西省"青年井冈学者"、上海交通大学传记中心兼职研究员、《现代传记研究》（CSSCI）编委。主要从事传记学、英国文学研究，近著有《角力：传记的生命剧场》（广西师范大学出版社，2022年）、《传记家的报复：新近西方传记批评译文集》（广西师范大学出版社，2015年）等。

摘要：晚清以来，香港对中国历史、社会、文化发展的重要作用逐渐凸显。它是20世纪前期中国革命者、爱国知识分子积蓄力量、筹备革命或逃避战乱之地，也是后来呼风唤雨、声名显赫的政商界名人大亨发达之地。非常值得注意的是，从陈君葆、许地山、陈复礼、狄娜、包玉刚、董浩云、董建华等人留存的个人自传或传记看，无论是短暂避居还是长久驻留，虽然身处不同境况，但许多香港华人都深切关怀中国的发展与命运，特别是在一个重大、紧要问题上思想一致，即面对民族身份认同时，都发出了共同的声音："我是中国人。"

关键词：香港、传记、身份认同

香港自古以来便是中国领土的一部分，不过，自晚清以来，它对中国历史、社会、文化发展的重要作用才逐渐凸显出来。特别是在辛亥革命时期，它是孙中山等革命者的堡垒与庇护地，直接影响和深度介入了中国近现代化的发展进程。早在1883年，孙中山从檀香山回国，随后来到香港就读，入中央书院、西医书院等，至1892年毕业，居港8年余。此时他正值青春岁月，结识了不少师友，如何启等人，关键是，这个时期"其革命思想孕育于香港"[1]。此后他再赴檀香山，创建了中国第一个民主革命团体兴中会，并于1895年1月返抵香港，与杨衢云、陈少白、陆皓东、郑士良等积极筹建革命组织：2月21日，兴中会总部在香港中环士丹顿街13号宣告成立，并公开宣布了反清宗旨。香港华人具有自觉民族身份意识的历史，可以说正从这时开始。

在这之后，香港日渐发达起来，成为中外贸易往来、交通集散、文化互融的国际都会，同时，也是20世纪前期中国革命者、爱国知识分子积蓄力量、筹备革命或逃避战乱之地，当然也是后来呼风唤雨、声名显赫的政商界名人大亨发达之地。非常值得注意的是，从他们留存的个人自传或传记看，无论是短暂避居还是长久驻留，虽然身处不同境况，但许多香港华人都深切关怀中国的发展与命运，特别是在一个重大、紧要问题上思想一致，

---

[1] 丁新豹.香江有幸埋忠骨：长眠香港与辛亥革命有关的人物[M].香港：三联书店，2011：27.

即面对民族身份认同时，都发出了共同的声音："我是中国人。"

一

从现存的大量传记资料看，在晚清赴港定居的知识分子中，陈君葆的民族、国家意识最为典型。陈君葆（1898—1982）是香港著名教育家、学者，他出生于广东省中山市，11 岁到香港，入读香港大学，后曾辗转新加坡、马来西亚等地工作，最后长期任教于香港大学，并任香港大学冯平山图书馆主任等职务，与许地山同事。他有强烈的日记兴趣，其《陈君葆日记全集》日积月累，记录了 20 世纪 30 至 80 年代的香港教育、文化、生活等方面的事件与细节，手稿大小有 100 余册，约 1000 万字，文化价值丰富。其中最值得注意的是，他非常关注内地的时局与发展，同时对保存、发展香港文化也做出了重要贡献。

1932 年他从马来西亚回到香港，就非常关切日本侵略中国的现象，其日记大量记录了十九路军抗日的情况。当时他虽身在香港，但对国内情况非常关心，日记中不断有担忧中国的记述，如日军如何攻打闸北、国军如何溃退投降等，既深为不满，又忧心忡忡："日人之残暴，乃一至于是！呜呼，中国乃有今日！"[1] 他对蒋介石政策的不满也见诸笔端，如蒋介石以为上海投降可以避免日军进兵，但陈君葆并不认同，所以发出哀叹，"呜呼，蒋介石！"果然，日军依然进兵闸北，与十九路军作战，但蒋介石并不给予支援，"老蒋又不给予新式军械，真令人气短"[2]。这一时期，他还与叶剑英开始了交往，叶剑英自江门到香港，就与他畅谈国是。在 1934 年，他还曾计划与友人到广西垦殖，日记中依然对国家之命运遭际非常关切，并深

[1]　陈君葆. 陈君葆日记全集·卷一：1932—1940 [M]. 香港：商务印书馆，2004：4.

[2]　陈君葆. 陈君葆日记全集·卷一：1932—1940 [M]. 香港：商务印书馆，2004：5.

怀痛楚："放着垂死的民族不救，倒去做些不急之务，这怎样叫得是真正的男子！……我十年来处心积虑，实亦忘不了中国。"[1]但国家羸弱，只能叹息奈何。他承认，自己正在从"盲信或倡导世界主义渐渐转回民族主义一方来"，并对资本主义持排斥与批判态度，还关注斯大林的《列宁主义》，购买此书并开始阅读。

身在香港这一殖民社会，他显然对身处殖民统治之下的华人的屈辱状态甚为不满。香港民生学院院长杨士瑞是他的朋友，此人也很爱国，而且瞧不起某些香港人，陈君葆亦有同感："他极其厌恶在这殖民地长大的华人，关于这点我极表同情。"[2]不过他们对当时内地的中国人也"怒其不争"，认为缺乏具有独立人格的人物。在这种心境之下，陈君葆非常激动地记录了关于"梦遇梁启超"的情境，根源在于他对梁任公人格的尊崇和敬佩。他梦中的梁启超义正辞严地在批评某些人，甚至动手加以惩罚，最后有人就承认了"背叛"之过。作者指出，梁任公是他最敬仰的人物，其风格姿采卓然不凡，笔锋与情感都非常热烈，当然关键是对国家民族的关切之深。他甚至如此渲染了梁任公的外貌，将其与许多伟人对比，显得无比高大睿智："他的额部高矗，完成一个像凯撒的头颅，使你一望而知为高智慧的人物，那头上部只是如墟的顶，使你会联想到孔仲尼的头顶，那头发是渐稀疏起来了。他的眉如两股剑一般横着，假使剑是有气的，那末这两道眉也可说是奇气四逸了。"[3]

1937年"七七事变"之后，陈君葆日记基本上都是对中日战争及时局态度的记录，追踪战事的发展，个人生活方面的记录大大减少，国家之安

[1] 陈君葆.陈君葆日记全集·卷一：1932—1940 [M].香港：商务印书馆，2004：71.

[2] 陈君葆.陈君葆日记全集·卷一：1932—1940 [M].香港：商务印书馆，2004：29.

[3] 陈君葆.陈君葆日记全集·卷一：1932—1940 [M].香港：商务印书馆，2004：245.

危决定了个人之命运。日记大量记录了战时的遭遇，如遭日军关押的经历，香港沦陷时的境况，物价飞涨、飞机轰炸等惨状。战争导致百姓饱受摧残，商人则大发其财，如胡文虎出售陈米，"米已作黄色腐烂，煮成饭带酸味几不可食，并且买米的秩序不佳，竟有因争而致撕破衣服者"[1]。对这种欺凌百姓的行为，作者深感愤慨。这时，他开始投入精力抢救文物、古籍等，存放于香港大学图书馆；另一方面，他也记载了何香凝、茅盾、廖承志等在港的抗日活动。比如在一次演讲中他见到了廖承志，印象中廖承志在讲英文，不过有些羞涩，其姐廖梦醒则更长于交际。正是在这一时期，他拜读了《申报》（1938 年 10 月）上毛泽东的《论现阶段》一文，信心大增，思想的沉闷灰暗顿时扫除，"突然为之开朗"，对抗战的胜利产生了极大信心。[2] 这充分说明了毛泽东在战争中的巨大影响力和鼓动性。

抗战胜利后，他追踪战争中被日本人抢走的各类珍贵书籍，为保护中国文物作出了贡献，特别是使日本盗去的中央图书馆 111 箱书籍完璧归赵。他还记述了柳亚子、郭沫若、茅盾等人在香港的活动，不久他们都纷纷北上，走向了新中国。可见陈君葆与左派进步人士关系非常密切，这也体现在他对有关国共关系的记载中。如内战时期的 1947 年 12 月，他在一次茶话会上见到了柳亚子，柳慷慨激昂地说，孙中山创办黄埔军校，本来是要廖仲恺做校长，"后来本以军事学识一点改委蒋介石，这是他继着用了陈竞存后铸成第二错误，真是一失足成千古恨了"[3]。陈君葆认为这番话非常有史料价值。可见，在国共战争之中，陈君葆越来越倾向于中共方面，日记中也多次记载了毛泽东（而且不断尊称为毛润之先生）的讲话，他都表示了钦佩

---

[1]　陈君葆 . 陈君葆日记全集·卷二：1941—1949 [M]. 香港：商务印书馆，2004：380.

[2]　陈君葆 . 陈君葆日记全集·卷一：1932—1940 [M]. 香港：商务印书馆，2004：428.

[3]　陈君葆 . 陈君葆日记全集·卷二：1941—1949 [M]. 香港：商务印书馆，2004：507.

之情。特别是对抗战结束之后毛泽东飞赴重庆进行谈判之勇气表达了敬佩："毛泽东当时到重庆去，我确实为他担心！后来他飞回了延安我才觉舒适一点，心里一块大石头才放下一般。毛泽东的胆识，真叫人不能不佩服。"[1] 他对毛泽东的钦佩正好对应了对蒋介石的讥讽。1949 年 10 月 1 日，新中国成立，他非常兴奋，写下了《新中国诞生后的双十纪念》；他还告诉我们，为了庆祝中华人民共和国中央人民政府的成立，香港大学也放假 3 天。

究其根源，在陈君葆看来，其实就是因为很多港人并不愿意以华侨自居，更愿意做中国人，这充分显示了这一代港人对中国的强烈认同："香港虽割让地，但在岛上居的中国人也不应称华侨，因为香港密迩内地，终究是中国的一部分，隔离不掉的，在这里的中国人远不像住在南洋一带美洲各处的中国人，谁曾以华侨自视呢？"[2] 这句话正可以作为他自己民族身份认同意识的典型写照。

1949 年新中国成立也并未隔断陈君葆对中国内地的关怀与认同。作为爱国知识分子，他在日记中继续坚持对内地时局与发展的关注。比如在 1950 年，根据其日记的记录，港英政府加强了对香港的控制，约束学生集会等活动，陈君葆对此表示不满；而对于中共进军西藏，陈君葆则认为非常必要。到了 1951 年，他支持、鼓励儿子陈文达参军报国，认为儿子终于找到了为民族、国家，也为某种主义服务的机会了："他真不愧为一个现代的青年，好些年来我总抱着希望能尽自己的力量来帮助他成全他的志愿。"[3] 更有意思的是，1951 年新年之初，他在家里屋顶上挂起了五星红旗，而且选中了东南角，似乎别有深意，也非常激动："下午出门时在街上回望屋顶

[1]　陈君葆 . 陈君葆日记全集·卷二：1941—1949 [M]. 香港：商务印书馆，2004：583.

[2]　陈君葆 . 陈君葆日记全集·卷一：1932—1940 [M]. 香港：商务印书馆，2004：509.

[3]　陈君葆 . 陈君葆日记全集·卷三：1950—1956 [M]. 香港：商务印书馆，2004：59.

的五星红旗在风中飘荡招展，感到莫可名状的快乐。"[1]这年 7 月，他还组织了港大学生回内地参观，并撰写长文，介绍新中国。可以理解的是，爱国情怀的背后是他曾经遭受过洋人的轻蔑与羞辱，他回忆了以前英国人在香港如何趾高气昂、盛气凌人："他们过惯了压迫者的生活，甚至当着中国大使招待他们的当儿，也不把中国的一切放在眼里，这使我和地山先生都气愤不过。"[2]而如今国家的独立和强大使他备感自豪。因此，他同港英政府之间在很多问题上都有交涉、交锋。如在 1958 年，他同教育界人士一起反对不合理的教育新例；支持船坞工人争取合法权益；谴责香港教育司干涉爱国学校悬挂国旗等，态度都非常鲜明。这是他在香港一直从事的斗争。

同时，日记也较多表达了他对国家领袖的敬仰思念之情。如 1954 年日记记载："在《大公报》上读到《毛主席在兵舰上和水兵的谈话》，真的我也很受感动了，他那一派慈祥和蔼的态度怎不教中华儿女们感动得要下泪呢！"[3]1966 年 10 月 15 日，据其日记记载，他竟然梦到了心仪、佩服的毛泽东，二人谈论了国际关系问题，以及关于朋友的琐事等等。[4]后来，他竟然又多次梦到了毛泽东，且对此都有记录。可见，此时他对毛泽东思想极为钦佩："毛泽东思想是一种世界性、国际性的，说他是个 National leader 的气质，已是局限着他的思想了。"[5]不仅如此，1957 年的新年第一条日记（1 月 2 日）也非常有意思，记录的是他梦见周恩来总理之事。梦中，他非常

---

[1] 陈君葆. 陈君葆日记全集·卷三：1950—1956 [M]. 香港：商务印书馆，2004：59.

[2] 陈君葆. 陈君葆日记全集·卷三：1950—1956 [M]. 香港：商务印书馆，2004：75.

[3] 陈君葆. 陈君葆日记全集·卷三：1950—1956 [M]. 香港：商务印书馆，2004：312.

[4] 陈君葆. 陈君葆日记全集·卷四：1957—1961 [M]. 香港：商务印书馆，2004：579.

[5] 陈君葆. 陈君葆日记全集·卷六：1967—1971 [M]. 香港：商务印书馆，2004：230.

关切周恩来的健康问题，希望总理能够休息，表达了对总理辛劳的钦敬之情。[1]

到了 1976 年，几位领袖相继去世，他的日记不免充满悲凉之感：他先后记录了周恩来、朱德、毛泽东逝世的情况，以及香港人的反应及活动。在 1 月 9 日，听到周恩来逝世的消息后，他悲痛之至："听来消息，不觉数为泪下。细想：只为天下恸，不敢爱吾庐。"他的几个朋友也是如此，如费彝民、王宽诚、李子诵等都做了怀念报告，"老费和老李两人说话时均哭得泪人一般，殆为人格精神所感动，以此益见周总理的伟大受到人们爱戴"[2]。这年 11 月 19 日，他还一个晚上三次梦见周恩来，并记录了下来。到 1982 年 4 月 21 日，在日记最后一册中，他又记录了梦到周恩来之事，并慨然道："天未亮时得一梦，梦见周恩来，久不梦见周公了。"[3] 可见国家领导人物的形象已经深入其灵魂深处。1976 年 7 月 7 日，也记录了朱德逝世的消息："朱德委员长昨日下午三时在北京逝世。"[4] 到了 9 月毛泽东去世的噩耗来临，他表达了非常深切的悼念之情："惊闻毛主席于今晨凌晨十二时许病逝。一代哲人，中国伟大的导师溘然长逝，不禁悲从中来，为之泪如雨下。"[5]

总体看来，陈君葆的日记突出呈现了一位港人对中国内地时局与人物的密切关注，其中有理性认知也有热情想象，主旨在于对内地发展的关切及强烈的爱国情怀，表现了对中国身份的深切认同。

---

[1]　陈君葆 . 陈君葆日记全集 · 卷四：1957—1961 [M]. 香港：商务印书馆，2004：131.

[2]　陈君葆 . 陈君葆日记全集 · 卷七：1972—1982 [M]. 香港：商务印书馆，2004：278.

[3]　陈君葆 . 陈君葆日记全集 · 卷七：1972—1982 [M]. 香港：商务印书馆，2004：594.

[4]　陈君葆 . 陈君葆日记全集 · 卷七：1972—1982 [M]. 香港：商务印书馆，2004：313.

[5]　陈君葆 . 陈君葆日记全集 · 卷七：1972—1982 [M]. 香港：商务印书馆，2004：332.

二

谈到香港知识分子，也不能不提许地山，多部传记对其生平有所记述。他晚年在香港度过（自 1935 年至 1941 年去世），任职于香港大学，担任中文学院主任，[1] 这是他很重要的一个人生阶段。从经历看，他一直与海外有着密切的关系。许地山出生于台湾，曾学习、工作、游历世界各地。1913年他到过缅甸，任"仰光中华学校""共知学校"的教师，约 3 年。1917年到 1920 年，许地山在燕京大学文学院读书，获得文学士学位，毕业后留校任助教，担任了文学院主任周作人的助教。1922 年左右，许地山在燕京大学神学院毕业，申请到了留学奖学金，赴美、英留学。1922 年他先到了美国纽约的哥伦比亚大学，入哲学系，修读宗教史和比较宗教学，1923 年获得硕士学位。1924 年他转往牛津大学印度学院哲学系，研究宗教史、佛学、印度哲学等。正是在伦敦，他结识了老舍，成为好友，并鼓励老舍进行写作，还将老舍的处女作《老张的哲学》寄给郑振铎，使其得以在《小说月报》发表。[2]

许地山乐于助人，不仅帮助过老舍，他还依靠自己在香港的地位与影响力帮助了很多国人，甚至在政治方面也发挥了很重要的作用。一个典型的例子是，许地山死后，陈寅恪写下了一副挽联：

人事极烦劳，高斋延客，萧寺属文，心力暗殚浑未觉。

乱离相倚托，娇女寄庑，病妻求药，年时回忆倍伤神。[3]

---

[1]　据余思牧介绍，许地山任香港大学中文学院主任，还要得益于胡适的推荐，港大本来邀请的是胡适，但是他推荐了许地山。

[2]　余思牧. 作家许地山 [M]. 香港：利文出版社，2005：58. 郑振铎在《悼许地山先生》（发表于 1947 年的《文艺复兴》）中提到许地山的健谈，他和老舍都曾在伦敦，互相熟悉，相谈甚欢："老舍和他都是健谈的。他们俩曾经站在伦敦的街头，谈个三四个钟点，把别人的约会都忘掉。"见卢伟銮编许地山卷 [M]. 香港：中华文化促进中心，1990：146.

[3]　卢伟銮编. 许地山卷 [M]. 香港：中华文化促进中心，1990：9.

这幅挽联极富情感，深情备至，因此在追悼会上大家认为，"陈寅恪的一对挽联，内容最是亲切"[1]。这首挽联背后其实充满故事，原来在香港时，许地山一家曾经给予陈寅恪一家以莫大帮助。那是"七七事变"之后，陈寅恪全家避难香港，但工作没有着落，生活困窘，于是给许地山打了一个电话，许地山当晚便去探望了陈寅恪。当时，许地山见陈寅恪的小女儿正在发烧，便将另外两个大点的孩子接回了家中，避免传染。这就是"乱离相寄托，娇女寄庑"的来历。而"病妻求药"则指的是许地山一家救助陈寅恪之妻唐女士的事情。之后，陈寅恪受聘将赴牛津大学任教，但因战事而无法出行，生活非常困难，又是许地山出手相助，由香港大学聘任陈寅恪为哲学教授，得以渡过难关。[2] 由此可知，陈寅恪对许地山是充满感激之情的，挽联也足见其真情，难免为众人称赞。

许地山待人热情，还有很多例子。他在香港立足之后，他的家就像一个根据地，接待并帮助了许多来自内地的知识分子，这一点值得铭记。如1940年左右，中国地下工作者、《大公报》记者、女作家杨刚就经常住在许家；邹韬奋也常来许家落脚，在许地山一家的帮助下，为抗战作出了很大贡献；梁漱溟到香港筹办"中国民主同盟"的《光明报》，孤身一人，也被许地山延请到家中，盛情款待；徐悲鸿到香港办画展，为抗日募捐，许地山也提供了很大帮助。郑振铎还谈到身处香港的许地山对保存中国古籍的贡献。抗战时期，郑振铎为国家买了一批善本书，但是在上海不安全，便想保存到香港，其他人都不敢接受，但许地山二话不说答应了，这批3000多本元明善本书都寄到了港大图书馆。虽然后来日本人攻陷香港后将书抢走，但在战败之后又被追回，这批无价之宝得以保存，许地山确实做出了贡献。[3]

[1]　余思牧. 作家许地山 [M]. 香港：利文出版社，2005：266.

[2]　王盛. 缀网人生：许地山传 [M]. 香港：书作坊出版社，2006：148–149.

[3]　卢伟銮编. 许地山卷 [M]. 香港：中华文化促进中心，1990：146.

这些都还算是比较简单，有好的性情和仁厚的人格，基本就可以完成。但许地山的工作远非这么轻易。当时，在港大文教之争的背后，还有着国共之争。国共势力各自通过自己的方式在香港得以发展，如国民党一方的"国民党港澳总支部"以贸易公司"荣记行"为掩饰，成立了以吴铁城、陈策、陈其尤为主的支部办公室，以《国民日报》为思想阵地，文化人物包括王云五、温源宁、叶恭绰、胡春冰等；中共一方，"中共南方局"以贸易公司"粤华公司"为招牌，主持人是廖承志，文艺界组织是"中华文协香港分会"，包括茅盾、乔冠华、夏衍、楼适夷、杨刚、冯亦代、徐迟、袁水拍、叶君健（马耳）、杨奇、黄药眠、萨空了、林焕平、叶灵凤等。[1] 而许地山则在中间做协调的作用，力促双方能团结合作，一致对外，共同抗日。由此可见，许地山身在香港，但心系内地，这位爱国知识分子的存在等于保存了一块政治缓冲地带，可以起到调节政治冲突的效果，非常紧要，如果没有内在的民族认同与家国意识，这是很难做到的。

与陈君葆、许地山类似，摄影师陈复礼虽然身在香港，但是对内地也极为关切，并保持了非常密切的关联。1916 年他生于广东潮安，后学习摄影，1955 年移居香港，成为著名摄影家，多次到大陆采风拍摄，并开办展览，被称为"香港摄影大师"。《陈复礼传》所突出的便是这位传主对国家和社会问题的关切：一方面，他饱经沧桑，经历了抗日战争等国家灾难，大难不死；另一方面，虽然他身在海外，但通过摄影艺术来呈现国家精神和祖国风光，与内地保持了紧密的联系。传记中有一个细节，充分说明他是身在海外的爱国典型。传记写道，20 世纪 50 年代海外华侨有一种强烈的民族意识，即将孩子送往大陆上"釉"，这样才算是真正的中国人："东南亚的华侨把送子女回国求学叫'上釉'，意思是在国外出生的子女不过是一个'胚胎'，只有回国受教育，上一层中华民族的'釉'，才是一个中

---

[1]　余思牧 . 作家许地山 [M]. 香港：利文出版社，2005：233.

国人，才能成器。"[1]陈复礼就是如此，在 50 年代就将 3 个孩子送到了广东读书，民族意识和家国情怀由此通过家族的方式得以传承。

香港电影演员狄娜通过自传《从母到友》以回忆的方式呈现了其 20 世纪 60、70 年代的生活经历，特别是与内地的关系。狄娜原名梁帼馨，原为演员，后来做电视主持人，1970 年代息影，转而从事中美建交、中西方贸易等，2005 年后又开始了主持事业，如主持了《百年中国》《大国崛起》等电视节目。《从母到友》这部自传比较独特，它讲述的其实是一对母女的关系，可以视为作为母亲的狄娜专门写给年轻女儿的关于 60、70 年代生活经历的记录，特别值得注意的是，对中国的强烈认同是自传的焦点。

在自传中，狄娜从自己的婚礼讲起，叙述了女儿从出生到 20 多岁的成长经历，其中也介绍了自己不成功的婚姻乃至离婚的过程，将作为单身母亲的自己在 20 世纪 60、70 年代的经历与奋斗贯穿其中。值得一提的是，60 年代"文化大革命"期间，她从香港回到大陆，并且打算定居大陆，投身于火热的"革命"生活之中。在叙述中，她对"文革"并未表现出惊恐，并不认为有多少不合理乃至疯狂之处，"我只看见我身边的战友和造反派都是讲道理的"。在长沙学习的时候，也被同志们的革命热情所激动，因为她看到许多男同志在寒冬到毛泽东洗澡的井边用冷水淋浴，而她穿着狐皮大衣还瑟瑟发抖。[2]而未到内地定居时，她就每天给女儿读《光明日报》上"红小兵"的故事，或者是《人民日报》上的"英雄事迹"，让她多了解祖国。[3]可见狄娜的爱国意识是何等强烈。与此同时，她在香港被视为"亲共"者，影响了其生意，导致了最后的破产，但她甘愿携带女儿一起，"回国做两颗螺丝钉"。也就是说，狄娜是在向女儿阐述她的成长背景，又通过自己的经历与事业，将个人生存和国家民族的处境结合了起来，民族意识和家国情

---

[1]　丁遵新. 陈复礼传 [M]. 香港：香港中国旅游出版社，2000：124.

[2]　狄娜. 从母到友 [M]. 香港：天原文化企划，2009：160.

[3]　狄娜. 从母到友 [M]. 香港：天原文化企划，2009：162-164.

怀贯穿始终。

显而易见，与陈复礼类似，狄娜对中国内地也有着火热的感情，特别是作为一位母亲，她在教育孩子的时候，时刻不忘自己的中国人身份，对中国有着深刻的认同，以此教导孩子的国家意识，或者说给孩子上"釉"、使其真正成"器"。比如她就告诫自己在瑞士读书的女儿，"要用中文写信，不要忘记我们中国的文化"[1]。她不断向孩子讲述"红小兵"的战斗与革命精神，雷锋的感人形象，以及国家所遭遇的困境，希望她能到北京读大学，然后为国家的富强而努力，不让外国人再歧视中国等等。无疑，她的孩子深受影响，产生了很强烈的对国家与社会的责任感，她写信给母亲希望能接自己回去，还提到了对所在国家青年心理状态的不满，信中说道："这里的人从来不谈国家、人民、社会，只知道她们自己的事，扮靓、玩乐……"[2]由此可见，狄娜通过自己的亲身经历对孩子展开了爱国教育，对孩子的成长与身份认同产生了切实的影响。

三

爱国知识分子之外，一些香港富豪名人其实也并非仅仅知道赚钱发财，在大是大非面前还是具有清醒头脑的，特别是在民族认同问题上立场非常明确。如船王包玉刚，他在生涯早期就与中共之间有着秘密的关系。当时他在湖南的银行工作，却不知道他的朋友、也是曾经在银行的同事、老板卢绪章就是地下党员，就这样暗中为共产党做了很多工作，"在不知不觉中，已为共产党立下了汗马功劳"。这也是此后他与中共关系亲密的一个根由。可以说，包玉刚是"爱国资本家"的典型，卢绪章（他是受周恩来直接领

---

[1]　狄娜 . 从母到友 [M]. 香港：天原文化企划，2009：236.

[2]　狄娜 . 从母到友 [M]. 香港：天原文化企划，2009：240.

导的地下党）在 1948 年力劝包玉刚到香港发展，希望他能够发财成功，正可以用这种方式来报效国家。到了 1964 年，卢绪章在香港又见到了包玉刚，这时候的他已经是中国政府的外贸部副部长，他又直言不讳地对包玉刚说："钱要赚，国还是要爱。"[1] 这深得包玉刚的赞同，他坦诚地说，虽然自己已是英国籍，但总是在想用适当的办法来为中国的繁荣做贡献。

从包玉刚的孩子包陪庆的传记中，我们也可以看到包玉刚对中国人身份的强烈认同。1967 年，在美国芝加哥大学社会工作系留学的包陪庆计划与来自奥地利的男友结婚，包玉刚就此写信说："尽管我们加入了英国籍，但我们永远是中国人，总是要为中国做些事情的。……中国总有一天会开放的，做中国人，应该回去帮助中国发展。"[2] 可见，虽然国籍发生了变化，但是包玉刚依然坚定自己的民族身份，这是血脉之源，因此他并不赞同女儿嫁给外国人。而且在政治立场上，包玉刚认同中国内地政府的唯一性，他一直将香港视为中国的领土，台湾也是一样，他曾对自己的女儿说，他不愿意帮助英国政府来管理香港人，是因为他要帮助真正的中国政府："我是中国人，只会帮一个政府，咱们的中国政府。……连台湾的政府也不是我们正当的中国政府。你爸爸是从不会和台湾做生意打交道的。"[3]

晚年的包玉刚则具有浓郁的"落叶归根"意识与家国情怀。特别在 66 岁的时候，他被查出了癌症，因此回乡探视的念头更加强烈了，并终于在 1984 年得以归乡祭祖。此后，他对家乡进行了大量捐助，如捐资兴建宁波大学，以回报养育之恩。[4] 这其中，他的妻舅、共产党员卢绪章的联络之功实不可没，正是他的形象和影响使得包玉刚"对掌权后的中共向无恶感"，[5]

---

[1] 包陪庆 . 包玉刚：我的爸爸 [M]. 香港：商务印书馆，2008：164.

[2] 包陪庆 . 包玉刚：我的爸爸 [M]. 香港：商务印书馆，2008：37.

[3] 包陪庆 . 包玉刚：我的爸爸 [M]. 香港：商务印书馆，2008：104.

[4] 文希 . 香港巨富风云录 [M]. 香港：明报出版社，1994：175.

[5] 文希 . 香港巨富风云录 [M]. 香港：明报出版社，1994：177.

也促成了他与邓小平的会见，以及以后的大陆投资事业。其实，包玉刚一开始并未以香港为家，也对固定资产投资心怀担忧，反而认为茫茫大海更为安全，因为可以四处走动，"不怕政治影响"，所以集中于海上运输贸易，长期做"船王"。但是80年代之后便真正以香港为家了，他弃船登岸，进行了转型和大量投资。对于这种爱港爱国的国家意识，包玉刚多次有过表达，即对国家发展的寄托与渴望，他认为自己有责任付出努力，不能因为国家的穷困、落后等将其抛弃："来了香港，以此为家，就不能想着要走，到底是自家的社会，自家的国家呀。社会不好吗，使它变好；国家穷吗，使它富强。"[1]这种精神确实值得推重。这也影响了当年他对"九七"回归的期盼，与一些跑路离港的香港人不同，包玉刚则是满怀期待而非担忧或恐惧，他坚定地说："我是不会走的，九七之后，还要亲眼看看，香港是怎么个模样？"[2]

　　同样，虽然一度与台湾方面关系密切，但不容否认的是，董浩云人生的重要方面是保持对祖国大陆的长期关注与情感，即使1949年奔赴香港之后，他再也没有回到内地，但是内心仍有一种强烈的"中国情结"，私人日记中对此的记述更可见其内心世界。如每次听友人"谈大陆事，为之神往"（1962年12月1日），他心中也常常有再次回归的意识，"几时得重睹大陆新貌？"（1972年8月21日），等等。[3]而且，他对中国人这一身份非常坚定，虽然有加入欧美等国家国籍的机会，但他都没有更改。其实早在1949年，当面对日本人被美军歧视处境的时候，他也体现了自己的国家情怀。当时他乘坐盟军的火车到东京，并尽力帮助一位日本朋友搭乘此车（当时卧车是严禁日本人搭乘的），这时候，董浩云就想到了日本人当初侵华时对中国人的歧视与迫害，"感到报应不爽，且尚感不足，以人之道，还治

---

[1]　文希.香港巨富风云录[M].香港：明报出版社，1994：192.

[2]　文希.香港巨富风云录[M].香港：明报出版社，1994：196.

[3]　郑会欣主编.董浩云日记（上）[M].香港：中文大学出版社，2004：xviii.

其人也"[1]。1949 年 7 月 4 日美国国庆，美军在日本皇宫前举行了纪念仪式，非常隆重，澳洲等国都有军队参加，但中华民国政府则没有占领军，这殊令董浩云感到非常"难过"。1950 年日记中写道，他在乘船到日本的时候，发现头等舱竟没有华人，因此就为华人在国际上的处境而忧虑，为国家的前途而担忧。他的长子，后来担任香港特首的董建华也是如此，他凭借努力获得了中外各方的信任，虽然有机会，但没有申请外国护照，一直是以中国人身份自居。他还大力发展与内地方面的业务，对内地充满信心，连他的公司"东方海外"的布置装饰都是突出东方风格。因此说，他本人虽然在其他方面西化，"但在骨子里却是一个传统的中国人"[2]。

由此可见，在晚清以来的发展历程中，虽然香港屡经风云、起伏跌宕，20 世纪以来的香港人不断被置于各种风口浪尖和矛盾选择的处境，特别是在民族与国家认同问题上不断经受考验，但令人欣喜的是，以上述传主为代表的大部分港人具有高度的政治智慧、家国情怀与远见卓识，始终将自己与中国的命运维系在一起，以各种方式关切和推动中国的发展，体现了身为中国人的责任感与荣誉感，从而成为香港社会良性、稳定发展的支柱。

---

[1]　郑会欣主编 . 董浩云日记（上）[M]. 香港：中文大学出版社，2004：27.

[2]　张翠容 . 特区首长此中寻 [M]. 香港：百乐门出版社有限公司，1995：117.

《彭德怀自述》传记意义初识

文 / 王斌俊

王斌俊，中国青年出版总社退休编审，1978 年至 1982 年在北京师范大学政治经济学系学习。大学毕业后一直从事图书编辑工作，担任过编辑部门副主任、主编、主任等职，2000 年被评聘为编审。退休后参与一些社会文化教育工作。

摘要：《彭德怀自述》是在主人公处于政治困厄的特殊背景下撰写的，具有写作条件、写作方式和写作目的以及发表方式等许多方面的特殊性，从而使该自传具有一些难能可贵的特质和价值，对于研究和写作中国现代革命史具有重要的参考与借鉴意义。

关键词：优秀共产党人传记、自传、彭德怀

《彭德怀自述》（以下简称《自述》）是在传主处于政治困厄之中，带

着满腔的不解、不屈和忧虑，也带着心灵深处对历史公正的期待，经过认真回忆、仔细梳理和慎重落笔写下的，虽经专门班子整理编辑后正式出版，但无疑属于自传著作。关于该自传内容来源及结构方式、成书过程，人民出版社版《彭德怀自述》书中做了说明。"自述"初衷并非是写一本公开出版的传记。由于这是彭德怀这位功勋卓著、蒙冤受屈、刚正不阿、心系华夏苍生的英雄自传，又是在一种特殊环境条件下、特别的人生际遇之中专心致志用心灵热血和冷静深思写出的，所以有了非凡的文本品质和传记价值。它对于理解传主个人史乃至中共党史、中国革命史具有重要意义，对于传记研究和写作（尤其是自传）也具有重要的启迪和借鉴作用。

《彭德怀自述》具有许多难能可贵的秉性特质。

1.《自述》的客观性

虽为自传，采用第一人称，回忆历史、叙述往事的角度皆出于"我"，但全篇笔触是十分冷静、客观的，这同传主有什么就说什么，有一说一，有二说二，绝不藏着掖着的耿直性格和实事求是的思想作风完全吻合。阅读《自述》，那些冷静客观的述事常常让你感到好像不是传主在叙说，倒像是位作为置身事外的历史工作者在笔述记录。《自述》叙事客观、求实、求真，这是由传主的思想、性格、作风所决定的一条无形的写作守则。这不仅仅是自传文本所呈现的风格特色，更是一个宝贵的自传写作原则。在这条原则面前，自传的文学修辞方面的讲究则居于了次要位置。对于自传来说，叙事客观、求实、准确，正是保持真实性的根本基础，是可靠、可信、可为史作鉴的保证。反之则不真实可信；异之——如写成虚实相参（相间）、主观情感情绪浓烈的华彩文章，其叙事的真实性也难免打折扣、被淡化，从而不能以信史视之。

2.《自述》的申辩性

自述行文中虽然没有使用直接申辩性语言，也难见明显的辩诬话语，但却力求从正面通过"摆事实，讲道理"的方式叙述历史事实、人事关系和事情的来龙去脉、因缘后效、作用影响、经验教训，说明历史过程的真实情况，达成以正视听、反诉不实之论和误解之谬。着眼于由对历史事实的回溯和基于客观实际的说明来申辩，即由"事实来说话"。传主心里是相信"事实胜于雄辩"的，归根结底对"历史是公正的"这个道理怀抱着希望。

3.《自述》的史料性

在以上两种特性和品质的基础上，《自述》必然造成它的又一个侧面的品格特征，这就是它的珍贵的史料价值。《自述》是完全可以相信的可靠的信史品质的历史叙事和革命斗争历程回顾和总结。这一点也为学界的许多研究成果所证明、所肯定。这也就是为什么治史者、理论界视《自述》弥足珍贵、高度重视并当作重要研究资料和援引史料的缘由之一。

4.《自述》的社会效应性

社效性，意味着在国家政治层面、社会政治生活中带来或正面或负面的反馈、效应。不同政治形势背景的发表传播，会造成不同的政治反响、社会效应和政策反馈。因此，传记尤其是政治人物、社会公众人物传记的公开（哪怕是有一定范围的公开）、发表都跟问世的时机条件有密切关系，都客观具有"社会效应性"。政治人物传记的"社效性"又以其政治效应性表现得最为直接和快捷。传播的"社效性"为我们发表和判断传记作品的实际社会效果，为后来者研究传记的传播和转变为集体记忆和集体意识（无意识）提供了一个有效的观察视点和分析工具（方法）。

鉴于传记的政治效应性，《自述》作者作为经历坎坷、有分量的政治人物，又是功勋卓著而被"罢官"的元帅，其言行举动必会带来国家政治层面的强烈反响和回应，此亦可称为政治"应力"作用。不同的发表（公开）时机会产生不同的效果，甚至是相反的效应状态，前后形成强烈反差。政治人物这种传记的政治效应、政策反馈效应无论在自传还是他传上都有很好的事例证明。

5.《自述》叙事内容的自逊性

跟后来组织撰写的彭德怀全传比较，再互文熟悉了解彭德怀经历和事迹的老同志的回忆、评论，《自述》结构尽管是严格按照历史的时间顺序，但叙事着重于在当下政治际遇中被揭批、被指责、被诟病、被曲解误解的史事故事，而对能说明自己军事才能和指挥艺术的有些战事、艰苦斗争，对自己的功劳成绩，则舍略未述。从这层意义来说，《自述》可以说不是一种完全彻底的传记。究其原因，固然有自述者主观意识的作用，同时也有客观政治环境条件的制约作用。这主要是由《自述》的主要意图和写作方式、发表途径（递交组织）所决定的。

6.《自述》文字的质朴性

语言质朴、少文重质是《自述》语言的鲜明特点。《自述》并未作文学修辞意义上的讲究，或者说，传主压根也没想着怎么样去雕琢润饰，也没有什么"文学性""可读性"概念。想必他在文字上要说有什么出发点，有什么写法上的考虑，简单说来就是一点：把历史事件的真实过程、人事活动的本来面目清清楚楚地写明白了就好。鉴于此，是不能拿"文学性"这类的标准和适应于纯文学的尺度来衡量它的。

这与其说是《自述》的一个弱点，倒不如说是史传类作品这种体式的缺点；与其说是传记文体的缺点，还不如说是它的一个鲜明特点，是其文体本身内在的一种规定性。与纯文学体式比较，说它是传记文体的局限性之一种，也未尝不可——任何文体自然都有其优长之处，也有其不足，有其不敷应付裕如之处。

正因为《自述》具有这些特性和特点，从而使得它同一般传记作品、同正常政治生活状态、社会活动环境下撰写的自传类著作文章相比，就具有特别的意义和价值。它至少会减却不少因顺境安康、满足现状而极容易带来的一些矫情虚饰、浮言套语，平添几多的凝重与严肃，较真与细致，缜密与慎重，会更多地蕴含些观照现实与历史的审慎与历史叙事的分寸感。

李健吾自传与他传比勘

文 / 李金山

李金山，中国作协会员、中国传记文学学会理事。毕业于吉林大学哲学系，现供职山西省作家协会创作研究部。作品包括文学评论、散文、小说、传记等，散见于《黄河》《山西文学》《都市》《山西日报》《山西晚报》《燕赵都市报》《羊城晚报》《深圳特区报》等报刊；著有传记《司马光：自信不疑的保守派》《李鸿章："裱糊匠"的慷慨与悲凉》《重说司马光》《司马光传》《温庭筠传》，散文集《黄雀鲊》（北岳文艺出版社），评论集《细微处的禅意》等。

摘要：作为一般的读者，不妨对照着来读，既读自传也读他传。因为自传与他传，作者观察的角度不同，自传是传主"我"眼中的自己，他传是他者眼中的传主。

关键词：结构、批评、情感的抒发

本文要比勘的两篇传记，一篇叫做《李健吾小传》，是他传，向维作，时间在李健吾先生去世后；另一篇叫做《李健吾自传》，是自传，自然是李健吾作，时间在 1979 年 9 月。两篇传记都收在《咀华与杂忆——李健吾散文随笔选集》里，中央编译出版社，2005 年 4 月第 1 版。

关于向维其人，我请教过韩石山先生，韩先生著有《李健吾传》，是这方面的专家；韩先生回复说不清楚，又说李健吾的子女，名字中都有个维字，比如维音（大女儿），维永（小女儿），维楠（儿子）。《李健吾小传》会不会是李健吾先生的子女所作呢？比如某个子女写成，其他子女参与了意见，或者儿女集体写成，署名用了向维？有这种可能性。但从小传的内容来看，偏重于李健吾先生文学研究与评论方面的成就，而且讲得很细，作者不像是子女，倒像是专门从事文学批评的人。打算向李健吾先生的女儿李维永女士询问，但韩先生说多年前有联系方式，现在已经没有了。又打算向这本书的编辑打听，可版权页只有编辑部电话和发行部电话，而且责任编辑名叫苍松，我见闻不广，姓苍的还是头一次见到，十有八九是笔名，2005 年出版，2018 年比勘，十多年过去，怕早已物是人非，想想还是作罢了。

关于《李健吾自传》，韩石山先生的《李健吾传》中有如下描述：1979年，为徐州师范学院中国现代作家传略编辑组写的《自传》中，还不无悲伤地说："所幸我还活着，勉力做点什么，也感到快慰。"书中还说，李健吾的这个《自传》，收入《中国现代作家传略》（上），四川人民出版社1981 年出版。韩先生所说的《自传》就是这个《李健吾自传》。所引几句在文章末尾，前边几句是："党中央粉碎'四人帮'后，我觉得浑身都是劲，只是体力跟不上了。"当时的李健吾已是垂暮之年，心有余而力不足。看来这部《中国现代作家传略》是由徐州师范学院中国现代作家传略编辑组编辑，由四川人民出版社出版，时间是在 1981 年。李健吾逝世在 1982 年，他应该见过这本书。

　　《李健吾小传》和《李健吾自传》采取了不同的结构：前者的结构类似上下篇，上篇是李健吾的简历，下篇是李健吾的文学研究、文学批评成就；后者的结构则类似"一"字大雁阵，整篇文章由多个部分组成，时间这根主线贯穿始终。

　　《李健吾自传》是常规的传记结构，而《李健吾小传》的结构有违常规。小传的上篇即简历部分，约占篇幅的三分之一，可以说是《李健吾自传》的缩略版，内容相同，只是简略。自传中用了相当篇幅讲自己的家庭，而小传中则完全略去不谈；小传中的人生经历也是粗线条的，是记账式的，可以看作是平行的线，而自传中的人生经历则细致得多，可以看作是平行的面，以时间为中心展开的平面。《李健吾小传》的下篇占篇幅的三分之二，是文章的主体部分，它是《李健吾自传》中文学评论部分的展开和放大。

　　自传中关于文学评论和研究很简略，只说 1933 年留学归国，开始写《福楼拜评传》，1936 年商务印书馆印行；"七七事变"后，在上海开始读鲁迅先生推荐的青年作家作品，写了一些书评，如评叶紫、萧军、艾芜和夏衍等的著作；郑振铎约他主编《文艺复兴》，在上面发表了一些书评；1964 年，转入外国文学研究所，目前的工作是写一部论巴尔扎克和其他现实主义作家的书，有些已经零星发表。关于文学评论和研究，自传中仅此而已，叙述是零星的，往往一带而过。而小传中将这部分内容集中，并且篇幅大大扩展：首先分析了李健吾文学研究与批评的特色——由于对中国文学的熟悉，在文学研究和批评中能左右逢源，显示出同代的外国文学家和中国文学批评家们不同的特色，他研究外国作家和作品时，能把其放在世界文学和中国独特的文化体系中进行比较考察；其次又指出，最能显示李健吾比较文学实绩的是 1936 年和 1941 年出版的《咀华集》和《咀华二集》，这两本文学批评集评论的作家有巴金、沈从文、废名、曹禺、卞之琳、萧乾、罗皑风、林徽音等 18 人，李健吾注重的是文学的本身，即内在的东西，这种看法同西方新批评派的观点不谋而合；最后是总结，李健吾以独特的角度和深度进行文学批评，他对作品深切的津味和对比较方法的熟练运用，使他无愧于一个优秀的比较文学家的称号。

李健吾先生的文学批评，可能启发过韩石山先生。韩先生先写《李健吾传》，后来才作文学批评。韩先生的批评被称为酷评，酷评给他带来声名，也给他带来麻烦，他用民国的方法写批评，却被称为"文坛刀客"。他传中对李健吾文学研究与批评的评价，是很有见地的，李健吾作文学批评不同于他人，主要是因为他的跨界身份，他既是中国文学专家，又是法国文学专家，这种双重身份使他的文学批评独具特色。最能显示批评家成绩的，是对名作家的批评，《咀华集》和《咀华二集》批评的都是名家；这一点可能也启发过韩先生，韩先生有本批评集，书名就叫《谁红跟谁急》。

自传与他传采取不同结构的原因，大概是写作目的有别。前文我们说过，《李健吾自传》是为《中国现代作家传略》写的，传主的身份设定在作家，所以偏重谈他的文学创作。《李健吾小传》的写作目的还不清楚，但从侧重文学研究和批评来看，它大概是为类似批评家传略写的，因为传主的身份设定在批评家，所以偏重他的文学研究和批评，至于他的小说、戏剧等的创作，也就只好从略了。

一、表达方式

《李健吾自传》用第一人称，作者谈自己的经历，在兹而言兹，身在此山中；《李健吾小传》用第三人称，作者以他者的身份谈李健吾的经历，在外而言兹，一览众山小。

自传的主要表达方式是叙述，叙述离不开描写，李健吾先生又是作家，恰是此中高手，如谈到中电集团来到上海，他改编《和平颂》，由张骏祥导演，在上海演出，演出时名字改为《女人与和平》，并在《文汇报》上发表，随后就有这样的描写："这里阿里斯托芬的大闹剧，女人不要丈夫打内战，到阴间讨丈夫回来。我给戏里安插了一个修鞋匠，揭发统治区的官僚剥削，由沈扬主演。"寥寥数语，剧情清晰。文中也颇多说明，要把自己的经历说清楚，往往先是叙述，紧接着就是说明，比如谈到去法国留学，他作了如下说明："1930年，阎锡山战败下野，我回家埋葬父母，山西省省长商震让教育厅送我三千元，又得到一些亲友的帮助，我就把助教这个职位让给刚毕业的张骏祥。"李健吾赴法留学是自费，如果不是阎锡山下野，李健吾就不可能回山西，也就不可能见到山西省省长，也就不会有教育厅的3000元资助，自然就不可能成功赴法留学。

自传中议论极少，就是末一段的开头："总之，我一生写作虽多，都不成器，应时赶任务，不求工，只图一时痛快。"当然，这些自我作贱的话，只可理解为谦虚，不能当真。抒情也极少，主要的也在末一段，自我作贱之后就是，前边已引过："党中央粉碎'四人帮'后……"李老暮年，壮心不已。这几句既是自己身体状况的实情，也是自己内心情感的抒发。此外，叙述中也偶有抒情，比如"从这时起，我这个在外飘零的孩子（我一个人在津浦线上良王庄住过一年）就在北京师大附小上学"。李健吾称自己是飘零的孩子，虽是叙述，但包含了情绪在里头，他自伤身世，所以也算是抒情。

我们前边说过，《李健吾小传》属他传，大致可以分为上下篇。上篇基本是叙述，下篇基本是议论。上篇的叙述中，也偶有议论，但往往只有论点，没有论据和论证。比如"现代著名戏剧家、作家、翻译家、法国文学家和文艺评论家"，这就不仅仅是叙述，还包含了判断，这就是议论了。又如"1924年发表小说《终条山的传说》，受到鲁迅先生的称赞"，表面上看是叙述，实际也包含了议论：鲁迅先生都称赞了，那么自然是好作品。还有"李健吾在一生中，为人民留下了六百多万字的宝贵的文学财富"，这句主要为说李健吾的作品数量，但既是宝贵的文学财富，就已经包含了议论在里头。下篇的议论中论点、论据、论证都有，论证主要是例证。如论证李健吾文学批评的特色，即李健吾特有的参照系：世界文学和中国独特的文化体系，举了李健吾《福楼拜评传》中对福楼拜《情感教育》主人翁毛诺思想性格及行为的考察，他将毛诺同狄德罗《拉摩的侄子》中的拉摩比较，又与中国小说《红楼梦》中的贾宝玉比较，认为：拉摩和毛诺"同样一无所成，同样落伍，拉摩近乎男性，毛诺近乎女性，一个反抗，一个顺受，一个阳刚，一个阴柔：所以拉摩孤独，毛诺不愁没有朋友；一个怨恨，一个爱，而且被爱"。至于毛诺和贾宝玉："毛诺没有贾宝玉不劳而获的际遇，但也是厮混在脂粉队里，他得不到男子的同情，却会获得女子的眷顾，从这些迷幻的情感中，得到他的教育。"如此之类，等等。

二、细节处理

《李健吾自传》与《李健吾小传》在细节处理上各有侧重，前者叙述传主生平细节丰富，后者论述传主评论成就细节丰富。

《李健吾自传》先说自己 1906 年 8 月 17 日出生，山西省运城县北相镇西曲马村人，山西省运城县就是今天的山西省运城市；接着就讲他的家庭，说自己生在一个闹辛亥革命的家庭，当时山西省革命军从娘子关败退，父亲正好从陕西带援军打到运城，想和黄兴在武汉会师，正赶上宣统宣布退位，就接受孙中山第十九混成旅旅长的任命，在运城驻扎下来。阎锡山视他为眼中钉，勾结袁世凯，四面包围，遣散军队，组织特别军事法庭，把他押解到北京。所幸军事法庭的庭长陆建章想做陕西省督军，知道父亲在陕西有声望，就放了他。陆建章是冯玉祥的舅舅，冯玉祥当时是第十六混成旅旅长；后来就携手反对袁世凯称帝。父亲带兵打入山西，家被烧，四叔也被枪毙。所幸袁世凯也失败了，父亲就来到北京，做了一名陆军部的闲官。从这时起，李健吾就在北京师大附小上学了。后来，阎锡山还是不放过父亲，第二次逮捕他，押上火车时，被陆军部发觉，又在陆军部扣押一年多，最后驳倒了阎锡山的诬陷，释放出狱。1919年，父亲在陕西西安的十里铺，被陕西督军陈树藩埋下的伏兵暗杀，李健吾当时13岁。而《李健吾小传》略去李健吾的家庭情况不说，直接从北京师大附小上学开始。

本文作者认为，传主必定受到家庭的影响，他成长其中，他的志趣爱好、脾气秉性，都在家庭中养成，因此传记当中介绍家庭，绝不是可有可无，而是必不可无。而且从小处说，如果不介绍他的家庭，李健吾出生在山西运城，却在北京师大附小上学，就显得莫名其妙。小学北师大附小，中学北师大附中，大学清华大学，上学一路名校，李健吾后来的成就，跟他的教育背景关系极大，而这个教育背景，是家庭带给他的，因为父亲在陆军部做官，李健吾才来到北京这个文化中心。《李健吾小传》略去传主的家庭情况，是要把更多的篇幅让给文学评论成就的论述。

关于李健吾最初的戏剧活动，《李健吾小传》绝口不提，大学期间的戏剧活动，也只说发表了《翠子的将来》《母亲的梦》等独幕剧。而《李健吾自传》就叙述得生动且详细，他先说自己的戏剧活动是在父亲遇害之后开始的。刚才我们说到，父亲遇害是在1919年，当时李健吾13岁。接着交代背景，有很多的细节：当时学生话剧运动蓬勃兴起，陈大悲从上海带来了梳头娘姨高妈，专门帮人化装，他在北京师大附小演戏，师大的封至模等一群大学生来看，那时没有女演员，他们都扮演女的，相约合作，演陈大悲的《幽兰女士》之类的戏，从那时起他演了几年的戏，以演旦角在北京出名，从北京大学一直借到燕京大学，熊佛西是他认识最早的剧作家之一。又说关于他所演话剧，当时《北京晨报》偶有评述；组织北京剧社，他这个孩子就成了发起人之一；后来陈大悲得到蒲伯英的支持，创作戏剧学校，男、女生都收，开始有了女演员。此后，他就不演戏了，转入了写作。他最早的习作，都是一些独幕剧，例如《工人》《翠子的将来》等。

这样的细节处理方式，本文作者认为，首先是因为写作目的不同：自传是为《中国现代作家传略》写的，戏剧活动属于创作，因此交代较详细；他传可能是为文学批评家传略写的，戏剧活动不属于文学批评，因此交代较简略。其次是因为作者的定位不同：李健吾可能比较看重自己的戏剧活动，既能创作又能演出，能文能武，他可能以此为傲，所以交代得细致入微；向维也说"李健吾以翻译家和戏剧家而著名于世"，但他可能不太看重李健吾的戏剧家身份，至少他认为戏剧家的身份与文学评论家的身份关系较小，所以交代只是粗线条。

先说材料的来源。自传的材料当然都在李健吾的脑子里；而他传所依据的材料，上篇即生平部分应该参考了自传，下篇即评论部分则主要依据传主的两本书：《咀华集》和《咀华二集》。

关于李健吾的家庭及幼年时代，《李健吾小传》极为简略，只说他是山西运城人，这里除了李健吾的籍贯，我们得不到更多信息；《李健吾自传》内容稍多，他根据自己的回忆，大略说了父亲的身份、他与阎锡山的纠葛，以及他的被伏兵暗害，此处家庭的内容较多，而时代只是粗略提及，大概是限于篇幅的缘故。

李健吾早期的文学活动，《李健吾自传》根据回忆，说有两个方面，一个是在《晨报》的"文学副刊"发表作品，一个是组织了文学社团"曦社"，社团在《国风日报》隔10天出一期《爝火旬刊》；《李健吾小传》则可能查找了相关资料，说李健吾1921年考入师大附中，组织了文学社团"曦社"，并于1924年发表小说《终条山的传说》，"受到鲁迅先生的称赞"。通过比较我们发现，他传有准确的时间，这是他传的好处，而且提到李健吾的小说曾受到鲁迅先生称赞，李健吾做人低调，他当然知道这回事，但只字不提，这样他传就是自传的有益补充；但他传没有提到《晨报》，也没有提到《爝火旬刊》，自传内容相对丰富，这样自传又是他传的补充。

　　法国留学期间的文学活动，《李健吾自传》根据回忆，先说后来抓住机会去了法国。接着说自己在清华读了四年法语，内容多是流行的象征主义诗歌，但他本人觉得中国需要现实主义，于是便在巴黎以福楼拜为主要研究对象，展开了学习活动，之后提到"九一八"事变爆发，他写了《中秋节》，发表在国内刊物《东方杂志》上，"一·二八"事变爆发，又写了《老王和他的一伙》，发表在国内刊物《文学上》，后来收在《母亲的梦》一书内；《李健吾小传》简化为一句话："1931 年赴法国，'以福楼拜为主要研究对象'展开了学习活动。"显然自传要丰富得多，我们因此明白为什么是福楼拜，而且除了福楼拜，还有两个作品《中秋节》和《老王和他的一伙》；他传的好处在于有准确时间，李健吾是 1931 年赴法留学的，"以福楼拜为主要研究对象"，大概是从自传引来的。

　　关于李健吾的文学研究与批评，《李健吾自传》中非常简略，根据自己的回忆，寥寥数语而已；《李健吾小传》中却十分周详，根据的材料应该有李健吾的《福楼拜评传》，他的两本文学批评集《咀华集》《咀华二集》等。同《福楼拜评传》相同，《李健吾小传》也是评传，侧重文学研究和批评：李健吾受过良好的中西文学教育，他的创作和评论均受到西方文学思潮的影响。这个评价一半来自作者，一半来自李健吾，因为李健吾晚年承认，外来的影响在他从事的"哪个领域都存在"。

　　为了论证以上观点，作者先举李健吾《福楼拜评传》为例，李健吾在考察福楼拜《情感教育》主人翁毛诺的思想性格和行为时，与狄德罗《拉摩的侄子》中的拉摩及《红楼梦》中的贾宝玉进行比较，在考察福楼拜《希罗底》中莎乐美的形象时，又与英国作家王尔德的独幕剧《莎乐美》中的莎乐美进行比较，正是在广泛的比较中，李健吾看到了小说大师福楼拜杰出的艺术成就；又举《咀华集》《咀华二集》为例，前文我们说过，这两本文学批评集评论的作家有巴金、沈从文等 18 人，李健吾在批评巴金《爱情三部曲》时，指出左拉对茅盾有重大影响，对巴金也有相当影响，巴金缺乏左拉客观的方法，但是比左拉还要热情，因此他又近似乔治桑，在批评沈从文的《边城》时，说巴尔扎克是一个伟大的小说家，但不是一个艺术家，福楼拜却是艺术家的小说家，沈从文则是一个走向自觉的艺术的小说家，等等；又举李健吾1946年给《三个中篇》所写书评为例，三个书评具体比较分析了穗青的《脱缰的马》、郁茹的《遥远的爱》和路翎的《饥饿的郭素娥》，李健吾认为这三个中篇小说从三个方面来，提供了思维，可以勾起对19世纪文艺思潮的回忆，等等。我们将自传和他传比较后发现，他传呈现的文学批评家李健吾更全面，也更清晰。

关于自传与他传，著名学者谢泳先生曾说过一句话："自传优先，他传靠后。"他解释说："自传虽然也常有不准确的时候，但自传作为初始材料的史料地位不应当动摇，因为作家自传是我们了解作家生平及创作的原始起点，要给予特别重视……不是说自传完全可靠，而是强调自传的原初史料线索。"谢先生强调的是作为史料，自传更应受到重视；换句话说，自传比他传具有更高的史料价值。这是指做研究。（谢泳《毕业后如何读书》，收入《趣味高于一切》，重庆出版社，2013年11月第一版。）

本文作者认为，作为一般的读者，不妨对照着来读，既读自传也读他传。因为自传与他传，作者观察的角度不同，自传是传主"我"眼中的自己，他传是他者眼中的传主。由于观察角度的差异，观察到的传主形象，可能迥然有别：他传中的传主，是传主的某个侧面，传主某个侧面被放大；而自传中的传主，是一个立体的存在，各个侧面却相对模糊。自传与他传，各有优点，也各有缺点，对照着来读，可能得到相对完整的传主形象。我们可以打个比方，阅读传记好比盲人摸象，盲人或者摸到大象的耳朵，或者摸到大象的鼻子，或者摸到大象的尾巴，等等；既读自传又读他传，就好比综合了六个盲人的结论，因此可能把握完整的传主。

附录一·李健吾微档案:

　　李健吾（1906.8.17—1982.11.24），现代著名戏剧家、作家、翻译家、法国文学家、文艺评论家。山西运城人。父李岐山参加辛亥革命，1919 年被北洋军阀暗害。李健吾自幼随母亲漂泊异乡。10 岁起在北京求学。1921 年入国立北京师范大学附中，翌年与同学寒先艾、朱大枏等组织文学团体曦社，创办文学刊物《国风日报》副刊《爝火旬刊》，开始发表小说、剧本。1925 年考入清华大学，先在中文系，后转入西洋文学系；同年由王统照介绍加入文学研究会。1931 年赴法国留学研究福楼拜等现实主义作家及作品。1933 年回国，在中华教育基金会编辑委员会任职。 1935 年任暨南大学教授。抗日战争期间在上海从事进步戏剧运动，是上海剧艺社及若干剧团的中坚。抗战胜利后，应郑振铎之约，与郑振铎合编《文艺复兴》杂志，并参与筹建上海实验戏剧学校（后改名上海戏剧专科学校），任戏剧文学系主任。1954 年起任北京大学文学研究所、中国科学院文学研究所、外国文学研究所研究员。还曾担任国务院学位委员会评议组成员、全国文联委员、中国外国文学学会理事、中国戏剧家协会理事、法国文学研究会名誉会长、北京市政协委员等。

附录二·李健吾先生创作书目：

《西山之云》（短篇小说集）1928，北新书局

《一个兵和他的老婆》（中篇小说）1929，歧山书店

《无名的牺牲》（短篇小说集）与李卓吾合集，1930，歧山书店

《坛子》（短篇小说集）1931，开明书店

《心病》（长篇小说）1933，开明书店

《梁允达》（话剧集）1934，生活书店

《福楼拜评传》1935，商务；1980，湖南人民出版社

《母亲的梦》（话剧集）1939，文化生活出版社

《意大利游简》（散文集）1936，开明书店

《以身作则》（话剧）1936，文化生活出版社

《咀华集》（评论）1936，文化生活出版社

《这不过是春天》（话剧集）1937，商务印书馆

《新学究》（话剧）1937，文化生活出版社

《希伯先生》（散文集）1939，文化生活出版社

《十三年》（独幕剧）1939，生活书店

《使命》（短篇小说集）1940，文化生活出版社

《咀华二集》（评论）1942，文化生活出版社

《信号》（话剧）1942，文化生活出版社

《健吾戏剧集》（第2集）1942，文化生活出版社

《黄花》（话剧）1944，文化生活出版社

《草莽》（话剧）1945，文化生活出版社；后改名《贩马记》，1981，宁夏人民出版社

《切梦刀》（散文集）1948，文化生活出版社

《青春》（话剧）1948，文化生活出版社

《山东好》（报告文学集）1951，平明出版社

《原只是一个货色》（相声集）1951，平明出版社

《雨中登泰山》（散文特写集）1963，人民文学出版社

《戏剧新天》（评论集）1980，上海文艺出版社

《李健吾独幕剧集》1981，宁夏人民出版社

《李健吾戏剧评论选》1982，中国戏剧出版社

《李健吾剧作选》1982，中国戏剧出版社

《李健吾文学评论选》1983，宁夏人民出版社

《李健吾创作评论选》1984，人民文学出版社

《李健吾散文选》1986，宁夏人民出版社

《撒谎世家》（话剧）据美国 W.C. F itch 的《真话》改编，1939，文化生活出版社

《花信风》（话剧）据法国萨尔度的《花信风》改编，1944，世界书局

《喜相逢》（话剧）据法国萨尔度的《喜相逢》改编，1944，世界书局

《风流债》（话剧）据法国萨尔度的《风流债》改编，1944，世界书局

《不夜天》（话剧，又名《金小玉》）据法国萨尔度的《La Tosga》改编，1945，重庆美学出版社

《秋》（话剧）据巴金的《秋》改编，1946，文化生活出版社

《云彩霞》（话剧）据法国司克芮布的《 Adrienne Leconvreur》改编，1947，上海寰星图书杂志社

翻译书目有：

《迷药》(小说)法国司汤达著，1935，生活书店

《箱中人——西班牙故事》(小说)法国司汤达著，1935，生活书店

《圣福朗旦斯考教堂》(小说)法国司汤达著，1935，生活书店

《法妮娜·法尼尼》(小说)法国司汤达著，1935，生活书店

《福楼拜短篇小说集》1936，商务印书馆

《司汤达小说集》1939，生活书店

《贾司陶的女住持》(小说)法国司汤达著，1936，生活书店

《圣安东的诱惑》(长篇小说)法国福楼拜著，1937，生活书店

《爱与死的搏斗》(话剧)法国罗曼·罗兰著，1939，文化生活出版社

《情感教育》(长篇小说)法国福楼拜著，1948，文化生活出版社

《包法利夫人》(长篇小说)法国福楼拜著，1948，文化生活出版社；1958，人民文学出版社

《契河夫独幕剧集》1948，文化生活出版社

《可笑的女才子》(独幕话剧)法国莫里哀著，1949，开明书店

《屈打成医》(话剧)法国莫里哀著，1949，开明书店

《党·璜》(话剧)法国莫里哀著，1949，开明书店

《吝啬鬼》(话剧)法国莫里哀著，1949，开明书店

《乔治·党丹》(又名《受气丈夫》)法国莫里哀著，1949，开明书店

《德·浦叟雅克先生》(话剧)法国莫里哀著，1949，开明书店

《向贵人看齐》（话剧）法国莫里哀著，1949，开明书店

《没病找病》（话剧）法国莫里哀著，1949，开明书店

《三故事》（短篇小说集）法国福楼拜著，1949，文化生活出版社

《底层》（话剧）苏联高尔基著，1949，上海出版公司

《仇敌》（话剧）苏联高尔基著，1949，上海出版公司

《怪人》（话剧）苏联高尔基著，1949，上海出版公司

《野蛮人》（话剧）苏联高尔基著，1949，上海出版公司

《瓦莎·谢列日诺娃》（话剧，又名《母亲》）苏联高尔基著，1949，上海出版公司

《日考夫一家人》（话剧）苏联高尔基著，1949，上海出版公司

《叶高尔·布雷乔夫和他们》（话剧）苏联高尔基著，1949，上海出版公司

《头一个造酒的》（话剧）俄国托尔斯泰著，1950，平明出版社

《文明的果实》（话剧）俄国托尔斯泰著，1950，平明出版社

《光在黑暗里头发亮》（话剧）俄国托尔斯泰著，1950，平明出版社

《司汤达研究》（论文）法国巴尔扎克著，1950，平明出版社

《浦罗米修斯被绑》（歌剧）希腊艾斯基勒斯著，1951，平明出版社

《落魄》（话剧）俄国屠格涅夫著，1951，平明出版社

《宝剑》（诗剧）法国维克多·雨果著，1952，平明出版社

《贵族长的午宴》（话剧集）俄国屠格涅夫著，1952，平明出版社

《单身汉》（话剧）俄国屠格涅夫著，1954，平明出版社

《巴尔扎克论文艺》1958，新文艺出版社

《莫里哀喜剧六种》1963，上海文艺出版社

《意大利遗事》法国司汤达著，1982，上海译文出版社

《莫里哀喜剧》（第1—4集）1982-1984，湖南人民出版社

"中国传记文学学会"义不容辞的
历史使命

——创作"共产党领袖人物传记丛书"刍议

文/毕宝魁

毕宝魁，辽宁大学中文系教授，兼任中国唐代文学学会理事、中国韩愈研究会理事、中国王维研究会理事、辽宁省唐代文学研究会秘书长、辽宁省传记文学学会理事、辽宁省作家协会会员。出版专著主要有：《论语精评真解》《中国古代文化史知识》《东北古代文学概览》《移祚兵枭——朱温》《新注花间集》《唐诗三百首译注评》《宋词三百首译注评》《官场倾陷》《王维传》《李商隐传》《韩孟诗派研究》《李清照》等。参编《历代赋辞典》《古代爱情诗词鉴赏辞典》《全唐诗广选新注集评》《古诗景物描写类别辞典》《三李诗鉴赏辞典》等大型图书 20 余部。发表学术论文 60 余篇，共发表文字 850 余万。中国国家图书馆收藏其著作 22 本，美国哈佛大学东方学院燕京图书馆收藏其著作 11 本。

摘要：中国历史 5000 年文明没有间断，其核心观念是符合天道与人道的天人合一观，在内政外交上一贯秉持仁政与平等，因其符合天理人心才可以持续 5000 年不间断。共产党正是继承和发扬这一核心观念才能够凝聚全国人民之心而建立新中国，并经过极其艰苦卓绝之努力领导中国走向复兴的伟大道路。中国共产党作为一个政党领导国家开启了中国历史的新篇章。中国共产党的历史地位极其崇高，党的领袖人物是一个伟大光荣的群体，我们应该永远牢记其伟大功绩，并用笔记录下这些伟大的人物。

关键词：中国共产党、继往开来、群星灿烂、用传记记录历史

中国共产党的诞生是中国历史上开天辟地的大事件，中国共产党是改变中国历史走向的伟大政党。正是中国共产党经过 28 年的浴血奋战，推翻压在中国人民头上的三座大山，将经历百年苦难的中国人民解救出来，建立了一个代表全国最基层人民利益的崭新的国家——中华人民共和国，以崭新的面貌屹立在世界东方。毛泽东主席在天安门城楼上向全世界庄严宣布："中华人民共和国成立了，中国人民站起来了。"从此便真地站立起来，结束了被列强欺辱抢劫的悲惨命运，开始了伟大的社会主义建设，中国历史进入新的阶段，揭开新的篇章。共产党的丰功伟绩将永远载入史册。

"没有共产党就没有新中国"，没有新中国就没有中华民族伟大复兴，这是毋庸置疑的。共产党人百年奋斗的历程，带领中国人民走上发展壮大的康庄大道，在百年奋斗的历程中，尤其是在新中国成立前的血雨腥风中，出现太多可歌可泣的伟大英雄，是他们的脊梁共同挺起中华民族精神的大厦，是他们的满腔热血浇灌出中国现代化建设的伟大硕果，是中国人民过上幸福生活的根源。中国共产党从建党宗旨到其所奉行的准则便是"全心全意为人民服务"，为人民服务的政党自然会得到人民的衷心拥护和爱戴。

中国共产党之所以成功，是历史的选择，而历史的选择其实便是人民的选择，不是某个个人或某个阶层而是全国全民族集体意志的表现。毛泽东主席的"全心全意为人民服务"，习近平主席的"不忘初心，牢记使命"，便是对这一主旨最典型的诠释。

一、中国共产党的历史重担

中国有 5000 年文明不断的历史，从有记载来看，大致的过程是这样的：三皇五帝以前是松散的部落时期，进入三皇五帝时期则依旧是松散的部落联盟时期，所谓的帝王只是各个部落共同尊奉的共主，主要表现是文化形态。一场大洪水，逼迫人们进行治理，大禹治水获取统领各个流域上下游各部落的最高领导权。由于大禹艰苦卓绝的努力，洪水得到治理，而大禹获得全天下人的认可，结束禅让制而开始家天下，但必须说明，这一时期便是文化大一统，并非政治大一统。这个时期将近 2000 年。秦始皇统一天下，实现了政治大一统，但依旧采取家天下的制度。这种制度一直到清朝被推翻进入共和制，也接近 2000 年。清朝被推翻后，一直到中华人民共和国成立的 30 多年，中国社会实际处在分裂状态，是军阀混战的时期，蒋介石并没有真正统一过全国，属于短暂的过渡期。中国社会的历史进程大体来看是这样的：三皇五帝时期松散部落联盟时期——夏商周三代近 2000 年的家族统治的文化大一统时期——秦代到清朝末年，近 2000 年家族统治的政治大一统时期——中华民国军阀混战的过渡期——中华人民共和国成立，进入政党统治的新的大一统时期。这是一个新历史时期的开始。如果简化来看中国历史的话，那么就是部落联盟时期，约 1000 余年，文化大一统家天下时期，约 2000 年，政治大一统家天下时期，约 2000 年。三十几年的过度，进入政党执政的大一统时期。

在政治大一统的家天下时期，出现几次大分裂，甚至是几百年，如汉末到隋朝建立之间，接近 400 年大分裂，但最后由隋朝统一。唐朝末年的五代十国到两宋的 300 多年，又处在分裂状态，但最后被元朝统一。这种现象只有在中国历史上才会出现，这便是文化的力量。而保持 5000 年文明不断，4000 年前是泱泱大国，而现代依然还是大国的国家也只有中国而已，这是文化传统优秀的原因，其他都无法解释。文化传统最优秀的核心和灵魂是什么呢？中国历史，由三皇五帝时代松散部落联盟走向尧舜禹时代的具有文化共主时代，大约 2000 年，由于洪水滔天，必须动员全天下力量方可以治理洪水，于是促进形成文化大一统的家天下形态，即夏商周三代时期，2000 年左右，至秦始皇统一天下，中国实现了真正的大一统，即政治大一统时期，一直到清朝灭亡，又是 2000 多年，属于政治大一统的家天下时期。

二、"天人合一"以民为本

中国文化中的核心观念是"天人合一"，天人合一的观念本质是视百姓为天，认为天下或国家是人民的，谁拥有人民谁就拥有天下，失去人民就失去天下，这在先秦文献中便有明确的记载，是有充分证据的。中国古代文献中凡是提到天的概念，仔细分析都是民意。其推理方式是：天不会表达，只是观察民意，依据民意决定自己的意志。换言之，民意即代表天意，天意即是由民意决定的。我们用证据来说明。

《尚书·皋陶谟》："天聪明，自我民聪明。天明畏，自我民明威。达于上下，敬哉有土！"[1] 上天的聪明，来自于我的人民的聪明，对于上天的聪明我们必须敬畏，要有畏惧之心，上天的聪明可以敬畏，也来自我的人

---

[1] 十三经注疏：尚书·皋陶谟 [M]. 北京：中华书局版，1980：139.

民明智和威力。对"达于上下，敬哉有土"的注解很准确，道："言天所赏罚惟善恶所在，不避贵贱，有土之君，不可不敬惧。"[1] 要求具有土地国家的统治者要通达上下，通达上天与下面人民的意志，对于赏罚要根据善恶而不分贵贱，这种思想是多么可贵。这便是典型的"天人合一"，是天道与人道的合一，人道便是人民拥护与否，便是人民的选择。

《尚书·五子之歌》："皇祖有训，民可近，不可下，民惟邦本，本固邦宁。"[2] 大禹的孙子太康失德而不得人心被驱逐，他的五个弟弟共同批评他的荒唐而给天下造成的危害，皇祖指的就是大禹，大禹有遗训，对于人民只可亲近，不可打压和奴役。人民才是天下国家的根本，根本巩固了天下和国家就会安宁。这里非常明确提出"民本思想"，实际是夏朝早期的思想。

周武王在动员讨伐纣王的誓师大会上发表誓言三篇，均是《泰誓》，《泰誓中》道："虽有周亲，不如仁人。天视自我民视，天听自我民听。"其大意说：商纣王虽然还有很多亲人，但不如仁德之人更得人心。上天的观察来自人民的观察，上天的闻听来自人民的声音。可见这种思想观念是一贯的。后面的解释说："言天因民以视听。民所恶者天诛之。"[3] 这是公开的声明，上天的意志完全来自民心，天意便取决于民意。这种天人合一的观念太重要了。难道这不是最大的民主吗？

春秋时期的史嚣说："虢其亡乎？吾闻之，国将兴，听于民，将亡，听于神。神聪明正直而一者也，依人而行。"[4] 国家将要兴盛的时候，就一定要听取人民的意见，将要灭亡时才去听取神的意见。而神是聪明正直的，是依据人民的意见而行事。可见神也是听取人民的。无论是天还是神，都依据人民的意见而行。人民的意见是高于一切的。

---

[1] 十三经注疏：尚书·皋陶谟 [M]. 北京：中华书局，1980：139.

[2] 十三经注疏：尚书·五子之歌 [M]. 北京：中华书局，1980：156.

[3] 十三经注疏：尚书·泰誓中 [M]. 北京：中华书局，1980：181.

[4] 春秋左传正义 [M]. 北京：中华书局，1980：1783.

儒家思想的代表人物，战国时期的孟子说得更明白透彻，他说："桀、纣之失天下也，失其民也。失其民者，失其心也。得天下有道：得其民，斯得天下矣。得其民有道：得其心，斯得民矣。得其心有道：所欲与之聚之，所恶勿施尔也。民之归仁也，犹水之就下，兽之走圹也。"[1]

民心便代表天意，而建立和谐公平的社会，使社会各个阶层的人民都能够共同生存，和谐生活，其实便是国家人民命运共同体，天下人民命运共同体，不是少数统治者的天堂，这便是中国传统文化的核心点。这是贯穿中国历史进程的核心观念。

三、中国共产党的伟大功绩和历史地位

20世纪初，中国历史上最困难的时候，涌现出一大批爱国志士，其中最优秀的人物共同创建了中国共产党，这是一个应历史要求以及人民大众的迫切要求而出现的政党。集中了这个时代最优秀的人物，在火与血的战斗中，经历了人类历史上从未有过的25000里长征，经过28年的浴血奋战，建立了一个崭新的国家——中华人民共和国，开创了中国历史新篇章。再经过70余年的艰苦奋斗，便将一穷二白的国家建设成为一个政治、经济、文化、军事、科技全面繁荣的强国。中国共产党的坚强领导是关键，中国共产党建党百年所取得的伟大成果充分证明了自己的伟大功绩。

建党百年，在立国和建设的过程中，涌现出众多英雄人物，他们是中华民族伟大复兴的开创者和脊梁，是值得我们华夏民族永远记忆的精英。历史告诉我们，在中华民族生死存亡的关键时刻，在如此大的历史转折时期，出现这么密集的前仆后继、赴汤蹈火的志士和英雄，这种情况历史上是极

[1] 见《孟子·离娄上》。

其少见的。他们的英雄事迹壮烈而伟岸，感天动地，已经客观存在于历史的进程中。

我们学会名为"中国传记文学学会"，有责任有义务为中国共产党中的领袖人物和有重要贡献者创作传记，用我们的笔记录下这些英雄人物的感人事迹和他们对于中国历史的伟大贡献。可以参照司马迁《史记》中列传的手法，可以有单个人的别传，也可以写几个人物的合传。可以分几个单元来设计，不求篇幅巨大，但求写出时代的精气神。具体方案需要学会核心领导层设计和组织。这是对于中国共产党成立百年最好的最实际的纪念方式之一。

纵览中国历史，由三皇五帝的松散部落联盟到天下共同拥护一个盟主的尧舜时期，经历千年以上。一场大规模的洪水，促使全天下共同治理，而出现大禹并因此进入文化大一统时期，从而也进入家天下时期，即家天下的文化大一统阶段。秦始皇统一天下，中国社会便进入真正的政治大一统阶段，而依旧是家天下，一直到辛亥革命，推翻清朝，中国政治大一统的家天下制度才寿终正寝。经过三十几年的近乎军阀割据，内忧外患极端严重的危急时刻，中国共产党夺取全国政权，建立了新中国，掌握了中国政权，开启了政党管理的大一统时代。一个政党出现和选拔优秀人才的范围要比一个家族宽泛得多、大得多，故中国共产党的历史使命便极其沉重，是领导中国走向全面复兴的政治保障所在。没有共产党就没有新中国，没有共产党便不会有中华民族的伟大复兴。又一个政党领导中国继续前行的道路还非常遥远，是真正的"任重道远"。而为这样伟大的政党中的优秀分子和英雄人物树碑立传是"中国传记文学学会"义不容辞的责任。

论当代中国传记文学的人民性

文 / 谭笑

谭笑，华文出版社编辑部主任，副编审，省部级优秀编辑。编辑出版的图书曾获省级"五个一工程"奖，部委优秀图书奖，中国出版集团出版特别贡献奖等。

摘要： 当代中国传记文学事业实现空前的繁荣发展，这主要的原因是在党的文艺路线、方针指引下，坚持走了一条高扬人民性的发展道路。中国传记文学的人民性和我们党的事业的人民性紧密联系，共产党人对传记文学人民性的实践和贡献，为新中国传记文学事业发展奠定基础、引领方向；大量英模人物和普通人物成为新中国传记出版的主体，集中体现了中国传记文学的人民性；名人传记往往是传记文学创作出版的热点和重点，其传主的家国情怀和人民情怀，是中国传记文学人民性的精神内核；我们要深入研究中国传记文学人民性的丰富内涵，实现新时期中国传记文学的新发展。

关键词：中国传记文学、人民性、英模人物、精神内核

当代中国的传记文学事业在新中国成立后，尤其是改革开放以来，实现了空前的繁荣发展。据不完全统计，1950—1978 年近 30 年间，全国出版图书约 33 万种，其中传记类图书近 3000 种。中国进入改革开放时期，传记文学的创作出版呈爆发式增长。1980 年，全国出版图书 2 万余种，2012 年达到 41.4 万种。传记文学作品的创作与出版也同步激增，80 年代每年出版 300—500 种，到 2012 年，出版数量达 5744 种。依据北京开卷信息技术有限公司建立的"全国图书零售市场监测系统"作出的《中国传记类图书零售市场数据分析报告（2013—2021）》，2013—2020 年，全国图书市场在售品种为 389.51 万种，其中新版为 197.53 万种，再版为 191.97 万种，新版率为 50.7%，再版率为 49.3%；传记类图书在售 25.1046 万种，其中新版 2.3591 万种，再版达 22.5555 万种，新版率为 9.4%，而再版率达到 90.6%。2021 年传记图书在售品种为 40071 种，其中新版 2784 种，占总量的 7%，而再版达到 37287 种，占总量的 93%。改革开放 40 多年来，我国传记文学图书激增的出版品种和极高的再版率体现出突出的市场效益和社会价值，反映出传记文学事业蓬勃发展的广阔前景。

那么，我国传记文学事业的特色是什么，应该坚持什么样的发展方向？正值中国共产党成立 100 周年之际，中国文联十一大、作协九大在北京举行。习近平总书记在会议开幕式上的讲话中说："一百年来，党领导文艺战线不断探索、实践，走出了一条以马克思主义为指导、符合中国国情和文化传统、高扬人民性的文艺发展道路，为我国文艺繁荣发展指明了前进方向。"领会总书记的讲话精神，中国传记文学事业作为文化艺术事业的一部分，深刻认识其人民性的丰富内涵，坚持走人民性的发展道路，对促进我们传记文学事业的新发展，具有深远而现实的积极意义。

一、中国传记文学的人民性和我们党的事业的人民性紧密联系，共产党人对传记文学人民性的实践和贡献，为新中国传记文学事业的发展奠定基础、引领方向。

中国共产党从成立那天起，就以推翻剥削阶级及其反动政权的统治，建设人民当家做主的社会主义社会为目标。中国共产党的事业就是人民的事业。党的一切工作包括文化艺术工作都以为民族求解放、为人民谋幸福为宗旨。1942 年 5 月，毛泽东在延安文艺座谈会上的讲话中提出对于过去时代的文艺形式要给予改造，加进新内容，让它变成"革命的、为人民服务的东西"。在这里，毛泽东第一次向全党明确提出为人民服务的思想，而且是具体提出文艺为人民服务的思想。毛泽东不仅这么说，而且身体力行。1939 年 11 月，一个普通的支援中国革命的加拿大医生白求恩在抗日前线涞源摩天岭抢救伤员时，手指感染中毒不幸去世。延安各界为其举行追悼大会，毛泽东同志亲笔题写挽词，并写下《纪念白求恩》的悼念文章，概述白求恩同志来华帮助中国人民进行抗日战争的经历，号召全党学习他的国际主义精神、毫不利己专门利人的精神和对技术精益求精的精神。1944 年 9 月，中央警备团的普通战士张思德在陕北安塞县执行烧炭任务时，因为窑洞塌方不幸牺牲。毛泽东出席他的追悼会，并发表《为人民服务》的著名讲演，开宗明义提出："我们的共产党和共产党所领导的八路军、新四军，是革命的队伍。我们这个队伍完全是为着解放人民的，是彻底地为人民的利益工作的。"高度赞扬了张思德完全、彻底为人民服务的思想境界和革命精神。

事实上，我们党践行着文艺为人民服务的思想，自成立以来就非常重视文化工作，对传记文学工作的重视亦由来已久。党的早期创始人陈独秀、李大钊等创办《新青年》杂志，高举反帝反封建的大旗，倡导科学民主，提倡新文学。1923 年《新青年》正式成为中共中央机关刊物，介绍马克思主义的代表人物和他们的思想、著作。作为党的创始人李大钊和陈独秀，以及党的早期领导人瞿秋白等都曾被捕入狱，并在牢狱中写过自传性的作品。李大钊于 1927 年 4 月在视死如归的心境下撰写的《狱中自述》，充分体现了他以天下为己任的情怀。瞿秋白在 1935 年 5 月从容就义前写下的《多余的话》，透视出一个坚定的共产党人的超人的勇气和自省。陈独秀 1937 年 7 月在狱中完成《实庵自传》，展现了作者少年时代的环境和生活，及其顽强不屈的奋斗精神。

1936 年，美国著名记者埃德加·斯诺来到中国革命的圣地延安，中国共产党的主要领导人毛泽东和许多红军领导人都积极配合他的采访。后来斯诺写出英文版的《红星照耀中国》和《毛泽东自传》。1937 年，《红星照耀中国》在 *Asia*（《亚西亚》）杂志连载刊出；英文版《毛泽东自传》也被翻译成中文，在上海《文摘月刊》杂志连载，立即轰动全国，解放区、国统区、沦陷区的读者纷纷抢购，连载杂志每期的印数多达五六万份。1937 年 11 月，上海文摘社出版了《毛泽东自传》单行本，由黎明书局向全国发行。《红星照耀中国》记录作者在以延安为中心的陕甘宁边区进行实地采访的所见所闻，向全世界真实介绍了中国共产党和中国工农红军以及毛泽东、周恩来和朱德等红军领袖和将领的情况。而《毛泽东自传》是由毛泽东口述，忠实记录毛泽东的童年、少年和青年时代的奋斗人生的作品。这 2 部著作自 20 世纪 30 年代出版以来，影响了一代又一代共产党人投身中国革命事业。这些共产党重要领导人的自传，堪称传记文学的经典和难得的励志读物。

抗战时期，共产党人的传记有刘白羽、王余杞 1938 年合著的《八路军七将领》、沙汀 1940 年出版的《随军散记》（后改名《记贺龙》）等。1942 年 5 月，毛泽东发表《在延安文艺座谈会上的讲话》，在"文艺为人民大众服务，为工农兵服务"的精神指引下，一批又一批作家文艺家奔赴前线和敌后，塑造出抗日战争和解放战争中的英雄群像，为中国传记文学留下了光辉的篇章。其中萧三的《毛泽东同志的青少年时代》《朱总司令的故事》，刘白羽的《井冈山上》，何其芳的《记贺龙将军》《记王震将军》《吴玉章同志革命故事》，周立波的《聂荣臻同志》《徐海东将军》等，都是传诵一时的革命领袖和高级将领的传记佳作。还有许多描写工农兵英雄模范人物的作品如周而复的《诺尔曼·白求恩断片》，陈荒煤的《一个农民的道路》，羽山的《劳动英雄胡顺义》，李仕亮、冰如、弓金的《边区基干兵团一等英雄李仕亮》，野鲁的《边区地方营兵一等英雄——暴文生》，李冰等《女英雄的故事》，袁大勋的《战斗模范袁大勋自传》等，讴歌了普通民众中的英雄事迹，引起较大反响。

我们党在革命斗争年代对包括传记文学在内的文艺工作的重视，特别是共产党人对传记文学人民性的实践和贡献，为新中国传记文学事业发展奠定了基础、引领了方向。

二、大量英模人物和普通人物成为新中国传记出版的主体，集中体现中国传记文学的人民性。

1949 年 10 月中华人民共和国的成立，开创了中国历史的新纪元。中国人民从此站立起来，成为国家的主人，迅速掀起了社会主义建设新高潮。1950 年 9 月，中央人民政府政务院在北京召开了全国战斗英雄代表会议和全国工农兵劳动模范代表会议，毛泽东代表中共中央致贺词，称赞英雄模范是"全中华民族的模范人物，是推动各方面人民事业胜利前进的骨干，是人民政府的可靠支柱和人民政府联系广大群众的桥梁"(《新中国档案：全国战斗英雄代表会议和全国工农兵劳动模范代表会议》)。由此，工农兵英模人物成为新中国叙事的主角。鼓舞士气、振奋精神的英模人物传记引领时代，成为我们眺望那一让人热血沸腾的时代主峰时的一种宝贵参照。

新中国成立的最初时期，传记文学主要是为中国革命中的英模人物立传。一些战争年代参加革命的老红军、八路军、新四军和党的地下工作者，以自传或回忆录的形式撰写出描述自己或革命领袖与战友的革命经历和成绩风采的传记，出现了不少优秀的作品，如高玉宝的《高玉宝》，吴运铎的《把一切献给党》，梁星的《刘胡兰小传》，黄纲的《革命母亲夏娘娘》，柯蓝的《不死的王孝和》，雷加的《海员朱宝庭》，陶承的《我的一家》，缪敏的《方志敏战斗的一生》，植霖的《王若飞在狱中》，朱道南的《在大革命的洪流中》，陈昌奉的《跟随毛主席长征》，石英的《吉鸿昌》，张麟、舒扬的《赵一曼》，梁星的《刘胡兰小传》，柯蓝、赵自的《不死的王孝和》，丁洪、赵寰的《真正的战士——董存瑞的故事》，韩希梁的《黄继光》，百友、童介眉的《邱少云》，沈西蒙的《杨根思》，肖琦的《罗盛教》等。还有相关单位组织编辑出版规模宏大的传记文学合集。其中，较有代表性的有多卷集的《星火燎原》《红旗飘飘》《志愿军英雄传》等传记丛书。这些作品表现了充满艰险、残酷的革命斗争年代英雄先烈们顽强坚韧、机智勇敢、视死如归的革命精神，具有较高的艺术性，因而受到广大读者的欢迎。

50—60年代，一批在社会主义建设中涌现出来的英模人物成为传记作品的主人公。1962年8月一个普通的汽车兵雷锋因公牺牲，毛泽东主席发出向"向雷锋同志学习"的号召，从那时起，各种各样介绍雷锋的文章和传记铺天盖地，如陈广生、崔家骏的《雷锋的故事》《毛主席的好战士——雷锋》等传记，介绍雷锋的生平事迹，让全心全意为人民服务的雷锋精神影响了一代又一代的中国人。这样的传记作品还有塑造和宣传优秀党员领导干部的，如穆青、冯健、周原的《县委书记的榜样——焦裕禄》，殷云岭的《焦裕禄传》等；记录解放军模范人物的，如金敬迈的《欧阳海之歌》，陈跃的《忆张思德同志》《人民的好儿子刘英俊》等；谱写工业、农业和商业各界英模故事的，如房树民的《向秀丽》，修来荣的《王进喜》，马自天的《时传祥》，映泉的《陈永贵传》，吴宝山、曹锋的《马永顺传》等。

中国迈进改革开放时期，随着社会经济的发展，人们的物质生活水平提高，文化消费需求被激发出来，传记文学的创作出版呈爆发式增长，出现了蓬勃发展的新气象。其表现形式是各种类型英模人物传记成系列、大规模的出版。例如从 20 世纪 80 年代初开始，由中国中共党史人物研究会组织编写（胡华主编）的《中共党史人物传》大型传记丛书，历经 30 余年，陆续出版 100 卷，记述 1000 多位共产党人的英雄事迹。革命英烈系列图书还有长征出版社出版的《解放军烈士传》《革命英雄人物文学传记丛书》，中国青年出版社出版的《解放战争回忆录》《青年英雄的故事》丛书，辽宁少年儿童出版社的《东北抗日英杰传记文学丛书》等。

同时，更多的是当代英模人物传记的出版。20 世纪 80 年代初，向优秀共青团员张海迪学习掀起热潮。记述张海迪身残志坚，奋发向上的先进事迹的图书大量出版，1983 年 3 月，山东人民出版社出版《优秀共青团员张海迪》；4 月，中国青年出版社出版由共青团中央宣传部主编的《闪光的生活道路——张海迪事迹》；以后陆续有工人出版社出版《张海迪》、战士出版社出版《青年先锋张海迪》、中国青年出版社出版《闪光的生活道路（续集）——张海迪书信日记选》等。《闪光的生活道路——张海迪事迹》一书发行突破 500 万册，时代楷模张海迪的传记畅销，反映了社会学习榜样、弘扬正气的时代新风。

新的时代涌现出许许多多的英模人物。如 1998 年抗洪救灾英模人物、2008 年汶川抗震救灾英模人物、2009 年评选的"双百人物"、2018 年评选的"改革先锋"、2019 年评选的"最美奋斗者"和"共和国勋章"获得者、2021 年"全国脱贫攻坚楷模"和"七一功勋"获得者均成为新时代英模人物传主。

从 2002 至 2022 年，中国中央电视台"感动中国人物"评选活动已举办 20 年。《感动中国》节目向全国观众推出了令中国人民感动的诸多人物，其中有钱学森、屠呦呦、袁隆平、钟南山、巴金、叶嘉莹这样的科学文化大家学者，也有成龙、濮存昕、刘翔、姚明、阎肃、郎平等光彩耀人的文艺体育明星，更有张荣锁、魏青刚、黄久生、王锋、田世国、王顺友这样的普通百姓，还有徐本禹、郑培民、梁雨润、杨业功、刘金国、刘跃进这样的党政干部。每个年度评选的"感动中国人物"传集由中共中央党校出版社、学习出版社等陆续出版。"感动中国人物"的评选活动和传记出版被媒体誉为"中国人的年度精神史诗"。类似的传记出版还有：在新中国成立 60 年之际，广东教育出版社出版由新华社组织编撰的《100 位新中国成立以来感动中国人物》书系（全 10 卷）；中国少年儿童出版社出版《感动中国孩子心灵的 60 个杰出人物》，二十一世纪出版社出版《感动中国的杰出人物》等。

2015 年，中华全国总工会与中央电视台合作推出《大国工匠》系列新闻专题片，讲述大国工匠们匠心筑梦的典型故事，唱响以劳动托起中国梦的时代赞歌。新世界出版社以央视《大国工匠》纪录片的文字脚本为基础，精选了火箭"心脏"焊接人高凤林、錾刻人孟剑锋、"两丝"钳工顾秋亮、捞纸大师周东红、航空"手艺人"胡双钱等 12 位工匠进行二次创作，出版《大国工匠》一书，更为立体地展现了大国工匠的风采。以后又有《大国工匠代旭升传》（周洪成著，中国工人出版社出版）等人物传记出版。

2015 至 2020 年的脱贫攻坚战实现近 1 亿农村贫困人口全部脱贫，我国完成了消除绝对贫困的艰巨任务，创造了又一个彪炳史册的人间奇迹！2021 年 2 月，全国脱贫攻坚总结表彰大会表彰了 1981 个先进个人（含追授 61 人）、1501 个先进集体。在这期间，大量脱贫攻坚英模人物传记得到出版，如《别样的青春：大学生村官张广秀纪实》（张力慧著，华文出版社出版），《中华先锋人物故事汇——李保国：太行山上的新愚公》（翟英琴著，党建读物出版社与接力出版社联合出版），《新时代的青春之歌：黄文秀》（林超俊著，广西人民出版社出版），《倒在脱贫攻坚路上的县委书记——姜仕坤》（戴时昌著，孔学堂书局出版）。《中国脱贫攻坚群英谱》（文炜著，中国青年出版社出版），则收录 60 位不同行业、不同地域、不同民族、不同身份、不同年龄的模范人物。

2020 年新冠病毒肺炎流行，中国取得抗疫斗争的重大战略成果，创造了人类同疾病斗争史上又一个英勇壮举！在 2020 年 9 月全国抗击新冠肺炎疫情表彰大会上，钟南山获得"共和国勋章"，张伯礼、张定宇、陈薇获得"人民英雄"国家荣誉称号，有 1499 人被授予"全国抗击新冠肺炎疫情先进个人"称号，以后也就有了《你好，钟南山》（叶依著，广东教育出版社出版）、《铁人张定宇》（李春雷著，《人民日报》2020 年 4 月 1 日第 20 版）、《张文宏医生》（程小莹著，上海文艺出版社出版）等许多人物传记出版。

改革开放以来普通百姓开始更多地登上传记文学的殿堂。社会普通大众不仅仅是主流文化的接受者，逐渐成为社会文化的创造者与传播者。刘心武的《树与林同在》、朱东润的《李方舟传》、徐光荣的《烹饪大师》、赵定军的《妈妈的心有多高》、冯骥才的《一百个人的十年》、喻明达的《一个平民百姓的回忆录》等，都是些普通人传记的优秀作品，产生了较大的社会影响。2000 年以后，普通人物传记出版数量大增。如中国社会科学出版社 2000 年出版了遇罗文著的《我家》，北京出版社 2004 年启动"给普遍百姓立传"项目，策划"人生中国丛书"，其主要对象就是专写草根的人生。另外还有陈丹燕的《上海的红颜遗事》（作家出版社 2009 年版），中国社会科学出版社出版的《凡人画传》、河北大学出版社翻译出版外国"平民传记丛书"等。2012 年人民出版社出版"中华自强励志书系"，包括《轮椅上的飞翔》《请叫我"许三多"》《永不放弃》《当幸福逆袭》《梦想在 110 厘米之上》等传记作品，都写的是身残志坚，仍过上美好生活的平凡人物。

冯骥才在《一百个人的十年》中说："我关心的只是普通百姓的心灵历程。因为只有人民的经历才是时代的真正经历。"普通人物的传记记载了普通人物的不普通。这些著名传记大家对普通人传记的写作，反映出新时期传记写作的人民性和大众化。其传记作品的热销恰恰反映出广大人民群众对中国人的文化自信，对真实的人生真善美的追求。

人民就是生活，生活就是人民。大量英模人物和普通人物传记的出版是中国传记文学的主体，也是中国传记文学事业兴旺发达的重要标志。它折射着中国文化出版事业的繁荣，更反映出我们党的事业作为人民的事业的光明前景。

三、名人传记中传主的家国情怀和人民情怀，是中国传记文学人民性的精神内核。

名人即指在政治、军事、科学、文化、艺术等各界各行业中能力超群、声名远播、备受景仰的知名人物。在中国传记文学事业的发展中，名人传记往往是传记文学创作出版的热点和重点。如在领袖人物传记方面，中央部委出版社和许多地方出版社都有许多革命领袖人物如毛泽东、刘少奇、周恩来、朱德、邓小平等传记出版；由著名的作家、学者撰写的领袖人物传记，如权延赤的《走下神坛的毛泽东》《走下圣坛的周恩来》、叶永烈的《国共风云——毛泽东与蒋介石》、刘白羽的《大海——记朱德同志》、毛毛的《我的父亲邓小平》、王朝柱的《李大钊》《开国领袖毛泽东》、陈晋的《文人毛泽东》等都有较高的信史互鉴和人文价值。

在军事将帅人物传记方面，1996 年，由中共党史人物研究会开始编撰《中共党史人物传》系列丛书，收入了中央军委确定的 36 位军事家和部分高级将领的传记；2002 年，解放军出版社隆重推出《中国人民解放军元帅传记丛书》，分别有朱德卷《红军之父》、彭德怀卷《雄关漫道》、刘伯承卷《新孙吴》、贺龙卷《洪湖曲》、陈毅卷《旌旗十万》、罗荣桓卷《庄严典型》、徐向前卷《高山魂》、聂荣臻卷《大漠长空》、叶剑英卷《每临大事》等，以文学传记的形式，艺术地再现了元帅们独特的形象，描绘了我军鲜活不绝的光辉史册。

在科学家传记方面，20 世纪 80 年代后期，科学出版社相继出版《中国古代科学家传记》2 册，收录 240 位古代科学家；《中国现代科学家传记》6 册，收录 679 位现代科学家。90 年代出版有《科学巨匠丛书》《中国国防科技科学家传记丛书》《中国科学家传记文学丛书》和《当代中华科学英才丛书》等科学家传记。21 世纪初,《两弹一星功勋科学家丛书》与《国家最高科学技术奖获奖人丛书》出版。这两部传记丛书为世界公认的华人科学家钱学森、杨振宁、丁肇中、邓稼先、王淦昌、华罗庚、苏步青、吴健雄、李远哲等树碑立传,以浓墨重彩展示了中国当代科学家和科学技术专家的伟大功勋和卓越风采。

名人传记打动读者的不仅仅是他们在事业上的成就和贡献,更重要的是他们的精神和情怀。《走下神坛的毛泽东》(权延赤著,内蒙古人民出版社出版)一书没有歌颂伟人的丰功伟绩,而是以毛泽东身边工作人员访谈的形式,满含深情抒写毛泽东的日常生活和平民情怀。他自始至终都把自己当成人民的一分子。生活中,他喜欢自由自在、无拘无束,反感装腔作势;衣服破了补好再穿,被子破了补了再用;外出视察工作,他反对戒备森严,把他和群众隔离开来;身边工作人员回乡探亲,他让他们了解乡亲们的生活情况;尝一口农民无法下咽的窝窝头他会心疼得掉泪,听说余江县消灭了血吸虫病他高兴得睡不着觉……他心里装着老百姓,时刻牵挂着受尽疾苦的工人和农民。他的平民化的情感、贴近人民的立场和一心为人民的情怀是他无产阶级革命家的信仰使然,也使他在人民心中树立起崇高的人民领袖的形象。

解放军出版社出版的《中国人民解放军元帅传记丛书》《旌旗十万·陈毅卷》,记录在淮海战役 60 多天的时间里,总数约 60 万的中国人民解放军与约 80 万国民党军在以徐州为中心的广大地区进行空前激烈的鏖战的情景,其中用大篇幅特别写到华东、中原、冀鲁豫、华中四个解放区人民前后共出动民工 543 万人,动用担架 20.6 万副,车辆 88 万辆,挑子 30.5 万副,牲畜 76.7 万头,共向前线运送 1460 多万吨弹药、9.6 亿斤粮食等军需物资。淮海战役胜利后,总前委"五大书记"之一,时任华中野战军副司令、华东野战军司令兼政委的陈毅深情地说了一句名扬四海的话:"淮海战役的胜利,是人民群众用小车推出来的!"这句话体现出毛泽东人民战争思想的伟大光辉，是革命战争中军民团结、鱼水情深的生动写照，也是一个深怀人民情怀的将军才有的独到感悟。

优秀传记文学作家祁淑英写作的《钱学森》的传记作品曾荣获第十三届中国图书奖。书中详细写到钱学森艰难回国的历程。1949年当中华人民共和国宣告诞生后，在美国加州理工学院任喷气推进中心主任、教授的钱学森和夫人蒋英便商量着早日赶回祖国，但遭到美国政府的百般刁难，直到1955年才予放行。在洛杉矶港口，他回答记者追问是否还打算回美国时坚定地说："我不会再回来。我是一名中国科学家。今后我打算尽我最大的努力帮助中国人民建设自己的国家，以便他们能过上有尊严的幸福生活。"钱学森在50余年的奋斗中，成为世界著名的科学家，被称为"中国航天之父""中国自动化控制之父""导弹之父"和"火箭之王"。

在伟大的中国革命和社会主义建设事业中，涌现出自己的领袖、将军和各行各业的许多知名人物。他们以超群的智慧和能力建立不朽的功勋和各自不同的成就，而深植于他们内心的家国情怀和人民情怀是他们强大的情感力量和精神动力。我们的许多名人传记之所以具有广泛的社会影响，为广大读者所欢迎，都源于这种强大精神内核的感召力和吸引力。

四、深入研究中国传记文学人民性的丰富内涵，实现新时期中国传记文学新发展。

我们党的事业就是人民的事业，中国传记文学事业扎根于人民的土壤中，人民性就是其基本的特征，以人民为主体，有人民的情感，为人民所喜闻乐见，是中国传记文学的人民性的基本内涵和精神标识。

深入研究中国传记文学人民性的丰富内涵，首先要坚持文学主体的人民性。就像习近平总书记所指出的那样，"人民是历史的创造者，也是时代的创造者。在人民的壮阔奋斗中，随处跃动着创造历史的火热篇章，汇聚起来就是一部人民的史诗。人民是文艺之母。文学艺术的成长离不开人民的滋养，人民中有着一切文学艺术取之不尽、用之不竭的丰沛源泉"。在新时代的伟大事业中，到人民群众中去，到火热的时代斗争的第一线去，以写人民的传记、草根的传记为荣，寻找他们的闪光点，写出他们的创造精神；我们写那些知名人物的传记，不但要写出他们的成就和贡献，而且要写出他们与人民的联系，写出他们的家国和人民情怀。传记文学对人民创造历史的伟大进程要给予最热情的赞颂，对一切为中华民族伟大复兴奋斗的拼搏者、一切为人民牺牲奉献的英雄们要给予最深情的褒扬。

深入研究中国传记文学人民性的丰富内涵，其次要注意传播方式的多样化。传记文学传播的多样化既是科技的发展，更是源于人民的需要。不但要以人民的语言写出人民喜闻乐见的作品，而且要研究如广播剧、网络剧、影视纪录片和故事片等不同传播方式的传播特点，探索适应的表达风格和特点，创作出受欢迎的作品。传记文学"要坚持以人民为中心的创作导向，把人民放在心中最高位置，把人民满意不满意作为检验艺术的最高标准，创作更多满足人民文化需求和增强人民精神力量的优秀作品，让文艺的百花园永远为人民绽放"。

深入研究中国传记文学人民性的丰富内涵，还要看到创作群体的大众化。传记文学与其他文学样式相比，具有更广泛的群众基础。传记作者的大众化，也是因为大量的英模人物和草根人物本身来自民间，周围他们所熟悉的作者更有条件和资格来写他们的传记。随着社会的发展，人民的物质文化生活水平的提高，不但是广大的人民群众爱读传记文学，而且越来越多的具有一定文学写作能力的人也乐于写他们身边的、熟悉的人和事，写出属于他们的传记文学作品。人民的传记是人民的需要，人民的传记由人民来写。创作群体的大众化，既是一个令人欣喜的局面，也要有办法解决创作水平参差不齐、传记作品质量低下的问题。

习近平总书记在中国文联十一大、作协九大开幕式上的讲话中说："人民是真实的、现实的、朴实的，不能用虚构的形象虚构人民，不能用调侃的态度调侃人民，更不能用丑化的笔触丑化人民。广大文艺工作者只有深入人民群众、了解人民的辛勤劳动、感知人民的喜怒哀乐，才能洞悉生活本质，才能把握时代脉动，才能领悟人民心声，才能使文艺创作具有深沉的力量和隽永的魅力。"我们要深刻认识中国传记文学的人民性，深入探索中国传记文学的人民性的丰富内涵，从人民的需求中寻找方向，从人民的事业中获得前进的力量。不仅要让人民成为作品的主角，而且要把自己的思想倾向和情感同人民融为一体，把心、情、思沉到人民之中，同人民一道感受时代的脉搏、生命的光彩，为时代和人民放歌，为中国传记文学事业的新发展，为达成党的第二个一百年奋斗目标，实现中华民族的伟大复兴作出我们的贡献。

2021 年度中国传记文学研究发展报告

文 / 斯日、张元珂

斯日，中国艺术研究院《传记文学》主编、传记研究中心主任，编审，中国妇女研究会理事、中国传记文学学会理事。主要研究方向为传记研究、现当代文学研究。出版译著《汉娜·阿伦特：公共性的复权》，主编出版"传百·传记文丛""思想的边界"等丛书；发表有学术论文数十篇；在《北京文学》《光明日报》《文艺报》等报刊发表文学创作多篇。策划、编辑、出版的专题文章和图书获得中宣部第三届、第四届期刊主题宣传好文章奖和第三届女性文学奖、最美图书奖等奖项。2012 年被评为文化部"三八"巾帼建功先进个人；2020 年被评为宣传文化系统抗击新冠肺炎疫情先进个人。

张元珂，文学博士，南京大学博士后。中国艺术研究院传记研究中心副主任、《传记文学》编辑，副研究员，兼任中国小说学会理事、中华文学史料学学会理事、临沂大学文学院特聘教授。主要研究方向：中国新文学版本、中国当代小说、传记文学。在《中国现代文学研究丛刊》《文艺理论与批评》《南方文坛》《现代中文学刊》等学术期刊发表论文 30 余篇。著有《韩东论》《中国新文学版本研究》，主编《现代作家研究》（共 8 卷）。主持国家社会科学基金会一般项目、中国博士后科学基金会面上资助课题、中国作家协会重点作品扶持项目各一项。曾获 2019—2021 年度中国艺术研究院优秀科研成果奖（评论类和论文类各一项）、第三届沂蒙精神文学奖。

摘要： 2021 年度中国传记文学研究以庆祝中国共产党成立 100 周年为契机，在"加强文艺批评"的感召下，全年研究密切关联时代，提质增效，从传记理论探讨到批评更加务实，更加贴近本体，尤其在传记基础理论、年谱编纂、传记文学史、传记经典作品、传记家研究等领域出现了一批扎实成果。其中，在传记原典再解读、宏阔史论、文献发掘与研究方面尤其彰显新气象、新格局。各学科专家跨界从事研究，在传记批评模式建构与实践、传记与教育、传记与出版等研究领域亦有新斩获。女性传记写作、中国古代杂传、明代传记、传记批评、传记与文学史的关系、传记中的生命伦理成为本年度学术会议的重要主题。

关键词： 建党百年、新时代、传记、传记批评、年谱

2021 年度中国传记文学研究在本学科的新发展阶段自觉创新、贯彻新发展理念，努力开拓、构建适合本学科实际情况的新发展格局，始终以时代意识、问题意识、创新意识为本学科研究和发展的立足点与生长点，创新研究思维，拓展研究领域，使以往学术体系松散、理念方法陈旧、优秀成果零星、新增长点匮乏的传记研究呈现出宏观性、前瞻性、系统性，充分体现了新时代学术研究新的发展态势。本报告特侧重对 2021 年度传记文学研究的总体特点、成就，特别是其中所呈现出的新貌、新质作深入阐述。

一、年度热点和新现象

2021 年，中国共产党迎来百年诞辰。百年党史与百年文艺的结缘和相伴而行，以及由此而创生出的众多经典形象，是现代中国历史与审美两种"现代性"并行推进、互源互构的必然结果。在传记文学研究界，以此为契机所展开的对于"共产党员传"、百年传记文学史的回顾、综述和研究，作为本年度热点话题之一而引人关注。

作为国内具有行业引领作用的大型综合类传记杂志，《传记文学》2021年度选题以全方位、深度呈现中国共产党百年历史上的优秀党员事迹为核心思路，策划、组织主题征文活动，从 2021 年第 1 至 12 期开设"美好的生活·庆祝中国共产党成立 100 周年"专栏。作者李圆玲、陈梦菲、谢佼、麦冬、黄皓明、周文毅、钟兆云、吴华良（与安跃华合作）、邵蕾、游思源、刘雅分别为悬崖村、张桂梅、周永开、十八洞村、张文宏、姚仁汉、谷文昌、王顺友、乌兰牧骑艺术团、苏傲君、左文学、廷·巴特尔这些奋战在各行各业的共产党员英模人物及模范集体作传。2021 年第 7 期，《传记文学》推出"经典文艺作品中的共产党员传"封面专题，作者朱悦莹、侯建奎、曹转莹、高军、李碧珊、杨庆华、陈夫龙（与韩晨辉合作）、贾想分别为张裕民（丁玲《太阳照在桑干河上》）、林道静（杨沫《青春之歌》）、吴琼花（《红色娘子军》）、梁生宝（柳青《创业史》）、江姐（罗广斌、杨益言《红岩》）、李玉梅（《党的女儿》）、梁永生（郭澄清《大刀记》）、白灵（陈忠实《白鹿原》）共 8 位不同时期经典文艺作品中所塑造的共产党员形象立传。

中国艺术研究院传记研究中心主办第六场传记文学论坛，特将建党百年与传记创作作为本期学术讨论议题。在这场以"经典文艺作品中的共产党员形象"为话题的学术论坛上，李斌、阎浩岗、张丽军、赵德发四位教授 / 作家围绕经典文艺作品中共产党员形象的创生机制、经典内涵、流变史、类属归纳与阐释等具有独特学术价值的热点命题展开讨论。

2021 年 12 月，中国传记文学学会主办"中国传记文学百年回顾与展望学术研讨会暨中国传记文学学会成立三十周年纪念活动"，旨在庆祝中国共产党成立 100 周年之际，回顾和总结建党百年我国传记文学的发展历程和宝贵经验，会上 300 多名来自传记创作和研究领域的学者、作家就此展开广泛研讨。

学术会议尝试新形式。因疫情原因，本年度的学术会议大都采用线上、线上线下结合或小型"工作坊"模式，主要有：

中国艺术研究院传记研究中心共主办 4 期论坛，论题分别是："理论与方法：如何构建新时代传记批评模式"（主讲人：吕周聚、张光芒、孙文起、斯日）、"经典文艺作品中的共产党员形象"（主讲人：李斌、阎浩岗、张丽军、赵德发）、"互源与互构：重审作家传记与中国现当代文学史关系"（主讲人：陈子善、辜也平、房伟、易彬）、"虚构与非虚构之间：关于传记文类属性困境"（主讲人：熊明、孙书文、徐强、柳岸）。

上海交通大学传记中心"传记与非虚构"工作坊共主办 8 期讲座："蒋彝如何写跨文化游记？"（演讲人：范晨）、"从经典作家进入历史：文学传记出版的策略与效益"（演讲人：魏东）、"写作与礼貌论"（演讲人：马嘉思）、"与伟大的灵魂共处——北宋三大文化巨人传记写作感言"（演讲人：崔铭）、"'谁来教育老师'——现代师门中的'师德'传统"（演讲人：梁庆标）、"不同生命写作中的王尔德"（演讲人：章佳瑶）、"生老病死一窥——传记中的生命伦理"（演讲人：黄蓉）、"现代作家传记之我见"（演讲人：陈子善）。

2021 年 6 月 19 日至 20 日，由中国海洋大学文科处、文学与新闻传播学院主办"文本整理、阐释与理论建构——中国古代杂传与小说前沿问题学术研讨会"，熊明、李剑国、陈文新、邱江宁等来自全国高校和科研院所的学者参会并作主旨发言。10 月 15 日至 17 日，"第五次明代文学研究青年学者论坛暨明代文学与中国古典传记文学专题学术研讨会"在兰州大学举办。兰州大学文学院院长李利芳和北京大学教授廖可斌分别致辞，叶晔、侯荣川、汤志波、魏宏远、许建业、石晓玲等学者提交论文并作主旨发言。12月12日，第28届中外传记文学年会在郑州大学举办，该年会由郑州大学外国语与国际关系学院、北京大学世界传记研究中心等机构共同主办，论题为"女性传记的跨文化研究"，赵白生、马达、曾辉、张雅文、王莹、黄灯、马洛丹、徐申、毛旭等来自各高校和科研院所的学者分别提交论文并发言。2021年12月28日，中国传记文学学会主办"中国传记文学百年回顾与展望学术研讨会暨中国传记文学学会成立三十周年纪念活动"。中国传记文学学会会长王丽作题为《群星璀璨耀中华——中国传记文学百年回顾与展望》的主旨报告。徐光荣、张洪溪、斯日、全展、钟兆云、熊明、张立群、陈廷一、陈杰、西篱、刘国强、徐兆寿、侯健飞、梁庆标、王斌俊、李金山、毕宝魁分别作了发言。

传记教学和传记出版史成为传记研究中的重要课题。人物传记在初、高中语文阅读教学中具有无比重要的价值和地位。为此，陈兰村和许晓平讨论如何在初、高中开展传记文学教学，认为"作为语文教师应该关注传记作品在中学语文课中的新地位，基于传记作品的文体特性，开展中学传记教学的若干探索"。莫婷和吴路路分别研究人物传记在高中语文、历史学科中的应用，吴凑春和刘欣关注传记在部编本中小学语文教材中的选用情况及其育人价值，任霞则以《杜甫传》为例探寻整本人物传记在初中教学中的方式、方法，童志斌和王佳艺对高中语文人物传记教学研究史予以述评并就若干问题作深入研讨。传记出版史、出版现象成为传记研究中的重要课题。王宏波和陈进武分别对1949年以来传记出版、新世纪第二个十年间的传记出版作了梳理、评述，并就其中出现的若干现象作了学理阐释。于安龙以《毛泽东自传》和《习近平的七年知青岁月》为例考察领导人传记类图书的出版情况，并阐述其影响与启示。

传记批评：新突破、新格局。

加强新时代文艺批评，是 2021 年中国文艺批评界所要承担并践行的核心使命。从习近平总书记关于文艺评论的经典论述，到中共中央宣传部等五部门联合印发《关于加强新时代文艺评论工作的指导意见》，从总体要求、实践方向、阵地建设、组织保障等方面为 2021 年度文艺批评工作作了系统规划与指导。在传记批评领域，从对"新时代传记批评"模式建构的探讨，到以文本为中心所展开的具体实践，也都很好地贯彻并实现了这一总体要求。

传记批评是以理论为指导，对传记作家、传记作品、传记思潮或传记现象进行分析、研究、评介的科学阐释活动。本年度，有关新时代传记批评理论与方法的探讨将这一话题引向深广。2021 年 4 月 7 日，中国艺术研究院传记研究中心举办以"理论与方法：新时代视域下的传记批评"为题的第五场传记文学论坛，中国艺术研究院常务副院长、党委副书记喻剑南在论坛上致辞，吕周聚、张光芒、孙文起、斯日、张元珂等来自全国高校、科研院所和新闻媒体单位 20 多位专家学者围绕传记批评的理论方法、学术范式、批评家素养、中西方传记批评发展史等几个命题，展开深入的研讨。这次论坛尝试从理论、方法、模式建构方面为"新时代传记批评"立规定调，对推动当前传记创作与批评都大有助益。新时代传记批评要充分借鉴、吸收古今中外一切"为我所用"的批评经验。为此，杨志云立足于中国古代文学批评的理论资源，以《唐才子传》的"才性"批评模式为研究对象，按照知、情、意的人格结构分层理论，从才智论、才情论、才德论三个维度探讨《唐才子传》"才性"批评的理论内涵和批评原则。其中，对其尚智、重情、轻德的理论特色，以及任才、任情、任性、"文如其人"和类型化的批评原则的理论分析，对建构新时代传记批评模式都提供了有益经验。张慧芳通过回顾自传体文学批评发生的渊源，探究了第一人称视角下批评者在文学批评行为中的身份以及由此引发的效果，试图解决个性化主观性批评如何确保文学作品审美稳定性这一核心问题。总之，"工欲善其事，必先利其器"，从源头或"本体"角度对传记批评的理论和方法予以梳理、总结，并由此展开对应用前景和可能性的探察，即是对作为"器"的传记批评先作工具论意义上的论证、建设。这一过程并非一次性的，而是随着批评实践的展开而不断丰富、充实，以最终实现与新时代传记创作的协同发展。

针对最新传记作品的评论比较活跃。对作家传记、诗人传记、学者传记、历史人物传记、城市传记、传记影视剧、传记研究专著的及时跟踪、品评、推介，是 2021 年传记批评最引人关注的实践向度。其一，针对优秀传记影视剧的评论备受瞩目。本年年初，电视连续剧《觉醒年代》在央视一套热播以及由此而引发延续全年的文艺评论，成为一大文化热点。在短短一年间竟然有 200 多篇评论文章见于各纸媒。这种阐释热潮为近十年来所少见。其中，张永峰、张磊、敬鹏林、何青翰、徐宁、孙浩、张德祥等人对该剧展开全方位、多角度、多主题的深入阐释，代表了本年度该领域内的最高水平。《柳青》和《革命者》也是年内广受好评的两部传记电影。为此，徐开玉、蔡馨逸、李畅、杨洋、田波、张敏娜、孟登迎等学者围绕传记电影《柳青》的主题、形象、拍摄技术展开多角度、多层面阐释。丁亚平则侧重关注《革命者》的艺术表现方式，认为"与通常的传记电影不同，《革命者》并没有在线性叙事的逻辑中展开李大钊的生平经历，而是以他为叙事原点，通过多视角、多线索的非线性叙事结构全片，在'错位'的时空中完成对人物的回溯"。其二，针对最新传记著作的评介全面铺开。吕周聚、马文、魏建分别撰文分析王邵军的《生命的思与诗——冯至的人生与创作》在篇章构思、立意、结构布局、讲述方式上的独特性，并在此基础上探讨思想传记、诗人传记的写法，探寻如何为内省型作家作传，以及如何在平衡"诗"与"真"、保持"距离"与"理解之同情"基础上回归"传主本体"的路径、方法。全展盘点 2020 年出版的传记研究著作，并对年度传记出版状况和学术研究趋向予以述评。袁昊和张元珂分别撰文解读张立群的《中国现当代诗人传记研究》，侧重分析其独一无二的史料价值和研究范式上的创新性，并在此基础上展开对中国现当代文学文献学、传记文学若干命题的深入阐释。此外，张学军、石兴泽、叶诚生、李恒昌围绕赵德发的《学海之鲸：朱德发传》所展开的一组笔谈，斯日围绕历史读物与传记作品的区别以及该传记叙事方式、存在问题等方面对刘勃《司马迁的记忆之野》进行的评述，袁恒雷、温智慧、鲁畅、江飞、周卫彬对邱华栋《北京传》和叶兆言《南京传》所展开的述评，房伟对王金胜《陈忠实论》中传记年谱、传主与文学史关系、作为一种方法的传记批评所作的细致解读，宋家宏对刘川鄂《张爱玲传》材料选取、传主形象、辞章风格的细致分析，莫色木加对杨正润《现代传记学》的理论体系建构及学科意义所作的文本阐释，孙晓晴对叶开《莫言评传》和王玉《莫言评传》所作的对比式解读，王宏点评电影《革命者》的传记体结构及其历史情感表达，等等，都是对最新优秀传记作品予以及时跟踪、评介的典范案例。

传记批评一改2020年"凋零或近于缺席的局面"，而从理论到实践呈现全方位突进态势。这是2021年传记研究最突出、最可喜，也是最值得关注的年度现象。上述学者针对某一最新文本所展开的传记批评，既有对评论对象艺术特质的创造性解读，又有以此为依托所展开的对于学科热点的总结，从而将新时代传记批评落于实处。同时，以文本（作品）为中心的批评范式成为一统，并在批评实践中致力于优秀作品的发现、阐释、推介，从而较好地展现出与传记理论、传记史研究三者并驾齐驱的态势。

二、传记理论与方法论研究新亮点、新收获

传记的概念释义、发生学探察、新文类辨析等方面的理论探究出现新成果。罗宁和武丽霞对"传记"内涵、外延、流变史以及与"传奇""小

说"的异同做系统梳理、考释，认为"今人所谓传奇的作品，其主体是传奇性（体）传记，另外又经扩大加入小说中的篇段以及其他文体和文类的作品"。戴红贤和陈韬对秦汉时期文体概念"传"的多元指称现象予以考释，认为"同名为'传'的传文书、经传和史传均在先秦时期萌芽，虽各自独立发展，但都与'传'的字义语用密切相关，其概念演变表现出感性认知特征"。孙文起探讨曾巩的碑传理论，认为"曾巩碑传理论由史而涉文，并不局限于作家、作品之一端，对于扭转碑传好奇虚妄之倾向，提倡平易简淡之文风有着积极意义"。叶健探讨现代传记的审美特质，认为"传记叙事不是塑造个人崇拜的工具，也不是传记作家宣泄个人恩怨的手段，而是书写人生故事、刻画人物性格、彰显人性魅力的文学体裁"。史建国以"长廊与背影"书系为例，命名并探讨"阶段性传记"的内涵与形式特征。柳岸以自己创作"春秋名姝"系列为例，对"传记体小说"这种文类的特征、写法、意义作了细致阐述，并认为，信史性、文学性，以及在此基础上所达成的真实性与文学性的统一，是其三大特征。

在欧美传记研究界，有关传记和"新传记"的理论探讨持续跟进。这些当年或往年的成果于今年被译介过来，也为我国传记理论研究在视角或方法上提供有益借鉴。比如，弗朗茜·蔡森－洛佩兹从"新主体、新声音""资料来源""叙事：事实还是虚构""性别与交叉性""主体性"等角度详细论析了"新传记"的创生背景、演变过程、形式特征与表现效果。阿纳尔多·莫米利亚诺对古希腊传记中"真实"传记、"虚构"传记、"虚实相间"的漫步学派传记三种传记类型予以区分、释读，试图通过类似史学考证的方法对传记的定义予以重新界定。这至少表明，在欧美世界，有关传记本体属性和文体特征的认知与研究同样存在争议，再阐释、再界定也从未间断过。

传记作为一种方法可运用于众多学科中，为此，熊明通过对 1936 年版《辞海》、1979 年版《辞海》和《中国大百科全书》中有关"传记"概念的分析，参考朱东润、朱文华及法国达尼埃尔·马德莱尔等中外传记研究专家的界定，并充分借鉴小说理论家伊恩·P.瓦特定义"小说"的经验、方法，认为"我们所说的传记定义或者传记界定很显然也需要这样一个原则或者标准，能够把其他非传记文学排除在外，同时又要把所有的传记和传记文学含纳进来，所以我觉得我们应该采取这样一种原则，按照历史主义原则和发展的辩证观念，采取古今结合的原则，应该抓住传记最基本文体特征，比如说列传之体就是传记体叙事性散文，还有以人物为中心对传记进行界定"。鲍磊探讨作为一种方法的"传记"在社会学研究中的应用可能性，认为"20世纪70、80年代以降，包括传记转向在内的一系列转向，促使社会学研究者反思自己的概念架构、研究方法以及书写实践，将研究者本人带回来，'我'进入文本之中。……书写社会学自传的社会学家的反思性体验及其以自传方式所作的书写呈现，是激发社会学想象力的重要途径"。黄蓉从跨学科角度探讨平行病历、叙事医学、传记文学之间的内在关联，认为"平行病历是实现叙事医学愿景的重要实践途径。传记文学的研究成果可以帮助理解平行病历的内涵、形式和实践，有助于拓展平行病历的多样性，进一步推动叙事医学实践的真正落地。从这个意义上来看，叙事医学和传记文学两大领域具有极强的交叉潜质，叙事医学可以助益于传记文学进行在地研究，而传记文学则有益于叙事医学增进理论深度"。叶菲菲从图书馆学角度探讨"传记"在《中国图书馆分类法》中的类目设置问题，认为"《中图法》第五版'K81传记'类目存在分类体系混乱、编码不规范、注释不当等问题，规范'史学传记'类目设置有助于提高《中图法》的科学性和实用性。……通过采用双位制编码技术和世界地区表的复分功能对相关类目进行全方位的改造，增强了类目的逻辑性"。

传记基础理论研究向来薄弱。上述两方面研究都缺乏聚焦"本体性""总体性"或"共通性"问题的深入探究。事实上，时至今日，学界有关其属性、范畴（归属）、形态特征的认知与理解虽然取得了一些共识，但依然有较大分歧。单就本体属性而言，从对其单一历史属性的执念，到对兼具历史与文学双重属性的认定，再到基于双重属性基础上的实践可能性的探察，从理论阐释到具体实践彼此虽不乏歧见，但也各安其位、自成一脉且生成与之匹配的诸多经典文本；从文类归属来看，是归属史学，还是归属文学，还是游离于二者之间或者超脱于二者之上，基于认知惯性、趣味或文史传统的回答与选择也许不难，一旦比照于自晚清以来生成的各类经典文本时，某种定于一尊的"坚信"却又往往存在诸多"失语"之处。鉴于此，笔者认为，现代传记的本体属性并非先验论的、一维性的，而更多是实践性的、多维性的、可能性的，即其"现代性"的发生、演变，以及由此而渐趋生成并约定俗成的若干属性或形态，都已冲破单一历史属性、范畴的拘囿而展现出多维发展趋向。或者说，史学意义上的"真实性"与文学意义上的"文学性"已成为其缺一不可的两个本体属性，而由此出发在文体、语体、语式等形式层面上"变革"又必然赋予"现代传记"以诸多形态。那么，两个本体之间、新样式之间、双本体与新样式之间，彼此如何生成、如何互动，并在当代场域中推生理论的增值，在笔者看来，亦是一个颇具深远意义和挑战性的基础性研究命题。

三、传记文学史研究：基于本体，多维突进

深入探讨作家传记与中国现当代文学史互源互构关系。2021 年 11 月 9 日，中国艺术研究院传记研究中心举办第七场学术论坛："互源与互构：重审作家传记与中国现当代文学史关系"。"作家传记""中国现当代文学史""中文学科"是该论坛的三大关键词。评估作家传记创作情况，研析作家传记与中国现当代文学史的内在关系，以及在此基础上提出一些有利于中文学科建设和发展的可行性建议，是本期论坛所要达成的

目标。陈子善、辜也平、房伟、易彬四位学者在发言中虽各有侧重，但都结合诸多经典文本、案例，紧扣历史、时代、学科史等大背景，特别突出文献史料研究在作家传记和文学史研究中的基础地位。大家一致认为，一方面，以新颖而扎实的史料为基础创作出的作家传记，或者通过梳理、考证、研究作家传记或传记材料所生成的最新成果，都会对中国现当代文学史现有格局、秩序、观点产生不同程度的影响。另一方面，现有中国现当代文学史的格局、秩序、观点会为作家传记创作与研究提供学科背景、方法、知识上的强大支撑。同时，与会者也一致认为，虽然作为一种方法的传记研究、传记批评曾一度被边缘化，但其在作家和文学史研究中的地位、价值、意义不可或缺，而中国当代文学史的研究尤其需要不断来自作家传记创作与研究领域内最新成果的支持。冯阿鹏以 20 世纪上半叶的传记创作为例，探析中国现代传记文学的现代性特征，涉及对"现代性"内涵的诠释、文化场域的考察、文本特质的论析等重要论题。梳理、研析作家自传发展史，现代作家自传文学是中国现代传记文学的重要组成部分。其创生稍晚于"新文学"的发生，但作为一种传记文学史、现代文学史现象长久以来并没有引发业界关注。直到 2010 年以后，从硕博论文选题到学者的专业论文，有关这一论题的研究才得到全面展开。2021 年在自传生成场域、重要现象与思潮、女作家自传、移民作家自传等方面的研究也有不俗表现。张立群从"历史探源""现代转型"角度梳理、研究现代作家自传从创生到演进的历史，认为"'人的文学'、名家的倡导与现代作家的身份和技法、外来文化资源的影响、现代出版业的繁荣以及读者因素，都是现代作家自传出现不久就走向高峰、诞生一大批代表性作品的重要原因。对比同时期其他类型的传记，现代作家自传的诞生与初期发展不仅实现了中国传记写作的现代转型，而且还以其实绩推动了中国现代传记的发展。探源现代作家自传的生成方式，呈现其发展轨迹和问题，对于现代传记和现代文学的研究与阐释都具有重要的意义和价值"。雷莹综论

20 世纪 80 年代以来女作家自传中的个人叙事特征及意义，认为"女作家在自传中采用了个性化和情感化的叙述方式，既保证了意识形态化历史投射下自我描述的连续性，也呈现了自我的内心冲突和人格的复杂性。作为一种承担的见证，女作家自传在反思的叙事模式中呈现传主在人生中所经历的生命形态的转变，以及转变为个体提供的深刻而复杂的生命启示"。李厥云聚焦当代移民作家的自传书写，认为"移民作家相似的教育与成长经历但迥异的家庭背景，为读者提供了他们选择旅行者或者移民形象作为自传体叙述者来抚慰心理创伤的浮世绘图景，同时也佐证了后现代语境下作家群体的自我身份认同意识"。徐瑞哲关注 20 世纪 30 年代报人如何"报道"自我这一论题，从"现实的真实""艺术的真实""人性的真实"三方面探讨中国现代自传非虚构写作的渊源问题。

精研重要传记文学史现象。本年度，在古代传记文学研究领域，针对"史传"萌芽、"孝子传"及其演变史、八股文和史传关系、古代女性传记等论题的研究成果卓著。邓国均考察《论语》中的"史传"因素，阐释了其文体特征与价值，认为"《论语》的'史传'文体特征主要体现在以一个人物为中心、言事相兼的叙述体制、对人物'德行'的彰显等方面。《论语》的史传文学价值主要在于较为完整、全面和准确地记述了孔子的学思历程、思想性格和精神气象"。林莉考察"孝子传"的文体流变史，发现各体传记之间存在着文体互渗现象，认为这与"孝子传"的史部基因所带来的基本情节模式、人物类型划分方式以及虚构传统有关。她强调，明清之际的"孝子传"是散文与小说文体互渗的典型案例，突破了前代"孝子传"的情节模式与形象内涵，具有鲜明的易代特色。赵洋则集中关注、考察中古纪传体正史中的"孝子传"，认为"官方对孝子形象的塑造，其立传标准与标示卷目的不同，反映了不同时期官方的政治需求。对史传与墓志历史书写的考察，可见唐初对于当朝孝子形象的建构，更侧重于'移孝为忠'的政治伦理"。何诗海探讨明清八股文与史传之间的内在关联，认为"八股文体的特殊性，决定了根柢经史的迫切性和以史解经的必然性。《四书》《五经》外，明清作家特别强调研读《左传》《史记》《汉书》等史籍，借鉴史传在章法结构、散体表达、虚构艺术和风格塑造等方面的杰出成就，为这种日趋陈腐、空疏的文体注入充实的内容和蓬勃的生机。史传因此越来越多地进入文章选集和评点家视野，日益辞章化和文学经典化"。朱君毅和谷秀芳考察清代俞樾女性传记中关于礼、义、情、文内在关系以及妇德问题，并对其传记创作理念和实践予以述评。梁冬考察藏族高僧传记中以神和神圣力量、圣人、圣物、圣地为四类主体所形成的神异故事，从而对推动藏传佛教与藏族文学研究提供了新史料和新视点。

在外国传记文学研究领域，薛玉凤用积极心理学视角释读不同时期美国传记文学中的代表作品，分别从"积极人格与意义创造""良好关系与幽默自嘲""积极抉择与自我价值""积极阐释与自传叙事"四个方面对这些传记作品的故事、主题、风格、修辞、传主品格予以深入阐释，并特别强调"阐释积极心理在应对无所不在的创伤性事件、精神创伤与创伤复原中的关键性作用"。在海外华文传记研究领域内，陈焕仪梳理、研究马华文学中"马共传记"出版和书写史，也是本年度出现的重要成果。

四、传记原典、作者及相关问题研究：文本阐释与史论的密切融合

每个学科门类都有各自公认的、能够持续影响的、奠定学科基础的经典作品。对这种被称作"原典"的名著的持续解读与多维度阐释，构成了一个学科最具标志性、知识持续再生产性的基础工程。可以说，有没有原典、有多少原典，以及对这些原典的研究状况如何，可以看作是一个学科存在合法性与否、成熟与否的重要标志。比如，作为学科的中国当代文学之

所以屡屡备受质疑，其根本原因就在于缺乏像《红楼梦》《阿Q正传》这类带有原典品格的作品。虽然传记在学科归属上尚存在争议，但没有人会否认这样一个基本事实，即在中国传记文学领域内，也出现了不少超越时代、比肩世界名著的经典之作。《史记》就是这样一部"原典"意义上的传记作品。2021年，《史记》研究成果丰硕。这主要表现在：硕士研究生论文至少有17篇，学术期刊论文至少有15篇；涌现出纵横家叙事、时间叙事、空间叙事、"知遇"主题、弑君事件、"预言"研究、儒家人物、海外接受等各种论题。其中，宋亚莉探究《史记》中的疾病书写，指出所载疾病多与人物塑造、王朝政治及生存策略的叙述密切相关。聂飞分析了《史记》中"由政而商""由商而政""学政商"结合的三种商人模式，吴龙宪探究《史记》叙写纵横家的内容、特点、原因以及司马迁对纵横家的思想认识，魏泓对《史记》的英译接受状况予以系统考察、阐释，尤具新意。《史记》是中国古代传记文学的高峰，也是中华民族的文化名片，其文本内外所含纳着的已知和未知的巨大、巨量文化内涵，将为不同时代的学者、读者提供一个永远也释读不尽的经典文本。我们认为，正如围绕《红楼梦》形成一门专门学问——"红学"一样，围绕《史记》也在事实上形成了一种专门研究——"《史记》学"。

作家传记是传记创作领域内最具学术性、文学性且颇受读者欢迎的门类之一，且因其在题材和作者群上的特殊性而与中国文学史有着更为紧密的内在的关联。2021年，作家传记研究尤其引人瞩目。这主要表现在：其一，出现了不少"传记家论"或以传记作家为中心的"现象论"。比如，赵小琪以汤婷婷等欧美华人女性自传作品为研究对象，侧重论析其叙述人记忆、隐含读者阅读、互文性文本对比中所存在的"不可靠叙事"，并揭示其如何以此作为反抗主流话语，建构自我声音和形象，表征女性主体意识的修辞动因。章罗生研究石楠的传记创作（命名为"石楠体"），认为主客融合、史传合一、生命叙事构成了其"传记小说"的三大特色，并特别指出"在创作理念、题材内容与审美形式等方面，为中国当代文学尤其传记小说等纪实文学创作，提供了深具启发意义与研究价值的新鲜经验"。吴凑春论析夏衍与两部传记电影《武训传》《鲁迅传》的关系及其人生浮沉。此外，雷莹专论戴厚英的自传叙事、宋娜的中国现代戏剧家传记研究，以及李欣欣的刘禹锡传记文学思想研究、贾松的宋濂人物传记研究、李贺的古代"先贤传记"研究，等等，都在各自领域作出了新贡献。其二，鲁迅、沈从文、萧红等现代作家传记持续引发关注。李杨、张立群、王锡荣、曹禧修、黎丹丽等学者从不同角度撰文讨论鲁迅传的写作情况，李静、简功友、肖远东对金介甫《沈从文传》艺术品质所作的深入研究，裴亮、吴越萌、刘小问梳理并探讨萧红传记写作现状及得失，等等。其三，名家书信与作家形象的互证考察与研究。李斌以郭沫若1949年至1978年间的信札为基本材料与线索，讨论旧作版本和文本修改情况、重要著作创作过程、担任中国科学院院长的权责、作为中国文联主席的话语形象以及在中华人民共和国对外交往中所扮演的角色。周立民以巴金书信为解读对象，对巴金与郑振铎、萧军、曹禺等人的友情以及由此而折射出的作家个性、形象和历史情境予以考察、阐释。北塔以茅盾与蔡元培、钱锺书、巴金、周作人等中国现代文化名人的通信为审读对象，对茅盾以及与之相关的诸多话题予以文化解读。逢金一以20世纪90年代以来40位名家上百封来信为释读对象，对名家身世与著述、彼此交往情形以及与之密切关联的"信札故事"予以介绍或述说。黄乔生编注鲁迅与亲人的通信——分别收录致母亲50封、致弟弟19封、致妻子78封、致其他亲戚3封——涉及孝悌、婚恋、亲情等众多主题。这5位学者都是通过书信释读，从而对郭沫若、巴金、茅盾、鲁迅等众多文化名家的形象、故事及其相关命题的再阐释。

传记即历史之一种，古代传记典籍中记录和收纳着民族文化在历史长河中绵延前进的轨迹、密码。对这些轨迹与密码的梳理、破解，一直就构成了古代传记文学研究中极具分量的探察向度。2021年，对史传中名家形象再解读也有颇多新意。比如：谢一旦通过对《明实录》中大量与王阳明有关的传记片段的归集、分析，从而发现了不同于行状、墓志铭、年谱中的另一个王阳明形象，并由此对彼时政治生态与以程朱理学为尊的学术宗尚予以再阐释。田菱（Wendy Swartz）对《宋书》《南史》《晋书》等南朝与初唐之间史传中有关陶渊明形象及事迹的记载再作梳理，认为"这些史传材料体现了史传作者本人对原始材料的选择和加工，进而构成了对陶渊明生活的诠释和演绎"。从传记角度切入对中国传统典籍、传统文化的研究，必将是一个再发现、再解读、再创造的寻根之路，其价值、意义及所昭示出的众多可能性无需赘言。

五、外国传记研究：新解、新见频出

传记作为西方"显学"之一种而源远流长，从理论到实践深刻影响着中国传记"现代性"的发生与演进。从传记创作与研究较早自成一体、自立一科，到"新传记""自传契约"等一系列理论的提出，再到为数众多、影响甚大的各时代经典传记作家作品的相继涌现，都在表明外国传记作为一个独立艺术门类，其独立的理论创造、持续的先锋实验、巨大的启蒙效应、丰厚的遗产价值，无论在宏观还是在微观上，都不得不予以重视。实际上，一直以来，对世界经典作家的传记形象或经典作品中的传记属性的研究，是最能彰显学术价值和学术生长性的领域之一。2021 年亦然。夏忠宪精研帕斯捷尔纳克随笔写作中的自传属性及其意义，他"不仅将帕斯捷尔纳克的自传体随笔作为一个独立的研究对象从身份认同、对话性、不可靠叙述等角度加以剖析，还作为一个代表性个案阐释了俄罗斯现代作家传记写作观念和形态的演变，以期揭示帕斯捷尔纳克自传多方面的价值，促进帕斯捷尔纳克和俄罗斯现代作家传记的研究以及自传问题的理论建设，并深化方法论在这些方面的启迪意义"。朱洪祥对各种版本的康拉德传记予以系统、深入解读，从而对其作为思想家的身份特性以及对其与时代意识形态的内在矛盾予以界定、阐释。叶文心从人物传记时空的角度解读列文森的史学方法以及时代背景，认为"列文森开创了一种与'学案'不同的动态思想史模式，把思维活动作为对象，把思想承载者所处的时空结构纳入视野，他把研究的重点设定在思想的流变过程，而不是静态的、能够自圆其说的稳定文本。他运用这个方法，将梁启超以及 20 世纪上半期的中国思想者塑造为具有现代典范意义的开创性人物"。项颐倩深入解读萨特在其传记批评著作《波德莱尔》中的各种荒唐行径、"自欺"动机，从而"颠覆了长期以来西方批评界对这位法国诗坛奇才的主流认知，进而证明了'命运是自我选择'这一观点"。万海松辨析陀思妥耶夫斯基书信体小说《穷人》中的自传因素和作为文学性传记的叙事张力，认为"《穷人》的文学传记性恰好介于私密性和公共性之间，兼具两者的许多特点却又不受任何一方的拘囿。传记的真实性和文学的虚构性及其相互间的张力，在《穷人》中被处理得恰到好处、浑然一体，这也使得它一举成为文学性与传记性各自精彩却又相得益彰的经典作品"。

对世界传记名著或典型思潮、现象的研究颇多新见、新解。霍舒缓从"历史真实"和"文学想象"两方面解读科伦·麦凯恩的传记体小说《舞者》的文本特质，王芳考察海外毛泽东传记文本中虚无主义书写的种种表现并一一予以批判，凌菲霞考释早期德语传记中的马克思形象，孙勇彬讨论塞缪尔·约翰生的传主选择标准，杨荣重解茨威格的自传名著《昨日的世界》，杨紫艺以《人类的群星闪耀时》为例讨论茨威格传记非虚构书写，付芳雷论《奥兰多：一部传记》中的"新传记"叙事技巧，王璐考察卢梭的《忏悔录》在中国现代自传文学中的接受与影响，李林芝论卢梭《忏悔录》中自我书写的现代性，乌英嘎对《希腊罗马名人传》与《史记》所作的比较研究，花月梅探析戴维·洛奇传记小说中的主体性和艺术性问题，等等，都是本年度的重要研究成果。

自晚清以降，在梁启超、胡适、郭沫若、郁达夫等新文学奠基者们的理论倡导和躬身实践下，中国传记"现代性"的发生及演进——包括理念、内容、主题、风格、艺术形式，等等——在其根源和实践上即与欧美世界现代传记理论、方法、新潮接轨。或者说，现代传记在欧美世界的发达，特别是由经典传记作家、作品所昭示和建构起来的"现代性"谱系、传播与接受史，显然也构成了中国 20 世纪传记文学从发生到演进的宏大背景和割舍不断的文化渊源。由此带来的影响和启发也是巨大的，因此，批判性地吸纳或借鉴欧美传记艺术经验，也必是从事当代中国传记研究与创作活动中的应有议题。尤其在中国当代传记理论与创作严重错位、相关研究长时期难有突破的当下，我们期待，未来几年的外国传记文学研究，能在中西比较、互融互鉴意义上，生成更多、更丰富、更有利于"三大体系"建设的丰硕成果。

六、年谱编纂与出版：一个丰收年

年谱是人物生平活动的简明档案，年谱长编是人物的大型资料库，年谱和年谱长编都是历史研究和传记写作的重要工具。后人为前人、生者为逝者编纂，且谱主多为已逝名人或家族要人，是古代年谱编纂中的一个突出特点；如今，除继续延续这一传统外，为生者、为非名人编纂年谱也较为常见。从地方到国家层面，各种形态和档次的年谱被陆续批量推出，使得年谱编纂和出版一跃成为新时代传记研究领域内的热点现象。据不完全统计，2021 年至少有 34 部年谱出版，48 篇发表于各期刊。集中呈现为以下几个特点：众多出版社、期刊热衷于年谱的出版、刊发，且多为作家和学者年谱；年谱自编或他编、独编或合编，创作方式多样，种类多，质量高；

年谱编纂成为研究生毕业论文的选题．

各出版社出版的重要年谱著作主要有：周绚隆《陈维崧年谱》（复旦大学出版社 2021 年 1 月版），王嘉川《胡应麟年谱长编（上下）》（商务印书馆 2021 年 1 月版），徐礼节《张籍年谱》（黄山书社 2021 年 2 月版），徐强《人生百味——汪曾祺年谱》（中国书籍出版社 2021 年 3 月版），胡春丽《毛奇龄年谱》（复旦大学出版社 2021 年 3 月版），邢小利、邢之美《陈忠实年谱》（华文出版社 2021 年 4 月版），王中秀《黄宾虹年谱长编》（荣宝斋出版社 2021 年 4 月版），袁睿《王国维戏曲学术年谱》（浙江大学出版社 2021 年 6 月版），张颖《昌耀年谱》（中国青年出版社 2021 年 7 月版），邓艾民《王阳明年谱长编》（上海古籍出版社 2021 年 7 月版），翟满桂《柳宗元年谱长编》（中国社会科学出版社 2021 年 7 月版），朱炜《俞平伯年谱》（浙江大学出版社 2021 年 8 月版），汪长林《桐城派名家年谱》（安徽大学出版社 2021 年 8 月版），李标晶《茅盾年谱》（浙江大学出版社 2021 年 8 月版），严晓星《金庸年谱简编》（四川文艺出版社 2021 年 9 月版），靳飞《张伯驹年谱》（文津出版社 2021 年 9 月版），沈红芳《铁凝年谱》（中国社会科学出版社 2021 年 10 月版），赵子栎《杜工部年谱》（北方文艺出版社 2021 年 10 月版），王宗稷《东坡先生年谱》（北方文艺出版社 2021 年 10 月版），陈思《稼轩先生年谱》（北方文艺出版社 2021 年 10 月版），李杭春、郁峻峰《郁达夫年谱》（浙江大学出版社 2021 年 11 月版），黄乔生《鲁迅年谱》（浙江大学出版社 2021 年 11 月），章景曙、李佳贤《徐志摩年谱》（浙江大学出版社 2021 年 12 月版），刘建强《谭延闿年谱长编（上下卷）》（上海交通大学出版社 2021 年 12 月版），郑全《吕渭英年谱》（厦门大学出版社 2021 年 12 月版），等等。以专著形式由出版社出版，且在数量和质量上呈现年度递增态势，都在昭示着年谱编纂以及以此为基础的传记创作进入到历史最好时期。其中，各出版社和地方政府以公益方式投入专项资金予以直接支持，以及人文社科领域内的众多学者热衷于该项课题，从而使得我国年谱编纂与出版成为传记研究领域最热门的现象之一。在此，年谱与传记创作的同生共荣，传记与地方文化建设的紧密关联，也将在未来很长一段时间内成为新时代备受瞩目的文化风景之一。

2021 年，期刊上发表的年谱作品主要有：郁峻峰、李杭春《郁达夫求学年谱》（《宝鸡文理学院学报（社会科学版）》2021 年第 1 期）、姜红伟《海子年谱》（《东吴学术》2021 年第 1 期）、段崇轩《姚青苗生平、创作年谱简编》（《新文学史料》2021 年第 2 期）、毕文君《孟繁华学术年谱》（《东吴学术》2021 年第 2 期）、杨洪诚、曹然《田仲济年谱1907—1949（上）》（《东吴学术》2021 年第 5 期）、张静《张庚年谱简编》（《艺海》2021 年第 10 期）、肖凤《林非年谱》（《名作欣赏》2021 年第 13 期）、王士强《吴思敬学术年谱（1978—2020）》（《名作欣赏》2021 年第 19 期）。各类期刊是年谱发表的重要平台。越来越多的学术期刊设有固定栏目，主动约稿，持续不断地刊发作家和学者的年谱，其定期定量和便捷刊发的特点，以及广泛的铺盖面，在未来几年必将持续引发年谱创作热潮。

通过答辩的硕士研究生论文有：孙玉婷《翁同书年谱》（贵州民族大学）、何旭旭《何焯年谱》（河北大学）、魏欣悦《王树枏年谱》（河北师范大学）、徐萌《王永江年谱》（沈阳师范大学）。年谱成为研究生毕业论文选题，也是近年来出现的新现象。这种"热"是对人文学科研究范式——以史料为中心——转型的集中反映。同时，这种以文献整理、编纂为主，以理论阐释和研究为辅的为文方式，也会越来越备受研究生青睐。年谱编纂在高校研究生群体中的展开，对于推动各学科文献学建设、人才培养，继而从长远意义上为传记文学创作提供资料支撑，都是大有裨益的。

不仅年谱编纂与出版是一个少见的丰收年，有关年谱编纂理论与方法的探讨也在继续推进。其中，王兆鹏认为年谱编纂要改变年谱原有的传统观念，须突出"系地"意识，或者应做到"编年"与"系地"并重，以重建年谱的新范式。他提出"出生地、任职地、经行地、寓居地、创作地、终老地是系地的六大构成要素"，极具指导性。优秀的年谱著作也引起评论家的关注。比如：郭玉斌评《袁培力的〈萧红年谱长编〉》、何宏整理、左则荐评《萧红年谱看萧红（下）》、陈未鹏《采山铸铜博赡通贯——陈庆元先生〈徐兴公年谱长编〉平议》，等等。年谱编纂、出版与研究不仅在过去几年成为"热点"，在未来几年亦会持续"暴热"。在传记研究领域，年谱理论研究与创作同步推进，彼此影响，较好地呈现出良性互动与发展的整体态势。

七、传记电影研究：趋向综论或史论

传记电影是电影与传记两种艺术门类交叉而成的一种艺术形式，在题材、叙事、表现手法、发展史、接受史等方面都可作为传记研究的重要对象或新生论题而展现其在当代学术体系中的特殊地位。2021 年，在宏观层面，闫冬妮以中国电影表演艺术家传记为研究对象，从史论、创作学、文本阐释维度上对之展开系统研究，其在论题和论点上的开创性无需赘言。其中，根据现有的中国电影表演艺术家传记的整理，从人生历程、性格刻画、艺术探索、情感婚姻四个方面总结中国电影表演艺术家传记的构成要素，进行类型化传记写作常规性内容的分类与探讨；从传记文学的本质属性入手，着重分析中国电影表演艺术家传记创作中真实与虚构现象，探讨历史性与文学性之间的关系，并对二者进行度量；以中国电影表演艺术家传记的叙述策略与人物塑造艺术为着眼点，以光影化角度对传记的写作艺术进行二次阐释，以在传记写作与光影叙述的模糊界限内寻求一种全新的叙述艺术次元，为中国电影表演艺术家类型传记的理论研究提供全新的研究思路；对传记作家与传记主人公两种主体进行讨论并总结中国电影表演艺术家传记主体性的取向，由此引发传记求真理想的主体性追求选择，并对其进行细致的甄别与探讨。徐芳依为新主流人物传记片把脉，认为"新主流人物传记片充分发挥其类型审美叙事的社会功能，顺应时代发展潮流，展现新时代的伦理建构。新主流人物传记片在已有成绩的基础上，应该继续尝试下沉到微观层面，更多地关注人性质感和人性光芒，同时还要进一步进行哲学和美学层面的凝练、思考与批判"。储双月综论 20 世纪 50 年代中期以来英国传记电影的演变过程及特点。在谈及其对我国传记电影的启发时，她认为"中国传记电影创作需要不以纪事为主而以述人为主、以真实打动观众、把艺术性摆在第一位、源源不断地输送民族的'英雄'"。在传记电影艺术方面，樊露露对传记电影文字符号系统的影像转译，特别是"文本内嵌""字幕表意"等"文学肌理"予以理论阐释。马娜把新世纪以来好莱坞传记片作为一个学术论题，侧重阐述其叙事流变及价值。蒋蕾蕾从叙事断想、浪漫情怀、悲美内蕴、时代困局四个方面纵论欧美画家的传记电影特色及局限。此外，吕小诗考察传记电影新范式，朱璞论析传记电影《隐于书后》的女性意识及叙事策略，以及章雄的郑君里人物电影研究，等等，也都可圈可点。

结　语

纵观 2021 年中国传记文学研究状况，可以明显看到以下几个发展态势：从庆祝建党百年到践行新时代文艺批评，传记研究界都与时代密切关联，初步彰显心怀"国之大者"风范，这也昭示出传记在新时代思想文化建设工作中的重要地位；从传记基础理论、传记文学史、传记史料整理，到包括《史记》在内的中外经典传记研究更贴近本体，成果更扎实，学术含量高，这也表明 2021 年是一个提质增效的学术丰收年；传记批评从理论探讨到具体实践较之此前都有很大改善，其在新时代传记文学研究、创作中的重要性愈发深入人心；传记研究与创作的互动更加频繁、密切，理论建构与学术创新渐成自觉；《传记文学》《现代传记研究》、中国传记文学学会、中国艺术研究院传记研究中心、北京大学世界传记研究中心、上海交通大学传记中心、兰州大学和中国海洋大学的传记研究团队、江苏师范大学比较诗学与比较文化研究中心等期刊和学术平台在推动传记研究发展方面所起到的重要作用在本年度得到淋漓尽致的展现。然而，传记因其跨多学科、多领域属性，致使其历史遗留或正在生成的争议性问题也多。这些问题长期以来对传记研究与创作构成了巨大困扰。本年度虽有所涉及，但效果远远不够。目前传记研究据守于各自狭窄的空间内，不仅学科之间壁垒森严，而且学者之间也少有交流。在这种情况下，打破学科壁垒，推进融会贯通，致力于共性问题的及物性探讨或逐渐解决，就变得尤为迫切和重要。